아리랑

조정래 대하소설

아리랑

10

제4부 동트는 광야

해냄

　나는 『아리랑』을 쓰기 위해 취재에 열중하고 있었던 90년 초반에 서너 달 간격으로 외국 신문기자 두 사람을 만나게 되었다. 한 사람은 이탈리아 어느 신문의 홍콩 지국장이었고 또 한 사람은 미국의 《뉴스위크》 기자였다. 그들은 한국을 종합취재하고 있었고, 나는 그들의 인터뷰 요청에 응한 것이었다.

　그들은 엇비슷하게 한국의 정치현실, 분단상황, 문화의 특색, 서구문화와 서구인에 대한 관점 같은 것들을 물었다. 그런데 그들 두 기자의 질문이 똑같이 일치하는 것이 두 가지가 있었다. 하나는 소설 『태백산맥』의 의미는 무엇인가 하는 것이었고, 다른 하나는 왜 『아리랑』이란 소설을 쓰려 하는 것인가 하는 것이었다. 그 두 가지 질문이 일치한 것은 별로 신기할 것이 없다. 그들은 우리나라의 여러 분야 사람들을 취재하는 중에 나를 '작가'로서 만나는 것이기 때문에 『태백산맥』에 대한 질문은 그때 그 소설이 한창 화제가 되고 있어서 나온 것이고, 『아리랑』에 대한 질문은 다음에는 무슨 작품을 쓸 거냐고 물어서 내가 『아리랑』이라고 대답하자 다시 연결된 것이었다.

그런데 소설 『아리랑』이 일제 식민치하 36년을 다룬다는 것을 알게 된 그들은 아주 구체적인 질문을 해왔다.

"이제 잊어버릴 때도 되지 않았느냐."

"이제 용서할 만하지 않느냐."

"유대인들은 용서했는데 한국은 언제까지 과거에 매달려 있을 것이냐."

대충 이런 질문들이었다.

"독일은 수상 빌리 브란트가 전 세계를 향해서 사죄를 했고, 유대인들 앞에서 무릎을 꿇고 사죄하며 용서를 빌었다. 그래서 유대인들은 그 사죄를 받아들여 '용서하지만 잊지는 않는다'는 민족적 동의에 도달했다. 그런데 일본은 어떤가? 독일과 정반대로 교과서를 왜곡하고, 국회의원과 장관들이 계속 망언을 일삼고 있지 않은가. 용서를 받아야 할 자들이 용서를 빌지 않는데 어떻게 용서를 하라는 것인가. 일본이 독일식의 용서를 빌지 않는 한 우리 민족은 '용서하지도 않고 잊지도 않는다'는 민족적 동의를 고수할 수밖에 없다. 그 동의에 충실하고자 나는 『아리랑』을 쓰는 것이다."

내 대답에 그들은 동감했다.

그런데 우리에게 해방 50주년이 왔다. 이 시기를 기다리기라도 한 것처럼 일본의 장관이며 국회의원들은 또다시 망언을 하기 시작하고, 일본군 위안부 문제는 전적으로 개인들이 한 일이지 정부와는 전혀 상관이 없다고 했다가 정부가 지시한 공식문서가 발견

되어 일본정부의 거짓말이 드러나고 있는 것이다.

그와 때를 같이해서 우리나라에서는 광복 50주년에 따른 각종 여론조사가 실시되고 있다. 그런데 어떤 여론조사는 이 땅의 20대 젊은이들이 일본을 '믿을 수 없는 나라', '가장 싫어하는 나라'로 생각하는 것이 80퍼센트가 넘는 것을 보여주고 있다.

나는 이제 『아리랑』의 막바지 부분을 쓰고 있다. 그런데 일본의 그런 상황들이 내가 소설을 더욱 잘 쓰도록 충동하고 있음은 물론이다. 그리고 젊은이들의 그런 반응 또한 나를 고무시키고 있다.

해방 50년― 우리는 용서하지도 말고 잊지도 말아야 한다.

1995년 4월

趙 廷 來

차례

아리랑 제4부 동트는 광야

10권

1

탈출하는 땅

모래밭이 하얗게 빛나고 있었다. 해변을 따라 백사장은 끝이 없었다. 바다는 청옥빛으로 투명했다. 파도가 하얀 물꽃띠를 일구며 밀려들고 또 밀려들었다. 파도끝에 피어났다 스러지고 다시 피어나는 물꽃들도 희게희게 빛나고 있었다.

8월의 햇살이 부서지고 있는 백사장은 시도록 눈이 부셨다. 하얀 물꽃띠는 끊임없이 밀려와 백사장가에서 산산이 흩어지고는 했다. 유난히 희고 긴 모래밭과 별나게 맑은 청옥빛 바다는 그지없이 아름답게 어우러져 있었다.

명사십리해수욕장은 피서객들로 한창 붐비고 있었다. 모래밭에서 각종 놀이를 하며 외쳐대는 소리들과 물속에서 장난질하며 질러대는 소리들이 기쁨과 즐거움에 넘치고 있었다. 그 경쾌하고 왁자한 소리들에는 조선말과 일본말들이 뒤섞이고 있었다.

윤철훈은 소나무 그늘에 앉아서 해수욕장을 하염없이 바라보고 있었다.

소문난 대로 백사장도 곱고 바다도 맑군. 저 사람들은 왜 저리 즐겁고 행복한가. 여기만 보면 근심 걱정이란 하나도 없는 세상이로군.

윤철훈은 피서객들을 보며 씁쓰레하게 웃음을 피우고 있었다. 그는 공장의 노동자들을 생각하고 있었다. 피서객들과 노동자들은 너무나 대조적인 존재들이었다. 피서객들은 백사장에서 놀이를 하거나 모래찜질을 하다가 더우면 바다로 뛰어들며 환성 속에 더위를 식히고 세상살이의 즐거움을 만끽하고 있었다. 그러나 노동자들은 폭염 속에 진땀을 흘려가며 하루 12시간의 착취노동에 시달리고 있었다. 천당과 지옥이 따로 있는 게 아니었다.

"선생님, 여기 이러고 계시면 어떻게 해요. 수영을 하고 계시라니까요."

한 여자가 윤철훈의 옆에 와서 앉으며 나직하게 말했다.

"아, 최 선생. 일찍 왔군요."

윤철훈이 반색을 했다.

"덥지 않으세요? 명사십리는 물이 맑고도 차서 좋은데요."

최 선생이라고 불린 젊은 여자는 지적인 인상을 풍기고 있었다.

"난 산골 출신이라서……."

"수영 못해도 괜찮아요. 경사가 심하지 않거든요."

"아니오, 실은 저 군상들 속에 휩쓸리고 싶지 않아서……."

윤철훈은 떨떠름하게 웃으며 담배를 꺼냈다.

"네에, 그러실 줄 알았어요. 허지만 그건 더위보다는 안전도모를 위해 필요하거든요."

"저 사람들 속에 뒤섞이지 않아도 최 선생이 미리 말한 것처럼 여긴 안전지대요. 여기서 희희낙락거리는 조선사람들은 거의가 친일파니 말이오."

윤철훈은 자기 말에 신경이 쓰이는지 좌우와 뒤를 살폈다.

"저쪽으로 산보하실까요?"

최현옥이 눈치 빠르게 말했다.

"그럽시다."

윤철훈은 기다렸다는 듯 재빨리 일어났다.

두 사람은 갈마각 쪽으로 솔숲을 걷기 시작했다. 싱싱한 해송들은 시원한 그늘을 드리우고 있었다. 수영복 바람인 채 그늘에서 잠을 자거나 일제 기린삐루(맥주)를 마시며 떠들거나 화투를 치고 있는 사람들도 많았다. 그런 사람들을 상대로 행상들이 여기저기 난전을 펴놓고 있었다.

"아아스켁 얼음과자아 ─."

조그만 나무통을 멘 총각이 목이 쉴 대로 쉰 소리를 지르며 지나가고 있었다. 아이스케이크가 제멋대로 '아아스켁'이 되고 있었다.

"얼음과자!"

최현옥이 총각을 불렀다.

맨발인 얼음과자장수가 잽싸게 뛰어왔다. 최현옥은 손가락 두

개를 펴 보이고는 돈지갑을 열었다.

총각이 얼음과자 두 개를 꺼내 윤철훈에게 불쑥 내밀었다. 윤철훈은 비식 웃으며 그것을 받아들었다.

돈을 받아든 총각이 또 쉰 소리를 외치며 돌아섰다.

"많이 더운 모양이지요?"

윤철훈이 얼음과자 하나를 최현옥에게 건네주며 웃었다.

"덥기도 하구요, 이것을 빨며 걸으면 위장이 안성맞춤이잖아요. 연인들처럼."

최현옥이 생긋 웃었다.

"그렇기도 하겠소."

여자다운 재치에 조직원다운 치밀함이라고 생각하며 윤철훈은 고개를 끄덕였다.

"그리고 또 있어요. 윤 선생님께 명사십리의 조그만 추억이나마 간직하게 해드리고 싶구요."

"흠, 최 선생과 더불어 이 절경인 명사십리 솔그늘을 거닐며 얼음과자를 먹었던 기억이라. 그거 썩 괜찮은 추억감이오."

윤철훈은 웃으며 얼음과자를 베물었다.

"유치한 소녀 취미지요?"

최현옥이 쿡 웃었다.

"아니오, 최 선생의 그런 여유가 필요해요. 상황이 긴장될수록."

윤철훈은 최현옥의 조직경력을 떠올리며 말했다. 최현옥은 신간회와 결연을 맺고 있었던 사회주의 여성단체인 근우회에서부터 단련된 경력을 가지고 있었다.

"이 명사십리 경치가 마음에 드세요?"

최현옥이 왜 이런 하잘것없는 말을 꺼내는지 윤철훈은 짐작하고 있었다. 사람들을 피하자면 한참을 더 걸어가야 했던 것이다.

"아, 마음에 들다뿐이오. 저 눈부신 백사장, 맑은 바닷물, 이 청청한 송림, 왜 해수욕장으로 명사십리가 조선 제일이라고 하는지 알겠소."

"아주 문학적이시네요."

최현옥이 얼음과자를 핥으며 웃었다.

"문학적? 그래요, 내가 시인이었으면 이런 빼어난 풍광을 보고 뭐라고 한마디 읊었을 텐데 하는 안타까움도 없지 않소."

"참, 이런 일이 있었어요. 몇 년 전에 하이꾸라나, 한 줄짜리 시라고 하는 것을 일본에서 제일 잘 짓는다는 시인이 여길 왔었어요. 그런데 이 경치를 보고 첫눈에 반한 그 사람이 시를 쓰겠다고 종이를 펼쳐놓고 앉았어요. 헌데, 하루종일 앉아서 그 사람이 종이에 쓴 것이 뭔지 아세요? 아아, 명사십리…… 그게 전부예요. 그리고 해가 지자 종이를 박박 찢으면서 뭐랬는지 아세요? 죽고 싶다 그랬어요. 그러고는 밤새도록 술을 마시고 다음날 금강산으로 떠나고 말았어요. 그래서 사람들은 그 시인이 지은 하이꾸가 '아아, 명사십리…… 죽고 싶다'라고 놀려요."

"하, 그거 괜찮은데, 그자가 떠나기 전에 가르쳐줄 걸 아깝게 됐소그려. 헌데, 그자가 금강산에 가서 지은 하이꾸가 뭔지 내가 알고 있소.”

“네에……?”

최현옥이 어리둥절해졌다.

“아아, 금강산…… 더 죽고 싶다.”

“호호호호……”

최현옥이 입을 가리고 웃어댔다.

이야기를 하며 걷는 동안에 사람들과 멀어져 있었다. 그들은 바다를 바라보고 앉았다. 저 멀리에는 대도 소도 신도 세 개의 섬이 표류하는 듯 떠 있었다.

“이 동지와 연락이 됐습니다.”

최현옥은 아까와 다른 어조로 말했다. 낮으면서도 긴장감이 느껴졌다.

“……”

윤철훈은 담배를 빨며 바다만 응시하고 있었다.

“한 이틀 정도 여기서 지내시면 배편이 마련될 것입니다.”

“……”

“선생님 안전을 위해 제가 동무해 드리도록 결정했습니다.”

“……”

“아마 떠나실 때는 원산항이 아닌 안전한 곳이 될 것 같습니다. 이상입니다.”

“수고했소. 더 검거된 사람들은 없소?”

“예, 더는 없는데 공장마다 조사는 계속되고 있는 모양입니다.”

"이 동지가 내 일 처리하느라고 괜히 위태로워지는 것 아닌지 모르겠소."

"안심하셔도 좋을 것입니다. 이주하 동지는 굉장히 치밀하고 민첩합니다."

"알고는 있소만 배를 구한다는 게 쉽지 않은 일이라서……."

"아무 염려 마시고 선생님 안전이나 도모하시는 게 이주하 동지가 바라는 것입니다. 선생님께서 두 번씩이나 국경을 돌파해야 하는 것보다는 배를 구하는 게 더 쉬운 일이니까요."

"알겠소. 일단 그 일은 접어둡시다."

윤철훈은 한숨을 쉬며 고개를 떨구었다.

그 한숨소리에 어떤 죄책감을 느끼며 최현옥도 고개를 떨구었다. 그리고 그때까지 들고 있었던 얼음과자 손잡이로 땅에 낙서를 시작했다. 윤철훈 같은 인물이 특별히 밀파되었는데도 적색노조의 건설을 유지시키지 못하고 검거에 휘말린 것은 일단 자신들의 책임이었다. 그런 데다 기간조직마저 노출되어 간부들이 분산 피신하지 않으면 안 될 정도로 위기에 빠지고, 끝내는 윤철훈마저 탈출할 수밖에 없게 된 것을 생각하면 도저히 얼굴 들 면목이 없었다. 그러나 모든 것이 자신들의 불찰만은 아니었다. 총독부의 경찰력 강화, 만주사변의 여파로 일어나는 심리적 위축, 치안유지법을 앞세운 무차별 검거, 이 세 가지는 돌파하기 어려운 적이었다. 날로 악화되어 가는 여건 속에서 투쟁은 어려워지는 반면에 효과는 반감되고 있었던 것이다. 함경북도에서 계속되어 온 적색농조(赤色農組)의

검거도 조직원들의 미숙이나 불철저로만 볼 수가 없었다. 투쟁이란 일방적인 것이 아니라 상대적인 역학이었던 것이다. 그 점에 대해서는 윤철훈 동지도 인정하는 바였다.

최현옥은 '독립·혁명'을 끝없이 땅바닥에 쓰고 있었다.

윤철훈은 또 담배에 불을 붙였다. 이런 식으로 조선땅을 빠져나가야 한다는 것이 너무 허망하고 참담했다. 지난 3년의 세월이 물거품일 뿐이었다. 코민테른의 명령을 받고 동지들과 두만강을 넘어올 때는 두 가지 꿈에 부풀었었다. 지식인 중심의 파벌적 운동에서 벗어나 인민들 속으로 깊숙이 침투하여 적색노조와 적색농조를 도처에서 조직하고, 그 강건한 세력을 주축으로 사회주의 혁명을 이룩함과 동시에 조국의 독립을 성취시킨다는 것이었다.

노동자와 농민을 상대로 한 그 꿈의 시도는 놀랄 만큼 빠른 효과를 나타냈다. 그건 노동자와 농민들이 생활현실 속에서 요구하고 바라는 바와 자신들이 운동의 실천조항으로 내건 것들과 유감없이 일치했기 때문이었다. 8시간노동제 실현, 차별대우 철폐, 임금인하 반대, 복지제도 완비, 이런 것들은 노동자들과 뜨거운 혈맥을 통하게 했다. 그리고 소작료 5·5제로 인하, 소작권이동 반대, 무보수부역 철폐, 마름(농감)들의 횡포 근절, 이런 것들은 농민들의 마음과 맞통하고 있었던 것이다.

그러나 일본경찰력과 맞서는 과정에서 실패는 거듭되었고 결국 남은 것은 수많은 사람들이 고문당하고 감옥에 갇히는 상처뿐이었다. 그래도 보람이 있었다면 쟁의를 통해 부분적으로 요구조건을 관철시킨 것이었고, 사회주의 의식을 대중적으로 보다 넓게 확산시킨 점이었다. 일본경찰이란 가공할 살인집단이었다. 일본경찰력이란 무한대로 자행하는 폭력과, 금력을 동원한 밀정공작 두 가지로 이루어져 있었다. 그런데 폭력보다 더 문제가 밀정과 끄나풀들이었다. 모든 조직이 탐지되는 것은 그들에 의해서였고, 그들은 모두가 조선사람들이었던 것이다. 그들은 노동자와 농민의 탈을 쓰고 조직에 숨어들거나 조직원들 옆에 밀착해 정보를 빼내갔다. 조선사람들을 잡아먹는 조선사람들, 그 인간들 때문에 일본경찰력은 날로 강대해져 가고 있었다. 그런 군상들이 하나도 없었다면 일본경찰력이 그렇게 강해질 도리가 없는 일이었다.

그 친일파, 민족반역자들…….

윤철훈은 이를 뿌드득 갈았다. 그 무리들부터 없애지 않고는 독립은 절망적이라는 생각이 또 솟구치고 있었다.

"저어, 해삼위로 돌아가시면 무슨 일을 하게 되나요?"

최현옥이 바다를 바라본 채 오랜 침묵을 깼다.

"그야 아직 모르겠소."

윤철훈이 또 한숨을 내쉬었다.

"혹시 만주로 가시게 되지는 않을까요?"

"글쎄요, 만주사변으로 쏘련과 일본이 정면대치하는 상황이 되었으니 어떻게 될지 알 수가 없는 일이오. 왜, 만주로 갈 뜻이 있소?"

"아닙니다. 윤 선생님 같은 분이 연해주에 계시는 것보다는 만주에서 활동하시는 게 나라에 더 도움이 되지 않을까 하는 생각이

들어서요."

"뭐 과분한 말이오만, 나도 만주로 갈 뜻이 없진 않소. 소비에트 사회 건설이 본격화된 25년 이후로 사실상 연해주에 독자적인 조선독립군 활동이란 없어진 것이나 마찬가지니까요. 나 같은 사람들이 쏘련공산당에 입당한 것도 그런 사회변동에 따른 독립운동의 방책을 모색하기 위해서였소. 어쨌거나 앞길은 돌아가 봐야 알겠소."

"가세요, 저녁 잡수셔야지요."

최현옥이 낙서를 했던 얼음과자 손잡이를 멀찍하게 던지며 일어섰다.

"나 때문에 고생이 많소."

윤철훈도 따라서 몸을 일으켰다.

"네, 고생이 돼서 죽겠네요." 최현옥은 생긋 웃고 나서, "제 걱정 말고 단단히 각오나 하세요. 떠나실 때까지는 제가 애인이니까요." 하며 소리내 웃었다.

"연극이더라도 영광이오."

윤철훈도 소리내서 웃었다.

그들의 그런 모습은 누가 보거나 정다운 연인의 모습이었다.

"저 피서객들 중에 원산사람들이 더 많겠지요?"

"아니에요, 그 반대예요. 원산사람들은 가까운 송도원해수욕장으로 가고 여긴 거의 외지에서 온 사람들이에요."

"외지라면 서울이오?"

"네, 서울과 평양 두 군데 사람들이 제일 많지요."

"흥, 역시 돈 많은 데니까 다르군요."

"네, 돈깨나 있는 사람들이 대개 금강산 거쳐 여기까지 온다는데, 돈들 잘 쓰고 잘 먹고 잘들 놀아요."

"돈푼깨나 있는 부자들이라면 거의가 친일파들인데, 저 백사장과 바닷물이 아깝소."

"네, 그런 셈이지요."

최현옥이 폭 한숨을 쉬었다.

"참, 좋은 세상이오. 왜놈들과 저런 무리들이 좋은 풍광까지 다차지했으니."

윤철훈이 헛웃음을 쳤다.

"그러니까 내일부턴 윤 선생님도 수영도 하시고 모래찜질도 하시고 그러세요. 여기 모래는 보기만 좋은 게 아니라 질도 좋아서 찜질을 하면 아주 효과가 좋대요. 신경통 풍 같은 데 말이에요. 윤 선생님도 오랜 세월 추위에 떨고 고생하신 몸이니까 효과를 보실 거예요."

"애인도 함께하면 나도 하겠소."

윤철훈이 짓궂게 웃었다.

"네, 좋아요. 저는 수영을 잘하는걸요."

최현옥이 원산사람답게 선뜻 대꾸했다.

"잘됐소, 나도 좀 가르쳐줄 겸."

둘이는 마주 보고 웃었다.

식당에서 저녁을 먹고 윤철훈과 최현옥은 바닷가로 나섰다. 바다에 어스름이 내리고 있었다. 백사장에는 사람들이 드문드문했다. 그 사람들마저 낮에처럼 소리치고 뛰지 않아서 파도소리가 살아나고 있었다.

쏴아…… 쏴아…….

파도가 밀려오고 또 밀려오고 있었다. 부드러운 듯 묵직한 몸놀림으로 밀려든 파도는 모래톱을 타오르며 부서져 밀려나고 다시 밀려들고는 했다. 그 쉼없는 몸짓은 무슨 애절한 하소연을 하는 것도 같고, 말로 안 되는 어떤 안타까운 몸부림 같기도 했다. 그 물머금은 모래톱과 파도끝을 밟으며 나란히 걷는 남녀들이 있었다.

"저는 참 모자란가 봐요."

최현옥이 밀려오는 파도를 망연히 바라보며 중얼거리듯이 말했다.

"무슨 소리요?"

담배를 피우고 있던 윤철훈이 최현옥에게 눈길을 돌렸다.

"전 어렸을 때 바닷물에 씻긴 저 매끈한 모래 위에다가 글씨를 쓰고 싶어했고, 무한정 걷고 싶어했어요. 그런데 지금까지도 그런 감정을 못 버리고 있거든요. 아무래도 철이 안 든 것 같고, 투철한 사회주의자가 되긴 틀렸나 봐요."

최현옥은 윤철훈을 곁눈질하며 쑥스러운 듯 웃었다.

"아니, 그게 얼마나 순수하고 진실한 감정이오. 그런 감정이 없고서야 어떻게 사회주의 이상을 꿈꿀 수 있고, 조국 광복에 헌신할 수 있겠소. 혁명가는 로맨티스트라는 말이 뭐겠소. 어설프게 철이

들면 약삭빠르게 되고, 약삭빨라지면 눈앞의 이익에 급급하게 되고, 그러면 요새 세상에서 되는 건 뭐겠소. 철드는 것 그리 좋아할 게 없어요."

윤철훈의 태도는 진지했다.

"그럼 윤 선생님도 아직 그런 감정을 가지고 계세요?"

최현옥이 뜻밖이라는 표정으로 윤철훈을 빤히 쳐다보았다.

"물론이오."

"어머, 그럼 저하고 저길 걸으시겠어요?"

"그럽시다. 또 하나 좋은 추억감이 되겠소."

윤철훈이 선뜻 동의하고 나섰다.

"구두를 벗으셔야 해요."

최현옥은 구두를 벗어들며 흥겨운 목소리로 말했다.

"알고 있소. 바지도 걷을 참이오."

윤철훈도 경쾌한 소리로 대꾸했다.

두 사람은 제각기 구두를 들고 모래비탈을 뛰어 내려갔다. 그들을 환영이라도 하듯 때마침 파도가 밀려 들어왔다.

"아아, 시원하다!"

윤철훈이 두 팔을 벌리며 탄성을 질렀다.

"아이, 시원해!"

최현옥의 환성도 함께 겹쳐지고 있었다.

"저는 어리둥절해요."

나란히 걸음을 맞추며 최현옥이 말했다.

"뭐가요?"

"전 윤 선생님이 굉장히 엄하고 무서운 분인 줄만 알았어요. 이런 멋은 하나도 없이."

"그야 업무수행을 할 때만 봐서 그런 걸 거요."

"네, 회합에서 무슨 결정을 내릴 때나 지시를 하실 때는 전 숨도 제대로 못 쉬었어요. 꼭 호랑이 같아서."

"그게 긴장해서 그리되는 건데, 그게 좋은 게 아니오. 긴장이 과도하면 오판하게 되고, 오판은 사업의 실패를 낳게 되니까. 레닌 동지가 가장 경계한 게 그 점이오. 그래서 그분은 늘 여유와 유연성을 강조했소."

바다에 내리는 어스름은 서서히 어둠으로 바뀌어가고 있었다. 밀려온 파도가 그들의 발목을 적시고는 밀려나가곤 했다. 그럴 때마다 발밑의 모래가 물살 따라 허물어지며 발바닥을 간지럽히고는 했다.

"그리고 전 놀랐어요."

"왜요?"

"선생님이 구두를 벗으시는 걸 보구요."

"아니, 구두를 안 벗고 어쩌겠소."

"전 선생님이 아예 해변을 안 걸으실 줄 알았거든요. 갑자기 무슨 일이 생길지 모르니까요. 여기도 완전히 안전하지는 않잖아요."

"그런 걸 보고 긴장과잉이라고도 하고 소심증이라고도 하지요. 무슨 일이 벌어졌으려면 아까 최 선생이 도착하고 30분 이내에 벌어졌을 거요. 그 시간을 무사히 넘기면서 미행이 없다는 걸 확인했고 동시에 이곳이 안전지대라는 것도 인정했소. 그리고 낮에도 무사했는데 밤에 무슨 일이 벌어질 리 없잖소. 경찰도 밤엔 활동이 굼뜨게 되니까 말이오."

쏴아, 쏴아, 밀려드는 파도소리가 윤철훈의 말을 지우고 있었다.

"그럼 저는 이제 쓸모가 없게 됐네요."

"아니, 그게 무슨 소리요? 난 지루해서 어떻게 시간을 보내라는 거요? 그리고 남자 혼자 하루종일 해수욕장을 어슬렁거리면 그게 바로 수상쩍은 것 아니오?"

"기분 나빠서 저는 내일부터 안 오려고 했어요. 후후후……."

최현옥이 꽤 진해진 어둠에 흐려진 모습으로 웃었다.

"알아서 하시오. 내 운명은 최 선생 손에 달렸으니까."

내 손에!

최현옥은 가슴이 찡 울리는 것을 느꼈다. 자신의 능력으로 정말 이 남자의 운명을 좌우할 수 있다면 얼마나 좋을 것인가 하는 생각이 퍼뜩 떠올랐던 것이다. 최현옥은 그 욕심에 얼굴 화끈해지면서도 그런 욕심을 내는 자신을 탓하지는 않았다.

결혼하셨나요?

이 말이 입술끝까지 나왔지만 되삼키고 말았다. 실망하고 싶지 않았다. 그리고 속마음을 들키고 싶지 않았다. 서른이 다 되어 보이는 나이였다.

"혹시 이동휘 선생을 잘 아시나요?"

최현옥은 생각나는 대로 얼른 말머리를 돌렸다.

"예, 한때 모시고 일했으니까요."

"그분은 어떻게 활동을 하고 계시나요? 그분이 여기에도 학교를 세우셨는데."

"예, 그분이 만주로 뜨시기 전에 100여 개의 학교를 세우셨지요. 헌데, 내가 떠나올 때 그분은 모든 활동을 중지한 상태였어요. 몸이 많이 쇠약해지셔서."

"연세가 어떻게 되는데요?"

"그때 아마 예순이셨을 겁니다."

"어머, 그럼 누가 모시나요?"

"그거야 동포들이 다 알아서 하지요."

"기가 막히시겠어요. 독립도 못 보고 타국땅에서 몸져누우셨으니."

"그렇지요. 그런 분들의 심정이야 이루 말할 수가 없겠지요."

"그런 것 저런 것 생각하면 분하고 원통해서 이렇게 바닷가에 나오면 엉엉 목놓아 울고 싶어요."

"예, 가끔 속시원하게 울기도 하세요. 남자들이 가끔 폭음을 하는 것처럼. 그래야 감정이 풀리고 새로운 의지가 돋아오르니까요. 지나친 긴장과 지나친 감정억제는 일에 별 도움이 안 된다는 걸 잊어선 안 됩니다."

"네. 그만 숙소로 가시는 게 어떨까요. 너무 늦으면 전 원산 나가기가 힘들어지거든요."

"그럽시다. 시간도 꽤 된 것 같소."

두 사람은 모래비탈을 올라갔다. 물기 없는 모래밭에는 낮의 열기가 아직 남아 있었다.

"편히 주무세요. 내일 아침 일찍 오겠어요."

최현옥은 여관방에 앉지 않고 바로 돌아섰다.

"혼자 괜찮겠소?"

"아시잖아요, 제가 혼자 밤길 잘 다니는 거."

최현옥은 일부러 사내처럼 웃어 보였다.

"됐소. 내일 봅시다."

윤철훈은 최현옥이가 자신의 연락책이라는 직책을 내세우는 것을 알고 힘차게 고개를 끄덕여 보였다.

이튿날 아침 윤철훈은 최현옥이가 와서 문을 두들겨서야 눈을 떴다. 늦잠을 잤나 싶어 놀랐지만 최현옥이가 너무 일찍 온 것이었다.

"선생님, 빨리 떠날 채비하세요."

최현옥은 방으로 들어서기 바쁘게 말했다.

"왜, 개들이 냄새 맡았소?"

윤철훈의 눈이 매서워졌다.

"아니에요. 배가 하루 앞당겨질 것 같으니까 장소를 옮겨야 해요."

최현옥이 계속 속삭이듯이 말했다.

"응, 잘됐소. 갑시다."

윤철훈이 가진 짐이라고는 아무것도 없었다.

"자동까지 걸어가셔야 해요."

해수욕장을 벗어나 길을 잡으며 최현옥이 말했다.

"자동이 어디요?"

"해변 따라 남쪽으로 40리 정도예요. 아마 거기서 배를 타게 될 거예요."

"역시 이 동지가 기동성이 빠르군요."

"그 누군들 안 그렇겠어요? 감히 상대가 누군데요. 쏘련공산당 당원이며 코민테른 특파원 윤철훈 대동지를 모시는 건데 어떻게 우물쭈물하겠어요."

"저런, 저런, 더 큰소리로 외치시오."

윤철훈이 눈총을 쏘았다.

"하라면 못할 줄 아세요? 이렇게 사람 하나 없는 길에서 맘놓고 말하지 않으면 언제 해요. 지나친 긴장과 지나친 감정억제는 일에 별 도움이 안 된다는 걸 잊었소!"

최현옥은 끝부분 말을 남자 목소리를 흉내 내며 발로 땅까지 굴렀다.

"아하하하……."

윤철훈이 고개를 젖히며 웃어댔다.

"아침식사는 가다가 적당한 데서 드시기로 해요."

"아니, 괜찮소. 한 끼쯤 걸러도."

윤철훈이 담배를 빼물었다.

"오늘부터 수산공장, 고무공장, 성냥공장에서 동시에 쟁의를 일으킬 거예요."

"아니, 또 무슨 문제들이 생겼소?"

담배에 불을 붙이던 윤철훈이 놀랐다.

"윤 선생님 환송회지요."

"그게 무슨 소리요?"

"눈치 빠른 윤 선생님이 모르시겠어요? 윤 선생님 무사히 떠나시게 하려고 경찰의 신경과 관심을 그쪽으로 잡아끄는 거지요."

"저런, 그렇게까지 할 건 없는데……."

윤철훈은 가슴 뭉클함을 느꼈다.

"윤 선생님이 그동안 고생하신 것에 비하면 그 정도는 아무것도 아니죠."

"고생은 무슨 고생이오. 돌아가지 못하고 체포된 동지들에 비하면 이건 너무 과분한 대접이오."

윤철훈의 얼굴이 침울해졌다.

"그런 말씀 마세요. 윤 선생님 같은 분을 무사히 떠나시게 하는 건 저희들의 책무예요." 최현옥은 숙연하게 말하고는, "그런데 저어, 재작년에 체포된 사회주의 운동가들이 4,400여 명이었고, 작년에는 2천 명을 넘었고, 금년에도 벌써 1,400명을 넘었어요. 이런 식으로 가면 앞으로 운동이 어떻게 될 것 같은가요?" 그녀는 우울한 기색으로 윤철훈에게 눈길을 돌렸다.

윤철훈은 난처해졌다. 조선땅을 떠나는 입장에서 가장 대답하기 곤혹스러운 질문이었던 것이다. 그러나 조선의 사회주의 운동가들은 그 누구나 품고 있을 불안감이고 의문일 거였다.

"글쎄요, 왜놈들이 뿌리를 뽑겠다고 발악적으로 경찰력을 동원하고 있는 걸 멈추진 않을 거요. 그러니까…… 솔직히 말하자면 전망이 밝지 못하오."

윤철훈은 고통스럽게 말하고는 담배를 깊이 빨아들였다.

"네, 그럴 거예요. 친일파들만 자꾸 늘어나고……."

최현옥은 다 알고 있었다는 듯 담담하게 말했다.

윤철훈은 순간적으로 비겁함과 수치심을 느꼈다. 불구덩이에서 혼자만 빠져나가는 기분이었다. 말상대가 여자라서 그 기분은 더 심한 것인지도 몰랐다.

"참 내가 면목이 없소. 혼자서만 도망치고 있으니……."

윤철훈은 괴로움을 솔직하게 털어놓고 말았다. 그러지 않고서는 더 견디기가 어려웠던 것이다.

"무슨 말씀이세요. 당연히 돌아가셔야지요. 돌아가셔서 저희들을 도와줄 방법을 또 찾아주셔야지요."

최현옥의 말은 분명하고 단호했다.

"글쎄요……."

윤철훈은 더욱 면목이 없었다.

두 사람은 풀섶의 이슬에 발을 축축하게 적시며 줄기차게 걸었다.

어둠을 타고 남자 조직원이 윤철훈과 최현옥의 은신처로 찾아들었다.

"제가 선생님을 여도까지 모시고 갈 겁니다. 선생님은 여도에서 배를 바꿔 타시게 됩니다."

남자 대원의 말이었다.

"그 배는 어떤 배요?"

윤철훈이 건조하게 물었다.

"예, 어선을 가장한 밀수선입니다. 속력이 빠르고 안전합니다."

"저도 선생님을 여도까지 모시고 싶은데 안 된다는 거예요."

최현옥의 말이었다.

"됐소, 명령대로 따르시오."

윤철훈이 희미하게 웃었다.

"출발하시지요."

"갑시다."

윤철훈은 남자 조직원을 따라나섰다.

어두운 해변에는 소형 선박이 기다리고 있었다.

"자아 최 선생, 이제 우리 이별을 합시다. 아이들 잘 가르치고……."

"선생님……."

최현옥의 목소리가 잠겨들었다.

"너무 섭섭한데 우리 러시아식 작별을 합시다."

윤철훈의 말과 동시에 최현옥이 윤철훈을 와락 끌어안았다.

윤철훈과 최현옥은 양쪽 볼을 번갈아가며 비볐다.

"잘 있어요, 부디 건강하고……."

"선생님, 안녕히……."

최현옥은 말끝을 맺지 못했다.

배는 이내 어둠 속으로 자취를 감추었다. 최현옥은 어둠의 장막을 응시한 채 움직일 줄을 몰랐다.

2

격랑 속의 격랑

"양 장군께서 피살되셨다!"

"뭐라고?"

"뭐라고?"

"뭐라고?"

조선혁명당군 병사들은 그 느닷없는 소식 앞에서 모두가 어리둥
절하고 얼떨떨하고 멍해져 한동안씩 정신을 차리지 못했다. 그 소
식은 너무 뜻밖이었고 너무 믿을 수가 없었고 너무 충격적이었던
것이다. 자기들이 늠름한 장군을 배웅한 것이 바로 어제였고, 일본
군과 싸워 한 번도 진 적이 없는 연전연승의 양세봉 장군은 피살
당할 분이 아니었던 것이다.

"어떻게 된 일이야?"

"어떤 놈들 짓이야?"

"어디서 그랬어?"

일단 정신을 수습한 병사들이 앞다투어 쏟아낸 물음들이었다.

"대랍자구(大拉子溝) 조밭에 미리 대기하고 있던 일본군들의 기습공격으로 화를 당하신 것이오. 중국항일군이 연합작전을 제의했다는 것은 밀정 박창해와 왕가가 꾸민 계략이었소."

이런 공식발표 앞에서 병사들은 땅바닥에 주저앉았고, 넋을 잃었고, 통곡을 했다. 그들에겐 하늘이 무너진 것이었다. 그들은 양세봉 장군을 하늘처럼 받들었기 때문이었다.

그런데 더 기막힌 것은 시신마저 찾을 수 없게 되었다는 것이었다. 일본군들이 시신을 가져가 버린 때문이었다.

"이대로 있어서는 안 된다."

"그래, 시신이라도 찾아야 한다."

"치고 들어가자. 원수를 갚아야지."

마침내 병사들은 분노를 폭발시키며 떨치고 일어섰다. 그러나 상부에서는 그들을 만류했다.

"여러분, 여러분의 분통함과 절통함이 얼마나 크고 깊은지 잘 알고 있습니다. 여러분의 충정과 의기 또한 얼마나 절절하고 뜨거운지 잘 알고 있습니다. 그러나 우리는 이런 때일수록 자중하지 않으면 안 됩니다. 왜냐하면 우리는 지금 양 장군님께 화를 입힌 일본군이 어느 부대이며, 양 장군님의 시신이 어디에 있는지 모르고 있는 실정이기 때문입니다. 이런 형편에 분통함과 의기만 앞세워 군사행동을 했다가는 경거망동이 되기 십상이고, 계획성 없는 경거

망동은 적에게 농락당해 무모한 인명피해만 자초하게 될 것입니다. 그런 어리석음을 범하는 것은 양 장군님께서도 바라시는 바가 아닙니다. 지금 간부진에서는 일본군 어느 부대가 양 장군님께 화를 입혔는지, 양 장군님 시신은 어디 있는지 백방으로 찾아나섰습니다. 그 사실들이 확인된 다음에 진군해도 때가 늦지 않습니다. 그동안 여러분들은 복수의 의지를 더 굳게 가다듬으며 자중해 주시기를 간절히 바랍니다."

조선혁명당군 600여 명은 그 간곡한 말을 따를 수밖에 없었다.

김건오는 다른 병사들과 마찬가지로 의기소침해져 총을 다잡았던 손에 맥이 풀리고 말았다. 전투가 벌어질 때마다 적이 어디를 어떻게 공격해 올지, 아군이 적을 어디서 어떻게 공격해야 하는지를 환히 알아 연전연승을 거두던 그분이 어떻게 밀정의 계략에 넘어갔는지 생각할수록 안타깝고 허망하기만 했다.

"무슨 수를 써서든 박창해하고 왕가 두 놈을 잡아야 해."

"당연하지. 두 놈을 잡아다가 갈기갈기 찢어죽여야 해."

"맞어, 그놈들을 그대로 살려두면 우린 다 병신이야."

"그런데 말야, 그놈들이 당할 줄 알고 벌써 멀리 도망쳤을지도 몰라."

"글쎄, 그럴 수도 있지. 왜놈들한테 돈을 굉장히 많이 받았을 테니까."

"그 말이 맞겠는데. 간부들은 그놈들 얼굴을 다 알고 있다면서?"

"얼굴만 아는 게 아니라 친분도 있다던데. 두 놈이 장군님하고 친분이 있었으니까."

"정말 사람 환장할 일이네. 장군님 같은 분이 어찌 그런 눈치를 못 챘을까."

"오래전부터 워낙 계획적으로 접근했으니까 속으신 거지. 그러니까 밀정이 무서운 거 아냐."

"꼭 그렇게만 볼 수는 없어. 처음엔 밀정이 아니었다가 일본놈들이 큰돈을 준다는 꾐에 빠져 밀정으로 변했을 수도 있어."

"그래, 그 말도 일리가 있어. 그나저나 밀정질하는 놈들은 어떻게 돼먹은 종자들이야. 조선놈이고 중국놈이고 간에."

"천하에 개종자들이지 뭐."

"참, 알 수가 없는 일이야. 그동안 독립군들한테 죽어간 밀정놈들이 수백 명을 넘을 텐데 그래도 끝없이 생기니 말이야."

"그야 돈 주고 벼슬 주고 그러니까 그렇지."

"좌우간 똥통에 구더기만도 못한 그런 종자들은 씨를 말려야 해."

"당연하지. 일본놈들보다 먼저 쳐죽여야 하는 놈들이 그놈들이야. 어찌 감히 양 장군님 같으신 분을!"

병사들은 날마다 모여앉아 이런 식의 이야기로 분이 끓고 탄식이 솟았다.

양세봉 장군의 횡사는 신빈현 통화현 유하현 일대의 동포들에게도 큰 충격으로 소문이 퍼져나가고 있었다.

"이게 무슨 날벼락이야!"

"아이고, 이제 우리 망했네!"

"군신(軍神)이신 분이 어찌 그런 흉한 일을 당했을꼬."

"믿을 수가 없네, 믿을 수가 없어."

"밀정이란 것이 못허는 짓이 없구나."

"세상에 아무리 밀정이라도 양심이 있지. 어찌 그런 분을……."

"그분이 어디 싸움만 잘하셨소. 장군 되기 전부터 졸병들을 이끈 것이 10년이 넘는데, 다른 군관들과는 달리 민폐를 끼치거나 위세를 부린 일이 한 번도 없잖았소."

"그렇구말구요. 늘 겸손하고 부하들이 찬물 한 그릇도 멋대로 못 먹게 했잖아요. 병사들이 마당도 쓸어주고, 장작도 패주고, 울타리도 고쳐주고, 그냥 밥을 얻어먹은 일이 없다니까요."

"어디 그뿐이오. 다른 독립군 부대가 민폐를 끼치면 막아주기도 했고, 만주사변 후로는 동포들이 변을 당한다고 동네에는 들어오지 않고 부대를 멀찍하게 산속에 숨겨놓고 조심조심 연락을 하곤 했잖아요."

"그러게 말이오. 싸움마다 진 일이 없고, 생각 깊으시고, 덕이 있고, 세상에 둘도 없는 분이셨는데."

"다 우리가 운이 없는 것이오."

"하늘도 무심하시지. 그 밀정놈들한테 벼락을 안 치시고."

사람들은 이렇듯 양세봉 장군의 횡사를 억울해하고 애석해했다. 그럴 수밖에 없는 것이 양세봉 장군은 흥경현성전투를 비롯해서 영릉가성전투 노구대전투 쾌대모자전투 같은 대규모 전투에서 일본군을 연속적으로 대파해 동포들 사이에서는 '군신'이라는 별칭으로 불리어지고 있었던 것이다.

그런데 일본군들이 그런 민심을 모를 리 없었다. 일본군들은 그런 양세봉 신화의 파괴작업에 나섰다.

일본군 부대가 어느 조선인 마을로 들이닥쳤다.

탕! 타당, 탕, 탕!

"나와라! 전부 다 나와!"

"아이들까지 다 나와!"

"빨리빨리 해! 꾸물거리면 쏜다!"

일본군들은 총을 쏘아대며 집집마다 들쑤시고 돌아갔다.

마을사람들은 아무 영문도 모른 채 아이들까지 데리고 공터로 끌려나갔다. 그들은 일본군들이 시키는 대로 반동그라미를 그리며 둘러섰다. 일본군들 일부가 마을사람들을 향해 총을 겨누며 늘어섰다. 아이들이 와들와들 떨며 부모들의 몸에 찰싹 붙어 있었다.

"그 마차 이리 끌어와라!"

일본군 지휘관이 소리쳤다.

공터 한쪽에 서 있던 달구지를 마부가 지휘관 앞으로 끌어갔다.

"이걸 저 앞으로 끌어내려라!"

지휘관이 부하들에게 명령하며 지휘봉으로 공터 가운데를 가리켰다.

"넷!"

네 명의 군인이 재빨리 달구지로 다가갔다. 그리고 한 사람이 거적을 걷었다. 거적 아래서 드러난 것은 사람의 시체였다. 네 명의 군인은 달려들어 시체의 팔다리를 하나씩 잡았다. 그리고 시체를 불끈 들어올렸다.

네 명의 군인에게 팔다리를 잡힌 시체는 축 늘어져 공터의 가운데로 옮겨졌다. 그리고 군인들이 달구지에서 시체 옆으로 다시 옮긴 물건이 있었다. 그건 작두였다.

일본군 지휘관이 마을사람들 앞으로 걸어왔다. 마을사람들은 모두 고개를 떨구었다. 지휘관은 지휘봉으로 가죽장화를 탁탁 치며 마을사람들 앞을 느리게 걷고 있었다. 마을사람들은 고개를 떨구고 있었지만 일본군 지휘관의 눈초리가 자신들을 훑고 있는 것을 역력하게 느끼고 있었다. 마을사람들의 끝에서 끝에까지 느리게 걸어간 일본군 지휘관은 획 몸을 돌려세웠다. 그리고 다시 걸음을 떼어놓기 시작했다. 그가 지휘봉으로 가죽장화를 치는 소리만 탁! 탁! 울리고 있었다. 마을사람들의 중간쯤 온 일본군 지휘관이 걸음을 뚝 멈추며 느닷없이 소리쳤다.

"너!"

그의 지휘봉이 한 사람을 겨누고 있었다.

"저, 저 말씀인가요?"

한 남자가 더듬거렸다. 쉰이 넘어 보이는 농부였다.

"그래 너. 이리 나와!"

일본군 지휘관의 싸늘한 명령이었다.

일본군 지휘관은 뒷걸음질로 시체 가까이 갔고, 그 농부는 잔뜩 움츠린 채 그에게 끌려갔다.

"이게 누군지 알겠나."

일본군 지휘관이 지휘봉으로 시체의 얼굴을 가리켰다.

"예에……."

부들부들 떨고 있는 농부의 목소리는 가늘었다.

"누군가? 다 알아듣게 크게 말하라!"

일본군 지휘관이 큰소리로 외쳤다.

"양, 양 장군님……."

"더 크게 말해!"

일본군 지휘관이 지휘봉으로 농부의 목을 후려쳤다.

"양 장군님이시오."

농부는 큰소리로 외쳤다. 그러나 그건 울부짖음이었다.

"그렇다, 이건 대일본제국에 반역을 꾀한 불령선인들의 괴수 양세봉이다. 이놈이 제아무리 날뛰어도 결국 무적의 일본군 손에 이꼴로 죽었다. 그동안 너희들은 이놈을 장군이라 부르고 그것도 모자라 군신이라고 떠받들었다. 그 죄를 생각하면 네놈들을 모조리 목을 쳐죽여도 모자란다. 그러나 황공하옵게도 인자하신 천황폐하께오서는 너희들의 죄를 용서해 주시었다. 그 하늘 같은 은혜에 너희들은 무엇으로 보답하겠는가! 바로 저 반역도배의 괴수 목을 너희들 손으로 치고, 오늘부터 충성을 맹세해야 한다. 너, 대표로 저놈 목을 작두로 쳐라!"

일본군 지휘관은 지휘봉으로 농부를 겨누었다.

그러나 농부는 꼼짝을 않고 서 있었다.

"안 들리나! 저놈 목을 작두로 치라니까."

일본군 지휘관이 다시 소리질렀다.

그런데 농부는 떨군 고개를 확실하게 가로젓고 있었다.

"뭐라고! 명령을 거역하면 네놈 목이 날아간다. 어서 쳐라!"

일본군 지휘관은 니뽄도를 획 뽑아들며 또 소리쳤다.

그러나 농부는 여전히 고개를 가로젓고 있었다.

"마지막으로 명령한다. 빨리 저놈 목을 쳐라!"

그러나 농부는 변함없이 고개를 가로젓고 있었다.

"바까야로 조센징!"

일본군 지휘관이 외쳐대며 긴 칼을 휘둘렀다.

농부의 몸이 휘청하더니 땅바닥에 쿵 부딪혔다. 잠시 후 반 넘게 잘린 목에서 시뻘건 피가 뿜어져 나오기 시작했다.

"다들 똑똑히 봤겠지! 명령을 거역하면 다 저 꼴이 된다."

일본군 지휘관은 이빨을 갈아붙이듯 하는 어조로 말하며 다시 마을사람들 앞으로 내달았다.

"너!"

일본군 지휘관은 또 한 사람을 지목했다. 이번에는 서른대여섯 나 보이는 농부였다.

앞으로 끌려나간 농부에게 일본군 지휘관이 명령했다.

"빨리 저놈 목을 쳐라!"

"이건 너무하십니다."

젊은 농부가 부르짖었다.

"칙쇼!"

일본군 지휘관이 또 니뽄도를 휘둘렀다.

뎅겅 잘린 목과 몸뚱이가 따로따로 땅바닥에 쿵! 쿵! 나뒹굴어졌다.

"이놈의 새끼들이⋯⋯, 너!"

이번에 지목당한 농부는 마흔다섯쯤 되어 보였다.

"어서 저놈 목을 쳐라!"

세 번째 농부도 고개를 저었다

"바까야로!"

니뽄도가 번쩍 빛나면서 또 허공을 갈랐다.

세 번째 농부도 나자빠졌다.

"어디 누가 이기나 보자. 너!"

네 번째 지목당한 남자는 쉰 살쯤 먹어 보였다.

"네놈도 죽겠느냐!"

눈이 벌겋게 충혈된 일본군 지휘관이 니뽄도를 치켜들었다.

"아, 아닙니다."

네 번째 농부가 곧 주저앉을 듯 몸을 움츠리며 손을 저었다.

"그럼 빨리 저놈 목을 쳐라!"

"예에⋯⋯ 예에⋯⋯."

네 번째 농부가 허둥거리며 양세봉 장군의 시체 옆으로 다가갔다. 그는 부들부들 떨리는 손으로 양 장군의 어깨부분 옷을 잡았다. 그리고 눈을 질끈 감은 채 끌어당겼다. 그러나 시체는 꼼짝도

하지 않았다.

"저걸 도와줘라!"

일본군 지휘관이 부하들에게 명령했다. 일본군 세 명이 달려들어 시체를 옮겼다. 일본군 한 명은 큰 작두날을 세워들고 있었다. 양 장군의 목은 작두 위에 걸쳐졌다. 작두날이 농부에게로 옮겨졌다. 작두날을 잡은 농부가 와들와들 떨고 있었다.

"빨리 쳐라!"

일본군 지휘관이 외쳤다.

농부가 괴상한 소리를 지르며 작두날을 내리쳤다. 그리고 농부는 픽 고꾸라졌다. 양세봉 장군의 목이 잘리고, 농부는 기절한 것이었다.

그 믿을 수 없는, 그러나 분명히 벌어진 그 일은 조선사람들의 동네에서 동네로 거센 바람이 되어 빠르게 퍼져나가고 있었다. 그리고 또다른 소문이 뒤를 이었다. 일본군들이 양세봉 장군의 목을 대창에 꽂아가지고 조선사람들의 동네를 돌며 그 얼굴에 침을 뱉게 한다는 것이었다.

조선혁명당군 총사령관 양세봉이 피살당한 것은 1934년 9월 20일이었다. 그의 나이 38세였다.

10월로 접어들면서 북풍이 꼬리를 세우기 시작했다. 아침이면 서리가 하얗게 내려 있고는 했다. 동북만주의 짧은 가을이 스러져가고 있었다.

그런데 용정과 국자가를 제외한 그 주변의 연길현 화룡현 왕청현 훈춘현의 산간지역에는 계절과는 반대로 이상한 열기가 흐르고 있었다. 그 산간지역에는 중국공산당 만주성위원회 소속인 동만특위의 항일유격대인 동북인민혁명군의 유격근거지들이 자리잡고 있었다.

노병갑은 야간경계근무를 끝낸 중대원들을 이끌고 부대로 돌아오자마자 동만특위 선전부장 홍완섭에게 연락을 했다. 동만특위는 동북인민혁명군 제3단의 호위를 받으며 왕청현에 함께 있었던 것이다.

"다녀왔습니다. 곧 오시겠답니다."

연락병의 보고였다.

"이상 없이 했겠지?"

노병갑은 언제나처럼 연락병의 눈을 주시하는 것을 잊지 않았다.

"옛, 이상 없이 했습니다."

"그래, 수고했다. 가서 쉬어."

노병갑은 연락병의 눈을 보고 연락이 잘됐음을 확인했다. 오랜 조직생활을 통해 부하들을 다루다 보니 눈을 통해 속마음을 읽는 법이 터득되어 있었다. 연락병에게 '이상 없이 했겠지?' 하고 묻는 말은 '딴사람은 모르게 했겠지?' 하는 말이었다.

당번병이 아침식사를 가지고 왔다. 잡곡밥에 된장국, 김치와 고사리나물이 전부였다. 그건 사병들과 똑같은 식단이었다. 언제나 먹는 것에 장교와 사병의 차별이 없었다. 그게 중국공산당의 방침이었다. 노병갑은 그 점은 참 좋게 생각했다.

노병갑은 밥을 먹으려고 다가앉으며 손이 혁대로 갔다. 그러나 다음 순간 그는 멈칫하며 혁대에서 손을 뗐다. 자기도 모르게 권총을 풀어놓으려 했던 것이다. 오래된 습관이었다. 그러나 권총을 풀어놓아서는 안 되었다. 언제나 발사할 수 있도록 차고 있어야 했다. 부대를 휘돌고 있는 그 이상한 열기가 언제 자신을 덮칠지 몰랐던 것이다.

노병갑은 권총집을 만져본 다음 밥을 먹기 시작했다. 그런데 그는 순식간에 밥을 먹어치웠다. 미처 5분도 걸리지 않았다. 그것도 독립군 생활에서 몸에 붙은 습관이었다. 그런데 그릇들은 마치 설거지라도 한 것처럼 깨끗하게 비워져 있었다.

노병갑은 담배를 피워물었다. 야간근무로 밤잠을 못 자 몸이 나른하고 무거웠다. 눕고 싶은 생각을 떼치며 더 똑바로 앉았다. 곧 홍완섭이 올 것이고, 부하들을 배치시키지 않고 잠들어서는 안 되었다.

어제는 또 몇 명이 당했나…….

노병갑은 담배연기를 내뿜으며 얼굴을 잔뜩 찡그렸다. 날마다 그 생각에 쫓기기도 지겨웠고, 그러기를 벌써 반년이 넘은 것이었다.

"야간근무했다고?"

홍완섭이 들어서며 물었다.

"응, 어서 오게. 어젠 또 어찌 됐나?"

노병갑은 홍완섭이 앉기도 전에 물었다.

"이거 참, 세 명이 당하고 한 명이 탈주했네."

홍완섭이 목소리를 죽이며 얼굴이 일그러졌다.

"하, 이거 또 세 명이나?" 노병갑은 어처구니없어하고는, "탈주한 사람은 용케 알았군. 그 사람은 어디로 간 걸까?" 그의 목소리도 낮았다.

"그야 모르지."

홍완섭이 혀를 차며 담배를 빼들었다.

"이봐, 얼마 안 되는 중국놈들이 쓸 만한 조선사람들 씨를 말리자는 것 아냐? 한 말 또 하는 거지만, 지금까지 당한 사람이 줄잡아 400명을 넘었어. 나도 언제 당할지 몰라 불안해서 미칠 지경이네."

노병갑의 얼굴이 상기되고 있었다. '당했다'는 말은 '총살당했다'는 말이었다.

"자네 심정 알아. 나도 똑같은 입장이니까. 허나 너무 걱정 말게. 혹시라도 무슨 일이 생기면 내가 즉각 연락을 취할 테니."

"그래, 난 자네만 믿네. 그런데 말이야, 우리가 신흥무관학교를 졸업한 이후로 난 손에서 총을 놓아본 일이 없이 살았는데, 그 긴 세월보다 금년 반년이 더 지긋지긋하게 길고 불안하네. 이 부대들 조선사람이 다 그럴 테니 무슨 전쟁이 되겠나. 곧 일본군들이 제3차 토벌을 대대적으로 벌인다는 소문이 파다한데 그 대비는 안 하고 언제까지 이놈의 민생단투쟁으로 제 도끼로 제 발등 찍어대는 짓을 할 것인가 그래. 거 자네가 소속된 상부에서는 이런 심각한 문제를 생각도 안 하고 있나?"

노병갑은 안타깝게 말했다.

"그 문제가 거론 안 되고 있는 건 아니네. 조선간부들이 이의를 제기하고 문제를 삼는데 중국간부들 태도가 워낙 완강해서 아직 해결이 안 되는 거지. 간부회의가 열리면 또 문제를 삼을 거네."

"홍, 언제? 쓸 만한 조선사람들 다 죽인 다음에? 그래, 졸병들 빼놓으면 얼마 안 남았으니까. 민생단투쟁이란 순전히 중국놈들이 쓸 만한 조선사람들을 다 쳐없애고 실권을 장악하기 위한 조작극이고 텃세야. 간부급에 속하는 조선사람들이 제놈들보다 더 똑똑하겠다, 수도 서너 배는 더 많겠다, 그러니 그런 누명을 씌워 없애는 수밖에 더 있겠어."

"어허 이사람아, 그런 소리 말어."

홍완섭이 질색을 했다.

"왜, 내 말이 틀렸는가?"

"글쎄, 옳고 그르고 간에 할 말이 따로 있지."

"염려 말게. 우리 중대 안만은 안전하니까."

"너무 과신하지 말고 제발 입조심해. 지금이 어떤 시간가. 나 그만 가봐야 하니까 또 연락하세."

홍완섭은 거침없이 쏟아지는 노병갑의 말이 두려운 듯 서둘러 일어섰다.

"미안하네. 자꾸 귀찮게 해서."

노병갑은 자신의 말이 너무 과했나 생각하며 홍완섭을 배웅했다. 그러나 그동안 참고 참아왔던 말을 토해버려 속이 시원하기도 했다.

노병갑은 상부조직에 홍완섭이 있는 것을 큰 다행으로 여기고 있었다. 말 한마디에 생목숨이 날아가는 이 불안한 시기에 자신이 믿을 것은 오로지 홍완섭뿐이었다. 신흥무관학교 동창인 그가 동만특위의 선전부장인 것은 더없이 큰 바람막이였던 것이다.

노병갑은 어제 당한 사람들이 누구일까를 생각하며 또 담배에 불을 붙였다. 6개월이 넘게 날마다 대원들이 죽어가지 않는 날이 거의 없었다. 적과 싸워서 죽는 것이 아니고 같은 대원들의 손에 처형당하는 것이었다. 민생단, 곧 왜놈의 밀정이라는 의심을 받고. 처형을 감행하는 쪽은 소수의 중국사람들이었고 일방적으로 처형을 당하는 쪽은 다수의 조선사람들이었다.

노병갑은 방대근의 말을 듣고 중국공산당 조직에 합류한 것을 또 후회하고 있었다. 민생단 사건이 일어나면서부터 그 후회는 날로 커지기만 했다. 그러나 이제 와서 공산당 조직과 결별할 수도 없었다. 삼사십 명 심복부하들을 이끌고 떠난다면 며칠을 견디지 못하고 일본군의 밥이 될 것은 뻔한 일이었다. 작년 말에 중국 관내로 이동하지 않은 것을 후회해 보았자 이미 엎질러진 물이었다.

한중연합토일군이 불화로 와해된 것은 작년 9월이었다. 동녕현 전투가 그 원인이었다. 한독당군은 동녕현의 일본군을 먼저 공격했으나 중국군은 약속을 어기고 지원을 하지 않았다. 한독당군은 지원을 믿고 너무 공격을 깊이 했다가 포위상태에 빠져 치명적인 피해를 입고 패배할 수밖에 없었다. 중국군이 지원을 하지 않은 것은 그들의 소극성 때문이었다. 중국군은 조선독립군에 비해 일본군에 대한 적개심이 그렇게 뜨겁지 않았고, 그러다 보니 전투에 임하는 것도 적극성이 모자라는 것이었다.

한중연합토일군은 그동안 사도하자전투에서 일·만연합군 1개 사단을 대파한 것을 비롯해서 경박호전투 대전자령전투에서 연이어 대승을 거두었다. 그러나 그동안 누적되어 온 여러 가지 문제점들이 동녕현전투로 표출되어 결국 와해되고 말았던 것이다.

동녕현전투에서 치명상을 입은 한독당군은 독립부대로서의 자립이 어려워 앞으로의 진로를 모색하게 되었다. 그 대안으로 나온 것이 중국 관내로의 이동이었다. 그건 일본군이 완전 장악한 만주에서 더 이상 독립전쟁을 수행하기 어렵다는 판단이기도 했다. 그런 결정 앞에서 노병갑은 고민에 빠지지 않을 수 없었다. 무턱대고 따라갈 수도 없었고, 그렇다고 자신의 부하들만 데리고 독립부대를 만들 수도 없는 처지였다.

그때 떠오른 것이 방대근의 말이었다. 독립을 위해서는 공산주의든 무엇이든 가리지 말고 힘을 합쳐야 한다는 것이었다. 만주에서 새롭게 뭉쳐져 일본군과 대적하고 나선 것은 공산주의 유격대들이었다. 그들은 중국공산당의 이름으로 뭉쳐져 있었지만 거의가 조선사람들이었다. 그리고 계속해서 유격대원들을 모집하고 있었던 것이다.

노병갑은 공산주의자들에 대해서 다시 한 번 생각해 보았다. 그들은 세 가지의 새롭고 특이한 점을 가지고 있었다. 첫째, 일본군이

나 만주군의 무기를 빼앗아 유격대들을 조직한 것이었다. 둘째, 가난한 농부들의 편을 들어 지주들의 횡포에 맞서고 나서는 것이었다. 셋째, 조직활동을 앞세워 주민들에게 일체의 돈을 걷지 않는 점이었다. 이 세 가지는 그전의 독립군 단체들과는 완전히 다른 점이었다. 그 차이점은 노병갑에게 호감으로 작용했다. 노병갑은 방대근의 말마따나 마음을 크게 먹고 지난날의 감정을 잊기로 했다. 그리고 공산주의자들과 힘을 합치기로 마음을 정했다.

한국독립당 당수 홍진과 한독당군 사령관 이청천은 10월 중순에 북경으로 떠나갔다. 노병갑은 자신의 부하 50여 명을 이끌고 공산당 유격대 지휘부를 찾아 남쪽으로 이동했다. 화룡현에 이르러 중국공산당 동만특위 본부를 만나게 되었다. 동만특위에서는 대환영이었다. 그럴 수밖에 없는 것이 완전무장한 50여 명의 병력이란 그대로 하나의 독립유격대였던 것이다. 그런데 한 가지 조건이 붙었다. 전원이 매일 두 시간씩 공산주의 학습을 받으라는 것이었다. 노병갑은 흔쾌하게 응했다. 자신의 부하들도 이미 공산주의에 대해 들은 풍월이 있었고, 사방으로 나도는 등사판 선전물도 더러 읽어서 공산주의가 무엇인지 어림짐작은 하고 있었던 것이다.

그런데 학습 강사로 나타난 것이 뜻밖에도 신흥무관학교 동창인 홍완섭이었다. 그때 그는 선전부에 속해 있었을 뿐 부장은 아니었다. 그런데 민생단 사건이 터지면서 부장이 처형당하자 몇 달 전에 승진한 것이었다.

동북인민혁명군 제2군 독립사 제3단 제3중대장이 된 노병갑이 처음 맞닥뜨린 것은 일본군이 아니라 자체 내에서 벌어지고 있는 민생단원 처형이라는 회오리바람이었다. 소수의 중국인들이 다수의 조선인들을 마구잡이로 사냥하는 격인 그 사건이 무슨 영문인지 노병갑은 어리둥절할 수밖에 없었다.

"도대체 민생단투쟁이라는 게 뭔가?"

학습이 끝나고 나서 노병갑은 홍완섭에게 조용히 물었다.

"그래, 자네도 지휘간부로서 알아둬야 할 일이지. 그러니까 말야, 만주사변이 일어나고 만주국이 세워지기 직전인 32년 2월에 조선에서 용정으로 건너온 친일파 김성호가 왜놈들의 사주를 받아 《경성매일신보》 부사장 박선윤, 광명회의 정사빈 등과 연합해서 민생단이란 것을 조직했네. 그 단체는 겉으로는 조선인들에게 간도 자치를 내세웠지. 그건 왜놈들이 만주에 사는 조선사람들의 생명과 재산을 보호하기 위해서 만주사변을 일으킬 수밖에 없다는 주장과 일치하는 거지. 그런데 속에 감춰진 목적은 북간도에서 공산주의운동을 교란시키고 파괴하자는 것이었지. 다시 말하면 민생단은 대규모 밀정 스파이단체였던 거네. 민생단원들은 백색구역(일제 통치지역)의 친공산권은 말할 것도 없고 적색구역(유격근거지)에까지 자원유격대원으로 가장해 잠입·침투해서 간도 자치며 생활보장, 조선인 우대 등을 교사하며 내부분열 공작을 획책한 거네. 그러기를 5개월쯤 하다가 민생단은 해산됐지. 그런데 문제는 그놈들의 암약이 뒤늦게 드러나면서 유격근거지에서는 조선사람이면 일단 민생단분자로 의심받는 사태가 벌어지게 되었네."

"허, 민생단원들이 조선놈들이기 때문에 그런단 말인가?"

"그렇지."

"그럼 민생단이 다섯 달 만에 해산됐으면 그 조사도 길어야 1년을 잡고, 작년 7월에는 끝났어야지 어째서 금년 3월까지 이 야단이란 말인가?"

노병갑은 그 이유를 도무지 이해할 수가 없었다.

"글쎄, 그게 참 복잡하고 심각한 문젤세. 한 사람이 의심을 받아 고문을 당하면 그 사람이 고문을 견디지 못하고 자기와 가까운 몇 사람 이름을 대게 되네. 그 몇 사람이 또 고문을 당해 몇 사람씩을 대게 되고. 그러니 사태가 걷잡을 수 없이 확대되면서 희생자들은 급증하고, 중국인 당원들의 의심은 점점 더 증폭되고 말야. 거기다가 조선인 분파주의자들이 가세하고 있어서 사태는 더 악화일로에 있네."

홍완섭은 깊은 한숨을 쉬었다.

"조선인 분파주의자들이란 뭔가?"

"음, 자넨 잘 모르겠군. 그러니까 조선 공산주의자들은 서너 개의 파벌이 있었네. 그 사람들이 만주에서도 제각기 활동을 하다가 중국공산당의 정책에 따라 모두 중국공산당원이 됐네. 그런데 그 사람들은 중국공산당원이 되고서도 지난날의 파벌의식을 버리지 않고 젊은 사람들을 상대로 회유하고 협박해 가며 자기편으로 끌어들이려다가 말을 안 들으면 민생단으로 모함을 해버리는 거야."

"이런 놈의 일이 있나. 헌데 소문으로는 지난 1년 동안에 죽어간 조선사람들이 300명을 넘는다는데 사실인가?"

"아마 그리될 거네."

"자네 생각으로는 그중에서 몇 명이나 진짜 민생단이라고 생각하나?"

"그런 것 묻지 말어."

홍완섭은 눈을 질끈 감아버렸다.

"그런데 그 민생단이란 종자들은 돈을 받고 그 짓들을 했던 건가?"

"그야 뻔하지."

"도대체 얼마씩이나 받는 거야?"

"글쎄, 우리가 수집한 정보로는 월 25원 정도고, 공작대 단위로 공작금이 따로 나온다더군."

"개자식들! 그까짓 25원을 가지고."

"그리 볼 것도 아니네. 힘든 일 하기 싫고, 쉽고 편하게 살고 싶은 인종들한테 25원은 큰돈일세. 노동자가 공장에서 한 달 내내 골빠지게 일해서 받는 것이 10원이 못 되고, 조 수수 한 가마에 3원 정도밖에 안 하는 것을 생각해 보게."

"그나저나 나 이거 발을 잘못 디민 것 아닌가?"

"아니야, 자넨 아는 사람이 없으니까 안심해도 돼. 그리고 나 이외의 사람한테는 절대로 민생단 이야기는 꺼내서는 안 돼. 자네 부하들한테도. 그리고 전투만 열심히 해서 전과를 올려. 내 생각에는 그리 오래갈 것 같지는 않으니까."

"그런데, 그 고문이 그렇게 혹독한가?"

"고문당하다 죽는 사람도 수두룩하니까."

"이거 참 입맛 더러운데."

"그 일 그만 생각하고 자네 할 일이나 해. 딴 일에 정신 팔면 전투를 망치잖나."

그때까지만 해도 노병갑은 중국인들이 조선인들에 대해 민족적 차별을 한다거나 텃세를 한다고 생각하지 않았다. 그런데 민생단투쟁이란 이름의 피바람은 멈출 줄 모르고 계속되고 있었고, 쉬쉬하는 속에서 억울하게 죽어가는 조선사람이 너무 많다는 소문이 떠돌고 있었고, 중국대원들보다 서너 배는 더 많은 조선대원들은 고양이 앞에 쥐처럼 전전긍긍하며 몰리고 있었고, 부대마다 이탈자들이 속출하고 있었고, 자신도 언제 당하게 될지 모른다는 불안감이 자꾸 커져 가면서 그 생각도 점점 강해지고 있었던 것이다. 조선사람을 차별하고 무시해서 자행하는 횡포라는 생각은 중국사람들에게 반감과 증오심을 갖게 했다.

그런 체포와 처형의 소용들이 속에서도 각 유격근거지의 부대들은 일본군과 크고 작은 전투를 계속해야 했다. 일본군들은 유격근거지와 민간인들 사이를 차단해 가며 끊임없이 토벌작전을 감행하고 있었다. 노병갑은 전투만 열심히 한 것이 아니었다. 만일에 대비해서 언제나 무장한 부하들을 자신의 주변에 배치했다. 자신에게 위험이 닥치면 무력대결로 그 위기를 돌파할 작정이었던 것이다.

부하들을 배치하고서도 편한 잠을 잘 수가 없었다. 옷을 벗지 않은 것은 물론이고 구두까지도 신은 채로 권총을 머리맡에 두고 토끼잠을 잤다. 막사에서 자는 잠이 꼭 적과의 대치상태에서 자는 잠처럼 불안하기만 했다. 그런 공포 분위기 속에서 노병갑은 계속 어디론가 떠날 궁리를 하고 있었다. 그러나 그 어디에도 마땅한 부대가 없었다. 홍진과 이청천이 떠남으로써 이제 동북만주에 민족주의 계열의 독립군 부대는 찾을 수 없게 되었다. 그런데 남만주에서 명성을 드날리던 양세봉 장군이 비명횡사했다는 소식마저 지난달에 들었다. 그 소식은 너무 충격적이었다. 그 뒤의 조선혁명당군의 소식에 신경을 집중시켰다. 그런데 들려오는 소식은 어둡기만 했다. 부대원들의 사기가 형편없이 떨어지고 부대가 해산될 위기에 있다는 것이었다. 그 부대마저 해산되면 남만주에서도 민족주의 계열의 독립군 부대는 자취를 감추게 되는 것이었다.

"이보게, 그럼 공산당군은 만주 전역에서 이런 꼴을 하고 있는 건가?"

"아니야. 이건 동북인민혁명군 내에서만 일어나고 있는 특수 상황이야. 다 그 말썽 많은 용정이 가까워서 벌어지는 병폐 아니겠나."

홍완섭의 대답이었다.

그러나 다른 지역의 공산당 유격대를 찾아가고 싶은 마음은 전혀 없었다. 중국 공산주의자들은 전혀 믿을 수가 없었고, 이미 정이 떨어져 있었던 것이다.

노병갑은 방대근이도 생각해 보았다. 그가 송수익 선생을 모시고 일을 하자고 찾아왔던 지난 일을 떠올렸던 것이다. 그러나 30여 명으로 줄어든 직계부하들을 이끌고 길림 근방까지 가기는 때를 놓친 것이었다. 30여 명의 병력은 산간지역에서는 적 300명도 상대해서 이길 수 있는 괴력을 발휘할 수 있었지만 적들이 이미 조직적으로 장악하고 있는 평지로 나갔다가는 뱀 앞의 개구리일 뿐이었다.

노병갑은 이래저래 나날이 사는 것 같지 않은 불안과 초조에 휘말리고 있었다. 그나마 마음이 편할 때가 일본군과 싸울 때였다. 총알이 빗발치는 속에서 그런 생각은 끼어들 틈이 없었다.

그런데 염려하고 예상했던 일본군의 대대적인 토벌작전이 개시되었다. 산간지역의 나뭇잎들이 떨어지기를 기다렸다가 전개하는 동계작전이었다. 노병갑은 살아난 기분이었다. 아군의 첩보에 의하면 일본군은 용정을 둘러싸고 있는 네 개의 현에 3만의 병력을 투입한다는 것이었다. 그 대공세에 맞서다 보면 전투는 장기화될 수밖에 없었고, 그렇게 되면 민생단투쟁이란 광기에서도 벗어날 수 있었던 것이다. 그리고 발등에 떨어진 불이 급해 중국 공산주의자들도 민생단투쟁을 중지하지 않을 수 없으리라 싶었다.

노병갑은 나흘째 일본군과 전투를 벌이고 있었다. 적은 수로 많은 수와 싸워야 하기 때문에 진지전을 아예 피한 기동적인 유격전이었다. 부대를 소조로 분산시키고 지형을 이용해 가며 적을 유인하여 치고, 신속하게 빠져서 적의 측면이나 후면을 다시 공격하는 심리전이고 교란전이었다. 그런 유격전에 맞서서 적들이 기를 쓰며 시도하는 것이 많은 수를 이용한 포위작전이었다. 그러나 산줄기가 이어지고 또 이어지는 산간지역에서 포위작전만큼 아둔한 것도 없었다.

노병갑이 전투에 열중하고 있는데 뜻밖의 사람이 찾아왔다. 홍완섭과 가까운 김균이었다.

"이틀 동안 노형을 찾아 헤매다니느라고 죽을 뻔했소."

얼굴이고 옷이고 고생한 흔적이 역력한 김균이 눈물까지 글썽였다.

"날 찾다니, 어쩐 일이시오?"

불길한 예감이 노병갑의 머리를 쳤다.

"이거 홍완섭 형이 보내는 편지요."

김균이 화투짝 반 정도로 접은 종이를 내밀었다.

노병갑은 서둘러 종이를 펼쳤다. 종이 크기는 손바닥만했다. 거기에 휘갈겨쓴 홍완섭의 글씨 몇 개가 적혀 있었다.

　　노형! 신속 피신 요(要).

"어떻게 된 거요?"

편지를 구기는 노병갑의 눈에서 불꽃이 일었다.

"홍형이 체포됐소."

노병갑은 자기 자신의 일을 물었는데 김균은 홍완섭의 일을 말하고 있었다.

"뭐, 뭐라고요?"

노병갑은 심한 충격을 받았다. 그건 짐작조차 하지 않은 뜻밖의 일이었다. 노병갑은 자신이 위험에 처하게 되어 홍완섭이 사람을 보낸 것으로만 생각하고 있었던 것이다.

"홍형이 체포되기 직전에 그 편지를 써준 거요. 나도 노형과 함께 행동하라고……."

"아니 그럼, 김형도 의심받고 있단 말이오?"

노병갑은 또 한 번 놀랐다.

"누군가가 홍형을 얽어넣으면서 우리도 지목한 것 같소."

"아니, 어떻게 홍형 같은 사람이 다 당한단 말이오? 그런 직책에 있는 사람을……."

노병갑은 이를 뿌드득 갈았다. 험상궂게 일그러지는 그의 거무튀튀한 얼굴에 증오가 이글거리고 있었다.

"그보다 더한 직책에 있는 사람들도 수두룩하게 당했소. 조선사람에다 민생단으로 찍히면 지위고하 불문이오."

김균이 스산하고도 쓴 웃음을 지었다.

"빌어먹을 놈들, 조선사람들이 제놈들 밥인가!"

노병갑이 침을 내뱉으며 주먹을 부르쥐었다.

"좌경 맹동주의와 좌경 극단주의가 그렇게 무서운 거요."

"그게 아니오. 중국놈들이 제놈들 땅이라고 우릴 업신여기고 깔보면서 텃세를 하는 것이오. 이건 도저히 더 이상 참을 수 없는 일이오."

권총을 잡는 노병갑의 눈에서는 불길이 일고 있었다.

"예, 어느 일면으로 그런 민족배타주의가 작용하고 있는 것도 부인할 수는 없겠지요."

"됐소, 오늘부터 그놈들은 내 원수요. 내가 꼭 원수를 갚고 말겠소."

"아니, 그게 무슨 소리요?"

김균이 놀란 기색으로 의아해했다.

"무슨 소리냐니. 말 그대로 아니오. 그놈들을 다 쓸어없애고 말겠소."

노병갑이 권총을 빼들며 또 이를 뿌드득 갈았다.

"노형, 노형이 백전노장인 것은 알지만 노형 부대만으로는 무모한 짓이오."

김균의 목소리가 떨리고 있었다.

"하! 내 말을 잘못 알아듣고 계시구먼. 난 저쪽으로 넘어가겠다 그거요. 그래서 중국놈들을 싹 쓸어없애겠소. 아무 죄 없는 사람들을 그렇게 많이 죽이고, 그것도 모자라 홍완섭이를 죽이고 나까지……."

노병갑의 입가에 싸늘한 웃음이 스쳐갔다.

"아니 노형, 그건 안 되오. 중국 공산주의자들이 분명 오류를 범하고 있지만, 그건 전부가 그런 것이 아니고 일부가 저지른 잘못이오. 노형의 분하고 억울한 심정은 잘 알지만 그런 식으로 원수를 갚겠다는 건 잘못 생각한 것이오. 홍형이 피하라는 건 그런 뜻이 아니오."

김균은 당황해서 어쩔 줄을 모르고 있었다.

"나한테 아무 말도 마시오. 내가 중국놈들한테 이런 꼴 당하려고 만주땅에서 고생한 게 아니니까. 난 당장 행동을 취하겠소. 김형도 행동을 결정하시오."

노병갑은 김균을 응시하며 단호하게 말했다.

"노형, 홍형이 피하라는 뜻은 민생단투쟁이 없는 다른 지역의 유격대로 가라는 것이오. 남만 쪽 어디로······."

김균이 사정하듯 말했다.

"글쎄, 여러 말 말라니까요. 거기 가면 민생단투쟁이 아니라 생민단투쟁이 없으란 법이 없잖소. 그까짓 명칭이야 뭣이거나 간에 이쪽에서 일어난 일이 그쪽에서도 일어나면 조선사람들은 또 중국놈들의 개밥이 될 거 아니겠소. 안 그렇소?"

노병갑이 대들듯이 말했다.

"······."

김균은 노병갑을 쳐다본 채 더 입을 열지 못했다.

"김형, 빨리 마음을 정하시오. 난 곧 행동에 착수하겠소."

노병갑은 권총을 더 힘껏 틀어쥐었다.

김균은 가슴이 다 조여드는 것 같은 한숨을 진하고 길게 내쉬며 고개를 떨구었다. 그리고 한동안 미동도 없었다. 그러더니 느리게 고개를 들었다.

"나······ 혼자서라도 남만으로 가겠소······."

김균은 독백하듯이 말했다. 그의 눈길은 먼 데로 가 있었다.

"됐소. 김형이 이틀 동안 헤맸다니까 그놈들이 우릴 잡으려고 곧 들이닥칠지도 모를 일이오. 김형도 빨리 행동하시오. 난 그럼 가보겠소."

노병갑이 돌아서서 빨리 걷기 시작했다.

김균은 노병갑의 뒷모습을 멍하니 바라보고 서 있었다. 그동안에도 위기에 처한 사람들이 탈주해서 더러 노병갑처럼 일본군으로넘어간 경우가 있었다. 민생단투쟁이란 회오리가 만들어낸 또 하나의 비극이었다. 김균은 노병갑을 가로막을 수 없는 자신의 무능을절감하며 눈을 질끈 감았다. 그리고 돌아서며 심호흡을 했다. 남만까지의 머나먼 길을 가야 했던 것이다.

3

아버지를 찾아서

송중원의 아내 하엽은 김제경찰서로부터 출두 명령을 받았다. 물론 경찰에서 출두하라고 한 것은 송중원이었다.

"저어, 아그덜 아부지넌 경성서 살제 여그 없는디요."

하엽은 뜻 모를 두려움에 가슴을 떨며 이렇게 말했다.

"경성서 살다니?"

경찰이 하엽의 위아래를 훑었다.

"예, 경찰서 허락 맡고 작년에 경성으로 취직히서 갔구만요."

"흠, 당신은 누구여?"

"안사람이구만요."

"안사람? 근디 어찌서 경성으로 안 따라갔소?"

경찰이 의심스런 기색을 내비쳤다.

"그간에 집도 처분이 안 되고, 경성서 돈얼 모으니라고 못 갔구만요. 쬐깨 더 있다가 가게 될 거구만요."

하엽은 사실대로 말했다.

"됐소, 그러믄 당신이라도 출두혀."

"저어…… 무신 일인지……."

"그야 출두허믄 알 일이고."

경찰은 차갑게 내쏘고는 자전거를 타버렸다.

하엽은 넷째 딸아이를 업고 친정으로 발길을 서둘렀다. 친정아버지에게 알리지 않고 혼자 경찰서를 찾아갈 엄두가 나지 않았다. 또 시집일로 친정아버지를 괴롭히게 될지 모르지만 어찌할 수 없는 일이었다. 시집일이라는 것이 그저 사사롭고 속된 일로 일어나는 말썽이 아니었던 것이다. 내놓고 자랑을 하지는 못했지만 언제나 떳떳한 일이었고, 괴로움과 어려움을 당한 만큼 시집이나 친정이 근동의 모든 사람들에게 떠받들려지고 있다는 것을 언제나 느낄 수 있었다.

"무신 일인고……?"

딸 하엽이의 이야기를 듣고 난 신세호는 그저 담담하게 반응했다. 그러나 그건 딸을 안심시키려는 아버지의 마음이었을 뿐이고 그는 내심으로는 불길한 예감에 휘말리고 있었다.

"벨일 아닐 것잉게 너무 걱정 말고, 나허고 함께 가보도록 허자."

신세호는 딸을 바라보며 엷은 웃음을 지었다. 망건을 단정하게 쓴 그의 머리에 희끗희끗 흰머리가 섞여 있었다.

"맨날 아부님께 폐만 끼치고……."

"부모 자석 간에 그런 말 허능 것 아니다. 안방에 가서 쉬거라."

"예에……."

하엽은 아버지도 표나게 늙어가신다는 생각을 하며 사랑방에서 물러났다.

신세호는 눈을 내려감으며 또 무슨 일일까를 생각해 보았다. 경찰에서 출두 명령을 내렸는데 좋은 일일 까닭이 없었다. 그러나 나쁜 일이면 무엇인지 선뜻 짚이는 것이 없었다.

다음날 신세호는 딸을 데리고 경찰서를 찾아갔다.

"송중원이가 사위라고요?"

"예, 그렇습니다."

"그럼 송수익이하고는 사돈이란 말이오?"

"예에……."

신세호는 그때서야 송수익의 신변에 무슨 일이 생겼나 하는 생각을 퍼뜩 했다.

"송수익이가 15년형을 언도받고 봉천 제2감옥에 갇혔소."

"예에?"

신세호는 머리가 핑 울리며 눈앞이 아뜩해지는 것을 느꼈다.

"죄목은 관동군 총사령관 살해음모요."

"……."

"이런 죄목에 15년이면 너무 관대한데."

경찰은 들고 있던 종이를 뒤집어 책상에 놓는 것과 동시에 책상을 쾅 쳤다.

"저어…… 언제 그런 일이……."

신세호는 다 허물어진 가슴을 수습하며 겨우 입을 열었다.

"나도 더 이상 모르겠소. 여기 더 씌어진 게 없으니까. 이제 돌아
가시오."

신세호는 집으로 돌아가면서 내내 15년만을 생각하고 있었다.
다른 생각은 전혀 떠오르지 않았다.

15년……, 15년이면 여생의 전부 다였다. 아니, 편한 세상살이를
해도 환갑을 넘기지 못하는 사람들이 더 많았다. 그런데 감옥살이
15년을……, 그건 십중팔구 감옥에서 변을 당하게 되어 있었다.

죽일 놈들, 감옥에서 죽이자는 거로구나…….

신세호는 후들거리는 다리로 찬바람 가득한 들길을 걸으며 탄식
을 하고 또 했다. 하엽이는 아버지의 뒤를 따라가며 눈물을 훔치고
또 훔쳤다.

"낼 나가 서울에 댕게와야겠다."

집에 돌아와 냉수 한 사발을 다 마시고 나서 신세호가 딸에게
한 말이었다.

지도 갈랑마요.

하엽이는 이 말을 몇 번이고 씹었다. 그러나 결국 입 밖에 내지
못하고 말았다. 아버지가 어려워서만이 아니었다. 자신이 따라나서
면 아버지는 비용을 곱으로 써야 했던 것이다. 시집일로 마음 괴로
운 아버지에게 그런 부담까지 드릴 수는 없었다. 더구나 자신이 간
다고 해서 나아질 일은 아무것도 없었던 것이다.

"자네 동상도 불르게. 함께 의논헐 일이 있네."

잡지사로 사위를 찾아간 신세호는 거두절미하고 이렇게 말했다.

송중원은 예감이 좋지 않아 무슨 일인지 묻고 싶었지만 어른에 대한 예의가 아니라 꾹 눌러 참았다. 그 대신 동생에게 연락 취하는 일을 서둘렀다.

"잘덜 듣게. 나가 어지께 경찰서서 통고받은 일인디, 집안에 큰 우환이 생겼네. 다름이 아니고, 춘부장 어르신께서 15년형얼 언도받어 봉천 제2감옥에 갇히셨네."

"예에?"

송가원이 소스라치며 허리를 곧추세웠고, 송중원은 예상이라도 했다는 듯 입을 꾹 다물고 앉아 있었다.

"관동군 총사령관 살해음모라는 것인디, 경찰에서도 더는 아는 것이 없대. 이 일얼 어찌해야 될란지 의논허세."

신세호가 앉음새를 단단하게 짜며 곰방대를 입에 물었다.

"예, 하루빨리 면회를 가야지요. 거긴 지금 말도 못하게 추울 텐데요."

송중원이 잠긴 목소리로 말했다.

"저어, 면회는 면회고, 제가 아주 봉천으로 거처를 옮기겠습니다. 보나마나 고문을 당하셔서 건강이 형편없이 나쁘실 거고, 앞으로도 계속 옥바라지를 해야 하니까요."

송가원은 미리 준비라도 하고 있었던 것처럼 구체적으로 말했다.

"아니, 그 일이야 그리 다급허니 결정헐 일이 아닐 상싶은디. 안

사람허고 의논도 해야 헐 것이고……."

신세호가 느리게 고개를 저었다.

"아닙니다, 이건 즉흥적으로 하는 말이 아닙니다. 전 공허 스님 말씀을 듣고 그전부터 만주로 가볼 생각을 가지고 있었습니다. 그런데 아버지가 변을 당하셨으니 이젠 당연히 가야 되지 않겠습니까?"

얼굴에 분노가 드러난 송가원은 단호한 태도로 신세호와 형을 쳐다보았다.

"글쎄…… 네 맘은 알겠다만, 그 문젠 좀더 시간을 두고 생각해 보자. 네 처 생각도 있을 것이고……."

송중원이 괴로운 얼굴로 말했다.

"아니오. 난 가장입니다."

송가원은 아까보다 더 단호한 태도를 보였다.

그래, 사내다워 좋다!

신세호는 가슴이 확 뚫리는 시원함을 느끼고 있었다. 가원이는 그 생김대로 형하고 다르다 싶었다. 가원이는 형보다 아버지 송수익을 더 많이 닮은 것을 느끼고 있었다.

"글쎄, 옥바라지를 나서도 내가 나서야지……."

송중원이 동생에게 고개를 저었다.

"예, 형님이 장남으로서 그렇게 말하는 건 당연하지요. 허나 이 문젠 장남이라는 사실만으로 얘기할 게 아니라 모든 조건을 따져서 결정할 문젭니다. 그럼 형님이 만주로 거처를 옮긴다고 생각해

봅시다. 첫째, 형님은 두 번씩이나 감옥살이를 한, 왜놈들이 볼 때는 고약한 전과자에 요주의 인물입니다. 고이 두만강을 건너가게 둘 것 같습니까? 또, 비밀리에 건너간다고 해도 만주에서 장기간 무사히 견딜 수 있겠어요? 그건 아예 불가능한 일이지요. 그래서 체포되면 어떻게 되지요? 도강한 사실만으로도 감옥살이를 또 해야 하고, 독립운동했다는 혐의까지 뒤집어쓰게 될 건 뻔한 일 아닙니까. 둘째, 형님은 만주에 가서, 이건 오해 마세요, 생활능력이 없잖아요. 셋째, 형님은 아직도 건강이 좋지가 않습니다. 헌데 내 입장은 형님과 다릅니다. 난 조선총독부가 인가한 의사자격증 소지잡니다. 그리고 아무 전과도 없어요. 몸도 건강하구요. 누가 만주로 가야 되겠어요? 또한 내가 만주로 가는 것에 대해서 형님은 전혀 부담을 느낄 게 없어요. 돈벌이 잘되는 봉천으로 돈벌이 간 거라고 생각하면 돼요. 만주사변 후로 봉천이고 장춘이고 하얼빈이고 경기가 좋아져 한밑천 잡겠다고 일부러 그런 델 찾아가는 사람들이 많아졌잖아요. 말이 나왔으니 말인데 의사들 사이에서도 그런 데로 가면 돈벌이가 훨씬 좋다는 말이 오가고 있고, 실제로 떠나려는 사람들도 있어요. 자아, 형편이 이런데 누가 만주로 가야 되겠어요? 사장 어른, 이 문젤 어떻게 생각하십니까?"

송가원은 어서 판정을 내리라는 듯 신세호에게로 눈길을 돌렸다.

"글씨이이……"

신세호는 말꼬리를 길게 끌며 고개를 끄덕거리고 있었다.

"형님, 결정 났어요. 사장 어른께서도 내 말이 옳다고 수긍하셨소."

송가원은 숨쉴 틈 없이 밀어붙였고, 송중원은 난처한 얼굴로 장인을 쳐다보았다.

"그렇게 요것이……, 면회 가는 것도 시급허고 옥바라지도 시급헌 문젠디, 이야기럴 들어봉게 가원이 사둔 말이 일리가 있기넌 있네. 일이 꾀이지 않고 순탄허니 풀리게 허자면 동상 말대로 허는 것이 좋겠는디, 그리되면 장남인 자네 입장이 곤궁해지기넌 허제. 허나 형편이 형편이고, 부모 일에 장자 차자가 따로 있는 법이 아닝게 그 점도 생각허는 것이 좋겠네."

신세호의 말은 신중했다. 그 말은 형인 송중원의 입장을 살리는 동시에 동생 가원의 의견을 따르는 효과를 나타내고 있었다.

"예, 지당한 말씀이십니다. 자식은 누구나 자식 된 도리를 다해야지요. 그리고 아버지께서도 형님 입장을 다 이해하실 거구요. 형님이 움직여 이런저런 말썽이 생기면 오히려 아버지를 더 괴롭혀 드리는 불효 아니겠어요."

송가원은 이야기를 매듭짓듯 '불효'라는 말까지 동원해서 마지막 못을 치고 있었다.

"허지만 네 처 말도 안 들어보고……."

체념하는 기색이 완연해진 송중원이가 침울하게 말했다.

"그건 염려 말라니까요."

송가원은 자르듯이 말했다.

"되았네, 자네딜 둘 다 효자로구만. 그 문제는 그리 정허기로 허고, 그러믄 면회는 언제 떠나기로 헐 것인가?"

신세호가 한 가지 문제를 마무리지으며 말머리를 돌렸다.

"예, 그야 빠를수록 좋지 않겠습니까."

송중원의 빠른 대답이었다.

"차입할 옷도 준비해야 하고 하니까 아무리 서둘러도 사오 일 뒤에나 떠나게 될 겁니다."

송가원은 형의 옥바라지 경험을 생각하며 말했다.

"그러겠제. 그간에 나넌 질 떠날 채비혀 갖고 올 것잉게 자네덜도 준비허는 것이 좋겄네."

신세호가 곰방대의 재를 털며 말했다.

"장인 어른께서도 가시게요?"

"하면, 가봐야제. 아무것도 헌 일 없이 산 죄가 큰디 면회는 가야제."

송중원은 장인의 겸손에 얼굴 뜨거워지는 것을 느꼈다. 장인은 아버지와 비교해 무기만 들지 않았을 뿐 끈질기게 반일의 길을 걸어왔던 것이고, 정작 아무것도 하지 않은 것은 자기 자신이었던 것이다.

"나가 밤차로 내래갔다가 이틀 후에 오겄네. 요것 얼매 안 되는디 옷 맨드는 디 보태소."

신세호는 돈을 사위 옆에 놓았다.

"아닙니다, 비용은 넉넉하게 있습니다. 그냥 넣으십시오."

당황한 송중원은 돈을 집어 다시 장인에게 내밀었다.

"어허, 그럴 법이 있능가. 어서 거둬넣고 일이나 빈틈없이 준비허게."

신세호의 태도는 찬바람 나게 엄했다.

"저어…… 그런 것이 아니고……."

그 기세에 눌린 송중원은 얼른 동생에게 눈길을 돌렸다. 그런데 한 손으로 턱을 받친 동생은 무슨 생각엔가 골똘히 빠져 있었다. 송중원은 어쩔 수 없이 돈을 받아넣을 수밖에 없었다.

"가원아, 장인 어른은 내가 모실 테니 넌 그만 가서 일봐라."

"예, 그럴까요 그럼."

송가원은 신세호에게 인사를 차리고 형과 헤어졌다. 그러면서도 아내 생각은 계속되고 있었다.

송가원은 그 이야기를 아내에게 언제 하는 것이 좋을까, 또 어디서 하는 것이 좋을까를 생각하고 있었다. 이야기할 시기와 장소에 대해 그렇게 깊이 생각하는 건 아내가 그 일에 결코 찬동하지 않으리라는 전제 아래서였다. 어차피 찬동받지 못할 이야기를 소란스럽지 않고 마음 상하지 않게 끝내고 싶었다. 그러자면 그 시기와 장소가 적절하게 잘 맞아떨어져야 했다.

송가원은 한 가지씩 정리를 하기로 했다. 시기는 빠를수록 좋았다. 어차피 해야 할 이야기인데 뒤로 미룰 이유가 없었고, 시기가 늦어지면 그것이 또 트집이 될 수 있었던 것이다. 그런데 장소를 어떻게 해야 좋을지 마땅한 생각이 떠오르지 않았다. 그러나 한 가지 분명한 것은 집은 안 된다는 사실이었다. 집에서 단둘이 맞대하고 앉아 감정 상하는 말이 오가다 보면 자연히 일이 시끄럽게 될 위험이 컸다. 그런 경험은 그동안 여러 차례 있었던 것이다.

그런 고약한 이야기를 서로 감정 상하지 않고 할 수 있는 고상한 장소가 떠오르지 않았다. 허영심과 사치에 들뜨고 돈 잘 벌어 편히 사는 것을 인생의 최고 가치로 치는 속된 아내에게 만주로 이사를 간다는 건 물어볼 것도 없이 고약한 이야기일 것이 틀림없었고, 그런 이야기일수록 아내가 좋아하는 사치스럽고 값비싼 고상한 장소를 택해 할 필요가 있었던 것이다. 아내는 보나마나 만주 이사를 거부할 것이고, 그게 설득으로 해결될 일이 아닌 한 어차피 그 일은 의논이 아니라 통고일 수밖에 없었다. 그러자면 고상한 장소에서 서로 감정을 다치지 않게 해야 하는 것이었다.

송가원은 평소에 아내가 들먹이던 장소들을 새삼스럽게 떠올리려고 애쓰다가 문득 반도호텔을 생각해 냈다. 장안에서 커피맛이 제일 좋고, 양 음식을 가장 품위 있게 만들어내고, 조선사람은 적고 서양사람들이 많이 드나들고, 값이 비싸서 아내는 반도호텔이라면 허겁지겁 사족을 못썼던 것이다. 그런 아내가 역겹고 구역질나 그따위 소리에는 귀를 막고 지냈으면서도 용케 반도호텔을 생각해 낸 자신에게 송가원은 신통함을 느꼈다.

송가원은 화신상회 건너편의 병원으로 발길을 서둘렀다. 현장에서 임상경험을 쌓기 위해 취직해 있는 병원이었다.

병원으로 들어선 송가원은 가운을 갈아입지도 않고 집으로 전화부터 걸었다. 집에 전화를 가설한 것도 아내의 허영기가 발동한 표본이었다. 비싼 전화 가설을 놓고 한바탕 싸웠지만 아내는 끝내 고집을 꺾지 않았다. 자기 돈으로 놓는 것이니까 간섭하지 말라는 것이었다. 아내는 그 전화를 가지고 친구들과 수다떨기, 중국집에 음식시키기로 써먹었다.

"아, 여보세요."

"아, 나요."

"아니, 어쩐 일이세요? 전화를 다 하고."

감이 멀었지만 거침없이 터지는 여자들의 웃음소리가 들리고 있었다. 송가원은 얼굴을 찌푸렸다. 또 친구라는 것들이 떼거리로 몰려온 모양이었다.

"누가 왔소?"

"예, 신경쓸 것 없어요. 친구들이에요."

박미애의 어감이 좋지 않았다.

"다름이 아니고, 조금 있다가 반도호텔로 나오시오. 저……."

"어머머, 웬일이에요, 당신?"

박미애가 화들짝 반가워하는 바람에 송가원의 말은 토막 나고 말았다.

"뭐 별거 아니고, 저녁이나 함께 먹자는 거요."

"어머머, 갑자기 무슨 일이에요? 해가 서쪽에서 뜨겠어요. 무슨 좋은 일 있어요?"

박미애의 목소리는 완전히 들떠올라 있었다.

"당신 좋아하는 낭만 나도 좀 즐기면 안 되나?"

"어머머, 놀래라! 나 지금 까무러칠지도 몰라요. 당신 오늘 양복 어떤 것 입었죠? 반도호텔 분위기에 어울릴지 모르겠네요."

송가원의 얼굴이 짓구겨졌다.

"이따가 6시 반에 만납시다. 전화 끊겠소."

송가원은 먼저 전화를 끊어버렸다.

가운을 갈아입은 송가원은 담배에 불을 붙이며 아버지를 생각했다. 그 모습이 흐리기만 했다. 그런데도 너무 그리웠다. 몇 년 전에 살아 계신다는 것을 알게 된 이후로 갑자기 솟은 그리움은 해가 갈수록 절절해졌던 것이다. 어쩌면 어머니가 안 계시기 때문인지도 몰랐다.

15년형…… 아버지의 나이에 15년을 보태던 송가원은 의자에 털썩 주저앉고 말았다. 절망감이 거대한 파도처럼 떠밀려왔다. 아버지가 만기출감하기를 바라는 것도 불가능할 것 같았고, 15년 안에 해방이 되기를 바라는 것도 불가능할 것 같았던 것이다. 그럴수록 아버지 옆을 지켜야 한다고 생각하며 송가원은 절망감을 떠밀어내려고 했다.

검정과 흰 올이 교차하면서 이루어낸 그 세련된 회색의 투피스에 아이보리색의 블라우스를 받쳐 입은 박미애는 진주목걸이에 다이아반지까지 낀 일류 멋쟁이 차림이었다. 화장도 아주 진하게 하고 있었다. 그 모습에 비해 감색 양복을 입은 송가원의 모습은 그저 수수했다.

"우리 친구들이 난리가 났었어요. 너무 멋지고 근사하다구요."

박미애는 만족감이 넘치는 얼굴로 상글상글 웃었다.

"여자들이 멋지고 근사하다는 건 그저 돈 잘 쓰는 게 기준인 모양이군."

송가원은 담배를 꺼내며 피식 웃었다.

"어떻게 보면 그게 정상 아닌가요? 돈 없인 멋지고 근사한 생활이란 할 수가 없잖아요. 근데 오늘 무슨 좋은 일 있는 거죠?"

박미애가 애교스러운 눈웃음을 지었다.

"자아, 우리 식사하면서 차분하게 얘기하도록 합시다."

송가원은 종업원에게 손짓했다. 그러면서 아내에게 미안한 감이 없지 않았다. 아내는 아까부터 무언가 좋은 일만을 기대하고 있었던 것이다. 그렇다고 아내를 속이고 있다는 식의 생각은 추호도 들지 않았다. 자신은 그 일을 무난하게 마무리지으려고 아까운 돈 낭비하는 것을 참아가며 분위기를 좋게 하려고 최선을 다하고 있는 것이었다.

비프스테이크를 먹는 격식에 맞추어 와인까지 시켰다.

"사람은 참 오래 살고 볼 일이에요."

박미애는 흥겨워 호호거렸다.

타원형 대나무바구니에 빵이 담겨 나오고, 목 긴 유리잔에 종업원이 와인을 따랐다.

"자아, 우리 건배해요."

박미애가 방글거리며 술잔을 들었다.

"건배라……."

송가원은 어색하게 웃으며 술잔을 부딪쳤다. 갓 쓰고 자전거 타는 것처럼 껄끄럽고 어설픈 짓이었던 것이다.

"이제 무슨 일인지 얘기 좀 해보세요. 궁금해 죽겠어요."

술을 한 모금 마신 박미애가 빵을 집어들며 말했다.

"그럽시다." 송가원은 담배에 불을 붙이고는, "당신은 아까부터 좋은 일일 거라고 생각하는데, 우리가 앞으로 해야 할 일이 생각하기에 따라서 좋은 일일 수도 있고 나쁜 일일 수도 있을 것이오. 그러니 마음을 크게 먹고 내 얘길 들어보시오." 그는 아내를 제압하려는 듯 똑바로 처다보았다.

박미애의 얼굴에서 웃음기가 싹 사라졌다.

"만주에 아버님이 계신 건 진작 말했으니 알고 있을 거요."

"……."

박미애는 긴장된 얼굴로 송가원을 빤히 처다보고 있었다.

"아버님이 15년형을 언도받고 봉천 제2감옥에 갇혀 계시오."

"어머……!"

박미애가 놀라며 얼굴이 울상이 되었다.

"오늘 알게 된 일인데, 앞으로 일이 문제요."

송가원은 술잔을 비웠다.

"……."

박미애의 눈길은 계속 송가원의 얼굴에 박혀 있었다.

"그래 여러모로 생각한 건데, 장기간의 옥바라지를 위해서 우리가 봉천으로 이사를 가야 될 것 같소."

"어머, 이사를 가요?"

박미애의 얼굴에 파르르 반감이 드러났다.

"그렇소. 여러 가지 사정으로 봐서 그게 최선의 방법인 것 같소."

"아니, 장남이 따로 있는데 왜 차남이 나서고 그래요?"

박미애가 거침없이 내쏘았다.

"알다시피 형님은 요주의 인물로 감시받고 있어서 갈 수가 없는 입장 아니오. 그리고 부모가 당한 우환에 장남 차남이 어딨소."

"고작 이런 얘기 하자고 날 여기까지 불러냈어요? 가요, 그런 얘기라면 집에 가서 해요."

박미애는 발딱 일어나 돌아섰다.

저런 불쌍것 같으니라고!

송가원의 가슴에서는 한주먹에 요절을 내고 싶은 분노가 치솟았다. 그건 단순히 자리를 박차고 나가서만이 아니었다. 그 언행은 바로 아버지를 모독하는 거였다. 며느리의 입장이 아니더라도 한 독립운동가가 당하는 수난 앞에서 그따위로 마구잡이로 말하고 무례하게 행동할 수는 없는 일이었다.

그때 종업원이 고깃덩어리와 콩 나부랭이가 놓인 커다란 접시 두 개를 식탁에 놓고 돌아섰다.

송가원은 숨을 깊이 들이켜고는 담배에 불을 붙였다. 일단 뒤쫓아나가는 것을 참기로 했다. 쫓아나가서 나아질 것은 아무것도 없었던 것이다.

송가원은 천천히 담배를 피우며 분노를 가라앉혔다. 어차피 기대한 것이 없었고, 결과는 예상대로 된 것이었다. 아내는 이사 가는 것을 분명히 반대했고, 자신은 만주로 가겠다는 것을 분명히 통고

했다. 그럼 이야기는 다 끝난 것이었다.

"가요, 그런 얘기라면 집에 가서 해요."

송가원은 쓰게 웃으며 고개를 저었다. 집에 가서 더 얘기해 보았자 그건 얘기가 아니라 싸움박질이 있을 뿐이었다. 만주로 떠나는 것을 절대로 굽힐 수 없는 한 더 이상 이야기는 필요하지 않았다. 독립운동이 왜 필요한지, 독립운동가가 어떤 존재인지 털끝만큼도 느낌과 깨달음이 없는 동물적인 인간하고 더 이상 상대할 것이 없었다.

일이 빨리 끝났다고 생각하자 송가원은 오히려 마음이 홀가분해지는 것 같기도 했다. 그는 담배를 끄고 와인을 한 잔 가득 따라 단숨에 비웠다.

이 비싼 음식을 안 먹고 그냥 돈을 낼 수야 없는 일이지. 잘됐다, 추운 만주로 가는데 몸보신이나 잘해두자.

송가원은 오기에 받쳐 이런 생각을 하며 나이프와 포크를 집어 들었다.

송가원은 와인을 마셔가며 비프스테이크 1인분을 금방 먹어치웠다. 그리고 아내의 자리에다가 접시를 바꿔놓았다. 또 1인분을 먹기 시작했다.

송가원은 두 번째의 접시까지 다 비웠다. 그는 와인까지 다 따라 마시고 담배를 피워물었다. 그는 내일 해야 할 일을 생각해 보았다.

옷집에 차입할 솜옷을 맡겨야 하고, 병원에 사표를 내야 했다. 그리고 형을 만나고…… 마음이 급하고 어수선한 것에 비해 할 일은 별로 많지 않았다. 떠나기 전에 공허 스님을 만나고 싶었지만 그건 뜻대로 되는 일이 아니었다. 공허 스님한테 어서 이 소식을 알려드려야 했다. 그러자면 천상 옥비를 찾아가야 했다. 옥비를 만난다는 것이 죄스럽고 두렵기만 했다. 결혼을 한 이후로 한 번도 얼굴을 대하지 못했다. 민동환의 말로는 권번에서 소리를 가르치기는 해도 그 술집에서 소리는 하지 않는다고 했다. 그 까닭을 알 것 같았다.

송가원은 반도호텔을 나섰다. 밖은 어두워져 있었다. 송가원은 코트를 여미며 어디로 갈 것인지 망설였다. 집에는 들어가고 싶지 않았다. 어디 가서 술이나 흠뻑 마시고 싶었다.

송가원은 술집을 찾아 발길을 옮겨놓기 시작했다.

"나는 만주벌판에 무릎 꿇고 앉은 춘부장의 모습에서 혁명가의 외롭고도 위대한 모습을 발견했지. 그때의 전율을 뭐라고 해야 할까. 난 그후로 힘든 고비마다 그 모습을 생각하며 힘을 얻고는 했네."

허탁의 말이 떠올랐다.

혁명가의 외롭고도 위대한 모습…….

그렇지. 아버지는 지금 얼마나 외로우실 것인가. 15년 중형을 받았으니 고문인들 오죽 심하게 당하셨을까. 연세는 많고, 건강이 얼마나 상했을까. 젊디젊은 형이 고문 후유증으로 육체도 정신도 그리 상했었는데. 어쩌다가 아버지는 체포되셨을까. 아니야, 어찌할 수가 없으셨겠지. 여기서도 끝없이 체포되는데 거기도 이미 여기와 마찬가지 형편이겠지. 어쨌든 하루빨리 아버지 곁으로 가야 한다. 아버지의 건강을 지키는 일은 아버지가 외로움에서 벗어나고 희망을 갖게 하는 것이다. 무슨 수를 써서든 아버지를 지켜내야 한다.

송가원은 청진동 뒷골목의 값싼 술집으로 들어섰다. 빈대떡 부치는 기름냄새 속에 사람들이 왁자하게 떠들어대고 있었다. 세상살이가 고달픈 만큼 술 마실 사연들도 많은 모양이었다. 술기운 젖은 그 왁자지껄한 소란에서 송가원은 어느 때 없이 푸근함을 느끼고 있었다.

송가원은 소주와 빈대떡을 시켰다. 빈대떡 부치는 기름냄새 때문일까. 문득 어머니 모습이 떠올랐다. 양쪽 관자놀이로 눈물이 흘러내리던 임종 직전의 모습이었다. 끝내 말할 능력을 회복하지 못한 채 돌아가신 어머니는 그 눈물로 말을 대신하신 것이었다. 그 눈물의 말은 무슨 뜻이었을까. 어쩌면 마지막으로 아버지를 그리워한 것은 아니었을까. 그때는 그저 한스러운 회한일 거라고 생각했었다. 그러나 지금 생각하니 아버지에 대한 마지막 그리움의 표현 같기만 했다. 아버지는 어머니가 세상을 떠나신 것을 알고 계실까. 아셨다면 그 심정이 어떠했을까. 아직까지 모르고 계신다면 이번에 가서 어떻게 해야 하는가.

송가원은 소주를 들이켜고 또 들이켰다. 그러나 술은 취하지 않았다.

"이봐, 최린도 틀려먹었다구. 독립운동하는 척하더니 이제 와서 중추원 참의가 뭐야, 중추원 참의가."

"자네 취했군. 그런 사람이 어디 한둘이야? 다 지나간 소리 그만해. 술맛 떨어지니까."

"아니야, 그렇지도 않아. 그따위 못된 짓은 두고두고 욕을 해대야 딴사람들이 본을 받지 않고 정신 차리게 돼."

"맞어, 맞어. 자네 말 한번 잘했어."

"흥, 그런다고 변심할 사람들이 마음을 돌려먹을 것 같은가? 그 사람들도 다 앞뒤 재고 하는 짓이니 욕하는 사람 입만 아프네."

"앞뒤를 재다니?"

"체, 그걸 몰라서 물어? 독립이고 광복이고 부지하세월 가망이 없다. 에라 남은 인생살이 편케나 살자 그런 맘 아니겠어?"

"아이고, 자아 잔이나 받게."

옆자리에서 세 사람이 술기운 빌려 최린을 비판하고 있었다. 최린은 지난 9월에 중추원 참의로 임명되었던 것이다. 송가원은 그들의 비판에 마음이 끌리고 있었다.

"박헌영이 6년 언도를 받았으니 사회주의자들의 활동도 이제 끝장난 거 아닌가?"

"글쎄, 박헌영파 말고도 그 사람들 파가 여럿 아닌가?"

"박헌영이 그리됐으니 다른 파 사람들도 기가 꺾이지 않겠느냐 그 말이지."

"그렇기도 하겠지만, 그동안에 그 사람들 워낙 많이 잡혀 들어가 실상 얼마나 남았는지 모르잖아?"

"그래, 그 사람들로 유치장이고 감옥이 모자라 난리라는 말이 난 지도 오래됐으니까."

맞은편 자리에서 나누는 이야기였다. 송가원은 허탁을 생각했다. 허탁은 피해다니면서도 노동자들을 상대로 적색노조 조직과 노동쟁의를 지도하고 있었다. 그런데 허탁은 형을 그 운동에 끌어들이지 않았다. 잡지나 잘 만들면서 잡지로 우회지원하라는 것이었다. 그건 형의 건강을 생각한 배려였다. 그리고 허탁과 처형인 박정애의 관계가 끊어진 지도 1년이 다 되어가고 있었다. 그건 허탁을 바라보기에 지친 박정애가 연극한다는 어떤 유부남과 눈이 맞으면서 청산된 것이었다.

"거 시원섭섭하다는 말이 딱 들어맞는다니까."

허탁이 쩝쩝 입맛을 다시며 한 말이었다.

그런데 박정애가 아무 말썽 없이 물러선 것을 보고 역시 허탁 선배가 대단하다는 것을 다시 느끼지 않을 수가 없었다. 몇 년 동안에 걸쳐서 박정애의 유혹을 받아오면서도 허탁 선배는 필요한 도움만 받았을 뿐 그 덫에 걸려들지는 않았던 것이다.

"그 남자는 겉보기는 쉽고 속으로 들어갈수록 어려운 사람이에요. 허송세월한 게 억울하기도 하고 속상하기도 하지만 그 사람을 미워하거나 원망하진 않아요. 그러지 못하게 만드는 게 그 사람이 지닌 마력이에요. 남자 중의 남자, 짝사랑해 볼 만한 남자예요."

박정애가 털어놓은 말이었다.

송가원은 허탁에게 아버지의 소식을 알려주고 싶었다. 그런데 자신은 그와 연락이 닿지 않았다. 내일 형에게 말하기로 했다. 형과는 연락이 되고 있을 거였다.

송가원은 자정이 가까워 술집을 나왔다. 술을 너무 많이 마셔 정신이 오락가락하고 걷기가 힘들었다. 그러나 한 가지 생각만은 뚜렷하게 가지고 있었다. 집에 들어가지 않겠다는 것이었다. 만주로 떠날 때까지 집에 들어가지 않기로 작정했다. 그 사람 같지 않은 것하고 부질없이 싸우고 싶지 않았고, 혹시라도 아버지에 대해서 불경하게 지껄일지 모를 말을 피하고 싶었다. 그런 말을 한마디라도 들으면 자신이 어떻게 행동할지 장담할 수가 없었던 것이다. 또 한주먹에 요절을 내고 싶은 분노가 일어나지 않도록 미리 피해야 했다.

송가원은 비틀거리며 집과는 반대방향으로 걸어가고 있었다.

4

교차점

"존경하옵는 재판장님, 본 변호인은 피고 손일남의 살인미수죄를 인정하는 입장에서 검찰의 심판을 존중하며 본 법정에서의 최후변론을 하고자 합니다. 피고 손일남은 장래의 생계수단으로 양복 재봉기술을 습득하기 위하여 일찍이 부모의 슬하를 떠나 경성에서 타향살이를 하며 다년간 온갖 고초를 성실하게 이겨낸 선량한 신민이었습니다. 피고의 성실성에 대해서는 이미 고용주가 그동안 단 한 번의 말썽도 부리지 않았다는 증언으로 충분히 입증한 바 있습니다. 그런데 피고는 양복 재봉기술의 교습과 전수 과정의 특수한 인습과 관행 속에서 어떻게 하면 좀더 빨리 기술을 습득할 수 있을까 하는 노력을 기울이다가 살인미수라는 중죄를 저지르게 되었음은 이미 밝혀진 바입니다. 여기에서 본 변호인이 강조하고자 하는 점은, 피고가 하루라도 빨리 기술습득을 하고자 한 것은 내부 관행이나 질서를 파괴하는 부도덕한 행위가 아니라 국가적으로 사회적으로 보호되고 육성되어야 할 성실하고 모범적인 행위라는 사실입니다. 왜냐하면 도둑질을 제외하고 이 세상의 모든 직업은 귀천에 상관없이 개인적으로는 생계수단이며, 사회적 국가적으로는 정도의 차이만 있을 뿐 그 사회의 안정과 국가의 발전에 기여하고 있으며, 총독부에서는 이미 오래전부터 각 분야의 기술 신장과 확대를 정책적으로 추진해 온 것은 주지의 사실이며, 그런 견지에서 볼 때 서양의 옷인 양복 재봉기술은 조선땅에서는 신종 기술로서 특히 총독부 정책에 부응하여 신속히 신장되고 확대되어야 하며, 피고가 자력으로 기술을 습득하려 한 노력은 바로 총독부의 정책과 일맥상통하고 있기 때문입니다. 그럼에도 불구하고 타성과 인습에 젖은 사람들이 피고의 그런 눈물겨운 노력 자체를 범죄시하고 있다는 사실은 천만부당한 것입니다. 존경하옵는 재판장님께서는 이 점을 통찰하여 주시기를 바라옵니다. 그 다음, 피해자 외 한 명의 집단폭행에 관해서입니다. 술취한 두 사람이 돌출하여 의자까지 흉기 삼아 집단폭행을 가했고, 처음에 폭행을 견디던 피고를 끝내는 죽음의 공포에 몰아넣었습니다. 죽음의 공포 앞에서는 쥐도 고양이한테 덤비는 것이며, 그래서 개도 막다른 골목으로 쫓지 말라는 속담이 있는 것 아니겠습니까. 술취한 두 사람의 이성 잃은 난폭한 집단폭행 앞에서 인간으로서 방어본능이 발동하는 것은 너무 당연하고 자연스러운 것이며, 그래서 피고는 눈앞에 보이는 가위를 집어들었던 것입니다. 현명하신 재판장님, 그

상황 속에서 발생한 정당방위성과 우발성에 대하여 현명하신 판단을 내려주시옵기 바랍니다. 마지막으로, 피고는 여섯 형제자매 중의 장남이며, 부친은 나이 많아 이미 직업을 잃은 데다 한쪽 다리가 불편하여 더 이상의 노동능력이 없는 형편입니다. 또한 피고는 자신의 잘못을 심심히 뉘우치고 있습니다. 그러하므로 우가키 총독 각하께서 주창하시는 내선융화의 정신을 십분 살리는 취지에서도 재판장님의 관대하신 처분을 바라 마지않습니다. 이상 변론을 마치겠습니다."

홍명준은 판사석을 향해 예를 갖추고 자리에 앉았다.

주심판사는 양쪽의 부심판사들에게 무언가 의논하기 시작했다.

넓지 않은 법정에는 팽팽하게 긴장된 침묵이 흐르고 있었다. 포승에 묶인 손일남은 피고석에 고개를 푹 떨구고 서 있었다. 손판석은 맨 앞줄 가운데에 잔뜩 웅크리고 앉아 있었다. 늙고 초췌한 그의 얼굴에는 초조와 불안감으로 핏기라고는 없었다. 아들의 사건이 터진 후로 그는 몰라볼 정도로 심하게 늙어 있었다. 그럴 수밖에 없는 것이 경찰서에서 아들이 사람을 죽였다고 잘못 알려주는 바람에 그는 한바탕 세상 뒤집히는 일을 겪었고, 천만다행하게도 사람이 죽지 않았다는 것을 안 뒤로도 '살인미수'라는 끔찍스러운 죄목 때문에 서울을 오르내리며 나날을 조바심치며 살아왔던 것이다. 그런데 검사가 구형한 형량은 자그마치 7년이었다.

공허는 맨 끝줄 구석자리에 눈을 지그시 감고 앉아 있었다. 그 옆자리에는 옥색 두루마기를 입은 옥녀가 자리잡고 있었다.

"본 법정은 피고 손일남의 살인미수에 대하여 그 범행에 고의성이 없고, 피고의 평소 직장생활의 성실성과 본인의 잘못을 진심으로 뉘우치고 있는 점 등의 정상을 참작하여 징역 2년을 언도한다."

아이고메 아부지, 고맙십니다.

손판석은 어깨를 축 늘어뜨리며 한숨을 토해냈다.

소리 없는 속에서 피고가 바뀌고 변호사가 바뀌었다. 홍명준은 손판석에게 따라나오라고 가만가만 손짓하며 법정 뒤로 걸어갔다. 손판석은 법정 옆문으로 끌려나가는 아들과 눈을 맞추고 싶었지만 아들은 끝내 고개를 돌리지 않았다.

이놈아, 망헐 놈아, 니 잘못이 아니여…….

손판석의 가슴은 온통 눈물로 젖어 있었다. 홍명준의 뒤를 따라가면서 손판석은 앞이 흐려 손등으로 눈을 훔쳤다.

공허와 옥녀도 가만가만 법정을 벗어났다.

"선상님, 고맙구만이라우, 고맙구만이라우."

복도에서 손판석은 홍명준 앞에 그야말로 코가 땅에 닿도록 허리를 굽히고 또 굽혔다.

"아닙니다, 아닙니다. 이러지 마세요."

홍명준이 민망해하며 손판석을 붙들었다. 그런 그의 얼굴에는 만족감이 어려 있었다.

"아니, 우요?"

공허가 뚱하니 말하며 손판석의 눈을 들여다보듯 했다.

"아, 아니구만이라."

손판석이 당황해서 두 손으로 한쪽 눈씩 씩씩 문질렀다.

"바쁘시지 않으면 제 사무실로 가실까요?"

홍명준이 흐뭇하게 웃으며 말했다.

"예, 무료변론혀 주셨응게 점심도 얻어묵어야제라."

공허가 민머리를 쓸어넘기며 말했다.

"예, 그러시지요."

홍명준도 능청스럽게 받아넘겼다.

법원을 나서자 옥녀가 공허 옆으로 다가서며 속삭이듯이 말했다.

"요새 시상에도 저런 분이 다 있구만이라 잉."

서너 걸음 앞서가고 있는 홍명준을 눈짓했다.

"하면, 아무리 험헌 지옥이라도 부처님 맘 지닌 사람이야 꼭 있는 법이제."

목소리를 낮춘 공허가 고개를 끄덕거렸다.

"시님언 저런 분얼 어쩌크름 아셨당가요?"

"그야 도통헌 눈에넌 머시고 간에 다 훤허니 뵈는 법잉게로."

그 이야기를 다 하자면 너무 길어 공허는 우선 만사형통의 수법을 썼다.

옥녀는 입을 가리며 킥킥대고 웃었다.

"으음, 그 웃음소리 무엄헌디."

공허가 옆눈길을 보내며 엄한 척 말했다.

"중생 속이는 시님덜헌티 내리는 벌언 부처님이 안 맨드셨능게라?"

옥녀가 쌔액 웃었다.

"그런 벌 맨글었으면 누가 중 노릇 허간디? 그리되면 그나마 부처님 말씀 전헐 놈덜이 하나또 없을 판잉게 미리 아시고 그런 벌언 안 맹그셨제."

옥녀는 더 킥킥대고 웃었다.

곧 홍명준의 사무실에 도착했다.

"자아, 다들 앉으시지요."

홍명준이 자리를 권했다.

"아까는 말씀얼 못 디렸는디, 이 땡초가 오늘 첨으로 변호사가 어찌서 필요헌지 알었구만요. 참, 오늘 변론 명변론이었구만요. 이 땡초가 멀 알까마는도 구구절절이 옳은 말로 돌부처가 들어도 맘이 동허게 생긴 판인디 판사덜 맘 잡고 흔드는 것이야 당연지사 아니겄능게라. 일남이럴 변호사님이 살래주셨구만요. 참말로 고맙구만이라."

공허는 가슴 시원하게 맘놓고 말하며 합장을 했다.

"아이고, 너무 과찬이십니다. 무죄를 만들지도 못했는걸요."

홍명준은 손을 저으며 쑥스러워했다.

"아이고, 7년에 비허면 무죄나 진배없지요. 안 그렇소?"

공허는 옹색스럽게 앉아 있는 손판석에게 불쑥 물었다.

"하먼이라, 하먼이라."

손판석이 또 머리를 깊이 숙이고 숙였다.

"실은 본의 아니게 그쪽 비위 맞추는 소리를 너무 많이 해서 스님 뵙기에 민망하기도 하고 그렇습니다."

홍명준이 담배를 꺼내며 어색스럽게 웃었다.

"그야 젊은 놈 살리자고 허신 것인디 그보담 백 배로 혔드라도 암시랑 않구만요. 소승은 그간에 그보담 더헌 소리도 수없이 많이 혔구만요. 다 이놈으 시상 살아가는 지혜 아니겄능가요."

공허는 흔쾌하게 말을 받았다.

여사무원이 차를 내왔다.

"자아, 차들 드시지요."

차를 권하며 홍명준의 눈길이 옥녀에게 머물렀다. 공허는 옥녀를 소개할 때가 되었다고 생각했다.

"이, 야가 누구인고 허니, 중이 이리 말허면 우섭기넌 허제만, 지 혈육이나 마찬가지 앤디, 옥비라고 소리 명창이구만요. 인사디래라, 홍 자 명 자 준 자 변호사님이시여."

"예, 옥비라 헙니다."

옥녀는 두 손을 앞에 모으고 일어나 나부시 인사를 했다.

"아이고, 예, 홍명준이라고 합니다. 편히 앉으시지요."

홍명준은 엉거주춤 일어나며 말했다.

"머시냐, 야가 변호사님도 알아두셔야 헐 중헌 소식얼 갖고 지럴 기둘리다가 오늘 재판이 열린당게 따라나슨 질이구만요. 근디 그 중헌 소식이 머시냐 허면, 중원이 춘부장께서 중형을 받은 변고가 생겨 중원이가 동상허고 만주로 면회럴 떠났다는구만요."

공허는 그 구체적인 내용을 덧붙였다.

"참, 결국 그리되셨군요."

홍명준이 침통한 얼굴로 한숨을 내쉬었다.

"지가 이 일에 맘쓰니라고 늦게사 안 일인디, 그것이 그 일에 나슨 사람덜이 가야 허는 피치 못헐 질 아니겄능가요."

공허의 담담한 말이었다.

"스님도 곧 가보셔야 되겠군요?"

"변호사님이 이 일도 잘 끝내주고 허셨응게 곧 가보기넌 가봐야 쓰겄는디, 간다고 얼굴이나 볼 수 있을란지 몰르겄구만요. 그런 일 허든 사람덜언 직계가족 아니면 면회도 안 시켜주덜 안튼가요."

"예, 그게 또 그렇군요."

홍명준이 혀를 찼다.

"그것이야 그렇고, 밥때가 다 되았는디 어디로 식사럴 가시제라. 지가 톡톡허니 한턱얼 써야 허겄는디요."

공허가 쾌활한 듯 어조를 바꾸며 말했다.

"예, 가시지요. 이런 미녀 명창을 만났으니 대접은 제가 하겠습니다. 밥 한 끼 얻어먹고 무료변론 효과 없어지는 것도 싫으니까요."

홍명준도 명랑한 듯 태도를 바꾸며 일어섰다.

"어허, 그리돼서넌 영 경우가 아닌디. 가만있거라, 옥비야, 미녀 소리 들었응게 니가 한턱내는 것이 으쩌겄냐?"

공허가 불쑥 한 말이었다.

"네에, 시님."

옥녀는 부끄러워하면서도 눈치 빠르게 얼른 대답했다.

"서울 장안서 질로 잘헌다는 청요릿집이 여그서 가찹지야?"

"아서원 말씸이신가요?"

"잉, 그려."

"예, 인력거 타먼 금방이구만요."

"되았다, 글로 가자."

공허가 후적후적 앞서 나갔다.

그런 공허를 바라보며 홍명준은 빙긋이 웃고 있었다. 언제나 활달하고 시원시원한 것이 그 승복과 함께 어울려 묘하게 사람을 끌어당기는 힘을 발휘하고 있었던 것이다. 송중원을 앞세우고 처음 찾아왔을 때부터 그 묘한 매력은 사람을 사로잡았던 것이다.

"지가 사람도 여럿 쥑여보고 혔어도 요 일만은 어찌헐 수가 없구만요. 고것이 지 자석이나 똑같고 중원이 동상 매일반잉게 하로라도 징역이나 덜 살게 히주시게라."

이 첫마디부터가 사람을 놀라게 하고 어리둥절하게 만들었던 것이다. 승려가 사람을 여럿 죽였다는 것은 무엇이며, 속인의 자식이 자기 자식이나 똑같다는 것은 또 무엇이고, 그 사람이 어떻게 중원이 동생이나 마찬가지가 되는 것인지 영문을 알 수가 없었다.

그런데 공허가 송중원의 아버지와 의병투쟁을 함께한 의병장이었고, 손판석이가 송중원의 아버지 부하였고, 그들은 지금까지도 독립운동을 계속해 오고 있다는 인과관계를 알고 나서 모든 의문이 풀렸던 것이다. 그리고 무료변론을 맡겠다고 자청했던 것이다.

홍명준은 재판 결과에 아쉬움을 떼치지 못하고 있었다. 사건을 맡으면서부터 전력투구했던 것이 죄목을 변경하는 것이었다. 죄목이 바로 형량을 좌우하기 때문이었다. 경찰에서 붙인 '살인미수'라는 죄목을 '단순폭행'으로 바꾸려고 무진 애를 다 썼다. '살인미수'와 '폭행'은 어감에서부터 엄청난 차이가 있었던 것이다.

그러나 죄목 변경은 결국 수포로 돌아가고 말았다. 폭행이라면 그저 외상에 그쳐야 하는데 그 행위는 칼과 다름없는 가위로 배를 찔러 수술을 받게 만들었고, 일행이 있어서 빨리 병원으로 옮겼으니 생명을 구했지 그대로 방치되었으면 피해자는 죽었을 것 아니냐는 것이었다. 그 정황논리를 깰 방법이 없었던 것이다. 구형량을 줄이도록 하겠다는 언질을 받은 것이 성과였다.

재판이 진행되는 과정에서 판사 쪽도 여러 차례 접촉했다. 피해자가 주시하고 있고 범행이 분명하므로 무죄는 될 수 없는 일이지만 형량을 최소한 줄이자는 것이었다. 1차 목표가 6개월이었고, 2차 목표가 1년이었다. 그런데 두 가지 다 빗나가고 2년으로 귀착된 것이었다. 거기에는 조선사람이 일본사람을 가해했다는 보이지 않는 감정의 그림자가 드리워져 있었다. 그러나 조선사람이 일본사람을 '살인미수'한 죄로 2년형을 받았으면 어디다 내놓아도 중처벌은 아니었던 것이다. 조선사람이 일본사람을 가해했을 경우에는 단순폭행이라 하더라도 2년형은 예사였던 것이다.

홍명준은 이 사건에 제 신명으로 최선을 다했고, 아쉬우나마 그런대로 만족을 느끼고 있었다. 검사와 판사에게 여러 번 머리를 숙이면서도 굴욕을 느끼지 않았듯이 변호사가 된 보람을 어느 때 없이 크게 느낄 수 있었던 것이다.

옥녀는 인력거를 타고 가면서 또 송가원을 생각하고 있었다.

송가원이 권번으로 찾아왔을 때 얼마나 놀랐는지 몰랐다. 반갑기도 하고, 원망스럽기도 하고, 눈물이 쏟아지려고 해 속입술이 터지도록 깨물었던 것이다. 공허 스님이 돈을 도로 가져왔을 때의 억울하고 가슴 아팠던 일이 생생하게 되살아올랐다.

"니 맘에 감복허고, 가원이 지 실수럴 애통해허드라. 니도 다 잊어부러라."

공허 스님이 돈뭉치를 내놓으며 한 말이었다.

"다 엎질러진 물이구만요."

옥녀는 공허 스님 앞으로 돈뭉치를 되밀었다.

"나보고 어쩌라고 이러냐?"

"시님 허시는 일에 쓰시써요."

"허! 요런 기맥힌 돈꺼정 안 써도 된다. 나가 그냥 맡아둘 것잉게 그리 알어."

권번을 찾아온 송가원은 공허 스님께 전해달라며 만주로 떠나게 된 연유를 다 이야기했다.

"글먼 이 질로 떠나서 만주서 15년간 사신단 말씸이신게라?"

옥녀는 자신도 모르게 이 말을 했다.

"예……."

"집안도 다 가시능게라?"

이 말도 어떻게 나갔는지 몰랐다.

"아니오, 나 혼자만 가오. 안사람은 갈 맘이 없어서……."

그러고는 송가원과 헤어졌다. 그런데 어째서 그렇게 가슴이 벌떡거렸던 것인가.

옥녀는 다시금 가슴이 뜨거워지는 것을 느끼고 있었다. 지난날 입맞춤을 당했던 기억과 함께.

그러나 옥녀는 눈을 꼭 감으며 자신의 가슴에다 찬물을 끼얹었다.

탐심내덜 말어. 니넌 인자 영 베래분 몸잉게. 그날 밤 입맞춘 것언 남자가 술취해서 그냥 헌 일이제 기억도 못허덜 안혀.

그렇다고 가슴의 뜨거움은 식지 않았다. 그 예절 없이 행동했던 박미애라는 여자가 만주로 가지 않았다는 사실이 점점 확대될 뿐이었다.

옥녀는 송가원이 결혼을 한 다음에야 오빠의 마음을 이해하게 되었다. 월엽이라는 여자가 시집을 가버렸는데도 오빠가 왜 그리 못 잊어하며 마음을 잡지 못했는지 비로소 알 것 같았던 것이다.

오빠 생각을 하자 연달아 떠오르는 것이 있었다. 이동만이라는 자의 죽음이었다. 얼마 전에 집에 갔을 때 오빠가 그 이야기 끝에 말했다.

"웬수갚음이고 머시고 인자 다 잊어부러라. 그놈이 재산 다 털어 묵고 그리 숭허니 죽은 것언 다 천벌얼 받어서 그런 것잉게."

그래서 서울로 돌아와 찢어버린 것이 이동만의 아들 이경욱의 편지였다. 몇 년 전에 얼굴도 모르는 이경욱이란 남자가 보낸 편지는 구구하게 길었다. 그런데 편지를 간수했던 것은 그 자신이 이동만의 아들이라고 밝혔기 때문이었다. 그 남자는 어쭙잖고 뻔뻔스럽게도 연정까지 드러내며 꼭 만나기를 바란다고 쓰고 있었고, 그 자가 나타나기만 하면 혼쭐을 내줄 작정으로 벼르고 있었던 것이다. 그런데 그 사람은 몇 년째 얼굴을 내밀지 않은 채 이동만이가 죽었다는 소식을 들었던 것이다.

손판석을 내려보낸 공허는 바로 만주로 떠날 채비를 갖추었다.

"시님, 만주 왜놈덜 기세가 사납다는디 위태허시지 않컸능게라?"

옥녀가 버선이며 털장갑을 사가지고 와서 걱정했다.

"한두 번 댕긴 디도 아니고, 아는 얼굴이 없응게 여그보담 더 안전허제."

"혼자 걸음이시라……."

"어디가, 중이야 본시 혼자 떠돌아야 제격이제. 글고 지아무리 숭헌 도적놈이라도 중 터는 법 없응게. 나가 만주서 마적떼럴 서너 번 만냈는디도 마적떼도 중언 척 알아보는 판이여."

공허는 흐흐거리며 웃었다.

"걸음이 늦어서 아무도 못 만내시면 으쩌시제라?"

"아니여, 중원이허고야 질이 엇갈려 못 만내드라도 거그 눌러앉을 가원이야 만내지겠제. 감옥 앞에 열흘만 장승 되야 서 있으면 지가 면회 안 올 것이라고."

"시님언 참……."

옥녀는 입을 가리고 웃었다. 미련하고도 두둑한 배짱이었던 것이다.

"어찌 그려?"

"아니구만요. 근디, 가원 씨넌 만주서 워찌 살아갈라고 눌러앉을 작정얼 혔을게라?"

"잉, 똑똑헌 새가 그물에 걸리네. 그 사람 직업이 머시여? 여그서도 의사는 동나는 판인디 만주야 더허덜 안컸어? 의사자격증만 챙게갖고 가면 아부지 옥바라지 잘허고 지도 배불리 살겄제."

"시님, 그 돈 그대로 갖고 기신게라?"

"하면, 은행에 딱 맽게놨응게 그간에 이자가 질어 액수가 더 불었겄제."

"그 돈 가원 씨 갖다주씨요."

"워쩌라고?"

"병원얼 채리든지……, 어디다 쓰든지 간에 시방 돈이 궁헐 것인디요. 그 돈이야 어채피 가원 씨 것잉게요."

"참말로……."

공허는 쏟아지려는 말을 꿀떡 삼켰다. 그가 삼킨 말은 '춘향이가 따로 없다'였다.

"시님언 은제나 오실랑게라?"

"글씨, 면회가 되면 좋고 안 되면 바로 와야제. 해도 바뀌고 여그서 헐 일이 더 많은게로. 근디, 어찌 그려?"

"아니구만요. 시님 안 기시면 맘이 허해지고 그렇게……."

옥녀는 쓸쓸한 얼굴로 눈길을 떨구었다.

저것 맘이 만주로 다 가 있구나…….

공허는 옥녀를 힐끗 쳐다보며 가엾은 마음에 속으로 혀를 차고 있었다.

"그려, 후딱 댕게올 것잉게 맘 허해지면 어디로 독공이나 떠나그라."

행여 따라나서려고 할까 봐 공허는 이렇게 못을 쳤다.

한편, 이경욱은 완전히 실의에 빠져 있었다. 연거푸 고등고시에 실패한 때문이었다. 아버지가 세상을 떠나자 그는 마음먹고 공부에 정신을 모았다. 아버지의 과시를 위해서도 아니었고, 사회주의 운동의 방편으로서도 아니었다. 다급해진 것은 생활수단이었다. 아버지가 남겨놓은 것은 달랑 집 한 채뿐이었는데 사이 나쁜 형에게 의지할 수도 없는 일이었다. 그런데 어떻게 된 일인지 고등고시는 거듭 실패였다.

거기다가 작년에는 어머니까지 돌아가셨다. 어머니는 아버지가 돌아가시자마자 병을 얻었다. 상심과 화병이었다. 그 많았던 재산이 다 날아가고 남편까지 잃었으니 병이 안 날 수 없는 일이었다. 어머니가 돌아가시자 형은 집을 차지하고는 자신이 얹혀사는 것을 노골적으로 싫어하기 시작했다. 그런저런 일들이 공부에 영향을 미치지 않았다고 할 수도 없었다.

이경욱은 앞으로의 일이 암담해 책장만 건성으로 넘기고 있었다. 고등고시에 합격하고 옥비를 찾아가려고 했었다. 그러나 그 꿈도 산산조각이 나고 말았다. 고등고시에 합격하는 것쯤 대수롭지 않게 생각했었다. 그런데 이상하게 꼬이기만 했다.

"경욱이 안에 있냐?"

형의 목소리였다. 이경욱은 책을 신경질적으로 덮었다.

"예, 들어오시오."

이경욱은 퉁명스럽게 내지르며 담배를 빼들었다. 형이 왜 또 찾아드는지 뻔했던 것이다.

"아이고, 너구리 굴이다. 문 잠 열어감서 담배 꼬실려라."

방으로 들어서던 이경재는 손을 휘저으며 얼굴을 찡그렸다.

"군불도 잘 안 땐 방 추우니까 어서 문 닫으시오."

이경욱은 형의 인심사나움을 것질렀다.

"나가 헌 말 생각혀 봤냐?"

이경재는 앉으면서 물었다.

"……."

이경욱은 담배만 빨아댔다.

"아, 말얼 물었으면 가타부터 대답얼 혀. 금년도 발써 두 달이 가고 있는디 이 대목 그냥 놓치면 또 1년 허송세월허능 것잉게."

이경재는 금년에도 고등고시는 아예 떨어지는 것으로 단정해 놓고 말하고 있었다. 그는 작년 말경부터 동생에게 취직을 하라며 몰아대고 있었던 것이다.

"다 내가 알아서 할 테니까 그 얘긴 그만합시다."

이경욱은 불쾌한 표정을 지었다.

"글먼 또 고등고시럴 치겄다 그것이여? 아서라, 더 늦기 전에 찬물 묵고 속채리랑게. 고등고시로 신세 망친 사람이 어디 한둘인지 아냐?"

"글쎄, 알았으니까 똑같은 소리 그만 좀 해요."

이경욱은 버럭 소리를 질렀다.

"아니, 니가 나헌티 잘헌 것이 머시가 있다고 소리럴 질르고 대드냐! 자석덜 앞에서 날 우세시키자는 것이여 머시여."

이경재가 눈을 부릅뜨며 더 크게 소리를 질렀다.

"예, 그건 잘못됐어요. 미안해요."

"그려, 니가 니 일 니가 알아서 허겠다고 혔는디, 나가 니 일얼 놓고 배 놔라 감 놔라 허는 것언 그냥 잘못된 간섭이 아니란 것얼 알아야 혀. 무신 소린고 허니, 인자 집안이 아부지 재산 많을 때가 아니다 그것이여. 나가 돈벌이 존 장사도 아니고 월급 받아감서 니 뒷수발헌 것이 몇 년인지 알지야? 나도 아그덜언 커나고 정신없는 판인디 니넌 되지도 안 헐 일 붙들고 언제꺼정 허송세월얼 허겠다는 것이여. 니 나이가 발써 몇이여? 자꼬 나이들어감서 혀봤자 더 가망이 없는 일잉게 나가 심써서 취직시켜 줄 것잉게로 장개들어 실속 채림서 살라는 것이 머시가 잘못된 말이냐. 머시가 잘못되았는지 어디 말혀 봐라."

이경재는 기세등등하게 동생을 몰아치고 있었다. 그는 집안에서는 물론이고 많은 사람들 앞에서까지 동생과 차별당했던 지난날의 분함을 통쾌하게 보복하는 쾌감을 맛보고 있었다.

"잘 알았어요. 며칠 더 생각해 봅시다."

이경욱은 참담한 기분으로 말했다.

"니 말 피헐라고 허덜 말어. 관공서 취직이야 요새가 질로 좋고, 나넌 인자 더는 니 뒷수발 못헝게."

이경재는 내친김에 할 말을 다 하고 방을 나갔다. 그러나 아직 참고 있는 말이 있었다.

니넌 재주가 모지래. 촌구석 핵교서 1등 헌 것 갖고 천하에 1등인지 알었지야? 헹, 도회지서 1등 헌 사람덜이 수두룩헌디 니가 무신 재주로 고등고시에 합격허겄냐. 니가 합격얼 허먼 나가 열 손꾸락에 장얼 지지겄다.

말을 듣지 않고 또 고등고시를 치겠다고 나서면 이 말을 터뜨릴 작정이었던 것이다.

이경욱은 벽에 머리를 쿵쿵 찧어댔다. 더는 뒷수발을 못하다니……, 그동안 형이 해준 뒷수발이라고는 세끼 밥을 먹여준 것뿐이었다. 그런데 그것마저 못하겠다는 것은 집에서 나가라는 뜻이었다. 이제 더 이상 피할 수 없는 막다른 길이었다. 이경욱은 형에 대한 서운함보다는 자신에 대한 혐오감을 견딜 수가 없었다.

내가 어쩌다가 이런 꼴을 당하게 되었는가……, 내 능력이 고작 그것밖에 안 되는 것인가…….

이경욱은 자신이 밉고 죽고 싶은 심정이었다. 이제 어찌해야 좋을지 알 수가 없었다. 고등고시를 계속하려면 집을 나가야 했다. 그러나 이 세상 어디에도 몸을 의탁할 곳이 없었다. 그렇지 않으면 형이 선을 대는 관공서에 취직을 해야 했다. 그러나 죽었으면 죽었지 그 짓은 할 수 없었다. 그 짓을 하자고 대학공부를 한 것이 아니었다. 그러면 어찌할 것인가……, 이경욱은 그야말로 사면초가였다.

그때 떠오르는 사람이 있었다.

"지금 이 현실에서 누군들 앞날에 자신이 있겠나. 고민이 있거들랑 더러 찾아오게. 상의해 보면 조금 낫지 않겠나."

고서완 선생이 작년에 한 말이었다.

이경욱은 천천히 눈을 떴다. 고서완 선생도 많은 고민을 안고 있었다. 더 이상 학교 선생은 할 수 없는 처지고, 그동안 무슨 일을 하고 있는지 궁금하기도 했다. 꼭 무슨 해결책을 바라서가 아니라 그 꼴을 당하고 더 집에 박혀 있고 싶지 않았던 것이다.

이경욱은 바람 찬 들녘으로 나섰다. 정월 보름이 지난 들녘의 논둑들은 검게 그을려 있었다. 아이들의 쥐불놀이로 어느덧 농사일은 시작되고 있었다. 보리를 심은 논에는 사람들이 드문드문했다. 보리밟기를 하는 것이었다.

이경욱은 넓은 들판 가운데서 자신이 한없이 작은 것을 느끼고 있었다. 전에 느껴보지 못했던 감정이었다. 그 왜소감은 곧 좌절감이었고 초라함이었다. 유학을 떠나면서 품었던 꿈은 사회혁명이었고 독립운동이었다. 그래서 아버지의 삶을 경멸하고 비판할 수 있었던 것이다. 그런데 어떻게 해서 자신이 이렇게 비참하게 되었는지 알 수가 없었다. 아버지가 조금은 야속하고 원망스럽기도 했다. 재산을 다소 얼마만이라도 남겨놓았더라면 형에게 그런 꼴까지는 당하지 않았을 거였다.

내가 옥비한테 너무 정신을 팔다가 실기를 한 것인가……?

그러나 이경욱은 이내 고개를 저었다. 그건 변명을 마련하고자 하는 치사한 짓이었다. 옥비를 생각하면 패배감이 더 짙어졌다. 고등고시에 합격하고 만나고자 했던 것은 자신을 과시하자는 것이 아니었다. 상대방이 가지고 있을 이동만의 아들이라는 나쁜 감정을 다소나마 풀게 하려는 것이었다. 그런데 그 계획마저 수포로 돌아갈 형편이었다. 옥비에 대한 그리움은 해가 거듭 바뀌어도 퇴색할 줄을 모르는데 고등고시에는 계속 떨어지니 더 미칠 지경이었다.

고서완은 작두질을 하고 있다가 이경욱을 맞이했다.

"아니 선생님, 뭘 하십니까?"

너무 뜻밖이라 이경욱은 놀라지 않을 수 없었다.

"뭐 그리 놀랄 것 없네. 소를 몇 마리 먹이다 보니 일손이 딸려서."

고서완이 밝게 웃었다.

"소를 어찌 그리 많이……."

이경욱은 작년과는 달라진 고 선생의 모습에서 어떤 활기 같은 것을 느끼고 있었다.

"음, 소가 있어야 농사일이 제대로 될 거 아닌가. 내가 농사꾼이 된 걸 자넨 아직 모르지? 들어가세."

옷을 터는 고서완의 목소리가 탄력적이었다.

"선생님이 농사꾼이 되셨어요?"

이경욱은 더욱 놀랐다.

"응, 차차 얘기하세. 헌데 자넨 왜 그리 근심 가득한 얼굴인가?"

"아 예에…… 그저……."

감정이 드러난 것에 당황하며 이경욱은 두 손으로 얼굴을 훔쳤다.

"그 문제로 고민이 생긴 모양이지?"

자리잡고 앉은 고서완은 이야기를 꺼내게 하려고 먼저 이경욱의 내심을 짚었다.

"예, 좀 난처한 일이 있습니다."

　이경욱은 형과의 사이에서 일어나고 있는 일을 솔직하게 털어놓았다.

"그래, 그거 참 난처하게 된 일이로군. 자아, 이것 들어보게." 고서완은 홍시가 놓인 나무쟁반을 이경욱 앞으로 밀어놓고 자기도 하나 집어들면서, "자네 말대로 한 가지 분명한 것은 관공서에 취직을 해서는 안 된다는 사실이네. 그 길이 어떤 길인지는 두말할 필요가 없으니까. 그러면 남는 건 하나 아닌가. 헌데 그 길은 형이 막는 거고. 내 생각에는 그 문제를 놓고 두 가지 방법이 있네. 첫째는 자네 형님한테 금년에 한 번만 더 고등고시를 보겠다고 양해를 구하는 것이네. 그래서 안 되면 둘째 방법인데, 나한테 오게. 우리 집에서 공부를 해서 마지막으로 시험을 치러보고, 그래서 안 되면 나하고 농사꾼 노릇이나 하세. 내가 하는 식의 농사꾼 노릇이 어쩌면 변호사 노릇보다 더 나을 수도 있으니까." 그는 이경욱을 응시하고 있었다.

"선생님 식의 농사꾼이라면……?"

　이경욱은 고 선생이 어떤 새로운 일을 시작했음을 더욱 확실하게 느끼고 있었다.

"음, 들어보게. 자네도 알다시피 왜놈들은 만주사변 이후로 조선 땅에 군대를 강화하고 경찰들을 증원했네. 그리고 가장 강력하게 추진하고 있는 일이 사회주의자들의 색출과 처벌이네. 그건 왜 그렇겠나? 두 가지 목적 때문이지. 첫째는 조선 지배를 용이하게 하기 위해서 새롭게 등장한 적을 완전히 말살시키려고 하는 것이지. 그리고 둘째는 사회주의자들의 활동으로 농민층과 노동자층이 끝없이 쟁의를 일으키면서 조선땅이 동요하는 것은 제놈들의 만주 장악에 치명적이기 때문이야. 조선의 안정이 만주의 안정과 직결되어 있기 때문이다 그 말이네. 그래서 왜놈들은 준전시체제라는 상황을 설정해 놓고 사회주의 세력의 말살에 총력을 집중하고 있는 것일세. 그놈들의 총력전은 효과를 거두고 있고, 사회주의자들은 그동안 만 6천여 명이나 검거되면서 악화일로를 걸어왔네. 참 시인하고 싶지 않지만, 냉정하게 판단하고 솔직하게 말하자면 사회주의 운동가들은 머지않아 거의 검거되거나 운동을 중지할 수밖에 없는 운명에 처하게 되었네. 나는 감옥에서 나와 감금상태에 있으면서 이 문제로 많은 고민을 했지. 또 잡혀서 감옥에 갇히는 것을 각오하고 그전 식으로 운동을 계속해야 할 것인지, 아니면 다른 방법으로 방향을 바꾸어야 할 것인지를 놓고 말이야. 왜 이 두 가지 방법밖에 없느냐 하면, 감금상태는 바로 운동의 중지상태니까. 그런데 운동을 계속하다가 잡히게 되면 재범이고, 재범은 중형을 당하게 되는 것은 더 말할 것 없지 않은가. 그것 또한 운동의 중지상태야. 이 대목에서 내 고민은 심해졌지. 왜놈들은 절대로 사회주의 운동을 용납하지 않을 것이고, 사회적으로 왜놈들의 횡포는 계속되는데 과연 실현이 가능하지 않은 사회주의 운동을 밀어붙이다가 부지하세월 감옥에 갇혀 있는 것이 옳은 것인가 하는 문제였지. 그 방법은 치열하긴 하지만 자폭적이고, 어느 면에서는 왜놈들이 원하는 바이기도 하네. 그런 측면에서 최선이 아니면 차선을 찾아야 한다는 결론을 갖게 되었네. 왜놈들의 식민지 횡포가 계속되는 속에서 어떤 형태든 행동의 중지보다는 적극성이 떨어지더라도 행동의 지속이 더 낫다는 생각이었지. 그래서 구상한 것이 개인적 사회주의화야. 다시 말해서 우리 집안의 농토를 바탕으로 사회주의를 실현해 나가는 집단농장의 경영이야. 단 사회주의라는 냄새는 일체 풍기지 않고 속으로 감추었으니까 경찰에서 볼 때는 평범한 지주에 불과하지. 허나 실제로는 소작제가 아니라 공동경영이고, 잉여재산으로는 딴 지주의, 특히 왜놈들 농장의 빚을 써서 논이 넘어가게 된 농부들의 빚을 갚아주고 흡수해 들이는 거네. 그럼 그 농부도 보호하고, 왜놈농장들이 토지를 장악해 나가는 것도 막을 수 있는 이중 효과를 발휘하게 되지. 그리고 왜놈들의 감시를 더 철저하게 봉쇄하기 위해서 교회를 짓는 거네. 그건 은폐물로서만이 아니라 실제로 예수님의 말씀으로 공동체의 골간을 이루고, 교회는 밤에 야학으로 활용하면 그 또한 이중, 삼중 효과 아니겠나. 어떤가, 내 계획이?"

이야기에 열중한 고서완의 얼굴은 상기되어 있었고 눈은 빛나고 있었다.

"예, 제가 감히 뭐라고 말씀드리기 어렵습니다만, 분명 새로운 운동방법이고 제 답답한 가슴이 뚫리는 것 같습니다. 그런데 일은 언제부터 시작하실 겁니까?"

이경욱은 정말 새로운 숨통이 트이는 것 같은 기분을 느끼고 있었다.

"그건 예정이 아니라 일을 이미 시작했네. 만약 자네가 와서 조직관리와 야학을 맡아준다면 나한텐 그보다 더 큰 힘이 없겠지. 그동안 자네가 더 큰일을 준비하고 있어서 말을 못 꺼낸 것뿐이었으니까."

"선생님, 실은 변호사가 돼서 좋은 일을 한다는 데도 왜놈들 틈바구니에서 그게 얼마나 가능할까 하고 회의가 많았습니다. 그리고……, 계속 떨어지다 보니까 이제 시험에도 자신이 없구요. 어떻게……, 선생님께 바로 오면 안 되겠습니까?"

경솔하게 보인다고 해도 어쩔 수 없다고 생각하며 이경욱은 속마음을 숨김없이 드러내고 말았다.

"자네 속마음이 그런가? 그럼 잘됐네, 그놈의 고등고시 집어치우게. 자네 부친께서 판검사를 원하셨으니까 어쩔 수 없는 일이었을 뿐이지 난 애초부터 법학부에 진학하는 게 마땅찮았네. 그게 결국 왜놈들 법이고, 그걸 다루다 보면 부지불식간에 친일을 하게 되니까. 아주 잘됐네, 당장 내게로 오게!"

고서완은 힘차게 말하며 손을 내밀었다.

"선생님……."

이경욱은 두 손으로 그 손을 마주 잡았다.

5

겹올가미

비가 오고 며칠이 지나 개울물은 둑에 넘실거리면서도 맑았다. 빨래터에는 아름드리 팽나무가 그늘을 드리우고 있었다.

"아이고, 물도 참 복시럽게도 흘러간다. 빨래고 머시고 홀랑 벗고 미역이나 감았으면 좋겄다."

빨래 주무르던 손길을 멈추며 눈이 옴팡한 처녀가 한숨을 폭 쉬었다.

"워메, 누가 듣겄다."

맞은편에 앉은 얼굴 동그란 처녀가 질색을 했다.

"체, 듣기넌 누가 들어. 지도 그런 맘이 꿀단짐스로."

"맘에 있다고 다 말로 허고 사냐?"

"아이고 또 애늙은이 소리 허고 앉았다. 좌우간 니넌 담에 씨엄씨 놀이넌 지독시리 잘해묵을 거이다."

"음마, 염병헌다. 고런 징헌 소리넌 허덜 말어."

"근디 양순아, 요상시런 것이 있다."

눈 옴팡한 처녀는 물살을 지으며 제법 빨리 흘러가는 물길에 건성으로 빨래를 헹구며 얼굴이 자못 심각해졌다.

"머시가……?"

"학상덜 말이여. 방학이 됐는디도 어째 안 온고? 작년 겉으면 왔을 때가 발써 지냈는디."

"아이고, 저 숭헌 년 보소. 나넌 또 무신 큰일난지 알었네."

양순이란 처녀가 눈을 흘겼다.

"흥, 숭헌 년언 니년이다. 속으로넌 기둘리고 있음시로도."

"하이고, 넘 속 잘도 아네. 지 속 짚어 넘 속이라고 지년이 그렇게 넘도 그런지 알제."

"아이고 양순아, 으뭉떨지 말고 있는 대로 말혀 봐. 니도 요상허지야?"

"그려, 구월이 니 말 듣고 봉게 요상허기넌 요상허다. 금년에넌 안 올랑가?"

"재수 없이 그런 소리 말어!"

옴팡눈 구월이가 빽 소리를 질렀다.

"얼랴, 니 서방감 정해둔겨?"

양순이가 눈을 꼬났다.

"미친년, 못허는 소리가 없네. 서울학상덜이 나 겉은 촌년얼 누가 좋아허것냐."

"긍게로 멀 묵자고 그리 목 빠지게 기둘리냔 말이여."

"참, 양순이 니넌 속도 편허다 이. 니넌 요새 시상이 숨도 안 맥히고 살맛도 안 떨어지냐? 그 염병혈 놈에 농촌진흥인지 먼지 시작헌 담으로 조합도 다 없애고 야학도 다 없애고 살 재미가 머시가 있냐. 그 썩을 놈에 부락진흥회서넌 맨날 헌 소리 또 허고 또 허고 험서 사람 환장허게 맨글고. 요런 때 학상덜이 내래와 한바탕 연극도 허고, 노래도 갤차주고, 서울 이얘기도 히주고 허먼 얼매나 숨통이 터지겄냐. 나넌 그 학상덜이 왔다 가먼 몇 달언 그 기분으로 살어진다. 니넌 안 그러냐?"

"글씨, 듣고 배우는 것이 많응게 나도 그 학상덜이 좋기넌 헌디, 그냥 떠나고 나먼 맘이 더 허전허고 내 신세가 더 한심허고 혀서 덜 좋은 것도 있드라."

양순이가 한숨을 쉬었다.

조합도 야학도 다 없앤다는 구월이의 말은 바로 총독부의 정책이었다. 총독부에서는 농촌진흥정책을 본격적으로 시작하면서 행정단위별로 농촌진흥위원회를 조직했고, 각 마을에는 빠짐없이 부락진흥회를 만들었다. 그리고 사회주의 조직을 파괴하는 것을 필두로 천도교 계통이나 기독교 계통에서 조직한 농민회나 협동조합 같은 것을 전부 해체시켜 버리거나 부락진흥회로 흡수해 버렸다. 그리고 야학들도 계속해서 없애나갔다. 구비조건이 안 맞는다고 폐쇄시키거나 기간이 만료되면 재허가를 내주지 않는 방법을 썼다. 그러니까 농촌진흥정책이란 농촌진흥이 목적이 아니고 식민지 지배에 조금이라도 방해가 되는 조직들은 완전히 제거하여 전국을 새롭게 조직화하는 '농촌장악정책'이었던 것이다.

"아직꺼정 안 온 것얼 보면 금년에는 안 올란지도 몰르겄다."

"글먼 안 되는디. 요 팍팍헌 삼복 더우럴 으쳐께 나라고."

구월이가 울상이 되었다.

"일찍허니덜 나왔네. 무신 이얘기가 그리 재미진가?"

차득보의 아내 연희네가 개울둑을 내려서고 있었다.

"인자 나오시오?"

"어여 오시게라."

두 처녀는 반갑게 인사했다.

"아이고, 물도 참 좋네. 때가 절로 지겄다."

연희네가 감탄을 하며 빨래통을 내려놓았다. 개울물은 어찌나 맑은지 밑바닥까지 환히 들여다보였다. 풀섶에서 개구리 한 마리가 퐁당 뛰어들어 물살에 밀리며 헤엄치고 있었다.

"근디 저 가시네년 빨래헐 생각언 안 허고 옷 홀랑 벗고 미역감고 잡다요."

양순이가 말끝에 킥 웃었고

"저 문딍이 가시네!"

구월이가 물을 끼얹었다.

"음마, 고것언 숭이 아니여. 홍시 보면 따묵고 잡고, 삼동에 불 보면 손 쬐고 잡고 그런 것 아니여?"

연희네가 얼굴 빨개진 구월이를 보고 살갑게 웃었다.

"봐라, 이년아!"

구월이가 또 물을 끼얹었고

"에그그……." 양순이는 두 팔을 들어 얼굴을 가리고 몸을 틀어 돌리며, "저년이 또 머라는지 아시오? 서울학상덜이 올 때가 지냈는디도 안 옹게 맴이 심숭샘숭히서 살맛이 안 난다요." 그녀는 한 달음에 쏟아놓았다.

"워메 저년이 사람 잡네."

구월이가 이제 두 손으로 물을 끼얹어댔고, 양순이는 발딱 일어나 물보라를 피하며 키들키들 웃어댔다.

"그것도 당연지사 아니여? 큰애기덜이 총각덜 안 기둘리먼 과부가 기둘릴 것이여? 근디 자네덜 안직 소식 몰르고 있능가? 올해넌 그 학상덜 못 올 것인디."

"야아?"

"무신 소리다요?"

구월이와 양순이가 함께 놀랐다.

"이, 안직 몰르고 있구마. 올해보톰 총독부서 그 일얼 금했다는 것이여."

"누가 그러등게라?"

"어찌서요?"

둘이의 물음이 겹쳐졌다.

"이, 한 사날 전에 우리 연희 아부지헌티 들었는디, 그것이야 뻔허덜 안혀? 야학덜 없애는 것허고 똑겉은 일이제. 학상덜이 일본

나쁘다는 쪽으로만 솔솔 바람얼 잡는디 총독부가 보고만 있겄어? 그간에 4년이면 질게 간 것이제."

"아이고메, 썩을 놈덜!"

구월이가 방망이로 빨랫돌을 내리쳤다.

"참, 빌어묵을 시상이다."

어깨를 늘어뜨리며 양순이가 한숨을 쉬었다.

"고것이야 암것도 아니제. 사람덜 되나캐나 잡어가는 것에 비허면."

연희네도 한숨을 쉬며 빨랫감을 물에 담갔다.

연희네가 한 말은 사실이었다. 총독부에서는 1935년 하기방학을 기해서 학생들의 농촌계몽운동을 전면 중단시켜 버렸다.

"그나저나 갑돌이네가 큰탈났드마."

연희네가 빨래를 주무르며 혀를 찼다.

"또 무신 일 생겼간디라?"

양순이가 얼른 말을 받았고, 구월이는 아직 화가 안 풀린 듯 이쪽에는 관심도 없이 빨래를 방망이로 두들기고 있었다.

"아 글씨, 갑돌이가 와타나베 아덜얼 때렸다는 것 아니여. 그래노니 와타나베 그 고약쟁이가 사람덜얼 풀어 염 서방얼 잡어갔단 말이시."

"아이고메, 난리 났네!" 양순이는 털퍽 엉덩방아를 찧고는, "갑돌이 그 자석이 넋나갔제, 으쩔라고 즈그 지주 아덜얼 때랬을게라?" 그만 울상이었다.

"아이고 이년아, 시집 가보지도 못허고 엉치 깨지겄다. 넋나간 것
언 니년이제 갑돌이가 아니여."

어느새 말을 다 알아들었는지 옴팡눈을 똥그랗게 뜬 구월이가
야무지게 내쏘았다.

"음마 잡것, 무신 소리여?"

양순이도 기를 세웠다.

"강아지새끼도 왜놈집 강아지새끼헌티넌 기럴 못 피고 꼬랑지가
처져내리는 판인디 갑돌이가 맥없이 즈그 지주 아덜얼 때렸겄냐?
그놈으 새끼가 즈그 애비 심 믿고 평소에도 아그덜헌티 얼매나 못되
게 허드냐. 갑돌이가 아무 일도 안 당허고도 그 새끼럴 때렸겄냐?"

구월이의 말은 더 야물게 터져나오고 있었다.

"그려, 그 말도 맞기넌 헌디……, 그려도 참었어야제."

양순이의 풀죽은 소리였다.

"참기넌 멀라고 참어. 아조 잘헌 일이제. 어런덜이 당허기만 험서
참고 사는 것도 천불이 이는디 아그덜이라도 싸와서 이겨야제."

"하이고메, 누가 옴팡눈 아니라고 헐성불러 그리 독기 내뿜냐. 아
그덜 쌈이 어런덜 쌈 된게 허는 말이제."

"그려, 둘 다 맞는 말인디, 그나저나 염 서방이 어찌 되았는지 몰
르겄네."

연희네가 또 한숨을 푹 쉬며 방망이질을 시작했다.

한편, 두 팔이 뒤로 묶인 염 서방은 와타나베네 마당에 꿇어 앉
혀져 있었다. 그 옆에는 베잠방이를 걸친 두 남자가 버티고 서 있

었다.

"네 이놈, 잘 왔다. 네놈이 때리라고 시켰지!"

와타나베가 방에서 뛰쳐나오며 소리쳤다. 몸집이 작은 그의 얼굴은 험상궂게 독이 올라 있었다.

"아, 아니구만요. 그런 것이 아니고……."

기가 질린 염 서방이 겨우 고개를 들고 어물거렸다.

"바까야로, 조센징!"

와타나베가 욕을 퍼부으며 마당으로 뛰어내렸다. 그리고 벽에 기대놓은 몽둥이를 낚아잡았다.

"이새끼, 감히 어디라고 손을 대게 만들어!"

몽둥이를 치켜들고 내달아온 와타나베는 염 서방을 사정없이 내리쳤다.

"으억!"

비명을 토하며 염 서방의 몸이 한쪽으로 쏠렸다.

"칙쇼!"

와타나베가 또 몽둥이를 내리쳤다.

"자, 잘못했구만요."

염 서방이 비명 대신 토해낸 말이었다.

"아가리 닥쳐라!"

몽둥이가 또 등줄기에 부서졌다.

"잘못했구만요……."

염 서방이 옆으로 쓰러지며 아까보다 더 절박하게 말했다.

"이새끼, 아가리 닥치라니까!"

몽둥이가 또다시 가슴팍을 쳤다.

"아크크……."

염 서방의 머리가 떨구어지고 몸뚱이가 풀려버렸다. 그런데도 와타나베는 두 번, 세 번 몽둥이를 휘둘러댔다. 그때마다 염 서방의 몸뚱이가 푸득거렸고, 신음소리가 엉키고 있었다.

"그만하면 됐어요. 일 저지르진 말아야죠."

갑자기 울린 여자의 목소리였다. 그때까지 와타나베의 아내는 마루에서 남편의 몽둥이질을 지켜보고 있었던 것이다.

"이놈의 새끼, 너 같은 놈 하나쯤 죽여버려도 그만이지만 내가 참는다. 넌 오늘부터 당장 소작이 없어지는 줄 알어!"

와타나베는 염 서방의 얼굴에 침을 내뱉었다.

숨을 헐떡거리는 염 서방은 핏기 성성한 눈으로 와타나베를 치떠보고 있었다.

"이놈을 끌어내라!"

와타나베가 고개를 떨구고 있는 두 남자에게 외치고는 돌아섰다.

그때서야 두 남자는 염 서방에게 달려들어 팔을 묶은 끈을 풀고, 몸을 부축해 일으켰다.

"우리 원망허지 말소. 우리야 머심 신세 아닌가."

대문 밖에 나서서야 한 남자가 잠긴 소리로 말했다.

"참말로, 누가 이리 심허니 헐지 알었다요. 소작꺼정 띠불다니."

다른 남자가 혀를 찼다.

염 서방이 그들의 팔을 뿌리쳤다. 그의 한쪽 볼은 땅바닥에 씻겨 피가 흐르고 있었다.

"혼자 가겄능가?"

처음의 남자가 걱정스럽게 물었다.

염 서방은 이를 뿌드득 갈며 걸음을 옮겨놓기 시작했다.

"그려도 젊어서 저만허요. 지기럴, 큰 지주나 되았으면 사람 여럿 잡을 판 났겄네."

다른 남자가 안쪽으로 눈을 흘기며 쓴 입맛을 다셨다.

"긍게로 선무당이 사람 잡는다고 안 혀."

처음의 남자도 혀를 챘다.

"참, 새끼지주덜이 날치는 것 보면 눈꼴시어 못 보겄고, 좌우간 나라럴 잘 타고나야 허요."

"씀벅씀벅 입 놀리덜 말어."

처음 남자가 퉁을 놓고 돌아섰다.

'새끼지주'란 동척에서 논을 특혜받아 지주 행세를 하고 있는 일본사람들을 말하는 것이었다.

염 서방이 몽둥이질을 당하고 온 소문은 삽시간에 마을에 퍼졌다. 그런데 사람들이 더욱 놀란 것은 소작을 떼였다는 것이었다.

들에서 돌아온 차득보는 저녁을 먹으며 아내에게 그 이야기를 들었다.

"염 서방이 피럴 토허고 죽을 일이시. 즈그 논 찾지도 못허고 소작꺼정 띠였으니 그 속이 으쩌겄어."

차득보는 구들장이 꺼지도록 한숨을 토해냈다.

"고것이 무신 소리다요?"

연희네가 의아스러워했다.

"이, 자네는 잘 모르겄구마. 긍게 말이시, 이십사오 년 전 토지조사사업얼 헐 적에 염 서방네도 문서가 잘못되야 동척에 논얼 뺏겼는디, 그 담에 동척서 즈그 왜놈덜 끌어다가 논얼 몽창몽창 선심 쓰덜 안혔다고. 그적에 와타나베가 받은 것 중에 염 서방네 논도 들어 있었든 것이여. 근디 염 서방 아부지넌 논얼 되찾을 일념으로 시퍼러니 젊은 와타나베 밑서 소작살이럴 허다가 결국 죽고, 염 서방이 또 아부지 뒤럴 잇댄 것이란 말이시."

"아이고메, 으쩌까 이! 피 토허고 죽을 만허요."

연희네도 꺼지라 한숨을 쉬었다.

"큰일이시. 염 서방 겉은 사람이 어디 한둘이라야 말이제. 나가 잠 가봐야 쓰겄구마."

차득보는 숟가락을 놓으며 말했다.

"야아, 그러시게라."

연희네가 반색을 했다.

차득보는 어두워지고 있는 고샅을 걸으며 염 서방의 앞날을 생각해 보았다. 그러나 생각해 보나마나 암담할 뿐이었다. 어디 가보아야 소작을 얻을 데라고는 없었다. 소작을 부치고 있는 사람들도 떼이지 않으려고 급급하고 있었고, 지주한테 마누라 바치는 것쯤 이제 흉거리도 아닌 세상이었다. 그런 일은 그저 서로 쉬쉬하며 덮을 뿐이었다. 도회지로 나간다고 해도 그건 바로 거지 신세가 되는 것이었다. 그렇다고 산속으로 들어가 화전민이 될 수도 없는 일이었다. 몇 년 전부터 관에서는 화전민들을 산에서 몰아내고 있었다. 산을 보호한다는 이유였다. 그러다 보니 소작 얻기는 더 어려워지고, 거지들은 해가 갈수록 불어나고 있었다. 또 만주로 갈 수도 없는 일이었다. 만주도 옛날이야기지 중국지주들이 조선지주들과 똑같이 변해서 살기가 어렵다는 것이었다. 더구나 만주도 왜놈들 땅이 되어버렸으니 더 어려워진 것은 말할 것도 없었다. 이렇게 따지고 보니 염 서방이 발붙일 데라고는 아무데도 없었다.

"밥상머리서 소식 듣고 왔소. 몸언 잠 어떠시오?"

차득보는 윗목에 자리잡으며 인사를 차렸다. 방 안에는 등잔도 켜져 있지 않았다.

"몸도 곤헌디 멀라고 오셨소."

아랫목에 누워 있던 염 서방은 몸을 일으켰다.

"아니, 일어나지 말고 뉘 있으시오."

"나이 처묵은 놈 매질이라 괜찮허요."

염 서방은 굳이 일어나 앉았다.

그 몸놀림이 그리 불편해 보이지 않아 차득보는 그나마 다행이라고 생각했다.

"근디…… 소작꺼정 띠였다는디, 이것 참…… 상심이 크시겄소."

차득보는 어렵게 말을 이었다.

"빌어묵을, 다 팔자소관 아니겄소."

염 서방이 헛웃음을 흘렸다.

"참, 드럽고도 징헌 놈에 시상이오. 맷돌 갈디끼 다글다글 갈아 불 수도 없는 일이고."

차득보는 한숨을 쉬며 쌈지를 꺼냈다.

"드런 놈에 시상, 그리만 된다면 을매나 좋겠소."

염 서방이 이빨 갈아붙이는 소리가 뿌드드득 어둠 속에 퍼졌다.

"담배 태울라요?"

차득보가 쌈지를 내밀었다.

"그러제라. 담배나 꼬실려야 우선 천불을 끈게."

염 서방이 쌈지를 받아들며 또 이를 갈아붙였다.

"근디…… 염 서방 속상헐 말일란지도 모른다…… 어찌서 아덜이 그놈 자석얼 때랬능게라? 그 자석놈이 잘못헌 것 없이 이짝서 먼첨 때랬을 리가 없는디."

"참말로 기가 차요. 우리 아덜놈이 잘 팼소. 그 일이 어찌 됐는고 허니, 와타나베 자석놈이 아 글씨 우리 딸 옷얼 벳기고 놀릴라고 해댄게 지 동상이 그 꼴 당허는 것얼 보고만 있겄소. 그러지 말라고 말긴게 됩데 그놈이 우리 아덜놈얼 친 것이오. 우리 아덜놈언 두 번 시 번 맞다가 더는 못 참고 그놈얼 들이받아분 것이오. 쬐깐헌 놈이 나보담 낫제라."

"아, 고것 잘해부렀소."

차득보는 자신도 모르게 불쑥 이 말을 쏟아놓았다. 그 말을 들으며 두 가지 생각이 떠올랐던 것이다. 아버지가 총살당한 것과 동생 옥녀가 몸을 망친 것이었다. 그런데 자신은 여지껏 왜놈을 정면으로 들이받은 적이 없었던 것이다. 물론 겁이 나서 그런 것은 아니었다.

"사사로이 원수갚음헌다고 일이 되는 것이 아니다. 맘얼 크게 묵고 뜻얼 크게 세와야 큰일얼 허게 되고 원수도 크게 갚게 된다. 그리헐 수 있겄냐?"

공허 스님이 유승현 선생 조직에 선을 대기 전에 다짐한 말이었다.

그런데 근자에 들어서는 왜놈들을 직접 죽이고 싶은 충동을 느끼고는 했다. 자꾸만 심해지는 경찰들의 단속에다가 부락진흥회의 극성 때문에 일이 거의 마비상태에 빠졌던 것이다. 소작쟁의도 신간회 시절처럼 대규모로 일으키는 것은 상상할 수도 없는 일이었다. 소작쟁의는 그때보다 네댓 배로 늘어났다. 그러나 억울하고 분한 꼴 당한 사람들이 대여섯 명, 예닐곱 명씩 지주집으로 몰려가는, 소규모라고도 할 수 없는 모양으로 초라하게 변하고 말았다. 농촌진흥정책으로 그 어떤 종류의 운동이든 모두 금지당한 때문이었다. 소작쟁의가 그렇게 초라하게 변하니까 그건 모기가 소 다리에 침놓기였다. 농촌진흥정책으로 살판난 건 지주들뿐이었다.

"염샌, 너무 상심 마시오. 어찌 살아지는 방도가 안 있겄소."

차득보는 곰방대를 털며 말했다. 막연하기 그지없는 자신의 말에 민망함을 느끼고 있었다.

"야아, 이리 찾어와 준 게 고맙소."

염 서방의 목소리는 착 가라앉아 있었다.

차득보는 무거운 발길로 어두운 고샅을 걸었다. 그는 또 자신은 더없이 복 받은 사람이라고 생각하고 있었다. 이런 고단하고 험한 세상에서 자작논을 가지고 있다는 것은 온 세상을 다 가진 것이나 다름없었던 것이다. 그게 다 옥녀의 덕이었다. 옥녀가 한 번인가 방송에 나가 소리를 했다는데, 그 라디오라나 뭐라나 하는 게 없어서 듣지 못했던 것이다. 옥녀가 그저 큰 명창이 되기만 바라고 있었다.

집집마다 놓은 모깃불로 고샅에는 매캐한 연기냄새가 자욱했다. 어둠 속에서 푸르스름한 반딧불들이 느리게 날고, 여름밤을 즐기는 아이들의 소리가 멀리서 왁자하게 들리고 있었다.

초저녁에 그리도 바글바글 울어대던 개구리들도 잠이 들었는지 밤 깊은 들녘에는 적막뿐이었다. 그림자 하나가 들길을 빠르게 이동하고 있었다. 한참을 가던 그림자는 어느 동네로 들어섰다. 어둠 속에 흐릿하게 드러난 집들의 윤곽은 초가집이 아니었다.

그림자는 전혀 머뭇거림 없이 어느 집의 담을 넘었다. 잠시 멈추었던 그림자는 살금살금 움직이기 시작했다. 그림자는 뒤뜰에서 앞마당 쪽으로 가고 있었다.

집 앞쪽에 다다른 그림자가 무엇인가를 옆구리에서 빼들었다. 그림자의 손에 들린 것은 칼이었다. 그림자는 소리 없이 마루 쪽으로 움직여갔다. 더위 탓인지 마루의 유리문 한쪽이 열려 있었다. 그리고 모기장이 쳐진 마루에는 사람들이 자고 있었다. 그림자는 기듯이 마루로 올라갔다. 그리고 모기장 안을 들여다보았다. 그 안에는 세 사람이 잠들어 있었다. 그림자는 천천히 모기장을 걷어올렸다. 그리고 안으로 들어갔다. 그림자는 우뚝 멈춰서는 듯싶더니 두 팔을 치켜올렸다. 그리고 다음 순간 아래로 내리찍었다. 그림자는 똑같은 동작을 연달아 했다. 그 시간은 지극히 짧았다. 모기장을 벗어난 그림자는 왼쪽 방문을 옆으로 밀었다. 모기장 안에서 한 사람이 자고 있었다. 그림자는 모기장을 걷고 들어가 또 똑같은 동작을 했다. 그림자는 다시 오른쪽 방으로 옮겨갔다. 반쯤 열린 방문으로 안이 들여다보였다. 모기장 안에서 두 사람이 자고 있었다. 그림자는 또 모기장을 걷고 들어가 순식간에 칼질을 해치웠다.

다음날 아침나절에 와타나베 일가족 여섯이 몰살당했다는 소문이 인근 동네마다 쫙 퍼졌다. 그 소문과 함께 경찰들이 염 서방네 집으로 들이닥쳤다. 그러나 염 서방은 없었다. 그의 아내가 머리채를 잡혀 끌려갔다. 그런데 점심나절에 사람들이 염 서방을 찾아냈다. 염 서방은 저수지에 둥둥 떠 있었던 것이다.

염 서방의 아내가 피멍투성이가 된 얼굴로 저녁때 집으로 돌아왔다. 그녀는 거적을 걷어 남편의 시체를 확인하고는 무릎 꿇고 앉아 소리 없이 흐느꼈다. 그러고는 거적쌈을 해서 장례를 끝낼 때까지 그녀는 더 눈물을 보이지 않았다.

"하정댁이 어찌 저런고?"

"너무 원통 절통헝게 눈물도 안 나오는 것이제 머."

"아니여, 안 울자고 맘 딱 공글린 것이여."

"하정댁도 저리 무서운 디가 있구마."

"긍게 사람 맴이 열 겹, 시무 겹이라고 안 혀."

"하먼, 그래야제. 새끼덜 델꼬 살자먼 그리 맘 강단지게 묵어야제."

"그나저나 어찌 살아갈랑고?"

동네여자들이 조심스레 입을 모았다.

"염 서방이 그리 독헌지넌 몰랐넌디……."

"독헌 사람이 어디 따로 있가디. 그런 꼴 당허먼 누구고 그리될 수 있제."

"와타나베 그놈이 사람 시퍼 봤다가 아조 오지게 당혔구마."

"좌우간 요 근동 왜놈덜 붕알이 다 올라붙어 부렀겄구마."

"하먼, 밤잠 못 자게 생겼제. 근디 말이여, 내놓고 못헐 말로 염 서방이 장허덜 안혀?"

"이, 남은 처자석덜이 불쌍히서 그렇제 염 서방이야 웬수 톡톡허니 갚었제."

"그려, 말이 나왔시니 말인디, 조선사람덜이 염 서방맨치로 들고 일어나면 이놈으 시상 금세 엎어뿔 수 있는 것 아니겄어?"

"글씨, 말로야 그런디, 그것이 어디 그리 쉰 일이라고."

남자들이 어둠 속에 모여앉아 나누는 말이었다.

차득보는 조선사람들이 염 서방처럼 들고일어난다는 말에 가슴이 두근거리는 것을 느꼈다. 그 생각은 바로 자신이 혼자서 하고 하고 또 해왔던 생각이었다. 조선사람들이 칼로든 몽둥이로든 한 사람이 왜놈들 하나씩만 죽이고 죽으면 조선사람들 수가 더 많으니까 나라를 되찾을 수 있는 것이었다. 그것이 얼마든지 될 수 있는 일일 것 같은데 안 되는 것이 이상했다. 그런 일이 도모되기만

하면 자신은 얼마든지 나설 수 있었다. 그걸 공허 스님한테 물어보려고 했지만 철없다고 할까 봐 덮어왔던 것이다.

동네사람들은 하정댁이 어디론가 떠나리라고 생각했다. 그러나 하정댁은 그런 기색 전혀 없이 이집 저집 품팔이를 찾아나섰다.

"죽으나 사나 여그서 우리 땅얼 찾어야제라."

하정댁이 사람들 앞에서 또렷하게 한 말이었다.

"어이, 일얼 맨글어서라도 하정댁얼 불르소. 어디 독립투사가 따로 있당가. 여섯이나 죽이고 목심 끊은 염샌이 장헌 독립투사제."

차득보가 아내한테 이른 말이었다.

"고맙구만이라. 글안해도 하정댁이 짠히서 똑 죽겄드만요."

연희네가 심덕 좋게 반색을 했다.

보름쯤 지나 와타나베의 논이 딴 일본사람에게 넘어갔다는 소문이 퍼졌다. 으레 그럴 줄 알았으면서도 그 소작인들은 맥이 풀리고 있었다.

살 오르기 시작한 메뚜기들이 볏줄기 사이사이에서 푸득푸득 뛰고 있었다. 제비들이 낮게 날며 메뚜기들을 날쌔게 채고 있었다.

차득보는 장타령을 흥얼거리며 열심히 피를 뽑고 있었다. 피들도 여름이 가고 있는 것을 알고 극성스럽게 커 올라왔다. 차득보는 농사를 지어갈수록 이 세상에 살아 있는 모든 것들에 대한 생명력에 감탄하고 있었다. 그런데 동물보다는 식물이 더 강인한 것도 새롭게 알게 된 것이었다. 강아지풀을 낫으로 싹 베버리면 삼사 일이 지나면서 잎들과 꽃술줄기가 어엿하게 솟았다. 하도 놀랍고 신기해서 다시 싹둑 베버렸더니 역시 거짓말처럼 또 제 모습을 갖추었다. 풀이 그렇게 빨리 자라난다는 것도 희한했고, 다시 제 모습을 갖추는 것도 믿을 수가 없었다. 그래서 또다시 싹둑 베보았다. 그러나 결과는 역시 마찬가지였다. 그때서야 제 씨를 뿌리고 죽겠다는 강아지풀의 강인한 생명력을 깨닫게 되었다. 그 깨달음과 함께 호기심이 생겼다. 도대체 언제까지 몇 번이나 그러는지 보고 싶었다. 다시 싹둑 낫질을 해버렸다. 그러기를 두 달 동안 했고, 강아지풀은 찬바람이 불어오고 모든 풀들이 스러지는 그때까지 두 치 정도밖에 자라지 못한 난쟁이로 끝끝내 꽃술줄기를 피워 올리는 것이었다. 그 지독스러움에 눈물이 날 지경이었다. 그 경이로운 일을 공허 스님한테 말했더니, "허, 니가 인자 득도를 허능구나. 그려서 부처님께서 살생허지 말라고 이르셨느니라. 그리혀서 생명이 지탱되는 동물은 이 시상에 없응게" 하며 대견해했던 것이다. 피라는 것도 강아지풀과 다를 것이 없었다. 아무리 열성으로 뽑아도 남아 있는 뿌리에서 또 새 잎과 줄기가 돋아오르는 것이었다.

"욕보시오, 담배나 한 대 꼬실립시다."

등뒤에서 들려오는 소리에 차득보는 얼른 고개를 돌렸다. 그건 아는 사람이 그냥 하는 소리가 아니라 조직의 암호였던 것이다. 논둑에는 바지게를 진 남자가 서 있었다.

"이, 마침 담배 생각이 나든 참이오."

차득보는 이렇게 화답을 하며 주위를 살폈다. 멀리서 일하는 농부들뿐 신경에 거슬리는 눈길은 없었다.

차득보는 유승현의 연락을 가져오는 서근호와 논두렁에 나란히 앉았다.

"벨일 없소?"

차득보는 쌈지를 꺼내며 물었다.

"야아. 그나저나 부락진흥회 등쌀에 어디 살겄소, 빌어묵을."

서근호가 신문지쪽에 담배를 말며 퉁명스럽게 말했다.

"자꼬 살맛 떨어지게 되야가요."

차득보는 부싯돌을 쳐 곰방대에 불을 붙였다.

"이놈으 시상이 갈수록 태산이니 원."

서근호가 담배연기를 내뿜으며 쌈지의 담뱃가루 속에서 말이담배 하나를 꺼내 차득보에게 내밀었다. 차득보는 그걸 재빨리 받아 자기의 쌈지 담뱃가루 속에 감추었다.

"그나저나 우리 일이 어찌 되야갈 것 겉으요?"

서근호가 차득보를 빤히 쳐다보았다.

"글씨, 나라고 머 알겄소마넌 왜놈덜 날치는 꼴새로 봐서 몇 년 전맨치로 호시절이야 오겄소."

"그렇게 말이오. 이리 돼서넌 안 되는디."

"애당초 왜놈덜 눈 피해감서 허는 일이었응게 끈허니 허는 도리밖에 더 있겄소. 우리가 요것 말고 믿을 것이 머시가 있소."

"그렇제라. 요 심이라도 있응게 요런 드런 놈에 시상얼 참고 살제라."

"농새넌 으쩌요?"

"그작저작 되았소. 나 가볼라요."

서근호가 일어섰다.

"또 봅시다."

차득보도 따라 일어서며 눈인사를 보냈다.

"함펴엉처언지 느을근 묘이미……."

서근호가 지겟작대기로 지겟다리를 치며 천연덕스럽게 육자배기를 뽑으면서 멀어져 가고 있었다.

차득보는 피를 대충대충 뽑고는 바지게를 지고 포교당으로 발길을 서둘렀다. 그날 받은 연락은 그날로 다음 선에 연결시켜야 했던 것이다.

차득보는 포교당을 멀리 바라보면서부터 주위에 신경을 썼다. 안전한 것을 두 번, 세 번 확인한 다음에 포교당으로 들어갔다.

"시님 어디 기신게라?"

차득보는 긴 대빗자루를 들고 지나가는 사람에게 알은체를 하며 물었다.

"이, 오셨소? 저그 법당에 기시요."

다리를 약간씩 절룩이는 그 사람은 손판석이었다.

"시님, 불공 디릴라고 왔는디요."

차득보는 바지게를 담 옆에 벗어놓고 법당 앞에서 조심스럽게 말했다.

법당에서 얼굴을 내민 것은 운봉이었다.

"어여 들어오시오."

운봉의 눈길이 빠르게 대문 쪽으로 날아가며 손짓했다.

차득보는 짚신을 벗은 발을 베잠방이끝에 씩씩 문질러 닦고는 법당 안으로 들어갔다. 그는 아무 말도 하지 않고 쌈지에서 말이담배를 꺼내 운봉에게 내밀었다.

"무사허시요?"

말이담배를 받으며 운봉이 웃었다.

"야아……."

차득보는 법당에 들어서면 괜히 죄진 것처럼 주눅이 들고, 운봉도 공허 스님 못지않게 어려워 말이 잘 나오지 않았다.

"논에서 오는 질이시오?"

"야아……."

"시장허시겠는디 샛밥으로 한술 뜨고 가시오."

"아, 아니구만이라."

운봉은 앞서 법당을 나섰다.

정재보살이 서둘러 차려온 밥상에는 식은 보리밥과 풋김치, 간장이 놓여 있었다. 한창 시장하던 참이라 차득보는 보리밥에 풋김치를 걸쳐가며 단숨에 먹어치웠다. 발길을 할 때마다 요기를 하게 하는 스님의 온정에 차득보는 또 깊은 고마움을 느끼고 있었다.

"시님, 잘 묵었구만이라. 지넌 인자……."

자리를 피해 뜰을 거닐고 있는 운봉에게로 다가가 차득보는 인사를 했다.

"농새넌 으쩌요?"

얼굴을 대할 때마다 운봉이 묻는 말이었다.

"야아, 쓸 만허니 되았구만요."

"다행이오. 글면 살펴가씨요."

차득보는 조심스럽게 포교당을 나섰다.

그는 포교당과 멀어지면서 안도의 숨을 내쉬고 있었다. 되풀이되는 일이면서도 언제나 서투른 일처럼 팽팽히 긴장되는 것이었다. 차득보는 운봉 스님의 선이 그 어딘가로 이어져 있다는 것을 짐작만 할 뿐 더 이상은 아는 것이 없었다.

한걸음 늦게 대문을 나선 운봉은 차득보의 모습이 까마득하게 멀어지는 것을 지켜보고 있다가 돌아섰다. 대문을 들어서던 운봉은 정재 쪽으로 짚단을 옮겨가고 있는 손판석을 보았다. 저녁 지을 땔감을 옮기는 것이었다.

"목탁 쳐서 모지래면 점얼 치든지 토정비결얼 봐주든지 고것이야 니가 알어서 혀. 딸린 입이 대여섯잉게 그리 알고. 니 좋아허는 의병 시절보톰 고상고상허신 분잉게."

손판석을 포교당의 잡일이나 시키라고 맡기며 공허 스님이 한 말이었다.

점을 치든지 토정비결을 봐주든지 하는 공허 스님의 말투에 웃음지으며 운봉은 방으로 들어갔다. 전달되어 온 내용이 무엇인지 살펴보고 빨리 정도규 쪽에 연락을 취해야 했던 것이다.

한편, 정도규는 경찰서 취조실에 끌려와 있었다. 고등계 형사가 경찰서로 가자고 했을 때 정도규는 어느 조직이 들통났나 긴장했지만 무장경찰이 출동하지 않은 것을 보고 다른 일이라는 것을 알았던 것이다. 정도규는 유승현과 연결된 농민조직 외에도 군산의 고무공장, 이리의 견사공장에도 조직을 구축해 나가고 있었던 것이다.

"이봐, 당신의 신원은 믿을 수가 없어."

형사가 고약한 눈째로 정도규를 노려보았다.

"그게 무슨 소리요? 나처럼 신원이 확실한 사람이 어딨소. 우리 가문은 당신네들이 여기 오기 전부터 수십 대에 걸쳐서 이 고장에서 살아왔소."

정도규는 그때서야 한 달 전쯤에 신문에서 본 신원보증령이라는 새로 공포된 법을 떠올렸다.

"법이 말하는 신원이란 그따위 게 아니야. 당신의 언행을 믿을 수가 없다 그 말이야."

형사가 연필로 책상끝을 톡톡 쳤다.

"아니, 그 무슨 엉뚱한 말이오? 내가 출감한 이후로 꼼짝 못하게 감시해 온 것이 누구요? 당신네들이잖소. 내가 그동안 잘못한 게 아무것도 없잖소. 그걸 똑똑히 보고서도 못 믿겠다니 말이 되는 소리요?"

그들의 생리를 잘 아는 정도규는 조금도 주저함이 없이 정면으로 맞섰다.

"그래, 말 한번 잘하는군. 우리가 꼼짝 못하게 감시했으니 잘못을 저지르지 않은 거지 감시를 안 했는데도 그랬을까? 어때, 감시를 안 했는데도 그랬겠어? 대답해 봐!"

정도규는 함정이라고 생각했다. 물론 아니라고 해서는 안 되었고, 그렇다고 하면 무슨 말로 걸고 들지 몰랐던 것이다.

"괜히 말트집 잡지 마시오."

"잔소리 말고 똑바로 대답 못해!"

형사가 버럭 소리지르며 책상을 내리쳤다.

"이거 보시오, 잘못한 게 아무것도 없으면 됐지 그런 말까지 대답할 책임은 없소."

"뭐라구? 요런 건방진 새끼!" 형사는 입이 비틀리는 잔인한 웃음을 흘리고는, "너, 신원보증령이란 새 법이 공포된 걸 아직 모르는 모양이지? 바로 너 같은 놈들 때문에 그 법이 만들어졌고, 넌 그 법에 따라 지금 수사를 받고 있으니까 내 말에 대답할 책임이 없는 게 아니라 꼭 대답해야 할 책임과 의무가 동시에 있다. 무슨 말인지 알아듣겠나?" 그는 손가락으로 눈을 콕 찌르는 듯한 손짓을 하며 픽 웃었다.

"……"

정도규는 형사를 똑바로 쳐다본 채 어금니를 맞물었다. 치안유지법이라는 올가미에 또 하나의 올가미가 씌워지는 것을 느끼며.

"대답을 안 하면 어떻게 되는지 아나? 너의 신원이 불확실하다는 것을 자인하는 거니까 그대로 구금이야. 그럼 거짓말로 그렇다고 대답하면 그만이라고 생각하겠지? 설마 우릴 그렇게 바보로 생각하진 않겠지? 그럴 경우에는 너의 신원을 보증할 연대보증인들을 셋을 세워야 해. 그랬다가 네가 잘못을 저지르면 그땐 연대보증인들까지 네가 저지른 잘못과 똑같은 처벌을 받는 거지. 자아, 어느 쪽을 택하겠나?"

형사는 여유만만하게 웃었다.

정도규는 그만 낙담을 하고 말았다. 그건 어떤 묘수로도 빠져나갈 수 없는 함정이고 올가미였다. 사상적으로 의심받거나 감시당해온 사람들에게 신원보증령이란 악법 중의 악법이었다.

"왜 말이 없나. 당장 구금시켜 줄까?"

"당장 보증인을 세울 수 없는 일 아니오. 며칠 여유를 주시오."

정도규는 어떻게 해서든 이 자리를 모면할 생각을 하고 있었다.

"연대보증인을 세우겠다 그건가?"

"그러기를 원하고 있잖소."

"말조심해! 네놈들이 얌전하게 있는데도 그러겠어?"

이놈들아, 네놈들이 조선을 짓밟지 않았는데도 그러겠냐!

정도규는 가슴 터지도록 속으로 울부짖고 있었다.

"좋아, 이틀간 여유를 주지. 그동안 말썽을 일으키지 않아서 특별히 봐주는 거니까 우리가 믿을 만한 보증인들로 잘 고르라구. 괜히 딴짓은 안 하는 게 좋아. 영영 고향땅 안 밟으려면 몰라도."

형사가 잔인하게 웃으며 일어섰다.

정도규는 집으로 돌아오며 한숨을 쉬고 또 쉬었다. 그 악랄한 법을 피할 수 있는 길은 단 한 가지밖에 없었다. 이대로 도망가는 것이었다. 그러나 그것도 임시방편적인 피신책일 뿐 현명한 해결책은 아니었다. 또한 그런 악법으로 조이기 시작하면 그나마 앞으로의 운동도 활로가 막히는 것이었다. 조금만 의심스럽거나 눈에 거슬리는 사람은 얼마든지 잡아넣게 되어 있었다. 도망을 간다 해도 어디서든 그 올가미에 걸려들 수 있었던 것이다. 도망을 가더라도 딱 하나의 길이 있을 뿐이었다. 만주로 가는 것이었다. 그러나 만주로 떠나기에는 나이가 너무 많았다.

정도규는 자신의 나이에 스스로 놀라고 있었다. 어느덧 마흔셋……, 참 부질없이 흘러간 세월이었다. 스물이었을 때는 더 말할 것도 없었고, 서른이었을 때도 자신이 마흔셋이 되리라고는 상상도 못했던 것이다. 아니, 자신이 마흔셋이 되도록 나라를 되찾지 못하리라고는 생각하지 않았던 것이다. 사회주의 실현에 사나이의 모든 열정을 바치면 머지않은 장래에 새로운 세상도 만들고 나라도 되찾게 되리라는 것을 확신했었다.

"조선의 남아들이 유일하게 갈 길은 무엇인가. 그것은 조국을 해방시키고 나라를 되찾는 것이다. 그 문제에는 이의가 있을 수 없고, 선택이 있을 수 없고, 회의가 있을 수 없다. 조선의 사나이들에게 조국의 해방은 유일한 길이요, 유일한 목표다. 그 목표를 달성하는 투쟁의 수단과 무기로 사회주의는 절대 필요하다."

일본인 미시마가 한 말이었다. 그 충격은 망설임이나 고민을 일거에 휩쓸어갔다. 그 말을 일본사람이 했기 때문에 더 충격이었고 더 진실했고 더 감동이었다.

미시마에게 사회주의를 학습한 이후 마음 흔들림 없이 최선을 다해왔던 것이다. 그런데 상황은 자꾸만 험악하게 변해왔다.

"억압이 있는 곳에 투쟁이 있고, 투쟁이 있는 곳에 억압은 가중된다. 그러나 강철은 두들길수록 강해진다. 사회주의로 무장된 투쟁은 그 어떤 억압도 끝끝내 파괴하고 타도할 수 있다. 그것은 바로 전 인민적 항쟁이다."

미시마의 학습이었다.

그런데 상황은 전 인민적 항쟁 이전에 인민을 무장시키려는 핵들의 뿌리를 뽑으려는 고사작전으로 가속화하고 있었다. 미시마는 이런 상황의 타개책으로 무슨 방법을 가지고 있을까……. 정도규는 하늘을 향해 한숨을 토해냈다.

이틀이 지나 정도규는 전주에서 집에 다니러 온 큰아들에게 뜻밖의 소식을 들었다.

"아부지, 큰일났구만요."

정태현은 아버지에게 큰절을 끝내자마자 이렇게 말했다.

"……?"

정도규는 눈으로 다음 말을 독촉했다.

"개학얼 허고 본게 현역 장교가 배속되어 있었구만요."

"현역 장교가!"

정도규가 깜짝 놀랐다.

"예, 앞으로 군사교육을 실시헌다등마요."

"……."

정도규의 얼굴이 어둡게 굳어졌다.

"그간에 틈얼 못 내서 오늘사 왔구만요."

개학한 지 며칠이 안 돼 아들이 집에 온 이유를 정도규는 그때 서야 알았다.

"그래, 잘했다. 군사교육이 모든 고보에 실시된다 그런 말이겠지?"

"예, 총독부서……."

"알았다. 넌 바로 전주로 돌아가고, 혹시 무슨 일이 있으면 집에 는 책 가지러 왔던 것으로 해둬라."

"예."

아들이 돌아가는 것을 보며 정도규는 전쟁을 예감하고 있었다. 중국과……, 아니면 소련과…… 그러지 않고서는 고보학생들에게 전면적으로 군사교육을 실시할 이유가 없었다.

이놈들이 어떻게 하려고 이러는가? 전쟁을 일으켜 조선학생들까 지 동원하려는 것 아닌가. 그렇게 되면 해방은 어떻게 되는가.

정도규는 어지럽도록 머리가 혼란해졌다. 평상에 걸터앉으며 담 배에 불을 붙였다.

내일이면 또 경찰서에 불려가야 했다. 그러나 꼬박 이틀 동안 생 각해 보았지만 차마 그 짓은 할 수 없었다. 연대보증인을 세워놓고 그들을 안심시킨 다음 일을 계속해 나가는 방법도 생각해 보았다. 그러나 언제까지나 조직이 노출되지 않으리라는 보장이 없었다. 만 약 사고가 발생하면 연대보증인들한테까지 피해를 입히게 되는 것 이었다. 연대보증인을 세우는 것, 그건 그들이 씌우는 올가미를 그 대로 받는 것이었다. 그건 굴욕이었고 항복이었다. 엄연히 갈 수 있 는 길을 남겨놓고 그런 치욕스러운 짓을 할 수는 없었다.

정도규는 불끈 몸을 일으켰다.

"집에 있는 돈 다 챙기시오."

정도규는 안방으로 가서 아내에게 말했다.

"무슨 일로……?"

김씨의 놀라는 얼굴이 금방 긴장되었다.

"오늘 밤중으로 집을 떠야겠소."

"저어……, 저어……."

김씨가 눈길을 떨구고 말았다.

"해서는 안 될 말이면 하지 마시오."

정도규의 말은 얼음장처럼 차가웠다.

"야아……."

김씨의 목소리가 실낱처럼 가늘었다.

"논 관리는 또 처남한테 좀 신세를 지시오."

"야아……."

"돈은 늘 장만해 두도록 하시오."

"야아……."

"혹시 당신을 괴롭히면 자는 동안에 없어졌다고 하시오."

"야아……."

"애들도 아무도 눈치 못 채게 하시오."

"야아……."

정도규는 안방을 나갔다. 그때서야 김씨의 눈에서는 눈물이 뚝 뚝 떨어졌다.

정도규는 자정이 넘어 옷을 챙겨입었다.

"저어, 어디로 가시는게라?"

김씨의 눈물 머금은 목소리였다.

"아직 정처가 없소."

"혹여 만주로……?"

"아니오. 거긴 안 갈 거요."

"연세가 있으신디 부디 몸얼……."

"걱정 마시오. 아직은 청년 안 부럽소."

"돈 안 떨어지게 미리미리 허시씨요."

"알겠소. 당신한테는 미안하오."

정도규는 아내를 감싸안았다.

김씨는 울지 않으려고 속입술을 깨물었다. 그러나 그 한마디가 속울음을 터지게 해 가슴은 온통 눈물로 젖고 있었다.

"당신 건강하고, 애들 잘 살피시오."

정도규는 어둠 속에 이 말을 남겨놓고 뒷담을 타넘었다. 김씨는 두 손으로 입을 막았다.

정도규가 떠나고 며칠이 지나 그의 큰아들이 또 집에 왔다.

"각 학교마동 신사참배럴 허라고 총독부서 명령 내린 것얼 알려 디릴라고……."

정태현은 피멍든 어머니의 얼굴을 보며 어금니를 맞물고 있었다.

6

뜨거운 정인(情人)

"아버님……."

송가원의 목소리가 부르르 떨렸다.

"또 왔느냐……."

송수익의 목소리는 마치 먼 데서 들리는 것처럼 낮으면서도 느렸다. 철망으로 금이 간 그의 얼굴은 거의 몰라보게 변해 있었다. 초췌하게 마른 얼굴은 주름이 많이 잡혀 늙어 있을 뿐만 아니라 거무튀튀한 안색에는 병 깊은 느낌이 완연했다. 머리도 거의 백발로 변해 있었다.

"혹시 네가 손을 쓴 것이냐?"

송수익이 아들을 응시했다. 그 눈은 얼굴과 다르게 묘한 빛을 품고 있었다. 그 눈만이 살아 있었고, 지난날의 송수익을 느끼게 했다.

"무슨 말씀이십니까?"

송가원은 긴장하며 반문했다.

"전향서 쓰면 가석방시킨다는 것……."

송수익의 목소리가 조금 높아졌다.

"아닙니다, 그런 일 없습니다."

송가원은 분명한 태도로 대답했다.

"진정이냐?"

"제가 어찌 감히……."

송가원은 고개까지 저었다.

"안 그랬으면 다행이다."

송수익이 보일 듯 말 듯 고개를 끄덕였다.

"그런 일이 있습니까?"

송가원은 조심스럽게 물었다.

"더 알 것 없다."

송수익의 얼굴이 차갑고 엄하게 변했다.

"예……."

송가원의 눈길이 허공에서 흔들렸다.

"지삼출 아저씨하고 필녀는 아직도 그대로 있느냐?"

"예……."

"추운데 돌아가라고 일러라."

"제 말을 안 듣습니다."

송가원의 목소리가 조금 퉁명스러운 기운을 띠었다. 그런 데까지 마음쓰지 마세요, 하는 말을 대신하는 것이었다.

"……."

송수익은 아들을 이윽히 바라보았다. 그 얼굴에 희미한 웃음이 스치고 지나갔다.

"아버님……."

"왜 그러느냐?"

"……아닙니다……."

송가원은 무슨 말인가를 할 듯 말 듯 하다가 눈길을 떨구었다.

"신상에 무슨 일이 생겼느냐?"

송수익의 병색 짙은 얼굴이 긴장되었다.

"그게 아니고 아버님 건강이……."

송가원은 당황스럽게 말했다.

"그리 걱정 말거라. 인명재천이다."

송수익은 일부러 웃어 보이려고 했다. 작은아들의 안타까워하는 심정을 잘 알기 때문이었다. 제가 의사이면서 전혀 손을 써볼 수 없으니 그 심정이 어떠할 것인가. 그러나 자신으로서는 작은아들이 옆에 있는 것만으로도 얼마나 큰 힘이 되는지 몰랐다. 처음 면회를 하던 날 둘이서 시멘트바닥에 엎드려 큰절을 하고 일어났을 때 큰아들도 그랬지만 작은아들은 더구나 전혀 알아볼 수가 없었던 것이다. 코 흘리던 어렸을 때 떼어놓고 돌본 일이라곤 없는데 훤칠한 장정이 되었을 뿐 아니라 어렵다는 의사공부까지 마쳤으니 그 아니 대견하고 장할 수가 없었다. 그런 데다 옆을 지키기까지 하면서 남들보다 면회를 두 곱으로 자주 하도록 길을 터놓기까지 했으니 그 효심이 미안스럽고 고마울 따름이었다.

"옷이 어찌 그러냐. 더 뜨시게 입어라."

송수익의 눈길은 아들의 허술한 입성으로 옮겨졌다. 영하 20도가 예사인 한겨울인데 아들의 옷은 솜이 두툼하게 놓인 것도 아니었고 그렇다고 그 흔한 털옷을 걸친 것도 아니었다.

"예, 두껍게 입었습니다."

"아니다, 이 애비가 만주 추위는 잘 안다. 옷 사입을 돈이 없는 게로구나. 애비 옥바라지하느라고."

아들의 속마음을 정확히 짚어내려고 송수익은 일부러 이렇게 말했다.

"아, 아닙니다. 의사 월급이 많아 저금을 하고 삽니다."

"애비한테 거짓말을 하는구나."

"아닙니다. 다음번에 통장을 보여드리겠습니다."

송수익은 마침내 아들의 속마음을 정확히 짚어냈다.

"그렇다면 지금 당장 나가는 대로 솜옷이든 털옷이든 두꺼운 것으로 사입어라. 애비 생각해서 애비보다 춥게 입고 있는 것이 효도가 아니다. 애비 마음쓰이게 하는 것, 그게 불효야. 알겠느냐?"

송수익은 정면으로 찔렀다.

"예, 아버님……."

송가원은 고개를 떨구었다. 아버지의 그 예리함에 가슴 서늘함을 느끼며.

"시간 만료!"

간수가 일본말로 외쳤다.

"그래, 가봐라."

송수익이 희미하게 웃었다.

"아버님······."

송가원이 목이 잠기며 철망을 붙들었다.

아버지의 허약한 모습이 사라지자 송가원은 돌아섰다. 송가원은 가슴이 쓰라리고 아픈 괴로움으로 신음을 씹었다. 아버지의 목숨은 시나브로 사그라들고 있었던 것이다. 아니라고 부인하고 싶었지만 그건 억지였다. 이미 예상했던 대로 아버지는 고문으로 중병을 얻었고, 아무 치료도 받지 못하는 감옥살이로 병은 날로 깊어져 가고 있었다.

처음에 시도했던 것이 감옥에 출입하는 의사와의 접촉이었다. 같은 의사로서 그건 어렵지 않았다. 그 의사에게 아버지의 특진을 부탁했다. 특진 결과는 아주 나빴다. 몸 전체가 극도로 쇠약해져 있고, 특히 문제가 되는 것이 피오줌이었다. 극도의 쇠약상태도, 혈뇨가 나오는 것도 모두 심한 고문에서 비롯된 중병이었다. 우선 혈뇨에 대한 투약부터 부탁했다.

"송상, 정말 미안합니다. 나한테는 투약할 권한이 없습니다. 불령선인, 아니 죄송합니다······, 독립운동가들한테는 더구나 투약이 금지되어 있습니다. 송상 부친께서는 또한 더욱 주목받는 분이라서······. 송상의 가문이 그런 줄은 몰랐습니다. 개인적으로 위로를 드리고 사과를 드립니다."

하야시가 진정 미안한 태도로 한 말이었다.

그 다음에 시도한 것이 하야시를 중간에 놓아 담당간수를 매수하는 일이었다. 자신이 직접 진찰을 해보고 비밀리에 투약을 하려는 것이었다. 그러나 간수는 돈만 받아먹을 뿐 계속 두고 보자는 것이었다. 자꾸 돈만 받아먹기가 면목이 없었던지 그는 면회 횟수를 다른 사람들보다 배로 늘려주었다.

세 번째로 시도한 것이 하야시가 소개한 변호사를 앞세운 병보석 신청이었다. 변호사가 몇 번씩 서류작성을 하고, 자신이 영사관 경찰서로 불려가 신원조사를 받고 해서 나온 결과는 병보석을 해줄 수 있다는 것이었다. 그런데 조건이 따랐다. 당사자가 전향서를 써야 한다는 것이었다. 전향서—그건 단순히 독립운동을 포기한다는 글이 아니었다. 독립운동을 포기함과 아울러 일본과 천황에게 충성을 맹세하는 것이었다. 그것을 쓰라는 것은 아버지에게 사형선고를 내리는 것이나 마찬가지였고, 악랄한 병보석의 거부였다. 어쩔 수 없이 병보석 신청을 취소해 버렸다.

그런데 아까 아버지가 캐물었던 것은 어찌 된 일일까? 전향서를 쓰면 가석방을 시켜준다고? 그건 이자들이 자신도 모르게 꾸미고 있는 연극이었다. 왜 그런 연극을 꾸미고 있을까? 그들이 노리고 있는 목적은 여러 가지가 있을 수 있었다. 그러나 한 가지 분명한 것은 아버지가 그 제의를 받아들이지 않을 거라는 점이고, 그일이 아버지를 괴롭혀 건강이 더 악화될 우려가 있었던 것이다. 아까 그 사실을 캐물으며 아버지는 몹시 기분이 언짢아져 있었다. 아버지를 괴롭히는 것이 그 연극을 꾸민 여러 가지 목적 중의 하나일 수도 있었다. 그건 병을 치료해 주지 않는 것과 함께 또다른 고문이고 살인행위였다.

그런 일들을 해나가면서 꽤 많은 비용이 들었다. 마음과는 달리 월급으로 해결할 수가 없었다. 어쩔 수 없이 공허 스님이 가져온 돈을 헐어 써야만 했다.

"돈도 마음인 것이여. 좋은 일에 고맙게 써서 그 맘 살리면 되네."

공허 스님이 돈을 떠맡기며 한 말이었다.

송가원은 암담한 감정을 추스르며 감옥 밖으로 나섰다. 밖에서 기다리고 있는 지삼출과 필녀에게 그런 감정을 내색하지 말아야 했다.

"선상님언 어쩌시든게라?"

언제나처럼 필녀가 황급히 다가들며 물었다.

"예, 괜찮으세요."

송가원은 억지로 웃음지었다.

"고뿔 안 걸리시고라?"

필녀는 또 다그쳐 물었다.

"예, 걱정 안 하셔도 돼요."

송가원은 필녀라는 여자의 그 뜨거운 정성을 생각해서 더 다정하게 말했다.

"썩을 놈에 날이 염병헌다고 이리 땡땡 춥고 지랄이여."

안심하는 눈치인 필녀가 하늘에다 대고 눈을 희게 흘겨댔다.

"그려, 다행이시."

그때까지 묵묵히 서 있던 지삼출이 뚜벅 말하며 고개를 끄덕끄덕했다.

"많이 추우시죠? 어디 가서 몸 좀 푸십시다."

송가원은 털모자를 쓰며 어깨를 부르르 떨었다.

"춥기넌 머시가 추와. 밤낮으로 땡땡 어는 어런도 기신디."

지삼출이 뚱하게 말하며 개털벙거지를 푹 눌러썼다.

"왜 면회가 안 된다는 거야?"

"친족이 아니면 안 된다네요."

"이런 죽일 놈들, 사촌이 왜 안 돼."

"이놈들이 말하는 친족은 내외간과 자식까지만 말하는 거지요."

조선사람들 서너 명이 역정을 내고 있었다. 그들 외에도 혹독한 추위 속에서 떨고 있는 조선사람들은 더 있었다. 이곳 봉천 제2감옥은 만주사람들을 제외한 여러 외국사람들을 수감하고 있었다. 그러다 보니 조선사람들이 단연 많았다. 그러나 그들이 전부 독립운동에 관계된 사람들은 아니었다. 사기꾼 잡범 들도 섞여 있었다.

면회 시비만 나오면 송가원은 마음이 무겁고 곤혹스러웠다. 지삼출과 필녀 때문이었다. 그들은 아버지의 면회를 간절히 원하고 있었지만 타인이니 어찌할 방법이 없었던 것이다. 그들은 장춘에서부터 아버지를 따라 여기까지 와 있었는데도 공허 스님이 온 다음에야 서로 알게 되었던 것이다.

"나가 자네가 면회 오기만 기둘리고 있다가 이 사람덜얼 자네보담 먼첨 만낸 것이여. 아 글씨, 면회가 안 되는 줄 암스로도 아침저녁 한 차례썩 꼭 왔다 간다는 것 아닌가. 아부님 평안얼 빌자는 것인디, 참 지독시런 정성 아니여?"

공허 스님이 두 사람을 인사시키고 나서 한 말이었다.

송가원은 자신도 모르게 지삼출과 필녀에게 옆눈길을 돌렸다. 두 사람은 다 헐어빠진 중국옷을 걸치고 웅숭그린 채 걷고 있었다. 송가원은 두 사람에게 혈육 같은 정을 느끼고 있었다. 그들이 없었더라면 만주생활이 얼마나 삭막하고 외로웠을까 싶었다. 그들이 아버지에게 품고 있는 정성은 눈물겨울 지경이었다.

"저 사람이 거죽만 저리 늙었제 속언 시방도 열혈 청년이여. 그렇게 장춘으로 여그로 춘부장 발길 따라 저 고상이제. 사람이 용맹시럽고, 맘 단단허고, 정이 짚으고, 쌍놈 성 타고난 것이 아까운 사람이제. 저 사람 손에 죽은 왜놈덜이 수도 없이 많고, 공얼 많이 세윘는디……."

공허 스님이 지삼출을 두고 한 말이었다.

"스님도 참, 요새 세상에 양반 상놈이 어디 있습니까. 저 아저씨처럼 평생을 나라 위해 바친 사람이 양반이지요."

"허! 자네도 그리 생각헌가? 아부지가 훈도헌 일도 없는디 과시 부전자전이시. 그려, 춘부장 어러신도 저 사람얼 똑겉은 사람으로 대접했제 아랫것으로 대헌 적이 없으셨네."

공허 스님은 무척이나 좋아했다. 그 반응으로 보아 자신이 지삼출 아저씨를 무시할지도 모른다고 염려했던 모양이었다.

"저 필녀가 말이시, 춘부장얼 만낸 것이 열칠팔 살 적 처녀 땐디, 그때 아부지가 시방 자네보담 더 젊었을 때제. 그때 아부님이 부상얼 당해 필녀집서 잠시 머물렀고, 필녀가 수발얼 들었제. 그후로 아부님얼 바래고 저리 온 지성 다 바치는디, 자네 춘부장 어런이 어디 육정(肉情)얼 줬겄능가. 그저 말없이 표 안 나게 그 정얼 다둑기림서 저것얼 거둔 것이제. 어느 보살이 부처님 뫼시는 지성이 저 것이 춘부장 어런 뫼시는 지성을 당허겄능가. 저것 나이도 발써 마흔이 다 되았을 것이고, 세월이 참 허망허시."

공허 스님이 필녀를 안쓰러워하며 한 말이었다.

"아버님의 숨겨놓은 애인. 독립투쟁을 하면서 속삭인 사랑. 꼭 활동사진 얘기 같군요. 그럼 저한테는 작은어머니가 되네요."

"아니여, 아니여. 그런 것이 아니랑게." 공허 스님은 당황해서 장삼자락이 펄럭이도록 팔을 내저으며, "나가 보증허는디 육정언 안 줬단 말이시. 거 머시여, 개명헌 젊은 사람덜이 잘 쓰는 꼬부랑 말 안 있는가, 거 머시라고 허든지……." 그는 자기 머리를 치며 몸달아했다.

"플라토닉 러브 말인가요?"

"잉, 그려그려. 바로 그것이여!"

공허 스님은 무릎을 쳤다.

"농담 잘하시는 스님이 왜 그리 몸달아하시죠? 그러니까 더 수상한데요."

"머시여, 농담? 옛끼 이사람아, 농담얼 그리 쑹허게 허는 법이 워

딨어. 중얼 속히면 어찌 되는지 알제?"

"스님은 중도 아니시라면서요?"

"어허허허……."

송가원은 지금도 찬바람 속에서 들리고 있는 공허 스님의 너털 웃음에 빙긋이 웃음지었다.

"저 호떡집으로 들어가시죠."

"멀라고, 돈만 없애는디."

지삼출이 고개를 내둘렀다.

"제발 그러지 마세요. 전 배도 고프고 춥고 그래요."

송가원은 지삼출의 팔을 잡아끌었다.

"그려, 얼렁 들어가세. 그 옷에 얼매나 추울 것이여. 아부지허고 함께 떠는 저런 효자 보기럴 첨 보는구마."

필녀가 앞장서서 호떡집으로 들어갔다.

천장에 김이 서린 호떡집 안은 열기가 후끈했다. 호떡을 굽는 둥근 화덕에 불덩이가 이글거리고 있었고, 만두를 쪄내는 아궁이에도 불길이 일렁이고 있었다.

그들은 뜨끈뜨끈한 물부터 후후 불어 마셨다. 1월의 추위에 몸이 얼대로 얼어 있었다. 송가원은 지삼출의 만류를 뿌리치고 만두와 호떡을 푸짐하게 시켰다. 두 사람 다 점심을 굶었을 것이 뻔했던 것이다.

"자아, 많이들 드세요." 송가원은 잘 구워진 호떡을 집어들고는, "아저씨, 가게터는 물색하셨어요?" 지삼출에게 눈길을 고정시켰다.

"근디……, 고것이 말이여, 거 머시냐……, 목돈만 들제 이문이 그렇고, 또 머시기……, 우리가 장삿속이 서툴고 헝게로 이대로 그냥저냥……, 그리 지내세."

지삼출은 어물어물 우물쭈물 말을 얼버무리고 있었다.

"아저씨! 오늘도 아버님이 뭐라신지 아세요? 추운데 두 분 다 돌아가라고 이르라는 겁니다. 이 추운데 두 분이 행상을 하는 건 아버님을 위하는 게 아니라 괴롭히는 거라니까요. 얼마나 마음에 걸리시고 괴로우면 매번 똑같은 말씀을 하시겠어요. 그러니까 아버님 맘을 편케 해드릴려면 둘 중에 하나를 결정하세요. 가게를 차리시든지, 돌아가시든지요. 지금 이 자리서 결정을 안 하시면 제가 강제로 돌려보내겠습니다. 제발 돈 걱정은 마시라니까요."

송가원의 태도는 단호했다.

"체, 필녀넌 몰라도 나넌 강제로 안 될 것인디."

지삼출이 호떡을 우물거리며 씨익 웃었다.

"음마, 아재 참 우선 소리 허시요 잉. 나 고집언 선상님도 못 꺾은 고집인 거 몰라서 그러신게라? 나넌 만주에 와서 이적지 선상님 곁을 한날 한시도 떨어져본 적이 없는 것이야 시상이 다 아는 일이디라."

필녀는 파르르 성질을 내며 다부지게 지삼출을 몰아댔다. 젊었던 시절의 팔팔하던 성질 그대로였다. 자식들 없이 별다른 마음고생을 하지 않고 살아서 그런지 별로 나이들어 보이지도 않았다.

"이사람 시방 누구 앞이라고 그런 당당헌 소리 허고 그려. 머리

채 다 뽑히먼 어쩔라고."

지삼출이 면박을 주었고

"얼랴, 하늘 아래 죄진 것 없는디 누가 내 머리채럴 뽑아라?"

필녀는 더 당당하게 맞섰다.

송가원은 쿡쿡 웃고 있었다. 플라토닉 러브를 강조했던 공허 스님을 떠올리며.

"아재, 딴소리 말고 어디다 쬐깐허니 가게럴 채리는 것이 으쩌 겄소."

필녀가 정색을 하고 말했다.

"글씨, 그것이……."

지삼출이 마땅찮아하며 눈총을 쏘았다.

"아재, 그리 독허니 눈총 쏜다고 나 얼굴에 구녕 안 나요." 필녀는 맞받아 눈을 흘기며 엇지르고는, "아재넌 그저 돈 걱정이 태산인디, 돈 잘 버는 의사 선상님 덕 좀 본다고 어디 덧나겄소. 돈이야 장시 잘혀갖고 갚으먼 되는 것이제. 집으로 가고 안 가고야 우리 맘이제만, 우리가 선상님얼 괴롭히고 있당게 똑 죽겄소. 아재, 우리가 선상님얼 괴롭게 히서야 되겄소? 그냥 가게 채리시제라. 지가 안 엎어묵고 장시 잘해낼 것잉게라." 그녀는 애원하듯 하고 있었다.

"참말로 자네넌 뻔뻔허기도 허시."

지삼출이 한숨을 내쉬었다.

"글먼 어쩔 것이오. 선상님얼 괴롭히지 말어야 허는디."

필녀가 울상이 되었다.

"나넌 몰르겄네. 자네가 알아서 허소."

지삼출이 퉁을 놓았다.

"예, 잘됐어요. 이제 결정났습니다. 장춘에서부터 행상을 하셨으니 장사를 잘하실 겁니다. 두 분이 고생 덜하고 살 수 있도록 어디다 빨리 가게를 잡으세요."

송가원은 홀가분한 기분으로 만두를 집어들었다.

"아재, 나만 믿으씨요."

필녀가 환하게 웃었다.

"나넌 여자넌 안 믿네."

지삼출이 끄응 된소리를 물며 고개를 돌렸다.

한편, 옥녀는 박미애를 만난 다음에 만주로 갈 마음을 완전히 굳혔다. 그러나 발길을 선뜻 떼지 못한 채 벌써 서너 달을 머뭇거리고 있었다. 마음을 굳히기는 했지만 어디로 훌쩍 유람 떠나는 것이 아니라서 마음에 걸리는 것이 없지 않았다. 소리꾼으로서 이름 날리고 싶은 욕심쯤이야 그 사람이 그리운 것에 비하면 아무것도 아니었다. 그런데 문제는 만주를 어떻게 갈 것인가 하는 것과, 신세진 이병연을 어떻게 떼치느냐 하는 것이 마음을 괴롭혔다. 공허 스님보고 데려다 달라고 할 수도 없고 혼자 갈 수도 없었다. 그리고 이병연을 등지자니 그 선량한 사람의 가슴에 너무 못을 박는 것 같은 죄스러움이 고개를 들었다. 그러나 어차피 떠나야 할 길이라면 언제까지 망설이고 있을 수도 없는 일이었다.

박미애가 권번으로 불쑥 찾아온 것은 서너 달 전이었다.

"아니, 어찌 이대로 계시네에?"

아주 거만스럽게 눈꼬리를 치세우며 박미애가 대뜸 한 말이었다.

옥녀는 그 말뜻이 무엇인지 금방 알아들었다. 그러나 짐짓 모르는 척하며 응대했다.

"무신 뜸금없는 소리시요?"

"흐음, 알고 보니 명창께서도 술자리 노리갯감이었을 뿐이구만."

박미애가 옥녀를 눈 아래로 깔아보며 새침을 떨었다.

"안 해도 될 공자 말씸만 골라서 허능구만요. 본시 우리 겉은 천헌 지집덜 팔자가 안 그려요."

옥녀는 밟는 대로 밟히는 것 같은 태도로 말을 받아넘겼다. 그러나 그 순간, 내가 노리갠지 아닌지 어디 두고 봐라, 하는 오기가 꼿꼿하게 뻗치고 있었다.

"흥, 그런데도 속 못 차리고 구두 맞춰주고 그러셨군. 그런 공도 몰라주고 그 남자는 말 한마디 없이 떠나갔으니 어쩌지? 그 남자 만주로 떠났는데."

박미애는 옥녀가 아무것도 모르는 것으로 단정하고 약을 올리는 것이었다.

못된 것, 제 남편을 그 남자라니!

옥녀는 순간적으로 괘씸함을 느꼈다. 그러나 그와 동시에 남편에게 전혀 애정이 없다는 것과, 왜 만주로 따라가지 않았는지도 알게 되었다.

"집안이 점잖고 많이 배우신 분이 이 천헌 것 앞이서 남편얼 그

남자, 저 남자 허는 것이 도리에 맞는 것인지 어쩐지 모르겠네요
잉."

옥녀는 더 꼴보기 싫은 마음에 노골적으로 야유를 했다.

"어머머, 별꼴 다 보겠네. 걱정 말어, 이젠 그 남잔 남편이 아니니
까. 만주로 가면서 우린 갈라선 것이나 마찬가지니까. 아이 참, 시
건방져!"

박미애는 곧 침이라도 내뱉을 것처럼 독을 부리며 팽 하니 돌아
섰다.

옥녀는 묘한 승리의 쾌감에 젖어들며 멀어져 가는 박미애를 비
웃고 있었다. 그날 밤 입맞춤을 당했던 그 당황스럽고 뜨거웠던 기
분이 되살아오르는 것을 느끼며.

옥녀는 공허 스님한테 데려다 달라고 부탁할까 말까를 여러 번
생각하다가 결국 혼자 가기로 작심했다. 큰일을 하시는 스님한테
그런 사사로운 부탁을 한다는 것은 도리에 어긋나는 일이었던 것
이다. 그리고 스님이 못 가게 막을 염려도 있었던 것이다. 만약 스님
이 앞을 가로막으면 그것처럼 난감한 일도 없을 거였다.

물론 혼자 간다는 것이 걱정스럽지 않은 것은 아니었다. 그러나
공허 스님한테 송가원이가 일하는 병원 이름이며, 병원이 어디에
있는지 세세하게 다 이야기 들어놓았던 것이다. 더구나 거기에도
일본사람들을 따라 들어간 인력거가 있고, 인력거꾼들 중에 조선
사람들도 꽤나 많다는 것이었다.

그리고 근년에 들어와서 만주 봉천은 만주로 생각하지도 않는

풍조가 일고 있었다. 쉽게 돈벌이하려면 봉천에 가야 한다는 말이 유행이었고, 술자리에서도 신식 한량 되려면 봉천 환락가를 꼭 한 번 거쳐야 한다고 떠들어대기도 했다. 사실 봉천은 멀지도 않았다. 기차로 하루면 가는 곳이었다. 그리고 남자면 압록강을 건너기 전에 조사가 심하지만 여자는 그런 것도 없다고 했다. 더구나 옷을 잘 차려입고 2등칸을 타면 조선사람이라도 대접을 받는다는 것이었다.

그런데 남은 문제는 이병연이었다. 꼭 거금의 돈 때문이 아니었다. 돈으로만 치자면 그동안 몸 맡긴 것으로 족하다고 해버릴 수도 있었다. 돈 씀씀이란 맘먹기에 달린 것으로, 자기가 반한 소리 한 판에 몇백 원의 기분을 낼 수도 있었고, 그런 명창과 하룻밤 운우의 낙을 즐기려고 몇천 원을 쾌척할 수도 있었다. 그게 돈 많은 한량들의 객기고 자랑이었다. 그렇게 따지자면 그와 함께 보낸 세월이 너무 길기도 했다. 그러나 막상 그 사람을 등지려고 하니 마음 한 자락이 그에게 묶여 있었다. 그건 미련이 아니었다. 그 사람을 속 깊게 사랑했던 것이 아니었으니 미련이 있을 리 없었다. 그건 미안함이었다. 그 사람은 너무 선량했고, 자신의 소리를 소중히 아껴주었던 것이다.

송가원에게 준 돈을 공허 스님이 도로 가져와 그 사연을 이야기했을 때 이 세상을 더 살고 싶지 않도록 충격이 컸던 것이다. 돈을 마련하면서 어차피 송가원은 달처럼 멀리 보낸 사람이었지만, 박미애라는 염치없고 주제넘은 여자한테만큼은 빼앗기고 싶지 않았던 것이다. 그 허망한 아픔을 소리하는 것으로 이겨낼 수밖에 없었고, 소리를 하도록 붙들어준 사람이 바로 이병연이었다. 이병연에게 기대서 소리를 지탱한 세월은 새로운 한이 절절하게 쌓인 세월이기도 했다. 그 한은 어려서 아버지 어머니를 그렇게 잃은 한스러움에 못지않았던 것이다.

그러나 어차피 이병연과는 백년해로할 사이가 아니었다. 꿈에서나 바라던 기회가 닥쳤는데 인간적인 미안함 때문에 일을 그르칠 수는 없었다. 이병연과는 인연이 다했다고 생각하기로 했다.

옥녀는 은밀하게 떠날 채비를 시작했다. 그러나 막상 챙길 것도 별로 없었다. 짐이래야 욕심부려서는 안 되니까 옷가지 몇 벌이면 되었고, 많이 있을수록 좋은 것이 돈이었다. 그러나 그동안 모아놓은 돈은 별로 많지 않았다. 은행에 저금해 둔 돈을 전부 찾았다. 그리고 오빠가 말릴지도 몰라 편지를 쓰기로 했다. 이병연은 걱정이 없었다. 한 달에 절반씩 나눠 서울과 고향에서 번갈아가며 살았는데, 지금은 고향에 머물고 있는 기간이었다. 이틀을 꼬박 생각해 이병연에게 짧은 편지를 썼다.

만남도 인연이요 헤어짐도 인연이라
미안함 괴롭게 안고 임의 곁을 떠나오니
행여나 미워 마소서 부디 평안하소서

중형 여행가방 하나를 든 옥녀는 봉천행 열차에 올랐다. 귀찮은 조사를 피하고 만주 추위에 대비하느라고 옥녀의 차림은 화사하면서도 따스해 보였다. 흑자색 비단두루마기에 여우목도리를 한 그녀의 모습은 누가 보거나 귀부인의 모습이었다.

옥녀는 선반에 가방을 올리다가 문득 동작을 멈추었다. 가방 속에서 무엇이 부딪는 소리가 들렸던 것이다. 그것은 북채였다. 소리를 할 때 잡는 쥘부채는 두 번 생각할 것 없이 챙겨 넣었다. 그런데 북채는 몇 번이고 망설였었다. 북이 없는 북채가 어디에 소용이 있을 것인가. 그러나 오랫동안 손때 묻은 그것을 차마 내버릴 수가 없었다. 그리고 북은 없더라도 그것으로 무엇을 치든 장단을 맞춰야 소리가 나올 것 같았다. 또 만주라고 북이 없을 리도 없었다. 소리북이 없으면 딴 북을 치더라도 북채는 있어야 했다. 명창으로 이름 드날리는 데는 마음을 접었으면서도 소리 안 하고는 못살 것 같아 결국 챙겨넣은 것이었다.

기차가 출발했다. 옥녀는 숨을 들이켜며 눈을 감았다. 여러 사람들의 얼굴이 겹쳐졌다. 그런데 오빠의 얼굴과 공허 스님의 얼굴은 잔뜩 화가 나 있었다. 옥녀는 그 얼굴들을 지우며 송가원만을 생각하려고 했다. 그런데 이상하게도 그 얼굴들은 지워지지 않은 채 송가원의 얼굴도 떠오르지 않았다. 옥녀는 겁이 나서 얼른 눈을 떴다.

그러나 전혀 걱정이 없지도 않았다. 만약 자신이 바라는 만큼 송가원이가 반가워하지 않으면 어쩔 것인가. 그동안 어렴풋하게 스치곤 했던 그 생각이 기차가 북쪽으로 달리고 있는 지금 선명하게 다가드는 것이었다.

그러면 죽지!

옥녀는 자신도 모르게 입술을 물었다.

찰그락 철컥, 찰그락 철컥……

기차바퀴 구르는 소리가 쉼없이 이어지고 있었다. 옥녀의 귀에는 그 소리가 북장단소리로 들리고 있었다. 임 찾아 천릿길……, 그건 춘향이의 마음이기도 했다. 옥녀는 자기도 모르게 손가락장단을 맞추며 속으로 〈춘향가〉를 부르기 시작했다. 송가원에게 마음을 빼앗기고, 송가원을 박미애에게 빼앗기게 되면서 〈춘향가〉는 언제 어느 자리에서 부르거나 절절하게 앵기는 것이었다. 소리속을 아는 사람들은 소리가 깊어졌다고 치하가 자자했지만, 그건 풀 길 없는 그리움이 사무쳐 토해낸 한이었다. 한이 많아야 소리가 깊어진다는 말이 무슨 말인지 알 것 같았다.

평양을 지나고 언제 눈이 감겼는지도 모르게 잠이 들었다가 옥녀는 잠이 깼다. 기차는 어느덧 신의주에 도착해 있었다. 차창에는 성에가 잔뜩 끼었고, 밖은 어두웠다. 철도이동경찰들이 기차표를 조사하고 있었다. 그들은 1조 2인으로, 2개 조가 양쪽 문에서부터 조사를 해오고 있었다.

두 사람이 다가서자 옥녀는 미리 꺼내가지고 있던 기차표를 내밀었다.

"봉천에는 왜 가시오?"

"남편 만나러 갑니다."

옥녀의 입에서 나간 대답이었다.

"남편이 뭘 하는 사람이오?"

"의삽니다."

"의사? 어떤 병원이오?"

경찰의 어조가 분명 달라졌다.

"일광병원입니다."

"예, 좋습니다. 편히 가십시오."

이동경찰은 기차표를 돌려주며 거수경례까지 붙였다.

기차가 압록강 철교를 지나고 있었다. 옥녀는 차창에 돋은 성에를 손톱으로 마구 긁어대고 손가락으로 문질렀다. 그러나 짙은 어둠 속에서 압록강의 자취는 보이지 않았다.

압록강을 건너 안동에서 또 기차표 조사가 있었다. 만철의 철도경호대가 실시하는 세관검사였다. 그들은 옥녀의 기차표를 힐끗 보고는 아무 말도 묻지 않고 그냥 되돌려주었다.

30분을 머물렀던 기차가 다시 출발했다. 기차는 만주땅을 달리고 있었다. 옥녀는 눈을 감았다. 그러나 잠은 오지 않고 가슴만 두근거렸다. 그리고 송가원의 그 듬직한 얼굴이 선명하게 떠올라 있었다.

"그게 그렇지가 않지요. 지금 잡혀 들어가 있는 놈들이 공산주의자들 전부라고 생각했다간 큰코다칩니다."

"아, 전부는 아니더라도 뿌리는 거의 다 빠진 게 아니냐 그거죠."

"아, 천만에요. 이번에 총독부에서 왜 학무국 내에 사상계(思想係)를 새로 설치했겠어요. 학생들 속에 공산주의 사상이 그만큼 심각하게 퍼져 있기 때문이 아닙니까. 공산주의자들은 노동자 농민 들만 충동질한 것이 아니라 학생들 속에도 수없이 씨를 뿌린 겁니다. 그 학생들이 계속 사회에 나오면 어떻게 됩니까? 공산주의자들은 끝없이 생겨나게 돼 있다 그겁니다."

"그럼 총독부가 사상계를 신설한 것은 잘한 일이군요."

"잘하다마다요. 하여튼 공산주의자들은 일망타진해야 합니다. 그놈들이 설쳐대 가지고는 우리들 사업이고 뭐고 다 망합니다."

"그야 더 이를 말이겠소. 헌데 공산주의 하는 놈들이 똑똑하다는 말도 다 헛소리요. 만주까지 일본것이 된 마당에 그리들 눈치가 없으니 말이오."

"그놈들이 영 바보는 아니고, 뭐랄까…… 독종들이라고 해야겠지요."

뒤에서 들려오는 말에 언제부턴가 귀를 기울이고 있던 옥녀의 입가에는 쓰디쓴 웃음이 번지고 있었다.

기생들이나 소리꾼들도 은연중에 양쪽으로 갈라져 있었다. 공산주의자들을 두둔하는 쪽과 그렇지 않은 쪽이었다. 어쩌다가 패가 갈려 입씨름이 벌어지기도 했다. 그런데 결말은 언제나 공산주의자들을 두둔하는 쪽이 이겼다. 왜냐하면 그들이 내세우는 것은 무엇이 어쨌거나 간에 공산주의자들은 나라를 되찾기 위해 싸우는 애국자라는 점이었다. 어떤 일에서나 그 말을 덮을 말은 없었던 것이다. 그러나 자신은 그런 입씨름에 끼어들지 않았다. 술집마다 경찰들의 손이 미치고 있었던 것이고, 자칫 말을 잘못해 끌려 들어가게 되면 자신의 옆에는 오빠며 공허 스님이 있었던 것이다. 그러나 속으로는 공산주의자들에게 뜨거운 박수를 보내고 있었다. 오빠가 그들 중의 한 사람일 뿐만 아니라 귀동냥만으로도 그들이 내세우고 있는 것들이 다 옳았던 것이다.

그런데 왜놈들이 학생들을 단속하기 위해서 사상계라는 것을 새로 만들었다니 걱정이 아닐 수 없었다. 옥녀는 가는 한숨을 내쉬었다.

기차는 이른 아침에 봉천에 도착했다. 매서운 추위 속에 눈이 내리고 있었다. 역을 나선 옥녀는 가방을 든 채 망연하게 서 있었다. 눈앞에 펼쳐진 봉천은 서울보다 훨씬 번화했고 눈까지 내리고 있어서 어디로 발길을 해야 좋을지 알 수가 없었다. 우선 인력거가 어디 있는지 찾았다. 넓은 마당 왼쪽에서 사람들이 인력거에 오르내리고 있었다. 옥녀는 그쪽으로 부산하게 발길을 옮겼다.

한 남자가 다가서며 뭐라고 했다. 중국말이었다. 옥녀는 무작정 고개를 내저으며 인력거를 향해 내달았다.

빈 인력거를 옥녀 앞에 들이대며 인력거꾼이 외쳤다. 그것도 중국말이었다. 옥녀는 또 고개를 내저었다. 그 인력거꾼이 알겠다는 듯 고개를 끄덕이며 다른 사람 앞으로 인력거를 끌어갔다.

"보이소, 우리 동포 아인교?"

나이들어 보이는 남자가 옥녀 앞에 인력거를 세우며 한 말이었다.

"예에!"

옥녀는 뛸 듯이 반색을 했다.

"우데 가실 깁니꺼?"

"일광병원에 갈라는디요."

"타시이소. 잘 모시다디리겠십니더."

인력거꾼이 공손하게 가방을 받아들려고 하며 웃었다.

"고향이 경상도시구만이라?"

옥녀는 가방을 내밀며 물었다. 그 순간 이병연의 얼굴이 스치고 지나갔다.

"야아, 경상도 함안 아닌교."

"거그서 여그꺼정……, 어찌 인력거럴……."

인력거에 오른 옥녀는 가방을 받으며 그 남자를 쳐다보았다.

"말도 마이소. 그 기구헌 사연얼 우예 말로 다 허겄십니꺼. 다 나라 없어진 죈 기라요."

인력거꾼은 푹 한숨을 쉬며 돌아섰다.

아직 아침이 이른데 병원이 문을 안 열었으면 어떻게 하나. 그게 무슨 상관이야. 기다리면 되지. 내가 오긴 잘 온 것인가…….

심한 가슴 두근거림 속에서 옥비는 질정없는 생각들에 몰리고 있었다.

한동안 달리던 인력거가 멈추어섰다. 인력거를 내려서던 옥녀는 '日光'이라는 병원간판을 보았다. 왈칵 눈물이 쏟아지려고 했다.

"삯이……."

"3원만 주시이소."

옥녀는 6원을 내밀었다.

"아니, 우예 이리 많이 주십니꺼?"

인력거꾼의 눈이 휘둥그레졌다.

"초행질인디 고맙구만이라."

옥녀는 따스한 웃음을 보냈다.

"고맙심더, 복 받으시이소. 고맙심더."

인력거꾼이 두 번 세 번 허리를 굽혔다.

옥녀는 병원으로 다가가 조심스럽게 문을 밀었다. 그러나 염려했던 대로 병원 문은 아직 열려 있지 않았다. 옥녀는 문을 흔들어볼까 하다가 그만두었다. 안에 사람이 있다 하더라도 환자가 아니면서 아침부터 소란스럽게 하고 싶지 않았다. 그건 송가원에게 누가 되는 행동이 분명했던 것이다.

옥녀는 눈을 피해 문 옆으로 붙어섰다. 옥녀는 하늘을 힐끗 올려다보고 나서 주위를 두리번거렸다. 시가지가 온통 눈으로 덮여 있었다. 오래 쌓인 눈 위에 또 눈이 내리고 있었다. 강추위 속에서 자디잔 눈발이 마치 이슬비 오듯 내리고 있었다.

상점들이 문을 열고 있었고, 길에도 행인들이 차츰 불어나고 있었다. 옥녀는 추위를 느끼기 시작했다. 손이 시려 가방을 놓았고, 귀가 시려 목도리를 자꾸 올렸다.

"......!"

옥녀는 가슴이 쿵 울리는 것을 느꼈다. 눈을 맞으며 이쪽으로 걸어오고 있는 남자, 그 사람은 송가원이었다. 옥녀는 눈발 속으로 뛰쳐나갔다.

"선생님!"

"어, 이게 누구요!"

송가원은 너무 놀라 한순간 어리둥절해졌다.

"스님, 공허 스님은 어디 계시오?"

송가원이 두리번거렸다.

"지 혼자 왔구만요……."

"옥비 혼자서?"

"야아……."

고개를 끄덕이며 송가원을 올려다보는 옥녀의 눈에 눈물이 번지고 있었다.

"옥비!"

송가원은 옥녀를 와락 끌어안았다.

"잘못 온 건 아닌지 몰르겠구만요."

옥녀는 가슴 벅찬 안도감을 느끼면서도 말은 이렇게 나가고 있었다.

"아니오, 잘 왔소, 잘 왔소."

송가원은 옥녀를 더 꼭꼭 끌어안았다.

"사람덜이 보는구만요."

옥녀는 언제까지고 그대로 있고 싶은 욕심을 떼치며 송가원의 가슴을 밀었다.

"오래 기다렸소?"

"아니구만요."

"추워 보이는데 여관부터 정합시다."

송가원은 급히 걸어가 가방을 가지고 왔다.

여관은 멀지 않았다.

"이게 조선사람이 하는 거니까 마음 푹 놓고 쉬어요."

2층 계단을 올라가며 송가원이 생기 넘치는 소리로 말했다.

"이리 좋은 여관얼 조선사람이……."

옥녀는 치장이 잘된 실내를 둘러보았다.

"이 정도는 아무것도 아니오. 평양 부자가 하는 으리으리한 백화점도 있소."

송가원이 말끝에 코웃음을 달았다.

"여기서 밥도 먹을 수 있으니까 아침밥을 내가 시켜놓고 가겠소. 왼쪽 복도끝에 목욕탕도 있으니까 씻고 한숨 푹 자시오. 난 병원에 갔다가 점심때 오겠소."

송가원은 급히 돌아갔다.

옥녀는 허물어지듯 주저앉았다. 모든 긴장이 풀리며 피곤이 밀려들었다. 옥녀는 박미애를 생각하며 묘한 웃음을 피우고 있었다. 송가원이가 그토록 반가워할 줄은 몰랐던 것이다.

아침을 먹는 둥 만 둥 한 옥녀는 목욕을 하고 나서 몸을 가누지 못하고 잠에 빠져들었다. 잠을 자지 않으려고 애를 쓰다가 결국 잠을 이겨내지 못한 것이었다.

꿈결에 먼 북소리를 듣다가 그것이 문 두들기는 소리라는 것을 깨달은 옥녀는 소스라쳐 잠이 깼다. 역시 누가 문을 두들기고 있었다.

"누, 누구시오?"

"나요, 송이오."

"쬐깨, 쬐깨만 기둘리시씨요."

옥녀는 화들짝 놀라 몸을 일으켜 허둥지둥 치마를 두르랴, 머리쪽을 고치랴 정신이 없었다. 잠깐 잔 것 같은데 벌써 점심때가 되었는지 믿어지지 않았다.

옥녀는 대충 매무시를 갖추고 문을 열었다.

"잠얼 안 잘라고 혔는디……."

옥녀는 민망해서 어물거렸다.

"곤한데 자야지요."

방으로 들어서던 송가원은 확 끼쳐오는 여자의 살내음에 숨이 멎는 것 같은 것을 느꼈다. 비릿하면서도 싱그러운 그 냄새가 전신을 찌릿 자극했다. 송가원은 반사적으로 옥녀를 끌어안았다. 그리고 입술로 입술을 덮었다. 그 순간 퍼뜩 떠오르는 기억이 있었다. 언젠가 술에 취해 이와 똑같이 입맞춤을 했던 기억이었다. 그 기억이 몸을 더욱 뜨겁게 달구었다. 송가원은 입맞춤을 하면서 옥녀를 이불 쪽으로 밀고 갔다. 옥녀도 그날 밤의 입맞춤을 생각하며 그러나 그날 밤과는 달리 송가원을 꼭 끌어안고 있었다.

잠을 잔 흔적이 고스란히 남아 있는 이부자리를 보자 송가원의 몸은 걷잡을 수 없이 타올랐다. 송가원은 옥녀의 옷을 벗기기 시작했다. 옥녀는 가락에 맞추어 저절로 몸짓하듯 부드러운 동작으로 옷 벗기는 것을 도왔다. 속적삼과 속곳이 드러났을 때 옥녀는 송가원의 품에서 슬며시 벗어났다. 그 소리 없는 몸짓이 송가원에게 직감적으로 전달되었다. 송가원이 다급하게 옷을 벗기 시작했다.

그들은 거의 같은 순간에 알몸이 되었다. 송가원이 옥녀의 알몸을 왈칵 끌어안았다. 옥녀도 송가원의 알몸을 뜨겁게 끌어안았다. 그들의 탄력 넘치는 젊은 육체가 꿈틀대고 요동쳤다. 바람결에 눕는 풀잎처럼 옥녀가 요 위로 부드러운 몸짓을 지었고, 송가원은 거칠은 파도가 되어 옥녀를 덮쳤다.

"아으 으…… 으음……."

옥녀는 동백꽃들이 활짝활짝 피는 것을 보고 있었다. 진한 향기 내뿜는 만발한 수국꽃더미에 파묻히는 것을 느끼고 있었다.

"옥비……, 옥비……."

송가원은 마침내 탐내던 금덩이를 품은 희열에 떨며 온몸이 불덩이로 타오르고 있었다. 황금빛 찬란한 굴속으로 무한정 빨려드는 현란함에 휘말리고 있었다.

"으 흐응…… 으흥……."

송가원의 격렬한 몸짓에 따라 옥비의 몸도 요동치고 있었다.

"옥비……, 옥비……."

옥비의 뜨거운 몸놀림에 따라 송가원의 몸짓은 더욱 격렬해지고 있었다.

옥비는 구름에 둥실둥실 실리고 있었다. 안개 속에 묻힌 혼곤함에 빠지고 있었다. 송가원은 전신 마디마디의 저릿거림이 한곳으로 모아져 불기둥이 되는 것을 느끼고 있었다. 그 불기둥은 끝없이 치솟아오르고 있었다. 그러다가 마침내 폭발했다.

"으흐으…… 오옥비이……."

무수한 불꽃이 흩어지고 있었다. 온몸이 산산이 부서지고 있었다. 그건 자지러지는 황홀이었다.

"아아아……."

옥녀는 벚꽃잎의 무수한 나부낌을 보고 있었다. 붉은 눈물이듯 뚝뚝 떨어지는 동백꽃을 보고 있었다. 그건 혼곤한 황홀이면서 달디단 아쉬움이었다.

송가원은 옥녀 위에 그대로 허물어져 내렸다. 온몸이 하얗게 재가 되는 것을 느끼며. 옥녀는 땀 밴 몸을 받아 보듬었다. 마침내 뜻을 이루었다는 충족감에 떨며.

둘이는 죽은 듯 한덩어리가 되어 있었다. 그들은 서로의 숨소리를 들으며 끝없는 안락으로 잠겨들고 있었다.

"옥비……."

"예에……."

"참 잘 왔소. 사랑하오."

"……고맙구만요……."

옥비는 눈물이 솟구치는 것을 느꼈다.

"심드싱마요. 편히 누시제라."

옥비는 조심스럽게 몸짓했다. 송가원은 그 연한 바람에 순응하는 풀잎이 되었다.

한동안 숨길을 고른 송가원은 담배에 불을 붙였다. 옥녀는 돌아앉아 속옷을 입으려고 했다. 송가원이 옷을 뺏어 던지고는 옥녀를 껴안으며 비스듬히 누웠다. 한쪽 팔에 껴안긴 옥녀는 몸을 바짝 조이며 얼굴을 송가원의 실한 가슴에 묻었다.

"그 사람이 지럴 찾아왔었구만요."

"누가요? 박미애가?"

"예에……."

"무슨 일로……?"

"지가 만주로 함께 갔는가 살피로 온 눈치였구만요."

"그래, 뭐랍디까?"

"선상님이 만주로 가심서 서로 갈라선 것이나 마찬가지라고……."

"흥, 오랜만에 옳은 말 한마디 했소."

"그 말 듣고 올 맘 묵었구만요."

"잘했소."

"저어……, 지넌 인자 안 갈라는디요."

"여기서 계속 살겠단 말이오?"

"예에……."

"나야 좋은데, 그럼 소리하는 건 어찌할 거요?"

"소리 안 허고 살아도 좋구만이라."

"허! 후회하지 않겠소?"

"예에."

"아니오, 소리하고 싶을 때 하시오. 내가 열성으로 들을 테니까."

"고맙구만요."

옥녀는 자신도 모르게 송가원의 가슴을 끌어안았다. 눈물이 왈칵 쏟아졌다.

"한 가지 걱정이 있구만요."

옥녀는 눈물을 들이켜며 말했다.

"뭐요?"

"공허 시님이 보시고 머시라고 헐란지……."

"공허 스님? 껄껄 웃으실 거요."

"엄허실 때넌 무섭게 엄허신디요."

"우릴 인사시킨 게 누구요? 그 책임을 내가 따질 테니 아무 걱정 마시오."

"점심 잡수셔야제라. 또 병원에 가셔야 허는디."

"괜찮소, 오후 일은 딴 의사한테 부탁했으니까."

옥녀는 송가원의 아버님 안부를 묻고 싶었다. 그러나 자신들의 모습이 너무 불경스러워 입을 다물었다.

만주의 바람이 창을 흔들어대고 있었다.

7

야릇한 기류

들판에 겨우내 쌓였던 눈이 녹고 있었다. 죽은 것처럼 가지만 앙상했던 나무들 모듬에도 유록빛 기운이 신비스럽게 내비치기 시작했다. 연해주에 늦은 봄이 오고 있었다.

부지런한 조선사람들은 벌써부터 농기구를 들고 나서고 있었다. 땅을 파자는 것이 아니었다. 눈이 다 녹으면 곧 시작해야 될 논농사를 위해 눈 녹는 물을 허실하지 않고 군데군데 보에다 가두려는 것이었다. 햇살은 따스하고, 바람은 포근하고, 얼음덩어리가 다 되었던 눈들은 푹푹 녹아내리고, 새들은 맘껏 날며 경쾌하게 지저귀고, 농기구를 든 사람들은 생기가 넘치고 있었다.

그런데 조선인 집단촌인 육성촌에 찬바람이 휘돌고 있었다. 일본스파이 검거바람이 일어나고 있었던 것이다. 비밀경찰들이 온 마을을 수색하고, 네댓 사람을 체포해 갔다. 그런데 얼마가 더 잡혀갈지 몰라 사람들은 두려움에 떨고 있었다.

조강섭은 다리를 절룩이며 학교로 들어섰다. 열서너 명의 아이들이 몇 명씩 짝지어 운동장에서 놀고 있었다. 빨간 벽돌의 단층 학교는 크지 않고 아담했다. 학교의 규모에 맞춘 운동장도 자그마한 게 정다웠다.

조강섭은 습관적으로 아이들 쪽을 살피고는 학교 안으로 들어갔다. 그는 아까부터 고개를 떨군 채 걷고 있었다. 그는 교무실 문을 옆으로 밀었다. 책을 들여다보고 있던 여자가 얼른 고개를 돌렸다. 그 여자는 윤선숙이었다.

윤선숙은 의자에서 일어나며 조강섭의 눈치를 살폈다. 조강섭의 얼굴에는 그늘이 서려 있었다.

윤선숙은 어찌 됐느냐고 묻고 싶은 것을 눌렀다. 남편의 예민하고 꼿꼿한 성질을 다쳐서는 안 되었고, 그 기색만으로도 일이 잘 풀려가지 않음을 짐작할 수 있었던 것이다.

"딴 선생들은 퇴근했소?"

조강섭은 의자에 털썩 주저앉으며 담배를 빼물었다.

"예, 약속들이 있다더군요."

교사용 책상은 모두 넷이었다.

"모르겠군, 정말 약속이 있는 건지."

담배를 깊이 빨아들인 조강섭은 연기를 푸우 소리나게 내뿜었다.

윤선숙은 남편의 말을 인민위원장을 만난 결론으로 받아들이고 있었다. 남편의 예측대로 두 선생은 골치 아픈 일에서 피하려 하고 있었다.

"당신도 벌써 짐작하고 있겠지만, 인민위원장은 비밀경찰이 하는 일이라 어쩔 수가 없다는 거요."

조강섭은 한숨과 함께 담배연기를 내뿜었다.

"참, 한심들 하군요. 같은 조선사람 문제라고 생각하지 않고 그저 비밀경찰이 무서워서 발뺌이로군요."

윤선숙의 말에 역정이 묻어났다.

"어쩌겠소. 스파이를 두둔한다고 싸잡아넣으면 꼼짝없이 당하는 게 아니냐고 겁먹고 있으니."

"큰일났군요. 다른 어떤 방법이 없을까요?"

"글쎄, 다른 사건도 아니고 하필 일본스파이 사건이니 원. 오면서 곰곰이 생각해 봤는데 한 가지 방법밖에 없소."

"……."

윤선숙은 담배를 빼는 남편을 주시했다.

"오빠한테 연락해 보는 것이오. 오빠의 부서에선 비밀경찰에 선이 닿을 수도 있을지 모르니까."

"맞아요, 그럴지도 몰라요."

윤선숙의 얼굴이 밝아졌다.

"당신이 당장 편지를 좀 쓰시오."

"편지보다는 전화를 하는 게 어때요. 한시가 급한데."

"아니오, 비밀경찰에 관한 걸 전화로 얘기했다간 피차가 곤란해질지도 모르잖소. 도청이 자꾸 심해지고 있는데."

소비에트 건설과 함께 반동의 숙청이 거센 불길로 번지면서 전화 도청은 강화되고 있었다.

"네, 알겠어요. 편지에서도 비밀경찰이란 말은 빼고, 속달로 부치면 되겠어요."

"요령껏 잘하시오."

"네. 근데 여보, 이번 사건 조작 아닐까요? 조선사람들한테 시범 보일려고."

윤선숙이 빠르게 속삭였다.

조강섭이 반사적으로 문 쪽에 눈길을 보냈다.

"그런 소린 입에 담지도 마시오."

조강섭의 얼굴에 놀라움과 두려움이 역연하게 드러났다.

"강윤배 씨 최진순 씨가 너무 억울하니까 그런 생각을 안 할 수가 없잖아요."

"알고 있소. 그러니까 우리가 나서고 있는 것 아니오."

"어쨌거나 참 이상해요. 전부 콜호즈(집단농장)로 조직화했는데 어느 틈바구니로 일본스파이가 파고들 수 있느냔 말이에요."

"그건 그리 간단치가 않소. 집단농장이란 조직이 무슨 철통도 아니고, 지금도 밀수하다 잡히고 아편 재배하다 잡히고, 허술한 데가 많잖소. 그리고 만주를 차지한 일본놈들은 쏘련과 국경을 맞대고 있으면서 어떻게든 스파이를 침투시키려 하는 건 부인할 수 없는 사실 아니겠소."

"정말 왜놈들은 지겨워요. 물러갔나 했더니 어느새 또 가까이

와서 조선사람들을 이리 못살게 굴고 있으니."

윤선숙이 부르르 몸서리를 쳤다.

"그놈들로서야 저희 일본놈들을 침투시키면 금방 표가 나고 잡히게 되니까 조선사람들을 이용하는 거야 당연한 것 아니오. 만주에서 암약한 밀정이라는 것들이 다 조선놈들이었던 것처럼."

"헌데 강윤배 최진순 씨가 김문길하고는 가깝게 지내기는 했나요?"

"뭐 별로 그런 것 같지도 않소."

"그러니까 김문길 그 못된 인간이 고문이 무서워 아무 이름이나 막 댄 거예요."

"글쎄, 어찌 된 것인지⋯⋯."

"강윤배 씨나 최진순 씨를 스파이로 의심하는 건 홍범도 장군을 그렇게 의심하는 거나 뭐가 달라요. 그 사람들이 장군만 아니었을 뿐이지 경력이야 홍범도 장군이나 다를 게 없잖아요."

"그러게 말이오. 어서 오빠한테 편지를 쓰시오."

"네, 알았어요."

윤선숙은 제자리로 돌아와 펜을 들었다. 글쓰는 일이란 언제나 그렇듯 쓸 것이 머리 가득 많았다가도 막상 자리를 잡고 앉으면 머릿속은 텅 비어버리거나 생각이 두서없이 엉키는 것이었다. 윤선숙은 어떻게 써야 할지를 생각하며 손가락 사이에서 펜대를 굴리고 있었다.

일본스파이 문제가 연해주의 조선사람들 사회에서 떠돌기 시작한 것은 일본이 만주를 점령한 다음부터였다. 조선사람들이 일본 스파이가 되어 소련국경을 넘나든다는 것이었다. 그러나 연해주의 조선사람들은 그런 일이 있나 보다 하며 별 관심 없이 들어넘겼다. 스파이라는 특이함도 특이함이었지만 그들에게는 그보다도 더 관심 써야 할 중요한 일들이 많았던 것이다. 혁명사회 건설이라고 하여 사회 전반의 제도가 바뀌고 있었고, 특히 농촌에서는 지주라는 것이 전부 없어지고 집단농장이 조직되고 있었던 것이다. 연해주의 조선사람들도 만주의 조선사람들과 마찬가지로 거의 다 농업에 종사하고 있었다. 그리고 연해주에서도 어김없이 논을 일구었지만 그 땅이 러시아지주들의 것인 점도 만주와 다를 것이 없었다. 그동안 소작인 생활을 겪어온 그들에게 지주 없는 집단농장이 만들어지는 것은 경이였고, 새 세상이 아닐 수 없었다. 조선사람들은 그런 사회 건설을 그야말로 쌍수를 들어 환영했다. 홍범도 장군이 조선사람들로 이루어진 어느 집단농장의 대표로 추대된 것도 그런 분위기를 입증하는 것이었다. 그러나 조선사람들 중에서도 불행을 당한 사람들이 더러 있었다. 땅을 적잖이 가지고 있었던 지주들이었다. 그들은 일찍이 연해주로 건너와 기반을 잡고 러시아에 귀화한 사람들이었다. 그들은 러시아지주들과 똑같이 빈털터리가되고 유배를 당하기도 했다. 그러나 조선사람들은 그들을 거의 동정하지 않았다. 왜냐하면 그들은 지주로서 횡포를 부렸을 뿐만 아니라 독립운동의 후원금을 내는 데도 너무 인색해 인심을 잃었던 것이다.

소작이 아닌 집단농장의 생활로 조선사람들이 먼저 맛보고 즐긴 것은 지주와 감독의 억압에서 벗어난 자유였다. 그 다음에 얻은 것이 소작과는 비교가 안 되는 생활의 풍족이었다.

집단농장에 적응하면서 조선사람들이 관심을 쓴 것은 연해주의 조선인 자치였다. 내놓고 주장하지는 않았지만 조선사람들은 동포들이 살고 있는 지역을 중심으로 자치주가 만들어지기를 은근히 바라고 있었다. 그건 괜한 욕심이 아니라 조선사람들이 공산혁명에 가담하면서 혁명 후의 자치 문제가 거론된 적이 있었기 때문이었다. 그러나 혁명사회의 건설이란 기치 아래 대대적인 숙청이 벌어지는 긴장된 분위기에서 조선사람들은 그 문제를 공론화하지 못한 채 기회만 보아오고 있는 형편이었다.

그러나 해가 자꾸 지나도 정치적 분위기는 풀리지 않은 채 오히려 학교에서 조선말을 가르칠 수 없도록 제도가 바뀌었다. 그건 조선족에 국한된 것이 아니었다. 그것은 다름 아닌 소수민족들의 소련 동화 정책이었다. 조선사람들에게 그 조처는 큰 충격이었다. 자치가 불가능하게 되어가는 조짐 때문만이 아니었다. 자식들이 조선글을 모르게 된다는 것은 반병신을 만드는 일이었기 때문이다. 나라를 되찾게 되어 고향으로 돌아가도 사람 노릇을 못하게 될 판이었다. 그러나 그 조처를 거부할 분위기도 못 되었다.

그런 중요한 문제들이 해결되지 않은 상태에서 일본스파이에 대한 소문 같은 것은 귓등으로 흘려넘겼다. 그런데 이삼 년이 지나면서 국경지대에서 일본스파이들이 잡힌다는 소문이었다. 그리고 당조직에서 일본스파이에 대한 경고를 하기 시작했다. 그래도 사람들은 별 관심이 없었다. 그런데 이삼 년이 더 지나면서 연해주 여러 곳에서 일본스파이들이 암약하고 있다는 소문이 나돌았다. 그런 분위기 속에서 육성촌 사건이 터졌던 것이다.

제일 먼저 잡혀 들어간 사람이 김문길이었다. 그가 잡혀가자 사람들은 그럴 줄 알았다는 반응을 보였다. 그건 남다른 그의 경력 때문이었다. 그의 아버지는 러시아인 지주 밑에서 꽤나 포악하게 감독 노릇을 했고, 그도 아버지의 뒤를 이어 감독을 했던 것이다. 그는 결국 숙청바람에 휩쓸려 5년 동안 강제노동을 하고 돌아왔다. 사람들은 집단농장에 배치된 그를 거부할 수가 없었다. 그런데 그는 줄곧 게으름을 피우고 버릇없이 굴고 해서 사람들의 미움을 사고 있었다.

그런데 며칠이 지나 세 사람이 한꺼번에 잡혀 들어갔다. 그중에 두 사람이 강윤배와 최진순이었다. 강윤배와 최진순은 김문길과 정반대의 경력을 지니고 있었다. 그들은 만주에서부터 독립군으로 활동해 오다가 자유시참변(흑하사변)을 거쳐 빨치산스크에서 일본군과 싸웠고, 일본군이 퇴각한 다음 조선독립군들이 해산당하는 과정에서 농업을 선택한 사람들이었다. 그들은 뒤늦게 결혼을 해서 자식들을 두었고, 그 경력 때문에 사람들의 신망을 받고 있었다.

윤선숙과 조강섭은 그 사람들의 자식을 가르치면서 각별히 더 신경을 썼다. 그들이 바친 노고에 보답하고, 자식들이 공부 잘하는 것으로 새로운 보람을 느끼게 해주고 싶었던 것이다. 그리고 그들이 하필이면 농업을 선택해서 맺어지게 된 인연을 소중하게 생각하기도 했다.

조선독립군들이 해산당하면서 선택한 직업은 여러 가지였다. 제일 많이 선택한 것이 어장의 노동자나 어부, 금광이나 탄광의 노동자였다. 왜냐하면 소련정부에서는 그들의 생활안정을 도모하기 위해서 해산군인 어업조합을 결성하게 했고, 금광이나 탄광 채굴권을 부여했던 것이다. 그리고 소비에트 군대에 들어가기도 했고, 농민이 되기도 했다. 또 공산주의 이론에 밝은 지식인들은 당조직에 포함되기도 했다. 그러나 어떤 부대는 해산당하는 것을 원하지 않아 중국땅으로 이동하기도 했다. 부대가 해체되어 개인적으로 국경을 넘어간 사람들도 있었다.

그런데 소련정부가 조선독립군 부대들을 해산시키기로 방침을 정한 것은 외적인 원인과 내적인 원인이 동시에 작용한 결과였다. 외적인 원인은 일본과의 외교적 관계였다. 일본은 연해주지역의 조선독립군들이 러시아 볼셰비키 세력의 지원을 받아 조선국경으로 쳐들어올지도 모르는 위험 때문에 소련정부에 조선독립군을 없애거나 만주땅으로 몰아내라는 압력을 계속 가하고 있었던 것이다. 한편 소련정부는 시베리아지역의 소비에트 전력을 공고화해야 할 필요가 있었다. 그러기 위해서는 혁명의 적대세력이었던 백위파 제거, 긴 국경의 안전 확보, 모든 외국인들의 행동 규제, 내전으로 파괴되고 피폐해진 사회의 복구가 급선무였다. 이런 내적인 이유가 외적인 이유와 결합되면서 조선독립군에 대한 무장해제가 단행되기 시작했던 것이다.

윤선숙이 편지를 보내고 나흘 만에 윤철훈이 나타났다.

"아니 오빠, 이게 웬일이세요? 편지 받고 오는 길이에요?"

그 빠른 도착에 윤선숙은 편지를 받았느냐고 물을 정도였다.

"이거 참 번개 같군. 난 한 사나흘 후에나 올 줄 알았는데."

조강섭도 놀라워했다.

"응, 마침 한가하던 참이라 편지 받자마자 바로 왔지. 편지 내용도 윤선숙이 식으로 다급하고 말야. 왜, 자네들 신변에 무슨 일 있나?"

윤철훈이 매제와 누이동생을 번갈아 보았다. 그럴 수밖에 없는 것이 윤선숙은 만일에 대비해서 자세한 내용은 생략하고 급한 일이 생겼으니 꼭 와야 한다는 식으로 편지를 썼던 것이다.

"우리 일이 아니에요. 오빠 피곤하신데 집에 가 쉬면서 얘기해요."

윤선숙이 가방을 챙기며 말했다.

"자넨 이제 선생님 틀이 잡혔군."

윤철훈이 조강섭을 툭 치며 담배를 권했다.

"아니야, 기질에 잘 안 맞는 것 같아. 어떤 땐 회의가 와."

조강섭이 담배를 뽑으며 약간 쓸쓸한 듯 웃었다.

"그이는 가끔 오빠를 부러워하곤 해요."

윤선숙이 오빠에게 이르는 투로 말했다.

"그래? 난 가끔 이 사람을 부러워할 때가 있는데. 세상살이는 다 그러는 모양인가?"

윤철훈은 담배연기를 내뿜으며 그렇지 않느냐는 듯 조강섭을 쳐다보았다.

"이건 뭐 변화도 발전도 없이 매냥 그 자리에 서 있는 기분 아닌가. 내가 다리만 이 꼴이 아니면 애초에 택할 직업이 아니었지."

체념적인 쓴웃음이 조강섭의 입가를 스치고 지나갔다.

"그 말 이해하겠는데, 난 불안정한 생활이 어떤 때는 지겹고 두렵기도 하네. 그럴 땐 자네가 부럽더라니까. 자넨 어린 제자들을 길러낸다는 게 발전이고 보람 아닌가."

윤철훈은 위로만이 아닌 진심을 토로하고 있었다.

"보람 같은 것 없네. 조선말을 못 가르치는데 보람은 무슨 놈의 보람이야."

조강섭이 내뱉듯이 말했다.

"그이는 그 문제를 너무 괴로워해요. 잊어버릴 때도 됐는데."

윤선숙은 안쓰러워하는 얼굴로 남편과 오빠를 쳐다보며 가방을 들었다.

"왜 안 그렇겠냐. 조선사람으로, 더구나 선생으로 그건 괴로울 수밖에 없는 문제지. 허나 어쩌겠냐, 곁방살이 신세에."

윤철훈이 쓰게 웃으며 입맛을 다셨다.

"빨리 가요, 오빠 시장하신데."

그들은 학교를 나섰다.

한적한 길거리에 다니는 사람들은 모두 조선사람들이었다. 띄엄띄엄 서 있는 건물들도 붉은 벽돌로 지어진 평범한 모양일 뿐 특별히 러시아풍을 띠고 있지 않았다. 집들도 조선식 초가가 많았다.

어디를 보아도 러시아라고 할 수가 없었고, 조선의 어느 시골 면 같은 느낌이었다.

"왜놈들이 국경을 침범할 위험은 있는 건가?"

조강섭이 나직하게 물었다.

"기회만 있으면 그럴 위험이 다분하다고 봐야지."

윤철훈의 지체없는 대꾸였다.

"참, 왜놈들이 그리 힘이 센가?"

"글쎄, 힘이야 상대적인 것 아닌가. 중국은 내전상태로 분열돼 있고, 쏘련은 내전으로 힘을 소모했고, 그러니 군대조직으로 일치단결된 왜놈들의 힘이 강해질 수밖에. 거기다 만주까지 집어삼켜 온갖 자원을 약탈하고 있으니 국력 군사력은 점점 강해지고."

"만주에서 중국공산당 세력의 항쟁이 치열하다는데 효과는 얼마나 있나?"

"음, 표면으론 중국공산당이지만 실제로는 우리 조선사람들과 중국사람들의 연합군댄데, 일본이 자랑하는 무적의 관동군과 본격적인 대적을 시작했다는 게 아주 중대한 일이네. 그 전쟁의 결과는 더 두고 봐야겠지만 당장 그 효과를 보고 있는 건 다름 아닌 쏘련일세. 관동군들이 그들과 싸우느라고 쏘련 쪽에 총부리를 들이댈 겨를이 없으니까."

"어부지리로군. 그나저나 조선사람들이 또 많이 죽어가게 생겼군."

"어쩌겠나. 그게 운명인데."

두 사람 사이에서 말이 끊겼다.

집에 가까워져 있었다. 윤선숙이가 앞서 뛰어 집으로 들어갔다.

윤철훈은 두 조카에게 차례로 큰절을 받았다.

"어디 보자, 너희들이 몰라보게 많이 컸구나. 이리 오너라, 한 번씩 안아보자."

윤철훈은 함박웃음을 피우며 두 팔을 벌렸다.

여섯 살쯤 먹은 사내아이와 네 살쯤 먹은 계집아이가 머뭇거렸다.

"주환아, 명혜야, 어서 가서 얌전하고 예쁘게 안겨야지."

윤선숙이 행복감 넘치는 얼굴로 두 아이의 등을 다독거렸다. 아이들이 부끄러워하는 몸짓을 지으며 윤철훈에게로 다가갔다. 조강섭은 웃음 머금은 얼굴로 그 모습을 바라보고 있었다.

윤철훈은 두 아이를 양쪽 무릎에 앉히고 돈을 꺼냈다.

"자아, 받아라. 너희들이 절을 아주 예쁘게 잘해서 절값을 주는 거야. 서로 싸우지 말고 맛있는 것 사먹어라, 응?"

윤철훈은 두 아이의 손에 각기 돈을 쥐여주고 볼에 뽀뽀를 했다. 두 아이의 얼굴에 분홍꽃 같은 웃음이 피어났다.

"저것들 좋아하는 것 봐요."

윤선숙이 남편을 쳐다보며 입을 가리고 웃었다.

"고맙습니다 하고 인사드려야지."

조강섭이 아이들에게 일렀다.

두 아이가 시키는 대로 까딱까딱 인사를 했다.

"그래, 너희들은 나가서 재미있게 놀아라." 윤철훈은 아이들의 볼기를 다독거려 주고는, "애는 더 안 갖나?" 하며 윤선숙을 쳐다보았다.

"아이, 오빠는 참……"

윤선숙이 부끄러워하며 눈을 흘겼다.

"아니야, 애들을 많이 낳는 것도 약소민족의 생존방법 중의 하나야."

윤철훈이 담배를 뽑으며 말했다. 그러나 윤선숙은 임신 중인 것을 덮은 채 오빠를 공박했다.

"오빤 참 이기주의네요. 아직까지 결혼도 안 하구선 어찌 그런 말씀을 하세요?"

"글쎄, 나도 결혼할 날이 있겠지. 자아, 무슨 얘긴지 들어보자."

윤철훈이 성냥을 그으며 둘에게 눈길을 보냈다.

"그러니까 말이에요……"

윤선숙이 빠르게 이야기를 해나갔고, 조강섭은 담배만 피우고 있었다.

윤선숙은 요령 좋게 이야기를 간추려서 끝냈다. 윤철훈은 한동안 묵묵히 앉아 있었다.

"……그게 좀 복잡한 문제로군. 근년에 당에서 가장 신경 곤두세우는 문제들 중에 하나라서……"

윤철훈은 중얼거리듯이 말했다.

"네, 알아요. 안 될 일을 되게 해달라고 부탁드리는 게 아니라 억울한 일을 당하지 않게 해달라는 거예요. 그게 중요한 문제니까 오히려 수사과정에서 오해나 강압이 작용할 수 있잖아요."

윤선숙이 초조한 기색으로 말했다.

"사람의 깊은 속이야 모르는 거지만 나나 집사람이 겪어온 바로는 그 사람들이 절대 그럴 사람들이 아니거든. 자네가 손이 닿는 데까지 공정한 수사가 되도록 손을 써주면 좋겠네. 만약 수사가 잘못되면 그 사람들이 억울한 것은 말할 것도 없고, 모든 조선사람들을 더 의심하고 불신하는 악영향이 생겨나게 된단 말일세."

조강섭이 비로소 입을 열었다. 그의 낮은 목소리에 비해서 의사 표시는 강경했다.

"여기 해당 수사기관은 우수리스크겠지?"

윤철훈이 물었다.

"그렇지."

"알겠네. 내가 최선을 다해서 알아보지."

윤철훈이 분명한 태도로 말했다.

"오빠, 고마워요. 저는 조선사람들이 일본놈들 앞잡이로 놀아나는 건 어떤 경우에도 용서할 수 없지만, 조선사람들이 쏘련사람들한테 괜히 의심받고 조사당하고 하는 것도 견딜 수가 없어요."

윤선숙이 목메는 소리로 말했다.

"그래, 그런 심정이야 연해주에 사는 조선사람들은 다 똑같지 않겠냐. 왜놈들 스파이 문제도 아주 복잡해. 왜놈들이 진짜로 스파이를 침투시키는 일면도 있고, 왜놈들의 장기인 이간책동과 분열조장의 일면도 있으니까. 쏘련정부와 조선사람들이 상호 불신하고 반목을 일으키는 건 제놈들에겐 말할 수 없이 큰 이익이거든."

윤철훈의 얼굴이 일그러지고 있었다.

"여보, 저녁은 어떻게 됐소?"

조강섭이 아내에게 물었다.

"네, 다 돼갈 거예요. 말씀들 나누세요, 전 좀 나가봐야겠어요."

윤선숙이 자리를 털고 일어섰다.

"여보게, 조선사람들 자치 문제는 좀 고려되고 있는 건가 어쩐가?"

조강섭이 새 이야기를 꺼냈다.

"자치? 글쎄, 됐을라면 진작 됐어야지. 기대 안 하는 게 좋을 것 같네."

윤철훈이 고개를 저었다.

"그렇겠지. 조선말 못 가르치게 한 그때 벌써 가망 없게 된 일이겠지?"

"그렇다고 봐야지. 그리고 그 문제가 실현되게 했으려면 처음부터 문서화시켰어야 하는데 그런 게 없잖았나."

"그래, 레닌이나 살아 있었다면 또 모를까."

조강섭이 쓰게 웃었다.

"글쎄, 레닌이 살아 있어도 쉽지는 않았을 거네. 소수민족이 어디 한둘이라야 말이지."

윤선숙이 밥상을 들고 들어왔다. 둥근 밥상에 세 사람은 둘러앉았다.

"애들은?"

윤철훈이가 물었다.

"저 방에서 할머니하고 먹어요. 오빠, 시장하신데 어서 드세요."

"그래, 먹자. 이렇게 모여앉기도 오랜만이구나."

윤철훈이 숟가락을 들며 흐뭇하게 웃었다.

"오빠, 여기에 한 사람이 더 있어야 자리가 어울려요. 이건 그냥 지나가는 말로 하는 게 아니라 전 오빠 결혼문제만 생각하면 심각 해져요."

"글쎄, 그동안 떠돌다 보니 그리됐는데, 나도 이젠 좀 심각하게 생각해야 될 때가 된 것 같다."

"참 오랜만에 반가운 소리 듣겠네. 어디 좋은 여자 봐뒀나?"

조강섭이 반색을 했다.

"아니, 그런 여자는 없고……, 글쎄, 그동안에도 떠돌아다니면서 괜찮은 여자들이 더러 있긴 했는데, 내가 결혼할 처지가 됐어야 말 이지."

윤철훈이 허전하게 웃었다.

"오빤 이상도 크고 눈도 높고 그래서 그래요."

"꼭 그렇지도 않아. 생활여건이 더 문제일 때가 많지. 지난번 조 선에서도 괜찮은 여자가 있었지. 내가 원산을 탈출할 때 선요원 노 릇을 한 여잔데. 소학교 선생이고, 영리하고 침착하고 얌전하면서 도 낭만적인 데가 있고, 혁명에 대한 열정도 뜨겁고……."

"어머, 오빠가 완전히 반한 모양이군요? 그렇게 골고루 갖춘 여자 면 오빠한테 딱 어울리는데, 데려오지 그랬어요."

윤선숙이 그녀다운 적극성을 드러내며 안타까워했다.

"글쎄, 그런 욕심도 없지 않았지만, 그쪽 조직원인데 쉬운 일이 아니지. 그쪽 조직이 날로 위협당해 가며 허약해지고 있는 형편인데."

"참 오빠두, 그런 걸 다 따지니까 일이 안 되는 거예요. 그 여잔 오빨 어떻게 생각하나요?"

"야, 시끄럽다. 다 지나간 일을 가지고."

윤철훈이 쑥스러워했다.

"지나가긴요. 그 여자도 오빨 좋아하면 데려오면 될 거 아니에요."

"당신도 참, 거기가 어딘데 마음대로 데려와? 하바나 부라 다니는 건 줄 아오?"

조강섭이 핀잔을 했다.

"어머, 오빠는 어떻게 빠져나왔나요? 그 여자도 그런 식으로 빠져나오게 하면 되잖아요."

"그래, 네 말도 일리는 있다만, 어쨌거나 다 지나간 일이야."

윤철훈이 껄껄대고 웃었다.

"피이, 그러다간 오빠 평생 결혼 못해요. 그때 딱 끌어안고 오시잖고."

윤선숙이 딱하다는 얼굴로 눈을 흘겼다.

윤철훈의 뇌리에는 최현옥과 작별인사를 했던 장면이 떠올라 있었다. 굳이 러시아식 작별인사를 빙자했던 마음을 최현옥은 간파했었을까? 자신을 맞끌어안았던 최현옥의 몸짓과 양쪽 볼에서 느껴지던 뜨거움은 분명 색다른 데가 있었던 것이다. 윤철훈은 여동생의 즉흥적인 것 같은 말에 새삼스럽게 가슴이 울렁거리는 것을 느끼고 있었다.

"자네 아까 말이야, 한가하다고 했는데 혹시 신변에 무슨 일 있는 건 아닌가?"

조강섭이 조심스럽게 물었다.

"으응, 아니야. 아무 일도 없어. 상황이 이렇게 복잡할수록 나 같은 존재는 더욱 필요한 것 아니겠나?"

윤철훈은 묘한 눈짓을 하며 씨익 웃었다.

"다행이군. 아무 일도 없어야지."

조강섭이 고개를 끄덕이며 마주 웃었다.

윤철훈은 사진기술을 익히느라고 여유시간이 있다는 것을 전혀 내색하지 않았다. 그건 특급기밀이었고, 자신도 왜 사진기술을 익혀야 하는지 전혀 모르고 있었다. 사진기술은 그냥 사진을 찍는 것만이 아니었다. 촬영·인화·수정·현상·사진기 수리까지 그 어느 것도 소홀함이 없이 익히는 것이었다.

윤철훈은 다음날 아침 일찍 길을 나섰다.

"내가 지금 바로 우수리스크로 나가서 사태를 파악해 보고, 계속해서 손을 쓰도록 하겠네."

윤철훈이 조강섭과 악수를 나누며 말했다.

"고맙네. 더러더러 만나고 사세나."

"오빠, 연인 빨리 만드세요. 외로워 보여요."

윤선숙이 측은한 웃음을 보냈다.

"그래, 너희 부부가 부럽기도 하다. 잘 있거라."

윤철훈이 어색한 듯한 웃음을 남기고 돌아섰다.

열흘이 지나 세 사람이 무혐의로 풀려났다. 그러나 김문길은 스파이 혐의로 재판에 회부되었다. 그가 스파이로 무슨 짓을 했는지 모르는 채로 사람들은 조선사람 중에서 일본스파이가 나왔다는 사실 자체를 두려워하고 불안해했다.

8

혈청단(血靑團)

장칠문은 새로 맞춘 검정 양복을 차려입었다. 그리고 전신이 거의 다 비치는 커다란 거울 앞에서 앞모습 옆모습 뒷모습까지 비춰보았다. 볼수록 멋이 있는 스스로의 모습에 그는 더없는 만족을 느끼고 있었다.

그는 다시 앞모습을 비추며 거울 속의 자신을 바라보았다. 양쪽 입꼬리가 처져내리도록 거만하고 위엄 있는 얼굴과 매끈한 검정 양복, 그야말로 둘도 없는 미남이고 물 찬 제비 같은 멋쟁이가 아닐 수 없었다.

기름을 발라 번들거리는 머리 이쪽저쪽을 손바닥으로 살짝살짝 누르던 그는 양복 윗주머니에서 빗을 꺼내 다시 빗어넘겼다. 그러면서 그는 연상 얼굴표정을 여러 가지로 바꿔보고 있었다. 그중에서 제일 많이 짓는 것이 거만스러운 표정이었다.

그는 윗주머니에 빗을 넣고 양복깃을 매만지며 다시 똑바로 섰다. 아무리 보아도 미남이고 멋들어졌다. 그런데 그의 눈길이 자신의 코에 머물렀다. 그 순간 그의 가슴에서는 열기가 뻗쳐올랐다. 휘어진 콧등, 그것만 눈에 띄면 어김없이 치솟는 불길이었다. 그 중놈을 잡아 요절을 내지 못한 것이 경찰복을 벗은 지금까지도 분하고 이가 갈렸다. 휘어진 콧등이 옥에 티라고 느껴질수록 그 분은 더 뜨거워졌다.

그 중놈을 언젠가는 잡아서…….

장칠문은 또 이를 악물며 보복감을 불태웠다.

"예 말이오, 인력거 왔구만이라아."

밖에서 들리는 아내의 외침이었다.

그는 다시 한 번 자신의 모습을 훑어보며 거만스러운 표정을 지었다. 그런데 휘어진 콧등 말고 또 신경쓰이는 것이 한 가지 있었다. 자꾸 깊어지고 늘어나는 주름살이었다.

아, 내가 벌써 쉰넷이라니!

장칠문은 안타까운 마음으로 거울 앞을 떠나 방을 나섰다. 그러면서 그는 어험, 어험! 헛기침을 해대고 있었다.

대청을 걸어나온 장칠문은 댓돌에 놓인 구두를 신으려고 했다.

"아니, 아부님도 안 달다보고 나가요?"

오징어를 질겅거리며 부채질을 하고 있던 그의 아내가 톡 쏘았다.

"새 옷에 똥칠허면 어쩔라고!"

장칠문이 버럭 내쏘았다.

"하이고, 옷이 중허요 부모가 중허요."

그의 아내도 목소리가 카랑해졌다.

"저 주딩이! 오늘 무신 행찬지 몰라서 고런 주딩이 까고 그려?"

장칠문은 고개를 홱 돌리며 눈을 부라렸다.

"음마, 안게로 더 그러는 것 아니겄소? 오늘 허는 출세가 순전허니 아부지 덕잉게 아부지 달다보고 가란 것인디 머시가 잘못되았소?"

그의 아내는 오히려 기세가 더 빳빳해졌다.

"알아듣도 못허는디 알리면 멀혀."

가슴 찔리는 것을 느낀 장칠문은 얼른 댓돌을 내려섰다. 아내와 더 말거리를 해보았자 자꾸 궁지에 몰리게 될 뿐이었다. 아내가 아버지를 들고 나오는 것은 효부라서 그러는 것이 아니었다. 그건 일부러 시비를 걸자는 수작이었다. 아내의 그런 강짜는 첩을 본 다음부터 시작된 것이었다.

"하이고 문딩이 잡것, 오뉴월 염천에 껌정 양복이 다 머시냐. 빌어묵을 출세 호사헐라다가 숨맥혀 떠죽겄다. 그려, 전신에 땀때기나 확 솟아 여름 내내 낫지 말고 곪고 덧나서 땀때기어시나 되야부러라."

남편이 사라지고 없는 대문 쪽에다 대고 장칠문의 아내는 악담을 퍼대고 있었다.

"우아아……, 어으어으……."

저쪽 끝방 쪽에서 마치 짐승 울음과 같은 괴상한 소리가 들려왔다.

"아이고 웬수야, 위째 또 저려." 장칠문의 아내는 짜증스럽게 오징어를 물어뜯고는, "야아 점예야, 얼렁 아랫방에 가부아!" 바락 소리질렀다.

"아이고메, 징허고 징해라. 묵고 싸고, 묵고 싸고, 이 더우에 나도 인자 못살겄소. 죽든지 말든지 무신 수럴 히야제."

살이 뚱뚱하게 찐 처녀가 땅이야 무너져라 하고 발을 팍팍 굴러대며 앞마당을 가로지르고 있었다.

"이년아, 주딩이 방정맞게 까바시지 말어. 시집가고 잡어 환장얼 허는 년이 죽기넌 어찌 죽어. 시집갈 적에 옷이라도 한 벌 더 얻어 입을라먼 그 지랄 허지 말고 정성시럽게 혀. 오는 정이 있어야 가는 정이 있는 법잉게."

장칠문의 아내는 두 다리를 뻗고 퍼지르고 앉아 아주 협박조로 말하고 있었다.

"하이고 참말로 주딩이넌 잘도 까바시고 앉었네. 언지라고 거렁뱅이헌티 식은 밥 한 뎅이 동냥 안 주는 돌깍쟁이가 에진간히 옷 한 벌 더 히주겄다. 지년언 그 많은 재산 넘겨준 시아부지럴 한분 딜에다도 안 봄스로."

잔뜩 부아가 나서 입이 튀어나온 부엌데기 처녀는 이렇게 구시렁거리고 있었다.

"으어어…… 우아아……."

그 괴상한 소리와 함께 방문이 덜그럭거렸다.

"왜 그러요, 왜!"

처녀가 소리치며 문고리를 벗겼다. 그 순간 방문이 벌컥 열렸다. 안에서 문을 떠밀고 있었던 것이다. 늙은 영감의 모습과 함께 악취가 확 풍겨나왔다. 영감의 흉한 몰골만큼이나 그 냄새는 역하고 지독스러웠다. 쿠린내와 지린내가 뒤범벅된 냄새였다.

"아이고, 또 싸질르고 맥질얼 혔구만!"

처녀가 진저리를 치며 발을 굴렀다.

그런데 영감은 아무 눈치도 모른 채 빈 그릇을 들고 무엇을 달라는 시늉을 하고 있었다. 그런 영감의 손에는 똥이 묻어 있었고, 아랫도리가 벌거벗겨진 영감의 몸에도 똥칠이 되어 있었다. 똥을 싸서 뭉갠 것이었다. 그리고 벽 여기저기에는 똥을 발라댄 흔적들이 얼룩져 있었다.

말을 못하고 짐승 같은 소리를 지르는 영감의 눈동자는 멍하니 헛돌고 있었다. 그 영감은 다름 아닌 장덕풍이었다. 그 늙고 추한 모습에서는 한창때의 장덕풍은 찾아볼 수가 없었다. 손저울에 금반지를 올려놓고 실금을 응시하며 저울눈을 다투던 그 탐욕스러운 눈빛도 간 곳이 없었다.

"어야, 어야, 인력거 세와라!"

장칠문은 갑자기 소리치며 윗몸을 일으켰다. 그 바람에 달리던 인력거가 출렁하며 중심이 흔들렸다.

"야아!"

인력거꾼이 성질 돋은 소리를 내질렀다.

"쩌그 저 추레헌 남자 앞에 인력거 대란 말이여!"

장칠문의 호령이었다.

"저 아편쟁이 말인게라?"

"그려."

인력거꾼이 길가에 초라한 몰골로 서 있는 남자 앞으로 인력거를 천천히 끌어갔다.

"어이 남일이, 거그서 멀허고 있는겨?"

장칠문이 그 남자를 내려다보며 거만스럽게 말했다. 그 얼굴은 아까 거울에 비춰보던 그 얼굴이었다.

"아, 장 계장님, 아, 아니, 장 사장님, 어디 납시시는게라?"

후줄그레하게 땀 찬 삼베옷을 걸친 남자가 당황스럽게 굽실거렸다. 그는 명씨박이 외눈 백남일이었다.

"어험, 험, 나가 오늘 상공회의소에 들게 되얐네. 그 예식에 가는 길잉마."

장칠문은 더욱 거만스럽게 거드름을 피웠다.

"아이고메, 그려라? 참 잘되았구만이라, 야, 잘되았어라."

몸이 삐쩍 마르고 얼굴이 희놀하게 병색이 짙은 백남일이 연상 비굴하게 굽실거렸다. 그의 몰골은 아까 인력거꾼이 말한 대로 전형적인 아편쟁이의 모습이었다.

"돈 없제?"

장칠문이가 물었고

"야아, 한푼······."

백남일이 얼른 손을 내밀며 비굴하게 웃었다. 명씨박이 외눈에 병색 짙게 메마른 그의 얼굴은 더없이 추하고 초라했다.

　장칠문은 가운데 구멍 뚫린 10전짜리 백동전 하나를 던졌다. 동전은 땅에 떨어지며 또르르 굴러갔다. 백남일은 허리 굽혀 허겁지겁 동전을 따라갔다. 그 꼴을 내려다보고 있던 장칠문이 외쳤다.

"가자!"

　장칠문은 더없이 통쾌한 승리감을 느끼며 상체를 뒤로 젖혔다. 아전도 벼슬이고 중인도 양반 구정물 튀긴 거라고 백종두는 보부상 출신의 장사치 정도는 얼마나 멸시하고 개 취급을 했던 것인가. 더구나 면장을 할 때는 그 콧대가 더 드높아져 구면을 싹 무시하고 인사를 해도 받지도 않았던 것이다. 어디 백종두만 그랬던가. 그 아들놈 남일이마저 사람 무시하고 시건방을 떠는 것이 애비 찜쪄먹도록 가관이었던 것이다. 그때 이런 날이 오기를 얼마나 고대했던 것인가. 계집 잘못 건드려 눈깔병신이 되고, 그 주제에 아편에 빠져 알거지가 된 백남일이놈에게 가끔씩 백동전을 던져주는 기분. 그 기분이야말로 첩을 올라타고 방사할 때만큼 짜릿짜릿하고 통쾌했던 것이다.

"나가 눈깔빙신으로 상호가 이리 험허게 생겼시니 점잖헌 사람덜얼 상대헐 수가 있소, 돈 믿고 기생방얼 가도 지집년덜이 딸키릴허요. 나가 아편 안 피우먼 이놈으 시상얼 무신 재미로 살겄소, 이러덜 안컸냐. 그놈 말도 가만히 생각혀 봉게 일리가 있기넌 있는 말이여. 고놈 신세가 짠허기도 헌디, 그야 다 지놈이 엎어묵은 팔잔게 우리가 알 바 아닌 것이고, 우리야 돈 빌래주고 그놈 정미소허고 미선소만 차지허면 되는 거이다. 흐흐흐흐……."

장칠문은 아버지의 이 말을 떠올리며 빙그레 웃고 있었다. 아버지는 백남일에게 계속 돈을 빌려주었고, 자신은 군산경찰서 형사계장님 끗발로 그를 얼마나 안전하게 보호해 주었던 것인가. 그 작전으로 백남일의 정미소와 미선소를 차지해 버린 것이 생각할수록 고소해 장칠문은 눈을 내려감은 채 키들키들 어깨웃음을 웃어댔다.

오로지 돈 모으는 데만 전념해 돈 많은 군산에서도 소문난 거부가 된 장덕풍이 풍을 맞아 쓰러진 것은 5년 전 예순아홉 때였다. 사람들은 그가 아홉수를 한 거라고 했다. 장덕풍은 온갖 약을 다 썼지만 풍을 이겨내지 못하고 다음해부터는 병이 악화되어 노망을 부리기 시작했다. 그 기회를 놓치지 않고 장칠문은 경찰복을 벗었다. 나이도 나이였고, 어물거렸다가는 동생에게 그 많은 재산을 고스란히 빼앗길 판이었던 것이다. 경찰에서 제아무리 뛰고 날아봤자 조선놈으로 경찰서장 해먹기는 아예 틀린 일이었고, 혹시 경찰서장을 해먹는다고 해도 그게 아버지의 재산만은 어림없었던 것이다. 그리고 아들까지 경찰로 뒤를 잇게 했으니 경찰복을 벗는 것에는 아무 미련이 없었다.

장덕풍은 욕심을 더 키워 손자는 판검사가 되기를 바랐다. 그래서 그는 장손자에게 온갖 정성을 다 바쳤다. 손녀딸들에게는 사탕 하나 먹이는 것도 벌벌 떨면서도 장손자가 원하는 것이면 무엇이든 돈 아까운 줄 모르고 해주었다. 그러나 장손자는 장덕풍의 뜻대로 되어주지 않았다. 머리도 그렇고 기질도 공부에는 어울리지 않았다. 장덕풍은 결국 판검사 꿈을 포기한 채 장손자도 경찰이 되게 했다. 그건 차선으로 선택한 장덕풍 식 권세확보였다. 자신이 세상을 떠나고 아들이 사업을 이어받게 되면 장손자가 제 아버지의 울타리가 되게 하려는 계산속이었다.

장칠문은 아버지의 사업체를 전부 차지하자마자 동생 기문이부터 내몰았다. 어물어물 동생과 함께 사업을 해나가다가는 동생이 재산을 양분하자고 나올 위험이 있었던 것이다. 동생이 일으킨 과자공장은 엄청난 규모로 커져 있었다. 장칠문은 과자공장 재산의 절반쯤 되는 돈을 주고 동생에게 군산을 뜨라고 했다. 당연히 동생은 반발했다. 과자공장은 당연히 자기 것이고, 군산을 왜 뜨느냐는 것이었다. 장칠문으로서는 이미 예상하고 있었던 일이었다. 법으로는 엄연히 아버지 재산이다, 이만큼 해주는 것도 큰맘 쓰는 것이다, 싫으면 그만둬도 좋다, 법으로 하면 넌 한푼도 못 받으니까 법으로 따지자. 이런 식으로 동생을 몰아붙였다. 동생은 사탕이고 과자 만드는 기술만 있었지 세상물정을 몰랐고, 아버지는 이미 노망이 들어 사람을 알아보지 못하니 장자상속권을 앞세워 자신의 뜻대로 할 수 있었던 것이다. 그리고 변호사에게 돈푼을 주어 동생을 찾아가게 했다. 그 작전은 단 한 번으로 효과를 발휘했다. 당장 동생한테서 연락이 왔다. 형이 하라는 대로 하겠다고.

거뜬하게 혹을 떼어낸 장칠문은 두 번째 일을 추진했다. 그건 회사의 설립이었다. 사업가로 위세를 부리고 어디서나 제대로 대접을 받으려면 그럴듯한 이름의 회사를 차리고 '사장'이라는 명함을 정식으로 지녀야 했던 것이다. 아버지 식으로 해서는 재산만 많았지 사회적으로 위세를 부릴 수가 없었던 것이다. 그건 그야말로 보부상 식이었고 무식의 소치였다. 장칠문은 그 이름도 거창하게 일조(日朝)물산이란 회사를 차렸다. 사무실을 군이 제일 번화한 본정통에다 널찍하게 꾸몄고, 간판도 크게 내걸었다. 그리고 명함은 특별히 경성에서 맞추어 왔다. 시업식날 잔치도 떡 벌어지게 차렸다. 경찰서장에서부터 거의 모든 기관장들을 다 불러모았고, 은행장들은 저희들이 앞다투어 모여들어서 축하선물까지 가지고 왔다. 장칠문이 그 자리에 꼭 빼놓지 않고 부른 사람이 있었다. 그건 바로 하시모토였다. 또 그와 함께 부른 것이 상공회의소 회원들이었다. 하시모토를 꼭 참석하게 해놓고는 장칠문은 정작 그를 상좌에 앉히지 않았다. 그건 자신의 위세를 과시하는 동시에 지난날에 대한 보복이었다. 하시모토는 그저 상공회의소 회원들 사이에 끼는 존재였을 뿐이다.

장칠문이 세 번째 단행한 일이 각 사업체마다 일으킨 파면바람이었다. 윗자리를 거의 갈아치운 그 무자비한 목치기는 첫째 아버지의 냄새를 일소시키고, 둘째 자기의 위력을 말단에까지 파급시키며, 셋째 일시에 각 사업체를 장악하자는 것이었다. 그런 발상은 오랜 경찰생활을 통해서 익혀진 것이었다.

그 일까지 끝낸 장칠문은 네 번째 일을 시도하기 시작했다. 그건 상공회의소의 회원이 되는 것이었다. 그러나 그 일은 서두르지 않고 느긋한 마음으로 추진했다. 상공회의소 회원이 되어야만 사업가로서의 사회적 지위가 높아져 모든 관공서와 손쉽게 통해 사업을 더욱 번창시킬 수 있었고, 명함에도 묵직한 직함 하나가 더 붙는 것이었다. 그리고 하시모토의 콧대를 꺾기 위해서도 꼭 회원이 되어야 했다. 하시모토를 누를 수 있는 재력을 가졌겠다, 그와 맞먹고 돌아가는 가장 효과적인 방법은 상공회의소에 들어가는 것이었다. 그 수단으로 동원한 것이 경찰력과 행정력과 은행들이었다. 경찰간부들과 부청간부들에게 시시때때로 인사를 차려가며 상공회의소에 압력을 가하게 했고, 은행마다 거래를 터서 재력을 입증시키는 동시에 은행장들이 원호사격을 하게 만들었다. 그러는 한편으로 상공회의소 회원들과 개인적으로 친분을 쌓아나갔다. 단 한 사람 제외된 것이 하시모토였다. 전격적으로 회원이 됨으로써 하시모토의 뒤통수를 치려는 것이었다.

그 계획은 차근차근 진행되어 마침내 상공회의소의 회원 자격을 획득한 것이었다. 그건 결코 단순한 일이 아니었다. 일본사람들 못자리판인 그곳에 뚫고 들어가 당당한 사업가로 어깨를 나란히 하게 된 것이었고, 부윤이나 경찰서장과 맞먹게 된 것이고, 무슨 정미소 주인이나, 어떤 상점의 주인이 아니었던 것이다.

상공회의소 입회식은 간략했다. 회장이 짤막하게 환영사를 했고, 회원들이 환영의 박수를 쳤다.

"황공하옵게도 천황폐하께 충성을 다하고 대일본제국의 발전에 미력이나마 일익을 담당하고, 군산상공회의소의 번영을 위하여 최

선을 다할 것을 맹세하는 바입니다."

장칠문은 요식에 따라 입회인사를 했다. 그리고 회원증을 받고 끝났다. 그러나 그 예식은 엄숙하고도 위엄이 있었다. 장칠문은 너무 긴장한 데다가 그 분위기에 눌리고 날씨까지 더워 땀을 삐질삐질 흘렸다.

"장상, 대단하시군. 하여튼 축하하오."

하시모토가 묘하게 웃으며 악수를 청했다.

"고맙습니다. 하시모토 상."

장칠문도 묘하게 웃으며 그의 손을 잡았다. 장칠문은 옛날의 버릇이 나오지 않게 하려고 의식적으로 허리를 빳빳하게 세우고 있었다.

"앞으로 잘해봅시다."

하시모토는 된통 얻어맞은 감정을 짐짓 누르며 부드럽게 말했다.

"예, 잘 부탁드립니다."

장칠문도 보복의 통쾌함을 싹 감추고 아주 사교적으로 응대했다.

저게 보통내기가 아니야. 내가 너무 얕잡아보았어. 그래, 평생 경찰물을 먹은 놈 아닌가. 저것도 한 표니까 등을 돌리게 할 필요는 없지.

하시모토는 마음을 바꿔먹고 있었다. 다음번에 회장자리를 차지해야 했던 것이다.

회원들은 차를 마시며 한담을 나누기 시작했다.

"금년 내지 농사는 어떨 것 같소?"

"또 풍년일 거라는 소식이오."

"하, 이거 울 수도 없고 웃을 수도 없고……."

"그래도 내지가 풍년이 들어야 조선경기도 좋아지지요."

"농장주 죽는 것도 좀 생각하시오."

"하하하하……."

"신사참배로 학생놈들이 왜 그리 말썽이오?"

"못된 조센징놈들이 그러는 거지요."

"그게 다 공산주의 물 먹은 놈들이오. 모두 가차없이 퇴학시켜야 해요."

"그놈들도 문제지만 예수교 학교들도 문제지요."

"예, 예수교 학교들도 더러 말썽인데 초장에 강력하게 길을 잡아야 해요."

"그렇구말구요."

"그런데 금년 들어서는 공산주의자들의 사건이 현저하게 줄었지요?"

"예, 이제 좀 뿌리가 뽑힌 것 같습니다. 겨우 안심이 좀 되는군요."

"공산주의? 혁명? 난 그렇게 될 줄 알았어요. 러시아에서나 먹히는 거지 우리 대일본제국의 영역 안에서는 어림도 없는 일이지요."

"그야 당연한 것 아닙니까. 러시아야 우리하고 싸워서 진 놈들이니까요. 대일본제국의 위력을 당할 게 뭐가 있나요."

"으허허허……."

"하하하하……."

"그런데 말이오, 얼마 전에 부안에서 일어난 살인사건, 그거 좀 이상하지 않아요?"

"뭐가요?"

"그 비슷한 사건이 3년 사이에 벌써 네 번짼데, 이상하지 않소?"

"아니, 네 번째라니 무슨 소리요?"

"글쎄, 잘 모르겠는데."

"전문수사관 되셨소이까?"

"예, 다들 내 말 들어봐요. 나도 여러분들처럼 아무 관심이 없었는데 며칠 전에 경찰간부를 만났어요. 그런데 그 사람 하는 말이 이번에 부안에서 일어난 살인사건이 그전에 옥구 이리 김제에서 일어난 살인사건과 동일범의 소행 같다는 것이었어요. 그게 왜 그런고 하니 죽은 사람들이 모두 공통점이 있다는 겁니다. 그게 일본사람이 아니라 우리는 관심이 없었는데, 그 사람들이 모두 좋은 의미의 우리 친일파라는 겁니다. 그리고 한 가지의 공통점은 전혀 단서를 잡을 수 없다는 점이랍니다."

"그럼, 누가 조직적으로 저지르는 일이란 말입니까?"

"예, 바로 그겁니다. 경찰에서는 바로 그 점을 의심하고 있었어요. 어떤 살인집단이 계획적으로 자행하는 일이 아닌가 하고요."

"글쎄, 그 말 듣고 보니 그렇기도 한데요. 일본사람들을 피해 우리 일본에 협조적인 사람들만 골라서 살해한다. 그럼 경찰의 적극적인 수사를 피하는 동시에 친일파를 제거하고, 또다른 친일파들을 위협하고 경종을 울린다. 뭐 이런 이중 삼중의 효과를 노릴 수도 있지 않겠어요?"

"아, 대단하십니다. 그게 바로 경찰에서 분석하고 있는 요인이었어요."

"아하, 그것 참 그럴듯한데요."

"그거 아주 묘한 방법이로군."

"우리 협조자들을 없앤다. 그건 아주 악랄하고 지능적인 방법이오. 우리가 조선 지배에 이만큼 성공하고 있는 건 그런 협조자들이 있기 때문이 아니오?"

"그야 당연하지요. 협조자들의 공을 무시할 수가 없지요."

"아니, 경찰력이 그리 막강한 것은 협조자들의 활동이 없었으면 불가능한 것 아니겠소."

"어디 경찰력만인가요. 모든 분야에서 협조자들 없이 우리 일본 사람들만 딱 있었다고 생각해 봐요. 조선 지배가 지금같이 되기는 어림없는 일이지요."

"그러게 말이오. 우리 협조자들을 죽이는 건 결국 우리 일본사람을 죽이는 거나 마찬가진데, 그 경찰간부는 뭐라고 하던가요?"

"물론 그쪽으로 착안을 했으니까 그쪽으로 수사방향을 맞춘다고 했지요. 그런데 군산경찰에서 걱정하는 건 따로 있더군요."

"딴 걱정?"

"예, 그게 다름이 아니라 그동안 살인사건이 일어난 지역이 묘하게 군산을 둘러싸고 있다는 거지요."

"그게 왜 걱정이지요?"

"다음번엔 군산에서 사건이 터지지 않을까 하는 거지요."

그 순간 장칠문의 가슴은 쿵 내려앉았다.

"하, 그럴 수도 있겠는데요."

"듣고 보니 그거 장소도 아주 묘한데요. 그건 틀림없이 불령선인들 집단의 소행이오."

"잠적한 공산주의자들이겠지요?"

"그야 보나마나지요."

"어쨌거나 그놈들이 노리는 게 우리 일본사람들이 아니라서 천만다행이오."

"아니, 그리 안심할 것도 아니지요. 그런 놈들이 언제 무슨 짓을 할지 아나요. 다 조심해야지요."

"맞소, 옛날에 하시모토 상 집에 침입한 걸 봐요."

"아, 재수 없게 그 말은 왜 꺼내시오."

"어쨌거나 우린 다 조심해야 해요. 돈 많다고 소문나 있고, 그런 놈들한테 미움받고 있으니까요."

"가만있자, 막연하게 조심한다는 게 곤란하지 않아요? 이 기회에 경찰에 경비를 요청하는 것이 어떻겠습니까?"

"글쎄요, 한두 사람도 아닌데 그게 가능하겠어요?"

"아니, 우리가 내는 세금이 얼만데 그래요? 마땅히 경비를 서줘야지요."

"세금으로 따지자면 우리야 일등충신들인데 관공서일이 어디 그렇습니까? 괜히 안 될 일 가지고 서로 기분만 상하지 말고 각자가 알아서 적당히 해결합시다. 개를 대여섯 마리씩 키우든 무술경비원을 두든."

"별수 없지요, 각자가 알아서 해야지."

"다들 점심이나 하러 갑시다."

"예, 식사는 제가 대접하겠습니다."

그때까지 한마디 없이 앉아 있던 장칠문은 기회를 놓치지 않고 재빨리 말했다.

"그거 좋소."

"그럽시다, 그럼."

그들 열댓 명은 모두 자리를 털고 일어섰다.

점심을 먹고 그들과 헤어져서도 장칠문은 그 살인사건의 충격에서 벗어나지 못하고 있었다.

친일파만 고르고……, 다음번엔 군산일지도 모른다…….

그건 보통 기분 나쁜 일이 아니었다. 꼭 자신을 겨누고 있는 것만 같은 불길함을 떼칠 수가 없었다.

개를 두세 마리 더 키워? 아니야, 개새끼들이 그게 뭘 아나? 고깃덩어리 던져주면 그냥 받아먹고 꼬리 치는 것들이. 그럼 무술경비원을 둔다? 글쎄, 그것도 그리 간단한 문제는 아닌데…….

장칠문은 점심 먹은 게 소화가 안 되어 꺽꺽 트림을 해대며 목숨 안전책 궁리에 속을 태우고 있었다.

장칠문은 우선 급한 대로 진돗개 수놈 두 마리를 구해 들이라고 일렀다. 그런데, 그렇게 되면 모두 '네' 마리가 된다는 것이 신경에 거슬렸다. '넷'이라는 숫자에 붙어다니는 '죽을 사'라는 뜻 때문이었다. 그래서 한 마리를 더 추가해 세 마리를 구하라고 했다.

그런데 그 사건에 대한 경찰의 추리는 정확한 것이었다. 그 살인 사건의 배후에는 비밀결사체가 있었고, 악질 친일파에 대한 응징으로 진행되고 있었다. 그 비밀결사체는 혈청단(血青團)이었고, 단장 격은 보름이의 아들 오삼봉이었다.

오삼봉은 서무룡이가 손을 써준 결과 다른 학생들에 비해 절반인 1년 감옥살이를 하고 풀려나왔다. 학교는 더 이상 다닐 수가 없었다. 오삼봉이도 학교를 더 다니고 싶은 생각이 없었다. 공부를 더 해보았자 아무 쓸모가 없다는 것을 감옥에서 깨달았던 것이다. 공부를 많이 하고 그것을 써먹으려고 하면 그게 바로 친일의 길이 된다는 것을 일깨워준 사람이 있었다. 이런 세상에서 입신출세를 생각하면서 하는 공부, 그것은 모두 친일일 수밖에 없었던 것이다.

서무룡이는 정색을 하고 자기 밑에 들어와서 일하라고 했다. 오삼봉은 위장을 위해서라도 그럴까 생각했었다. 신분위장으로 그보다 더 좋은 데는 없을 것 같았던 것이다. 그러나 그 주먹조직은 경찰의 앞잡이였고, 더구나 어머니 때문에 곤란했다. 어머니가 반대해서만이 아니었다. 어머니를 납득시키려면 자신이 계획하고 있는 일을 털어놓아야 했던 것이다. 그 일은 어머니에게도 비밀에 부쳐야 했다. 어머니가 할아버지와 아버지의 원수를 갚으라고 했던 것으로 충분했다. 그 일을 실천에 옮기면서 어머니를 불안하게 해드리고 싶지 않았다.

서무룡은 자기 조직에 끌어들이는 것을 포기하고 미곡회사에 취직을 시켜주었다. 신분위장으로 취직은 필요했던 것이다. 열성을 바쳐 근무를 하면서 친구들이 출감하기를 기다렸다. 그리고 조직의 구성과 활동방법을 구체적으로 짜나갔다. 그 뼈대는 감방에서 만난 문 선생의 가르침을 따랐다. 소학교 선생으로 비밀결사를 조직했다가 5년형을 받은 문 선생은 친일파의 척결을 첫 번째의 과제로 꼽았다. 군인과 경찰·민간인을 모두 합해서 조선땅에 와 있는 왜놈들은 70여만인데 거기에 붙어먹고 있는 친일파들은 그 두 배가 넘는 150여만이라는 것이었다. 왜놈들보다 그들을 먼저 없애지 않으면 나라를 되찾는 건 세월이 갈수록 어려워질 거라고 했다. 왜냐하면 일본의 압제는 점점 심해지고 친일파들이 호의호식하는 것을 보면서 다른 사람들도 독립을 체념하게 되고 마음이 흔들려 친일파는 자꾸 늘어나기 때문이라고 했다. 그러므로 친일파를 제거하는 것은 왜놈들의 손발을 끊는 것인 동시에 많은 조선사람들에게 경종을 울리는 이중 효과를 발휘할 수 있다는 것이었다.

오삼봉은 출감하는 친구들을 하나씩 접촉했다. 그동안 모아둔 돈으로 술을 사가며 그들의 진심을 캤다. 각오와 결의가 확인될 때까지 세 번이고 네 번이고 술을 샀다. 그렇게 해서 네 명을 모았다. 자신까지 다섯, 더 이상은 필요하지 않았다. 수가 많으면 기밀이 샐 우려가 있었던 것이다.

"과욕은 금물이라는 명언이 있지. 그 말을 경시했던 거야. 욕심이 앞서 단원을 40명이 넘게 했던 것이 병통이었지. 지금 생각하니 열 명도 많은 것인데. 수가 많으면 탈이 생기기가 쉽지."

문 선생의 말이었다.

혈청단이라고 이름을 짓고, 다섯이서 '血靑團'이라는 커다란 글씨를 백지 위에 혈서로 썼다. 피 끓는 청년단체라는 뜻도 있었고, 죽음으로 투쟁하는 청년단체라는 뜻도 있었다. 악질 친일파를 고르되 경찰의 의혹을 사지 않기 위해서 지역을 분산시키고, 한 번 행동을 하면 간격을 반년 정도씩 두기로 했다. 행동은 1인 1건 책임제로 하고, 만약 실패하면 그날로 조직과 손을 끊고 외지로 떠나기로 했다. 그리고 조직의 비밀을 지키기 위해서 모임은 한 달에 1회로 제한하고, 평소에 길거리에서 마주치더라도 친한 내색을 하지 않기로 했다.

오삼봉은 제일 먼저 행동에 나섰다. 모두가 동의한 표적은 옥구의 일본인 농장 농감이었다. 그자는 걸핏하면 소작인들을 끌어다가 폭행을 가하고, 일본지배인의 돈놀이를 대신하면서 입도차압(立稻差押)을 해놓고 계속 농사일을 부려먹는 것은 예사고, 소작인의 딸들을 유곽에 팔아넘긴 것이 대여섯 차례로 악질이란 소문이 파다했다.

오삼봉은 사무실 일만 끝나면 어둠살을 타고 옥구로 발길을 서두르고는 했다. 그러기를 열흘 넘게 해서 기회를 포착했다. 그자는 밤늦게 만취해서 술집을 나와 혼자 집으로 돌아가고 있었다. 오삼봉은 커다란 돌로 그자의 뒤통수를 내리쳤다. 한 번이 아니고 숨이 끊어질 때까지 서너 번을 내리쳤다.

옥구경찰서에서는 원한살인이라고 하여 소작인들을 마구 잡아들인다는 소문이 들려왔다. 그리고 많은 사람들이 그자의 죽음을 속시원해한다는 소문도 들려왔다. 오삼봉은 그런 소문들을 아무 관심 없이 들어넘기는 척하면서도 속으로는 엉뚱한 소작인이 범인 누명을 쓰지 않을까 걱정이 컸다. 그러나 열흘이 지나고 보름이 지나면서 경찰이 범인수색을 포기해 간다는 소식을 들었다. 결국 그 사건은 흐지부지되고 말았다.

첫 번째 행동의 성공은 더없이 단원들을 고무시켰다. 그들은 정규모임날 축하주를 마셨다.

"우리 혈청단이 인자 의열단 안 부럽게 되얐다."

"그려, 의열단이 따로 있냐. 우리가 국내에 있는 의열단이제."

"아니여, 의열단 될라면 안직 멀었다. 의열단이야 세운 공이 얼매나 크냐. 우리넌 앞으로 쉰 놈언 더 죽여야 맘놓고 그런 말 헐 수 있덜 안컸냐."

"그도 그려. 인자 시작잉게."

"근디 요분 일이 아조 효과가 크다. 그놈이 인심 잃어 죽었다는 소문이 쫙 퍼진 디다가 다른 농장 농감놈덜꺼정 독허니 허는 것이 달라졌다는 것이여."

"그려, 우리가 일얼 잘 시작헌 것이여."

"근디 어찌서 요런 조직이 그간에 없었을끄나? 우리 겉은 조직이 전국에 한 50개만 있어도 효과가 크덜 안컸냐."

"그렁게 말이여."

그 뒤로도 일은 실수 없이 진행되었다. 부안까지 네 번째, 오삼봉은 다섯 번째의 표적을 찾고 있었다.

8월 들어 조선불온문서취체령이란 또다른 억압법이 공포되었고, 5일에는 조선총독이 바뀌었다. 우가키가 물러가고 조선군 사령관과 관동군 사령관을 지낸 미나미가 새로 온 것이었다. 총독이 바뀌는 것은 조선사람들에게 새로운 공포였다. 총독이 바뀔 때마다 정책이 강경해지면서 살기가 자꾸 어려워졌기 때문이다. 우가키는 농촌진흥정책으로 파란을 일으켜 농촌을 더욱 살기 어렵게 만들었고, 신사참배까지 의무화해 놓고 떠나간 것이다. 미나미는 또 무슨 짓을 저지를지 몰라 사회분위기는 침울하게 가라앉아 있었다.

그런데 조선사람들을 환호하게 하는 쾌거가 터졌다. 베를린올림픽 마라톤에서 손기정 선수가 올림픽 신기록을 세우며 우승한 것이었다. 그 소식은 의기소침해 있는 조선사람들에게 만만세를 외치게 할 수 있는 통쾌한 일이 아닐 수 없었다. 그런데 거기에 더하여 조선사람들이 다같이 의기를 품게 하는 사건이 터졌다. 《동아일보》에서 손기정 선수가 1등으로 골인하는 장면의 사진을 실으면서 가슴에 붙은 일장기를 지워버린 일장기 말소 사건이었다.

9

달빛 속의 진혼곡

"얼매나 편찮으신게라?"

필녀의 얼굴에서 울음이 뚝뚝 떨어지고 있었다.

"……."

송가원은 돌덩어리로 굳어져 있었다. 그 양쪽 옆으로 지삼출과 옥녀가 눈길을 떨구고 앉아 있었다.

"말 잠 허씨요. 나 미쳐불겄소."

필녀는 더 바짝 다가앉으며 옷 앞섶을 쥐어뜯었다. 그 목소리는 온통 울음이었다.

"휴우……."

송가원은 고개를 들며 먹구름 같은 한숨을 토해냈다.

지삼출이 느리고 무거운 손놀림으로 신문지쪽에 담배를 말았다.

"존 일 헌다고 말 잠 히보랑게라. 이 가심이 터져불겄소."

마침내 필녀가 제 가슴을 주먹으로 치며 흑 울음을 터뜨렸다.

"……."

침통한 방 안에 송가원의 어금니 가는 소리가 뿌드드득 울렸다.

"말허소. 다 알어야 헐 일잉게."

짙은 담배연기를 내뿜으며 비로소 지삼출이 입을 뗐다.

"……."

송가원이 또 가슴 무너져내리는 한숨을 토했다. 그리고 입을 열었다.

"위독하시구만요……."

"머시여!"

지삼출이 고개를 번쩍 치켜들었고

"아이고메, 으쩌끄나!"

필녀가 엉덩방아를 찧었다.

"얼매나……, 얼매나 가시겄등가?"

속울음으로 목이 멘 지삼출의 목소리가 쉰 것처럼 들렸다.

"……잘은 몰라도…… 여, 열흘 넘기기가……."

송가원이 고개를 푹 떨구었다.

"나, 나 면회 잠 되게 히줏씨요."

필녀가 절박하게 말했다. 그 얼굴에는 눈물이 줄지어 흘러내리고 있었다.

"……."

송가원은 또 굳어진 듯 미동도 하지 않았다.

"사람 사는 시상인디 무신 수가 있을 것 아니겄소. 요것 67원이요. 그간에 푼푼이 모은 것인디, 비용으로 쓰고 선상님 딱 한 분만 뵙게 히주씨요. 만주서 얻은 첩이라고 허든지 어찌든지 무신 수가 있덜 안컸소."

필녀는 치마 속에 차고 있던 주머니에서 꺼낸 돈을 송가원 앞에 놓고는 어깨가 떨리도록 울음을 추슬렀다.

저런 독헌 것이 있능가. 그리 큰돈얼 언제 다 모았는지 모르겄네. 그간에 나 몰르게 얼매나 배럴 곯고 살았을꼬. 참말로 독허고 징헌 물건이시.

지삼출은 안쓰러운 얼굴로 필녀를 물끄러미 바라보며 소리없이 혀를 차고 있었다. 그동안에도 필녀는 면회를 할 수 있게 해달라고 송가원에게 수없이 부탁해 왔던 것이다.

"이 돈 넣어두세요. 제가 알아서 할 테니까."

송가원이 돈을 필녀 앞으로 밀었다.

"아니오, 비용으로 쓸라고 역부러 모은 것이단 말이오."

필녀가 당황하며 돈을 되밀었다.

"어이 가원이, 그 돈 받아두소. 필녀 맘잉게. 모지래먼 자네가 더 보태고. 그러고 말이시, 나넌 몰라도 필녀넌 꼭 선상님 한분 뵙도록 히주소. 왜놈덜도 돈이먼 안 되는 것이 없다는 소문잉게 무신 수가 있덜 안컸능가."

지삼출의 말은 간곡했다.

"예, 그동안에도 여러 차례 해보기는 했는데……."

"그려, 자네가 애쓴 것 나가 다 알제. 선상님이 위독허신 것 대고 사정허먼 즈그놈덜도 사람인디 어찌 되덜 안컸능가. 글고 말이시, 성님헌티 얼렁 연락 취해야 허덜 안컸다고?"

"예, 편지를 보내야지요."

"아서, 거 머시냐, 거 안 있드라고, 쓰단딴따 쓰단딴따 허능 것 말이시."

지삼출이 답답하다는 듯 자기 머리를 툭툭 쳤다.

"전보 말인가요?"

"잉, 전보! 고것얼 치소. 사람 일이란 것언 한 치 앞얼 몰르는 것잉게."

지삼출은 세상살이를 오래 해온 사람답게 말했다.

"예, 그리하지요."

"그러고……, 서운허니 듣지 말고……, 간수놈덜 잘 꾀어서 자네 헌티 금세 연락 취해주도록 맨글어놓고."

"예……."

송가원은 등줄기에 찬바람이 섬뜩 끼치는 것을 느꼈다. 아버지가 갑자기 돌아가실지도 모를 사태에 대비하라는 것이었다. 송가원은 그 냉정한 판단 앞에서 평생 무장투쟁을 하며 부하들을 지휘해 온 한 늙은 지휘관의 침착함과 지혜로움을 느끼고 있었다. 언제부턴가 지삼출 아저씨는 지휘관 노릇을 하고 있었고, 자신은 지휘를 받고 있었던 것이다.

지삼출은 장지문제를 꺼낼까 하다가 그만두었다. 그건 차남인 송가원이와 할 이야기가 아니었던 것이다.

송가원은 다음날 바로 간수장과 점심약속을 해서 만났다. 간수장은 그동안 돈도 많이 먹은 처지였고 특히 가족들이 병원 신세를 많이 져 송가원을 괄시할 수 없도록 되어 있었다.

"길게 바라지도 않습니다. 딱 1분만 상면하게 해주십시오. 아버님이 돌아가실 날은 얼마 남지 않았고, 이게 저의 마지막 부탁입니다."

송가원은 돈봉투를 꺼내 밥상 옆 다다미 위에 밀어놓았다.

"그 여자도 혹시 불령선인 아니오?"

간수장이 송가원을 응시했다.

"참, 간수장님도. 만약 사실이 그렇다고 해도 제가 그렇다고 대답하겠습니까? 아무 염려 마십시오. 절대 그렇지 않습니다. 제가 왜 간수장님 입장을 난처하게 해드릴 일을 하겠습니까. 제가 솔직한 말 한마디 할까요? 저는 조선사람으로서 일본과 일본사람들을 좋아할 수가 없습니다. 그러나 개인적으로 간수장님을 좋아합니다. 왜 그런지 아십니까? 그동안 저를 많이 도와주셨고, 그러다 보니 인간적인 정이 들었습니다. 이런 심정 이해하시겠습니까?"

송가원은 아주 부드럽게 웃음지으며 속마음과는 정반대의 말을 능란하게 하고 있었다.

"아, 그런 심정이야 이해하고말고요. 다쿠타 송이 솔직한 말을 하니까 나도 솔직하게 한마디 할 말이 있소. 이토 대공을 살해한 흉악무도한 불령선인 안중근이란 자 있지 않소. 그자가 일본사람들 입장에서 보면 흉악무도한데도 개인적으로 보면 남아다운 지조가 있고, 인품이 고결하고, 학식이 높고, 글씨가 명필이고 해서 간수들이 존경을 했다는 건 잘 알려진 이야기 아니오. 다쿠타 송의 부친에 대해서 내가 그런 심정이오. 개인적으로 볼 때 모든 면에서 존경하고 본받을 만한 분이오. 다쿠타 송도 부친을 닮아 조선사람이기엔 아깝소.”

간수장은 호텔을 호떼루로, 비어를 삐루로 발음하는 식으로 ‘닥터’를 ‘다쿠타’라고 해가며 마음을 털어놓고 있었다.

“예, 고맙고 과분한 말씀이십니다.”

송가원은 머리를 숙여 예를 갖추었다.

“에에 또, 이모저모로 사정이 딱하고, 다쿠타 송의 효심에 나도 감복했으니까 내일 면회를 허락하겠소.”

“아 예, 고맙습니다, 고맙습니다.”

송가원은 일본식으로 무릎을 꿇으며 두 번 세 번 머리를 조아렸다.

“시간은 1분은 너무 야박하고, 2분으로 하겠소.”

간수장은 돈봉투를 집어넣으며 선심을 쓰고 있었다.

“아이고, 그 은혜 잊지 않겠습니다.”

송가원은 새로 머리를 두 번 세 번 조아렸다.

“면회시간은 시무(始務)와 동시에 하고, 관계는 후처라고 쓰시오.”

“예, 예, 분부대로 하겠습니다. 정말 고맙습니다.”

송가원은 또다시 머리를 두 번 세 번 조아렸다.

필녀는 밤늦도록 한복을 손질했다. 잠자리에 누웠지만 잠이 오지 않았다. 눈물만 주체할 수 없이 흘러내렸다. 그분의 그림자만 잡으며 살아온 만주의 세월이 20년이 넘어 있었다. 감히 넘볼 수 없는 인연인 것을 알면서도 지향 없이 쏠려간 마음은 어찌 된 것이었을까. 산토끼를 잡아서 맛있게 해드리고 싶었던 마음은 변함이 없는데 그분은 떠나려 하고 있었다. 그분이 떠나고 말면 어찌해야 하는가. 끝도 한도 없는 이 막막한 만주벌판에서 어찌해야 하는가. 야속해라, 야속하기도 해라. 그때 핏줄 하나 점지해 주실 것이지. 그 깊은 산중에서 벗은 윗몸을 보듬었으면 일이 다 된 것 아니었던가. 아니야, 아니야. 그때 그분이 마음 풀어 핏줄이 생겼더라면 오늘의 송 장군님은 안 계시지. 사람들의 흉거리 웃음거리로 높은 어른 노릇이 안 되었겠지. 그런 식으로 망신당하고 신망 잃은 독립지사들이 더러 있지 않았던가.

"필녀, 내가 자네 맘 진작 다 알고 있네. 자네 맘에 늘 고마워하고 있어."

"필녀, 생각해 보게. 우리가 이 만주땅까지 왜 왔지. 내가 자네 맘을 잘 간수함세. 그러면 되지 않겠나."

그분에게 보듬겨 들은 말이 새로 들리고 있었다. 자신의 마음을 진작 다 알고, 또 그 마음을 잘 간수해 주겠다는 말만으로도 황송하고 흡족해 다시는 그런 욕심 부리지 않고 살아온 세월. 그 세월에 후회는 없었다. 그러나 그분 없는 세월은 상상할 수가 없었다. 생각할수록 막막하고 괴로워 필녀는 몸부림쳤다.

밤을 뜬눈으로 새우다시피 한 필녀는 신새벽에 잠자리를 털고 일어나 머리를 감았다. 오랜만에 참빗질을 하며 필녀는 동백기름이 없는 것을 아쉬워했다.

면회실에 들어선 필녀는 철망 저쪽에 꼭 닫혀 있는 문을 응시하고 있었다. 한 손으로는 가슴을 누르고 있었다. 가슴이 너무 벌떡거려 숨을 쉴 수가 없을 지경이었던 것이다.

철망 저쪽의 문이 열렸다. 필녀는 얼떨결에 철망을 움켜잡았다. 송수익의 모습이 나타났다. 그런데 간수가 송수익을 부축하고 있었다.

아아…… 선상님…….

필녀는 속으로 울부짖으며 속입술을 질끈 깨물었다. 송수익 선생의 모습을 보는 순간 놀라움과 함께 울음이 터지려 했던 것이다.

몰라볼 정도로 메마른 송수익의 얼굴색은 검푸르게 변해 있었다. 그건 누가 보거나 병색이 아니라 사색이었다. 송수익은 철망 앞까지 부축을 받아 왔다.

"서, 선상님……."

필녀는 철망에 매달리듯 했다.

"그래 필녀, 기어이 왔구먼."

송수익이 희미하게 웃으며 보일 듯 말 듯 고개를 끄덕였다. 그 목소리도 웃음만큼 희미했다.

"선상님……."

필녀의 눈에서 눈물이 주르르 흘러내렸다.

"미안허이."

"선상님……."

필녀는 울지 않으려고 속입술을 더 깨물며 눈물을 삼켰다.

"그간에 고생이 얼마나 많았나."

"아, 아니구만이라우, 아니구만이라우."

"긴 세월…… 고마웠네."

송수익은 필녀가 바쳐온 헌신적인 뒷수발을 더듬고 있었다.

"아니구만이라우, 선상님……."

"무정타 말게."

"아니구만이라우. 다, 다 아는구만이라우."

송수익이 천천히 손을 들어올렸다. 그리고 뼈마디 앙상한 손이 철망을 붙들고 있는 필녀의 손을 잡았다.

"선상님……."

필녀는 감격으로 가슴이 요동치는 것을 느꼈다.

"자네 앞날은 가원이가 돌보아줄 걸세."

"선상님……."

필녀는 새로운 눈물이 솟구쳤다.

"저어, 선상님……."

"음……."

"아니구만요, 아니구만요."

"무슨 말이든 하게."

"아, 아니구만요."

필녀는 차마 그 말은 할 수가 없었다. 그건 해보았자 안 될 일이었고, 선생님에 대한 도리가 아니었다.

선상님, 인자라도 도장얼 찍으시제라.

이 말을 하고 싶었던 것이다.

"시간 만료!"

"필녀, 부디……."

"선상님!"

송수익은 다시 부축을 받아 철망 저쪽의 문으로 나갈 때까지 뒤를 돌아보지 않았고, 필녀는 얼굴 부분부분이 철망 사이로 비어져 나오도록 얼굴을 철망에 다붙이고 있었다. 그 얼굴을 타고 흐르는 눈물이 철망을 적셔들고 있었다.

이틀이 지난 아침나절에 송가원은 감옥에서 걸려온 전화를 받았다. 아버지가 운명할 것 같다는 것이었다.

송가원은 의무실로 뛰어들었다.

"아버님, 접니다, 가원입니다."

푹 꺼진 송수익의 눈이 더디게 뜨이며 손이 겨우겨우 들렸다. 송가원은 그 손을 움켜잡았다.

"마, 마, 만주에에……."

실낱 같은 목소리가 목에서 끓는 가래소리에 묻히고 있었다.

송가원은 귀를 들이댔다.

"뿌, 뿌려라아……."

송가원은 귀를 더 가까이 댔다.

"니도, 니도 싸, 싸워어……."

더 이상 아무 소리도 들리지 않았고, 손이 처져내렸다.

아버지…….

송가원의 어깨가 흔들리기 시작했다.

시신을 인수해서 화장터로 옮겼다. 그러나 화장은 보류했다. 다음날 송중원이 도착했다.

"유언이시면 어쩔 수 없지."

송중원이 창백한 얼굴로 말했다.

화장을 끝내고 모두 길림행 기차를 탔다. 송가원은 아버지가 돌아가신 날로 병원에 사표를 냈던 것이다.

유골을 모시고 재를 올렸다. 여자들의 서러운 곡성이 찬바람 불기 시작하는 만주벌판에 사무치고 있었다.

남자들이 차례로 뼛가루를 뿌렸다. 송중원, 송가원, 지삼출, 천수동……. 뼛가루는 찬바람을 타고 희게 날리며 광막한 만주벌판 그 어딘가로 멀리멀리 사라져가고 있었다. 뼛가루 흩날리는 하늘 저쪽으로 수많은 새들이 무리지어 남쪽으로 날아가고 있었다.

"형님 먼저 떠나세요. 저는 정리할 일이 남아서요."

송가원이 형에게 말했다.

"……."

송중원이 고개를 끄덕였다.

송가원은 아버지의 두 번째 유언을 형에게 밝히지 않았다. 형도 그 유언을 따르려 할지도 몰랐던 것이다. 형의 건강은 완전히 회복된 것이 아니었다. 그리고 형은 잡지를 잘 만들어야 할 형의 몫이 있었다.

형이 떠나자 송가원은 여러 사람들과 함께 자리를 마련했다.

"제가 형님 때문에 일부러 덮어두고 있었던 것인데요, 아버님 유언이 또 한 가지가 있습니다. 아버님은 저더러 싸우라고 하셨습니다. 형님한테 이 말을 하지 않은 것은, 형님은 두 차례 감옥살이로 지금 폐병을 앓고 있기 때문입니다. 그 말을 하면 형님도 틀림없이 아버님 유언을 따르려고 할 터인데, 그런 몸으로는 곤란하지 않겠습니까. 그리고 형님은 서울에서 잡지 발간을 책임 맡고 있으니까 그 일을 잘하는 것도 중요하다고 생각한 것입니다."

송가원은 그들의 오해가 없도록 설명을 앞세웠다.

"……그래서 저는 아버님의 유언을 따르고자 합니다. 그런데 지금 만주 도처에서 독립군 부대들이 치열하게 싸우고 있는 건 저도 압니다만, 실제로 알고 있는 부대는 없습니다. 이 점을 좀 해결해 주셨으면 합니다."

송가원은 여러 사람을 둘러보고는 지삼출에게 눈길을 고정시켰다.

지삼출은 두어 번 헛기침을 했고, 다른 사람들은 숙연한 얼굴로 앉아 있었다. 한동안 침묵이 흘렀다.

"아, 머허고 앉었능가. 얼렁 말허제."

천수동이가 지삼출의 허벅지를 툭 쳤다.

"잉, 근디 말이여……, 우리가 손이 닿는 부대야 많은디, 자네가 의사 허든 몸으로 어쩌크름 총얼 들고 싸우겄다는 것이제?"

지삼출이 걱정 가득한 얼굴로 송가원을 물끄러미 바라보았다.

"그려, 그것얼 헛트로 생각헐 일이 아니제."

김판술이 고개를 끄덕였다.

"아따, 걱정도 팔자시. 누구넌 뱃속서보톰 총질 배와갖고 나오간디? 나겉이 낫 놓고 기억 자도 몰르는 일자무식도 총질만 잘허고, 자네맨치로 쥐좆, 아니, 아니, 거 머시냐……."

"아이고, 일자무식에 변설 깔라다가 쌍놈 보로꺼정 다 터져나오는구만."

몸집 작다고 흉잡히게 된 강기주가 재빨리 천수동이에게 내질렀다.

필녀를 비롯한 여자들이 얼굴을 돌리고 입을 가리며 쿡쿡거리고 웃었다.

"긍게 머시냐, 저 사람맨치로 주먹뎅이만혀도……."

"잉, 자네가 헐라는 말 무신 말인지 다 알아들었응게 그만허소."

김판술이 손을 내저었다.

"아니, 어째 언권얼 막고 그려?"

천수동이 버럭 소리질렀다.

"어이, 언권 찾어 헐 말 다 허소."

지삼출이 웃으며 담배를 말았다.

"긍게로 말이여, 저 사람맨치로 많이 배와 학식 높고 몸집 좋아 실헌 사람이야 총질 겉은 것이야 금세 배와분다 그런 말이여."

"그려, 그렇게 꽃감 접말 허덜 말란 것 아니여. 그 말인지 몰르는 사람 여그 하나또 없응게."

김판술이 혀를 차며 핀잔을 주었다.

"예, 아저씨들 생각이 다 맞습니다. 헌데 저는 총을 쏠지 몰라도 그렇고, 또 총을 안 쏘아도 달리 싸울 방법이 있습니다."

송가원의 말에 모두 어리둥절해졌다.

"물론 저도 총 쏘는 것을 배우겠지만, 부상병들을 치료하는 일도 중요하지 않겠습니까?"

송가원은 지난날 공허 스님이 했던 말을 실천하고자 하고 있었다.

"옳여, 그것 참말로 기맥힌 생각이시."

강기주가 철퍽 소리가 나도록 무릎을 쳤다.

"그려, 그것 참 존 생각이네."

"맞구만. 의사가 없응게 안 죽어도 될 사람덜이 죽어가덜 안터라고."

다른 사람들도 반색하고 동의했다.

"글먼 나도 나슬라요."

느닷없이 터져나온 여자의 목소리였다

"아니, 쩌것이 누구여?"

"누구넌 누구여, 필녀제."

"쟈가 시방 정신이 있다냐 없다냐."

"니기럴, 여자가 나슬 디가 따로 있제."

남자들이 상을 찌푸리고 혀를 차며 일제히 반대의사를 나타냈다.

"음마, 무신 소리다요? 예전허고넌 달르게 시방 여자덜도 총 들고 싸우는 것 들도 보도 못했소?"

남자들의 반대를 일거에 물리치겠다는 듯 필녀는 카랑카랑한 목소리로 내쏘았다.

"그 여자덜이야 다 기운 펄펄헌 큰애기덜이여. 근디, 자네 나이가 멫잉가?"

천수동이가 대질렀다.

"글고 그 여자덜언 다 공산주의자란 말이여."

강기주가 필녀를 꼬나보았다.

"아니, 나이가 무신 상관이다요. 나넌 시방도 젊은 가시네덜보담 곱쟁이로 빨르게 산 타는 기운이 펄펄허고, 총 쏘는 기술도 있는 것이야 아재덜도 다 알덜 않소. 글고, 나도 대근이헌티 귀동냥얼 허서 알 만치는 아는디, 공산주의자가 어디 따로 있다요? 거그서 갤치는 대로 믿고 따르면 공산주의자제. 못사는 사람덜 편들고, 못된 지주 놈덜 쳐없애고, 여자라고 하시 안 허고, 독립투쟁에 나스는 공산주의가 나넌 좋소. 긍게 나도 공산주의자 아니란 법 없덜 않은게라?"

필녀는 눈을 똑바로 뜨고 남자들을 노려보았다.

"아따, 필녀가 언제 저리 유식해져 부렀다냐?"

"좌우간 만주물이 좋기는 존갑다."

"아구가 딱딱 맞게 말허는 것 봉게로 대근이 그 자석이 우리 몰르게 공산주의 물얼 많이 믹이기넌 믹였구마."

"시상 참 많이 변혔다. 여자가 내놓고 공산주의 허겠다고 나서도 암시랑토 않고 말이여."

남자들의 떫고 쓴 반응이었다. 지삼출만 말없이 담배를 뻑뻑 피우고 있었다.

"근디 말이여, 자네넌 선상님 살아 기실 적에넌 선상님얼 구찮허니 허고, 인자 선상님 돌아가신게 저 사람꺼정 구찮게 헐라고 그러는디, 철 안 난 애기도 아니고 쬐깨 과허덜 안혀?"

김판술이 정색을 하고 말했다.

"아재, 굿속얼 몰르면 떡얼 묵지 말고, 소리속얼 몰르면 장단얼 맞추지 마씨요. 나가 이 말언 안 헐라고 혔는디, 면회 때 선상님이 머시라고 허신지나 아요!"

화가 난 필녀의 기세는 펄펄 불붙고 있었다. 그 기세에 눌려 김판술은 무르춤해졌고, 다른 사람들의 눈길은 모두 필녀에게 쏠려 있었다.

"나가, 선상님이 내래다보고 기신게 보태도 빼도 않고 선상님이 허신 말씸 그대로 헐 것잉게 다덜 똑똑허니 들으씨요. 자네 앞날언 가원이가 돌보아줄 걸세. 으쩌요, 이러셨는디도 딴말덜 또 허실라요?"

필녀는 이글거리는 눈길로 남자들을 훑어보았다. 남자들이 그 눈길을 피해 슬금슬금 고개를 돌리고 눈을 내려뜨고는 했다.

"어이, 어찌야 쓰겄능가?"

천수동이 지삼출의 허벅지를 찔벅였다. 송수익이 떠나고 없는 모임자리에 지삼출은 자연스럽게 좌장이 되어 있었다.

굼뜨게 앉음새를 고친 지삼출이 입을 열었다.

"그렇게 말이여, 이 일언 선상님 말씸 이전에 우리가 생각얼 바꽈묵어야 헐 일이로구만. 우리 적에넌 안 그랬는디 요새넌 나라 찾는 쌈에 남자 여자 구별이 없게 되딜 안혔다고. 고것이 우리 구식 눈에넌 요상시럽기도 헌디, 가만히 따지고 보면 고것이 옳은 것이여. 그러고 필녀 나이 말인디, 우리 서른칠팔 살 때 생각혀 보드라고. 마흔다섯 전꺼지야 기운 펄펄허덜 안혔다고? 또 필녀 기운 쓰는 것이야 딴사람덜허고도 달르고. 그런 디다 선상님 말씀도 있고 허니 보내야제 어찌겄능가."

지삼출이 내린 결정이었다.

"아재, 글먼 지도 갈라요."

불쑥 말을 꺼낸 것은 수국이었다.

"허 참, 난리판굿이네!"

"우리 얼렁 죽어야 쓰겄구마."

남자들이 헛웃음을 치고 어이없어했다.

"그려, 기둘려라. 저 사람이 뜨자면 어채피 대근이가 욜로 와야 헌다. 동상이 오면 그때 가서 의논허자."

지삼출이 다독거리듯 말했다. 수국이는 다소곳이 그 말을 받아들었다.

낙엽들이 구르는 10월의 싸늘함 속에 서럽도록 맑고 밝은 달빛이 만주벌판을 끝 간 데 없이 비추고 있었다. 밤이 깊어 정적도 깊고, 벌판이 너무 아득하게 넓어 달빛도 까마득히 펼쳐져 있었다. 이어지다 끊기고 다시 이어지는 낙엽 구르는 소리가 슬픈 흐느낌처럼 더욱 사무치고, 잎들을 다 떨군 채 가지 앙상하게 줄지어 선 방풍림들의 모습이 더욱 쓸쓸하고 외로웠다.

송가원은 그 달빛 속에서 가슴을 온통 서러움으로 적시고 있었다. 벌판에 가득한 달빛을 쓸어낼 수가 없듯이 가슴을 가득 채운 서러움도 몰아낼 길이 없었다. 아버지를 잃은 것이 이다지도 깊고 진한 서러움일 줄은 몰랐던 것이다. 고향 선산에 모시지 못하고 만주벌판에 뿌린 탓인지도 몰랐다. 아니면 아버지와 정을 나눈 세월이 너무나도 짧아서 그런지도 몰랐다.

송가원의 옆에는 옥녀가 붙박인 듯 서 있었다. 옥녀는 흐드러지면서도 한스럽게 밝은 달빛을 바라보며 애간장 녹아내리는 서럽디서러운 가락으로 속소리를 뽑아대고 있었다. 이 막막하고 허허로운 타국땅에 뿌려진 혼백의 극락왕생을 비는 것이었다. 그분이 송가원의 부친이 아니었다 하더라도 가슴 찢어지는 서러움과 아픔이 못 견디게 괴로운 것은 다름이 없으리라 싶었다. 평생을 나라 찾는 데 바치다가 끝내는 옥사하고 뼈마저 타국땅에 뿌려지는 것은 상상도 못했던 것이다. 아버지와 어머니만 억울하고 분하게 세상을 떠난 것이 아니었다. 뼈마저 고향으로 돌아가지 못한 송가원의 부친은 더 기막히고 한스러운 죽음이었다. 이런 세상을 알게 되었으니 만주에는 백번 잘 온 것이라는 생각이 들었다.

"옥비……."

"예에……."

"이제 돌아가도록 하시오."

"예에?"

"……."

"아니구만요, 안 갈랑마요."

"낮에 결정한 걸 듣지 않았소?"

"지도 싸울랑마요."

"그게 장난이 아니오. 죽고 사는 문제요."

"그것이야 지도 아능마요."

"옥비는 필녀 아주머니하고는 달라요."

"아니구만요. 총 못 쏘는 것만 지가 그 아짐씨보담 딸리제 나이도 훨씬 젊고, 기운도 훨씬 더 씨구만이라."

"그보다도 살아온 게 다르잖소. 옥비야 고생을 해본 몸이 아닌데."

"아이고메 선상님, 그런 말씸 마시게라. 고상으로 치자면 지가 둘찌 가라면 서럽게 많이 혔구만요. 나이 일곱 살에 조실부모허고 소리 팔자 타고난 것이 죄가 되야 사당패헌티 팔려가서 오빠허고 생이별허고, 열네다섯이 될 때꺼정 사방팔방으로 끌려댕김서 매도 맞고 밥도 굶고 한데잠도 자고, 고상고상 시상에 있는 고상언 다 겪어내고, 소리 선상님 찾어 도망질혀 갖고도 소리 배운 값 낼 돈이 없어 정잿일 농삿일 지가 다 맡어서 해냈는디, 상머심일이 따로 없었구만이라. 선상님언 지가 비단옷 입고 술자리서 소리허는 것만 보시고 호의호식헌 줄로만 아시는 모냥인디, 그런 옷호사 헌 것언 사오 년이 다 안 되는구만이라. 그러고 오빠허고 지가 에렜을 적보톰 허고 허고 또 헌 맹세가 왜놈덜헌티 엄니 아부지 죽인 웬수럴 갚자 헌 것이었구만이라. 뽕밭에 가서 뽕도 따고 임도 따드라고 만주에 가서 임도 뫼시고 부모님 웬수도 갚게 되았다고, 만주 온 것이 골백분 잘헌 것이라고 생각허고 있는디, 가라니 워디로 가라는 말씸이신게라. 그리 갈라고 혔음사 만주 걸음얼 허덜 안했을 것이구만이라."

옥녀는 그야말로 판소리 사설 엮듯이 줄줄이 막힘이 없었다.

"그런 고생을 한 줄은 몰랐소. 허나 총 들고 싸우는 일은 그런 고생하고는 또 다르오."

"글먼 지도 선상님맨치로 총얼 안 들겄구만요."

"무슨 소리요?"

"선상님이 부상병덜 치료럴 허시대끼 지넌 쌈허고 심 빠진 독립군덜헌티 소리럴 히주겄다 그런 말이구만이라. 글먼 독립군덜이 흥나고 심 채래서 더 잘 싸우게 되고, 얼매나 좋겄능게라."

"허 차암……."

"……."

"요새 젊은 사람들은 소리가 뭔지를 잘 모르고, 별로 좋아하지도 않소."

"예에, 아는구만요. 지도 젊은 사람덜이 좋아허는 신식노래 다 부를지 아는구만요. 불러보라먼 당장 부를 수도 있구만이라."

"죽는 것도 무섭지 않소?"

"선상님도 허시는디요."

"할 수 없소. 뜻대로 하시오."

"고맙구만이라우, 고맙구만이라."

송가원은 담배를 피워물었다. 달빛이 전에 없이 통곡하고 싶도록 서럽고 사무치는 것은 아버지를 이 낯설고 막막한 대지에 뿌렸기 때문이었다. 그 허망함과 기막힘은 영원히 가셔질 것 같지가 않았다. 그리고 아버지의 혼백이 저세상으로 가지 못하고 이 넓고 넓은 벌판을 언제까지고 떠돌아다닐 것만 같기도 했다.

"옥비, 신식노래를 부르는 대신 혼을 달래는……, 거 뭐라고 해야 하나, 무당들이 저승길을 닦는다는 식으로 뭐, 그런 소리가 없소?"

"예에, 진혼허는 소리가 있구만요."

"맞소, 진혼곡. 그걸 한번 불러보지 않겠소. 아버님을 위해서."

"근디 밤에 소리럴 히도 괜찮헐게라?"

"이 허허벌판에서 누가 뭐라겠소. 맘놓고 불러보시오."

"예에……."

옥녀는 콧마루가 찡 울리는 것을 느꼈다. 역시 자식의 마음이란 속일 수 없는 것이라 싶었다. 봉분을 짓지 못하고 뼛가루로 뿌린 것이 얼마나 가슴에 맺혀 있으면 노래를 청할 것인가. 옥녀는 턱을 끌어당기고 아랫배에 힘을 넣으며 아까 엮어나갔던 가사를 되짚어 더듬었다.

왜 왔던고 왜 왔던고 만주벌판에 왜 왔던고

낯설고 물설은 만리타국 만주땅에 어인 일로 왔던고

삼천리라 금수강산 왜놈 발에 짓밟혀서 조선 해는 간곳없이 암
흑천지 되었으니

뜻 굳은 남아로서 할 일이 그 무언고

빼앗긴 나라 되찾는 것 그것밖에 더 있는가

암흑천지에 불밝힐 일 그것밖에 더 있는가

옳소이다 옳소이다

그 생각이 옳소이다

그 길을 아니 가면 어찌 조선남아리까, 어찌 조선남아리까

그러허나 예로부터 옳은 길은 가시밭길

처자식도 생이별에

둘도 아닌 목숨조차 내놓아야 하는 길

그 길을 택한 남아 몇몇이나 되었던가

하나뿐인 목숨을 초로같이 여기고서

의기 푸른 조선남아들 만주땅에 진을 치니

장하도다 장하도다

하늘이 칭송한다

설한풍 몰아치는 허허벌판 만주땅에

풍찬노숙 뼈깎으며 왜놈들과 싸우기 그 몇몇 해이던고

1년이 10년 되고 10년이 20년 되어

고향땅이 그리워라 처자식이 목메어라

그래도 굽히지 않은 뜻 일편단심 구국이라

나라 찾아 깃발 날려 금의환향하렸더니

에고오 어인 일로 갇힌 몸 되었는고

에고오 어찌타 옥사가 웬말인고

어화 원통해라

아이고 절통해라

이대로는 못가겠다 이대로는 못 가겠다

원통하고 절통해서 이대로는 못 가겠다

애간장 녹아내리게 하는 슬프고 처연한 가락은 절정으로 치달아오르며 달빛 푸르른 벌판으로 퍼져나가고, 난데없는 소리에 이끌려 마을사람들이 몰려나오고 있었다.

혼백으로도 끝끝내 싸워 이길 터이니 나를 만주땅에 뿌리거라

고결하신 그 뜻에 산천초목이 떨고

휘영청 밝은 저 달도 낙루하는데

어쩌타 뒤따르는 자들이 그 뜻 모르오리까

무릎 꿇고 머리 조아려 하늘에 맹세하노니

다 못 이루신 뜻 정녕코 이루오리다

남기고 가신 한 기필코 풀겠소이다

굳게굳게 맹세하고 뒤따르오니

어화 님이시여, 님이시여

원통함을 푸시고

절통함도 푸시고

이 거친 만주벌판 떠돌지 마시고

춥고 어두운 구만리장천을 떠돌지 마시고

편안한 마음으로

웃으시는 얼굴로

백화난만한 극락으로

상춘화창한 극락으로

왕생하오시라

극락왕생하오시라

비옵나니 비옵나니

극락왕생하오시라

소리를 마친 옥녀는 두 손을 합장하고 머리를 조아렸다. 그 얼굴
에 눈물이 흘러내리고 있었다. 달빛에 젖은 벌판 저 멀리를 바라보
고 있는 송가원의 눈에서도 눈물이 흐르고 있었다.

마을사람들은 누가 먼저라고 할 것 없이 땅바닥에 엎드리며 두
번씩 절을 하고 있었다. 진혼곡에 맞추어 어느덧 진혼제가 이루어
지고 있었던 것이다.

10

이민바람

아침마다 바다에 안개가 자욱하게 끼었다. 많은 섬들은 안개 속에 잠긴 채 머리만 조금씩 내밀고 있었다. 그 모습은 운해에 묻혀 꼭대기만 드러난 산봉우리들과 흡사했다. 운해에 묻힌 산봉우리들도 그렇지만 안개 속에 잠긴 섬들의 모습은 더욱 환상적이었다. 꿈결인 듯 아련한 그 아름다움은 구름이 아닌 안개가 자아내는 묘술인지도 몰랐다. 안개 속에 몸을 다 감추고 머리만 조금씩 내밀고 있는 섬들의 모습은 바다 쪽으로 멀어질수록 환상의 징검다리였다. 남쪽으로 열린 바다 저쪽에서부터 봄은 그 징검다리를 밟으며 오고 있었다. 달 뜬 삼학도의 풍경이 아름답다 했지만 봄안개 자욱하게 낀 다도해의 풍경 또한 별나게 아름다웠다.

그러나 그 그윽하고 아련한 풍광을 눈여겨보는 사람은 별로 없었다. 목포부두에는 발동을 건 배들이 통통거리고, 일거리를 찾아 벌써 막노동자들이 몰려들고 있었다. 배에 탄 사람들은 안개가 어서 걷히기를 기다릴 뿐이었고, 막노동자들은 어디에 하루벌이 일거리가 있는지 눈들을 희번득이며 돌아갈 뿐이었다.

안개가 걷히기도 전에 부두에 나선 사람들일수록 하루살이가 그만큼 고달픈 사람들이었다. 서로 일거리를 다투어 찾고 있는 그들의 눈에 풍광 같은 것이 들어올 리 없었던 것이다. 더구나 요사이 부두에는 사람들의 마음을 흔들고 들뜨게 하는 바람이 불고 있었다. 봄바람을 시샘하듯 불어닥친 그 바람은 만주이민바람이었다.

"어이 배 서방, 으쩌기로 혔능가?"

"글씨이……, 자네넌?"

"와따, 사람 쑹허게 구렝이 담 넘어가덜 말드라고."

"체, 쑹헐 것 잔생이도 없등갑다. 도든 옻이든 속씨언허니 딱 놓덜 못허고 맘만 싱숭생숭헝께로 그렇제."

"그려, 맘 싱숭생숭허기로야 나도 매일반이로구만. 그나저나 그 일얼 으째야 쓰겄능가?"

"금메 말이시, 아무리 되작되작 생각혀 봐도 당최 맘얼 정허덜 못허겄단 말시. 근디, 오 서방이 어째 안 뵈네?"

"그렇제? 그 사람 맘 정했는갑네."

"무신 소리여?"

"맘 정허먼 일 안 나온다고 혔당께."

"참말로 맘 정했을랑가?"

"필시 그랬을 것잉마. 그 사람 이놈으 날품팔이에 치럴 떨었웅께로."

"닌장맞을, 이놈으 날품팔이에 치 안 떠는 사람이 누가 있었어. 다 지땅 지니고 농새짓고 잡제만 땅이 없응께 이 염병지랄이제."

"허기사 그려. 여그 부두에 몰킨 사람덜치고 열에 아홉은 농새지묵든 사람덜잉께. 긍께 우리도 맘 정허는 것이 어쩌겄능가? 척식회사 말대로 허먼 날품팔이보담이야 훨썩 낫덜 안혀?"

"말이야 참지름 발른 찰떡이제. 근디 왜놈덜얼 믿을 수가 있어야 말이제. 노자는 말헐 것도 없고, 첫해 양석에다 종자꺼정 선대혀 주고, 집할라 지어놓고 이민 오기만 기둘린다니, 왜놈덜 인심치고 너무 후허단 말이시."

"이, 사람덜도 그것얼 의심허는디, 또 요런 말도 있드랑께. 무신 말이고 허니 말이시, 만주땅이 원체로 넓고, 뙤국놈덜언 게을러빠지고, 농토넌 싸게싸게 늘궈야 허고 그렇게로 인심얼 그리 후허니 써감서 조선사람덜얼 안 딜고 가면 안 된다는 것이여. 그 말 들어보면 그럴 법도 안 헌가?"

"글씨, 나도 그 말얼 듣기넌 들었는디. 고것이 다 괭이가 쥐새끼 생각혀 주는 것이 아닐랑가 몰라?"

"그리 의심허자면 한도 끝도 없는 일이시. 왜놈덜이 즈그가 애달아 허는 짓인께 속인다고 혀도 그리 심허니 속이야 허겄능가? 어쨌그나 우리가 바래는 것언 농새짓고 사는 것잉께 눈 딱 감고 신청얼 허는 것이 어쩌겄능가? 어디서고 농새지면 날품팔이보담이야 낫덜 안컸능가?"

"글씨, 그리 생각허면 그렇기도 헌디, 안직 급헐 것 없응께 더 생각혀 보기로 허드라고."

"차암 드런 눔에 시상이시. 전답 다 뺏기고 종당에넌 만주로 뜰 궁리나 허고 앉었시니……"

"어쩔 것잉가, 다 나라 뺏긴 죄인 신세덜잉께로……"

그들은 누가 먼저라고 할 것 없이 한숨을 토해냈다.

선만(鮮滿)척식주식회사가 창립된 것은 작년(1936년) 9월이었다. 그리고 총독 미나미는 10월에 두만강 건너 만주땅 도문에서 관동군 사령관과 회동해서 조선독립군들을 공동으로 토벌할 것을 합의했다. 그뿐만 아니라 총독부에서는 11월에 만주의 간도성과 안동성을 조선의 연장인 '특별행정구역'으로 설정하기로 관동군과 결정을 내렸다.

그리고 해가 바뀌어 선만척식회사에서는 만주이민을 전국적으로 모집하기 시작했다. 그 바람은 농촌이고 도회지고 가리지 않고 불어댔다. 농촌의 소작인들과 도회지를 떠도는 막노동꾼들이 그 대상이었던 것이다. 선만척식회사에서 선전하고 있는 조건들은 생활고에 시달리고 있는 사람들의 마음을 흔들어놓기에 충분한 것이었다.

첫째, 만주에는 농토가 얼마든지 있고 땅이 기름져 농사가 잘된다.

둘째, 노자는 물론이고 첫해의 양식과 종자 그리고 농기구 같은 것을 모두 선대해 준다.

셋째, 지금 거처할 집까지 모두 지어놓고 이민을 오기만 기다린다.

넷째, 몇 해만 부지런히 일하면 누구나 자작농이 될 수 있다.

이런 선전에 남상명의 막내아들 만석이도 이미 마음이 흔들려 부두노동에 더 신물이 나 있었다. 그러나 남만석은 자기 뜻대로 결정을 내리지 못하고 고민에 빠져 있었다. 어머니가 만주로 떠나는 것을 원치 않았던 것이다.

남만석은 목화짐을 배로 옮기면서도 어떻게 하면 어머니 마음을 돌릴 수 있을까 궁리하고 있었다. 그러나 아버지의 유언을 붙들고 있는 어머니의 마음을 돌릴 수 있는 묘안은 떠오르지 않았다. 벌써 며칠째 같은 생각만 되풀이하다 보니 등짐질은 자꾸 무거워지기만 했다.

남만석은 또 건식이 아저씨를 생각하고 있었다. 아무리 생각해도 어머니 마음을 움직일 수 있는 사람은 건식이 아저씨뿐이었다. 그런데 건식이 아저씨는 중병을 얻어 부두에 일을 나오지 못한 것이 벌써 석 달째였다. 뱃속에 혹이 생긴 병으로 나을 가망이 없다고 했다. 열흘 간격으로 문병을 갈 때마다 병세는 표나게 나빠지고 있었다. 약을 쓴다고 쓰는데도 건식이 아저씨의 몸은 자꾸만 말라가면서 얼굴이 검게 타들어가고 있었다. 건식이 아저씨는 이미 살기를 작파한 것 같았고, 식구들은 애가 달아 어쩔 줄을 모르고 있었다. 그런 건식이 아저씨에게 어머니의 마음을 돌려달라고 부탁할 수가 없었다.

남만석은 궁리 끝에 매형을 찾아가기로 했다. 매형이 만주로 뜰 마음을 굳히기만 하면 일이 쉽게 풀릴 것 같았던 것이다. 소작농인 매형을 설득하는 것은 별로 어려울 것 같지 않았다. 어쩌면 매형도 이민을 생각하고 있을지도 모를 일이었다. 만약 매형이 뜻을 합해 주기만 한다면 그보다 더 좋은 일은 없었다. 매형과 누나까지 합세 해서 나서는데 어머니가 더 이상 고집을 세우기는 어려울 거였다. 그리고 매형과 동행이 되면 자신도 그만큼 마음 든든한 일이었다.

남만석은 일을 끝내기 바쁘게 부두를 벗어났다. 20리 밖 매형네 집까지 가자면 발길을 서둘러야 했다. 남만석은 허리가 접힐 것처 럼 시장기를 느끼면서도 발걸음을 재촉했다. 하루종일 목화짐을 나르고 나면 으레껏 속 아린 허기와 함께 전신이 흐물거리도록 맥 이 빠져버리고는 했다. 그러나 사는 것은 어린것까지 합해 네 식구 가 세끼 밥을 배불리 먹을 수 없을 지경이었다. 자식들은 더 생겨 나고, 나이는 먹어가고…… 장래가 암담할 뿐이었다.

"아이고 처남, 어쩐 일이랴?"

토방에서 농기구를 손질하고 있던 김진배는 사립을 들어서는 처 남을 보고 반색했다.

"그간 안녕허신게라?"

입가에 침버캐가 끼도록 지친 남만석은 힘겹게 웃음을 지어내며 고개를 꾸뻑했다.

"어이 보소, 처남 왔네, 처남!"

김진배가 부엌 쪽에다 대고 외쳤다.

"아니, 머시라고라?" 바가지를 든 채 부엌에서 뛰쳐나오던 남만석 의 누나는 동생과 눈길이 마주치자, "엄니 편찮으신 기여?" 다급하 게 물었다.

"아아니여. 얼렁 나 물 한 사발 주소."

남만석은 고개를 저으며 마루에 털퍽 주저앉았다.

"잉, 그려. 나넌 무신 큰탈난지 알었구마는."

남만석의 누나는 동생에게 눈을 곱게 흘기며 돌아섰다.

"무신 일 있는갑제?"

김진배가 쌈지를 꺼내며 처남을 쳐다보았다.

"야아 물보톰 묵어야 쓰것소."

고개를 끄덕이는 남만석의 목소리가 쉰 듯 갈라졌다.

누나에게 물사발을 받아든 남만석은 정신없이 물을 들이켰다.

"살살 묵어, 살살. 물에 얹히면 약도 없다등마."

남만석의 누나 김제댁의 얼굴이 찡그려졌다.

"아 애기간디, 물에 얹히게. 싸게싸게 밥이나 허소, 밥! 시장혀서 그러는디."

김진배는 아내에게 퉁을 놓았다.

"야아, 밥 다되았소."

김제댁은 남편의 마음씀이 고마워 상긋 웃으며 돌아섰고

"아니구만이라, 나 얼렁 헐 말 허고 그냥 갈랑마요."

남만석은 빈 사발을 내려놓으며 말처럼 다급하게 손을 내저었다.

"어허, 자네가 밥 한 그럭 애깨갖고 날 부자 맹글어줄라고 그러는갑네 잉. 요것 보소, 술 끊어 모튼 돈으로 집 장만헝께 사흘 못 가 불나고, 담배 끊어 모튼 돈으로 송아지 산께 그날 밤으로 호랭이가 물어가드란 말 듣지도 못혔어? 밥때에 온 처남헌티 밥 한 그력 애깨서 부자 되먼 어찌 되는지 알겄능가? 자네넌 나가 밥때에 찾아가도 밥 한 그럭 안 줄 챔이여?"

광대뼈 불거지고 뼈대 굵게 생긴 김진배가 컬컬한 소리로 엮어낸 말이었다.

"야아, 밥 한 그럭이 머시다요, 밥풀때기 한 알갱이라도 안 주제라. 부자덜이 어찌 부자 되았는지 듣지도 못했소?"

남만석이 능청스럽게 받아넘기며 쌈지에서 종이쪽을 꺼냈다.

"그려, 목포 문 부자, 나주 현 부자, 강진 최 부자 집서 식은 밥 한 뎅이 얻어묵어 본 동냥아치도 없고 작인도 없응께로. 근디, 무신 일이랑가?"

김진배는 곰방대를 빨며 남만석을 쳐다보았다.

"저어…… 긍게 말이요 이……." 남만석은 자리를 뭉그적거리고는, "거 머시냐, 만주이민 소식 듣고 있는게라?" 그는 뒷말을 빨리 해치웠다.

"하면, 귀먹쟁이도 그 소식이야 안 들을 수 있간디. 이장놈이고 면서기고 나서서 나발 불고 댕긴께로."

김진배가 마땅찮은 어투로 대꾸했다.

"해 빠지먼 안직 날이 썰렁헌디 방으로 안 들어가고……."

밥상을 든 김제댁이 혀를 찼다.

"어이, 한술 뜨세."

김진배가 일어나며 지게문을 열었다. 마당에는 어둠살이 지고 있었다.

밥상을 놓은 김제댁이 등잔에 불을 댕겼다.

"지름 아까운디 멀라고 발써 불 쓰고 긍가. 밥술이야 한밤중에도 코로 들어가는 법 없는디."

남만석은 이래저래 폐가 되는 것 같아 마음이 쓰였다.

"아따 그런 걱정 말소. 밥 묵음서 지름 애낀다고 부자 안 된께. 싸게 들소."

김진배가 숟가락을 들었다.

"누님도 함께 묵제."

남만석은 누나에게 눈길을 돌렸다.

"아니여, 나넌 아그덜 들오면 묵을 것잉게 어여 묵어. 먼 질 오니라고 얼매나 시장허겄어."

김제댁은 얼른 숟가락을 집어 동생 손에 들려주었다.

남만석은 고봉으로 담긴 밥을 내려다보았다. 쌀이라고는 찾을 수 없는 잡곡밥이었다. 그러나 3월에 죽이 아니고 잡곡밥이라니, 죽을 끓이고 있는 형편인데도 자기 때문에 굳이 밥을 한 것이 아닌가 싶어 못내 부담스러웠다. 소작살이를 하는 사람들은 3월이면 거의가 죽 끓일 것도 동이 나는 판이었다.

"자네넌 만주로 뜰 맘이 있는갑제?"

김진배가 말을 내놓았다.

"매형은 그런 맘 없으신게라?"

남만석은 밥을 우물거리며 물었다.

"글씨, 당장에 팔자가 피는 것도 아니겄고……, 벨로 땡기덜 않구마."

"근디 딴것은 다 몰라도 몇 넌만 고상허먼 자작농이 된다고 안 허요? 매형이나 나나 요 꼬라지로 삼서 새끼덜언 자꼬 생게나고 나이넌 묵어가고 허먼 종당에넌 입에 풀칠도 못허게 되는 것 아니겄소? 안직 젊었을 직에 나서서 몇 년 고상허고 우리 땅 차지허는 것이 으쩌겄소?"

"이, 생각이야 존디, 왜놈덜 말얼 워찌 믿어."

"야아, 사람덜도 다 그 걱정인디, 아무리 왜놈덜이라고 생짜로 거짓말이야 허겄소? 즈그놈덜이 애달아 허는 일인디."

"글씨, 나도 앞날얼 생각허먼 뜰 맘이 없는 것도 아닌디, 행에나 둘릴랑가 몰라 맴이 찜찜허단 말이시."

"의심이 죄란 말도 안 있등게라? 우선 믿어보고, 왜놈덜헌티 속는다고 혀도 우리 겉은 처지에 밑져봐야 본전 아니겄소? 맘 강단지게 묵고 일 저질러보는 것이 어쩌겄소?"

"그려, 자네 말도 영 틀린 말은 아니고, 자네허고 항꾼에 뜨먼 서로 의지가 되고 좋기넌 허겄제."

"매형, 우리도 자작농으로 한분 살아봅시다."

남만석의 말은 아주 자극적이었다.

"그리만 됨사 더 바랠 것이 없제. 자네 생각언 어쩐가?"

김진배는 자신의 아내를 쳐다보았다.

"여자가 멀 안다요. 자작농이 되면야 좋기야 좋제라."

김제댁은 조심스러워하면서도 만주로 뜨고 싶어하는 속마음을 분명히 드러내고 있었다.

"되았소, 우리 맘언 다 통헌 것이고. 근디 한 고비가 남었소. 엄니가 안 뜰라고 허신단 말이오."

"장모님이? 무신 일이여?"

밥을 뜨다 말고 김진배가 남만석을 쳐다보았다.

"아부지 유언대로 뺏긴 땅얼 찾어야 헌다고 고집이랑게라. 진작에 다 틀려분 일인디 죽은 자석 붕알 맨지긴지 몰르고."

남만석이 혀를 찼다.

"장모님이 그러시면 허나마나 헌 소리 헌 것 아니라고?"

"아니구만이라. 우리 맘이 통했응게 우리가 딱 엄니 앞에 모여앉어 우리 뜻얼 이얘기허면 엄니도 벨수 없이 맘얼 돌리게 될 것이구만요."

"그려, 그것 존 생각이구마."

김제댁이 반색을 했다.

"글면 모레 공일날 매형허고 누님이 우리 집으로 잠 오시게라. 시일이 그리 많이 남지 않었응게. 으쩌시요?"

"나야 요새 흘룽할룽허는 처진게 못 갈 것이 없는디, 장인 어런 유언이라 장모님이 맘얼 안 돌릴랑가도 모르덜 안혀?"

"고것이야 안심허시게라. 백년손인 사우가 허는 말인디 엄니가 어찌 안 듣고 견디겠소."

남만석의 말은 자신만만했다.

"허, 인자 봉께 저 사람이 나럴 구렁텡이에 몰아넣네그랴."

김진배가 헛웃음을 쳤다.

그러나 남만석의 계획은 빗나가고 말았다.

"안 돼야, 안 돼야. 다 시상얼 덜 살아서 허는 말인디, 왜놈덜얼 믿느니 경상도 디딜방애럴 믿는 것이 낫제. 만주땅 얼을 생각 말고 뺏긴 땅 찾을 생각이나 야물딱지게 혀."

남상명의 아내 죽림댁의 태도는 완강하기 이를 데 없었다.

다음날 남만석은 박건식에게 불려갔다.

"나가 자네 이야기 다 들었는디, 딴맘 묵덜 말고 뺏긴 땅 찾을 생각이나 허소. 나가 얼매 못살 것잉게 자네가 우리 동화허고 심 합쳐 땅 찾어야 혀. 무신 말인지 알아묵겠능가?"

병이 너무 깊어 일어나 앉지도 못한 채 박건식은 남만석을 응시했다. 그 말은 마치 유언 같기도 했다.

"야아……."

남만석은 그 기에 밀리며 마지못해 대답했다. 그러나 마음속에는 할 말이 너무나 많이 들끓고 있었다. 찾을 수 있는 땅이었으면 진작 찾았을 것이고, 찾을 수 없는 땅을 바라고 언제까지 허송세월을 해야 하는 것인지 답답할 노릇이었던 것이다.

남만석은 어머니가 건식이 아저씨를 찾아간 것도, 건식이 아저씨가 어머니 편을 든 것도 어이없기만 했다. 그런데 자신은 건식이 아저씨가 어머니의 마음을 돌려주리라고 믿었던 것이다.

남만석은 하도 답답해서 다음날 일을 끝내고 박동화의 사무실을 찾아갔다.

"앉소. 요새 속터지겠제?"

박동화의 무표정한 말이었다.

"성님언 그 일얼 어찌 생각허시요?"

남만석은 의자에 걸터앉으며 불퉁스럽게 물었다.

"자네 만주로 뜰라는 것 말이여?"

박동화가 서류를 간추리며 물었다.

"아니, 땅 도로 찾는 것 말이오."

남만석의 목소리가 더 거칠어졌다.

"그야 노인네덜이 헛꿈 꾸는 것이제."

박동화의 대꾸는 싸늘했다.

"그렇제라? 찾기넌 글른 것이제라? 성님이 아재헌티 말 잠 히주씨요."

남만석의 목소리가 들뜨면서 얼굴에 화색이 돌았다.

"자네도 꿈 깨소. 노인네덜 오기고 고집이 황소 잡아묵는단 것 알제?"

박동화는 쓰게 웃으며 고개를 저었다.

"아이고메, 미치고 환장허겄능거!"

남만석은 제 가슴을 퍽 치며 엉덩방아를 찧었다.

"젊다나 젊은 사람이 그까진 일로 미치고 환장허면 쓰간디? 뽑소."

박동화는 담뱃갑을 내밀었다.

"시방 누구 부애 질르시오? 성님이야 유식헝게 주판알 퉁김서 앞질 휜허니 열린 팔자제만 나야 천상 몸떵이 한나 믿고 살어야 허는 무식헌 놈잉게 그까진 일이 아니란 말이오."

남만석은 담배를 뽑을 생각도 하지 않고 숨을 씩씩거렸다.

"자네 맘 다 아는디, 너무 속상해허덜 말드라고. 요분만 때가 아닌게."

박동화는 담배에 불을 붙였다.

"아니 성님, 글먼 요분 말고도 또 모집이 있당게라?"

남만석의 눈이 커졌다.

"암말 말고 기둘리소. 필경 그리될 것잉게."

"고것이 참말잉게라? 믿어도 되겠소?"

남만석은 고개를 뻗치며 다짐을 하고 들었다.

"그려, 믿어도 돼야. 가드라고, 막쐬주나 한잔썩 허게."

박동화는 몸을 일으켰다.

남만석도 따라 일어나며 답답했던 가슴에 숨길이 트이는 것을 느끼고 있었다. 유식한 동화 형이 가망이 없다고 하면 그 땅은 영영 찾기는 틀린 일이었다. 다음번 모집에는 어떻게 해서든 만주로 떠나야 했다.

박동화와 남만석은 해변가의 싸구려 술집에 자리잡고 앉았다.

"아재 몸이 더 상허셨든디, 그 병이 어찌 될라능게라?"

남만석이 걱정스럽게 말을 꺼냈다.

"몰르겠네, 멫 달이나 더 사실랑가. 무신 놈에 병이 백약이 무흔께……."

박동화가 먼 눈길을 바다 쪽으로 던진 채 소주잔을 들었다.

박건식은 위암을 앓고 있었다. 병세는 날로 악화되어 가면서 막

바지에 이르고 있었다. 한의원이 고개를 저은 지도 이미 오래전이
었다.

"성님 자리 옮길라는 일언 어찌 잘되야가고 있소?"

"어허, 그런 말 암디서나 허능 것 아니여."

박동화가 놀라며 얼굴이 구겨졌다.

"아무도 듣는 사람 없는디······."

남만석이 주위를 둘러보며 무르춤해졌다.

"자아, 술이나 묵소."

박동화는 더 말 나오는 것을 막듯 빈잔을 불쑥 내밀었다.

남만석은 술잔을 받으면서도 무시당하고 업신여김당한 것 같아
속이 상했다. 박동화는 배움이 많고 사무 보는 일을 해서 언제나
그의 앞에서는 기죽고 주눅이 들었다. 그런데 박동화는 몇 달 전부
터 관청으로 자리를 옮기려고 남들 모르게 손을 써오고 있었던 것
이다. 그가 관리가 되면 자신과는 차이가 더 심해지는 것이 남만석
은 두려웠다.

그런데 이상한 것이 한두 가지가 아니었다. 어째서 박동화가 관리
가 되려고 하는 것인지 알 수가 없었다. 또 건식이 아저씨는 아들이
그런 일을 꾸미고 있는 것을 아는지 모르는지 의문이었다. 어쩌면
건식이 아저씨는 앓아누워서 그런 것을 까맣게 모를 수도 있었다.
왜냐하면 건식이 아저씨는 왜놈들이라면 치를 떨었던 것이다.

그러나 어쨌거나 한 가지 자명한 것은 있었다. 언제부터인지는
모르지만 박동화가 변심을 했다는 점이었다. 읍사무소 직원이든

면서기든 관리가 되는 것은 형사나 경찰이 되는 것처럼 골수 친일파라야 한다는 것은 아이들도 다 아는 일이었던 것이다. 그러나 어째서 그렇게 마음이 변하게 되었는지 물어볼 수가 없었다. 대답을 하지 않을 것 같았고, 서로 등지게 될 것 같은 두려운 생각이 들었던 것이다.

"한잔 입가심혔응게 인자 일어나보드라고. 술이 과허면 몸에 안 존게로."

박동화가 돈을 꺼내며 먼저 일어났다.

소주 서너 잔에 막 술기운이 돌려는 참이었다. 술은 당기고 자리를 뜨기가 너무 아쉬웠다. 그러나 남만석은 단념할 도리밖에 없었다. 주머니에는 담뱃가루와 먼지만 쌓여 있을 뿐이었다. 남만석은 무겁게 엉덩이를 들어올리다 말고 접시에 남은 멍게 한 쪽을 얼른 집어 초간장을 듬뿍 찍어가지고 입에 털어넣었다.

"성님, 한 가지 물어볼 것이 있는디요 이, 일본이 만주도 집어묵고 히서 요런 시상이 세세만년 갈 것이란 소문이 자꼬자꼬 커지는디, 고것이 참말일게라?"

술집을 나선 남만석은 취한 척하며 물었다.

"그렁게 우리덜 농토 찾을 가망이 없다고 헌 것 아니겄어."

박동화의 퉁명스러운 대꾸였다.

아, 그래서 변심한 것인가!

남만석의 머리를 친 생각이었다. 남만석은 그것을 물어보고 싶었다. 그러나 말을 꺼낼 수가 없었다. 그걸 물어보기에는 정신이 너무 맹숭맹숭했던 것이다.

어둠이 내리고 있는 바다에서 갯내음이 풍겨오고 있었다. 작은 불들을 밝힌 배들이 멀리 떠 있었다. 고기잡이를 나가는 배들이었다.

빌어묵을, 못 배우고 무식헌 놈덜언 친일도 못해묵는 팔자여…….

남만석은 고깃배들의 불빛을 바라보고 걸으며 서글프게 웃고 있었다.

3월이 가기 전에 전국에서 모집된 제1차 만주이민은 1만 1,928명이었다. 한 세대당 가족을 다섯 사람씩으로 잡으면 6만여 명이 조선을 떠나간 것이었다.

박건식은 4월 초입에 눈을 감았다. 그가 남긴 유언은 남상명과 똑같이 빼앗긴 땅을 꼭 되찾으라는 것이었다. 그건 그의 아버지 박병진이 남긴 유언을 그대로 대물림한 것이었다.

그러나 박동화는 아버지가 돌아가신 슬픔과는 별개로 마음 홀가분함을 느끼고 있었다. 그건 다름 아닌 행동의 해방감이었다. 그동안 아버지의 눈치를 보며 얼마나 언행에 조심을 해왔는지 몰랐던 것이다. 그는 해방감과 함께 아버지의 유언을 흘려보내 버렸다. 어차피 되찾기는 틀린 것이었고, 그까짓 땅에 매달리느니 다른 수로 출세하고 돈 버는 것이 더 손쉽고 실속 있는 일이었던 것이다.

박동화는 아무 거리낌 없이 자리를 옮기는 일에 나섰다. 그러나 일은 뜻대로 풀려가지 않았다. 지난날 퇴학당한 사건이 꼬투리가 되었다. 사상이 불온하다는 것이었고, 학력이 모자란다는 것이었다. 사상문제야 공산주의자로 감옥살이를 한 사람들도 전향서를 쓰고 관리가 되는 판이니까 철없던 혈기로 저지른 일이라고 회개서를 쓰면 될 일이었지만 졸업장이 없는 학력은 어쩌할 도리가 없었던 것이다.

박동화는 그때의 일을 절망스럽게 후회했다. 그때 시위를 주도해서 퇴학을 당했지만 달라진 것은 아무것도 없었다. 공산주의가 독립의 길이라고 믿어 위험을 무릅쓰고 그 운동에 가담했었지만 지금 남은 것은 아무것도 없었다. 감옥에 갇혔던 상부 조직원들은 전향서를 쓰고 풀려나 좋은 자리에 취직까지 되었다. 1935년이 지나면서 조직은 다 분산되었고, 전향해서 편히 사는 사람들은 자꾸 늘어나기만 했다. 그리고 만주를 점령한 일본은 중국의 힘에 밀려나기는커녕 해가 갈수록 힘이 커지고 있었다. 중국의 힘에 밀릴 거라는 것은 헛소문에 지나지 않았고, 쉽게 한밑천 잡으려고 봉천이며 장춘으로 떠나는 조선사람들이 해마다 늘어나고 있었다. 일본이 조선을 몇백 년 다스리게 될 거라는 소문이 정말일지도 몰랐다. 중국이 만주를 빼앗기고도 꼼짝을 못하는 판에는 조선은 더 말할 것도 없었던 것이다.

상부 조직원들이 왜 전향서를 썼을 것인가. 그런 사실들을 다 알고 그런 것이 아닐 것인가. 이런 결론에 도달한 박동화는 지난날의 일들을 후회하기 시작했다. 그리고 자신의 직업이 더욱 불만스러워졌다. 실력으로 따지자면 훨씬 더 대우 좋고 권세 부리는 자리에 앉을 수 있었던 것이다. 그런 자리를 찾아 관리가 되기로 마음먹었던 것이다.

막내동생 용화가 사범학교에 진학하기를 원했을 때 주저하지 않고 찬성을 했던 것도 세상이 변한 때문이었다. 선생은 대접받고 대우 좋은 직업이었던 것이다. 머리 좋고 똑똑한 용화는 1등 하기에 어려울 것이 없었고, 그렇게 되면 좋은 학교를 마음대로 골라서 평생 신세가 훤히 펼 수 있었던 것이다.

박동화는 아무리 생각해 보았지만 부족한 학력을 해결할 길이 없었다. 그렇다고 장래성 없는 현재의 직장에서 죽치고 있을 수도 없었다.

박동화는 생각다 못해 관리가 되는 것을 포기하기로 했다. 그리고 실력으로 학력의 결함을 막아낼 수 있는 직장을 구하기로 했다. 은행이나 상공회의소 같은 곳도 권세는 관리만 못하지만 대우 좋고 그 나름으로 권세를 부릴 수 있는 곳이었다.

박동화는 날마다 아는 사람들을 찾아다니기에 정신이 없었다. 그들 중에는 전향서를 쓰고 좋은 자리에 앉아 있는 사람들도 들어 있었다.

그런데, 꽃들이 피어나면서 봄이 무르익어 가고 있는 가운데 경성감옥에서 또 한 사람이 숨을 거두었다. 만주의 삼부통합을 이루어낸 김동삼 장군이었다. 그 옥사를 뒤덮어버리기라도 하듯 총독 미나미는 5대시정방침을 발표했고, 모든 신문들은 국체명징(國體明徵) 선만일여(鮮滿一如) 교학진작(敎學振作) 농공병진(農工竝進) 서정쇄신(庶政刷新)을 요란하게 보도해 대고 있었다.

11

동북항일연군

산은 깊고 나무들은 밀림을 이루고 있었다. 산이 높고 깊은 만큼 봄은 늦어 나무들은 겨울 모습 그대로였다. 그러나 아름드리 나무들은 쭉쭉 뻗어올라 무수한 가지들이 서로 얽히고설키며 하늘을 가릴 듯했다. 우람하고 험준한 산줄기들은 겹겹으로 굽이치며 뻗어나가고, 원시림은 그 산줄기들을 온통 뒤덮고 있었다. 숲 우거지고 눈 덮이면 짐승들도 길을 잃는다는 백두산록이었다.

산이 산을 품고, 산이 산을 업으며 산줄기들은 억세게 서쪽으로 뻗어나가고 있었다. 그 깊고 험한 산마다 맘껏 자라난 나무들이 어찌나 빽빽이 들어찼는지 숲이 우거지지 않았는데도 산속은 그늘져 있었다. 그리고 드높이 솟은 아름드리 나무들로 사방이 가로막혀 어디가 어디인지 분간하기가 어려웠다. 하늘을 찌르고 있는 우람한 나무들의 가지마다 새잎이 움트기 시작하면서 온갖 짐승들의 울음소리가 부쩍 골짜기를 울리고 산을 흔들었다. 산을 흔드는 것은 호랑이의 포효였다. 백두산록에 호랑이가 많듯이 특히 겨울이면 사람이 호랑이에게 물려간 이야기가 새로울 것 없이 퍼지고는 했다.

짐승들은 발자국을 남기지 않지만 사람이 지나간 자리에는 길이 난다고 했다. 그러나 크나큰 나무들이 울창한 만큼 낙엽들도 많이 쌓인 산속에서는 길을 찾기가 쉽지 않았다. 사람이 살 수 없고 인적이 드물어 길이 안 난 것인지, 겹겹이 쌓인 낙엽 속에 길이 묻힌 것인지 알 수 없는 일이었다.

그런데 그 깊은 산중에 인적이 뚜렷이 남아 있는 데가 있었다. 바로 아름드리 나무에 큼직큼직한 글씨들이 검게 박혀 있었다.

중조(中朝) 인민의 적 일제를 타도하자!

조선인민이여 뭉치자 궐기하자!

조선독립만세! 만만세!

아름드리 나무의 한 면을 대패질하듯 깎아내 먹으로 쓴 구호들이었다. 그 구호들은 빽빽한 나무들 속에서도 유난히 눈에 띄었다. 나무줄기에 길게 드러난 속살이 흰 데다가 먹물은 검었던 것이다. 그리고 진한 먹물은 일단 나무의 속살을 파고들면서 마르면 빗물에도 번지거나 지워지지 않았다.

이 심산에서 누가 보라고 어떤 사람들이 그런 구호들을 적어놓은 것일까. 그러나 호랑이들의 으르렁거림이 울리는 이 깊은 산속에도 사람들이 살고 있었다. 자연의 조화는 묘한 것이어서 아무리

험하고 깊은 산이라고 해도 가파른 비탈 그 어딘가에 평평한 땅을 펼쳐놓기도 하고, 억센 줄기가 뻗어가는 아래 샛줄기를 드리우며 분지를 만들어내기도 했다. 그런 땅들을 용케도 찾아내 보금자리를 튼 사람들이 있었다. 그들은 거의가 조선사람들이었다. 압록강을 건너온 그 사람들은 고향 멀리 북쪽으로 가지 않고 산속으로 파고들어 그런 땅들을 찾아낸 것이었다. 장백현에서 무송현에 이르는 산골에 그런 사람들이 옹기종기 마을을 이루고 있었다.

그럼 그 사람들이 그런 애국적이고 전투적인 구호들을 살아 있는 나무에 문신 새기듯 한 것인가. 그렇지 않았다. 그 일을 한 사람들은 따로 있었다. 동북항일연군이란 유격대들이 일삼아 한 일이었다. 유격대원들의 사기를 높이고, 산중 사람들의 단결을 도모하기 위해서였다.

그 구호목들이 있는 근방 어딘가에는 마을이 있게 마련이었다. 그리고 마을에는 유격대와 연관된 시설물들이 있었다. 물고기와 물로 비유되는 유격대와 인민과의 관계를 보여주는 현장이기도 했다.

송가원은 홍두산 월송골의 병원에서 일하고 있었다. 평안북도 사람들이 모여사는 그 작은 마을의 이름도 그들이 마음대로 붙인 것이었다. 월송골이란 자기들이 살았던 고향동네의 이름이었다.

병원은 마을과 꽤나 거리를 두고 나무들 사이에 숨듯이 자리잡고 있었다. 통나무와 흙벽으로 지어진 건물에는 아무런 표식이 붙어 있지 않았다. 얼핏 보아서는 동네의 다른 집들과 흡사했다. 다만 다른 것이 있다면 규모가 큰 것이었다.

"선상님 기신게라?"

병원 문이 열리며 조심스러운 여자 목소리가 들렸다.

"음마 아짐씨, 어여 오시씨요."

병원 안으로 들어선 것은 필녀와 수국이었고, 그들을 반갑게 맞이한 것은 옥녀였다.

"아이고, 어서 오십시오. 오늘은 일이 좀 한가하신가요?"

환자의 상처를 돌보고 있던 송가원이 반갑게 웃었다.

"바쁘시구만이라?"

필녀가 머뭇거리며 눈치를 보았다.

"아닙니다, 다 끝났습니다." 송가원은 좀 기다리라는 손짓을 가볍게 하고는, "경과가 아주 좋습니다. 허지만 절대로 긁어서는 안 됩니다. 상처가 아물면서 가려운 법이니까 꼭 참아야 합니다. 긁어서 덧나면 치료가 곤란하니까요." 그는 엄한 얼굴로 옆구리에 상처 난 환자에게 일렀다.

"예, 알겠습니다. 부대로는 언제 돌아가게 됩니까?"

환자가 엉거주춤 일어나며 물었다.

"이대로 경과가 좋으면 1주일 안으로 돌아갈 수 있을 겁니다."

"예, 고맙습니다."

환자가 꾸벅 인사를 하고 돌아섰다. 옥녀가 환자를 부축하듯 하며 옆문을 열어주었다. 병원 안은 치료실과 환자실로 구분되어 있었다. 환자실에는 중환자들이 입원되어 있었다. 그들은 거의가 전투에서 총상을 입은 대원들이었다.

"임에 품이 좋기넌 좋은갑다. 잘 묵고 사는 처지도 아님스로 옥비 명창 얼굴이 날로 달로 피네."

통나무로 엮은 걸상에 앉으며 필녀는 웃지도 않고 이런 말을 걸쳤다.

"아이고메 아짐씨도……."

옥녀는 당황해 얼굴을 가리며 돌아섰고, 송가원은 종이에 담배를 말다 말고 허허대고 웃었다.

"아이고메 가시네야, 갈빗대 뿐질러지겄다. 입 됐다 호랭이 쫓을 때 써묵을라고 애끼냐."

필녀가 옆구리를 감싸며 엄살을 부렸다. 수국이가 팔꿈치로 필녀의 옆구리를 질렀던 것이다.

"갈빗대 뿐질러진다고 무신 걱정이여. 명의가 기신디."

수국이가 나직하게 말하며 필녀에게 눈을 흘겼다.

"지랄, 글먼 아조 갈빗대가 뿐질러지게 혀불든지. 저 명의 손에 호강 잠 허게."

필녀는 여전히 농담인지 진담인지 구분이 안 되는 얼굴로 말했다.

"선상님, 건오럴 잠 보로 왔는디요."

수국이는 얼른 말을 바꾸었다. 의사라는 특수한 직종 때문에 송가원에 대한 호칭은 모두가 '선생님'이었다.

"예, 그러시지요."

송가원의 말이 떨어지기 바쁘게 옥녀는 환자실로 들어갔다. 옥녀는 간호원 노릇을 하고 있었다.

송가원은 처음에 옥녀를 필녀와 수국이에게 딸려 피복창으로 보내려고 했었다. 병원일을 전혀 모르는 입장에서 여자가 할 수 있는 일은 생산유격대에 속해 군복을 만드는 것이 합당했던 것이다. 그러나 옥녀는 병원에서 배워가며 일하겠다고 한사코 고집을 세웠다. 그런데 여자대원들 중에서 막상 간호원 경력자를 찾을 수가 없었다. 어찌할 수 없이 옥녀를 병원에 두게 되었다.

그런데 필녀는 옥녀만 보면 꼭 송가원과의 관계를 놓고 한마디씩 걸었다. 그건 금실 좋은 손아랫사람을 놓고 하는 농담이면서도 어찌 보면 농담이 아니었다. 필녀는 옥녀를 볼 때마다 자신의 신세가 생각나고, 송수익 선생이 그리워지는 것이었다. 옥녀가 한없이 부러운 반면에 질투도 났고, 풀릴 길 없는 한은 깊어지기만 했던 것이다.

"안녕하세요, 아주머니들. 뭐하려고 또 오셨어요."

옥녀에게 부축을 받고 걸으며 다리를 절룩이는 환자가 수국이와 필녀에게 인사를 했다. 그는 김판술의 아들 건오였다.

"이, 니넌 뵈기 싫어도 느그 아부지헌티 혼날까 무서와 또 왔다. 욜로 앉그라."

필녀가 옆으로 옮겨앉으며 수국이와의 사이에 자리를 만들었다.

"아픈 디넌 잠 으쩐고?"

수국이가 안쓰러운 얼굴로 김건오를 지그시 바라보았다.

"예, 많이 나았어요."

김건오가 수염 검실검실한 사내답게 대답했다.

"그려, 얼렁 말끔허니 나사야제. 느그 엄니가 니 요리 된 줄 알면 을매나 애간장이 녹겄냐. 아나, 요것 묵어라."

필녀가 조그만 봉지를 내밀었다.

"죽은 사람들이 얼마나 많다고 요런 것 가지고 애간장이 녹고 그래요. 이게 뭡니까?"

김건오가 쑥스럽게 웃으며 봉지를 쳐다보기만 했다.

"에이, 징허게 그런 소리 말고 요것이나 얼렁 묵어. 장백에서 구해온 사탕이여."

필녀가 김건오의 손에 봉지를 들려주었다.

"아이고 참 아주머니도. 제가 어린앤가요, 사탕을 가져오시게."

김건오가 멋쩍어하며 송가원을 힐끔 쳐다보았다.

"그려, 나 눈에넌 니가 애기로 뵌다. 니가 오짐 자주 싸서 키 쓰고 바가지 들고 소금 얻으로 댕기든 것이 눈에 선허다."

"또, 또!"

수국이가 눈을 흘기며 혀를 찼고, 옥녀는 입을 가리며 얼굴을 돌렸고, 송가원은 담배연기를 내뿜으며 빙그레 웃고 있었다.

"아주머니가 소금은 제일 안 주면서 주걱으로 키는 제일 세게 때렸다구요."

김건오는 배짱 좋게 대거리하며 사탕을 와삭 씹었다.

"그래야 오짐 싸는 버릇 고치제."

필녀가 김건오의 등을 철썩 쳤다.

"체, 그런 날 밤에는 오줌을 더 많이 쌌어요."

"얼랴, 무신 소리랴?"

"꿈에서도 아주머니한테 맞고 놀라 그런 거지요."

"하이고, 능글능글허니 타박 잘도 헌다. 니가 독립군 되등마 비우가 아조 찔기고 뱃보도 영 커져부렀다 잉."

필녀는 대견해하는 얼굴로 김건오를 바라보았다.

"모르겠어요, 총질하는 건 아직도 무서운걸요. 아주머니들도 이것 좀 드세요. 저어, 선생님도……."

김건오는 사탕봉지를 들어올리며 좌중을 둘러보았다.

"죽고 사는 일인디 총질이야 누가 안 무섭겄어. 다리에 총 맞은 담이라 더허기도 허겄고. 사탕이야 우리 줄라 말고 아픈 사람덜허고나 갈라묵어."

필녀는 마치 어머니 같은 얼굴로 김건오의 등을 쓰다듬었다.

"아주머니, 토끼고기는 어떻게 됐어요?"

김건오가 필녀를 보며 장난스럽게 웃었다.

"글씨, 호랭이가 다 잡아묵어 부렀능가 어찐가 영 꿩 꿔묵은 자리시."

필녀가 어물거리듯 말했고

"백두산 퇴깽이허고 덕유산 퇴깽이허고 같으간디."

수국이가 필녀를 놀리듯 한마디 했다.

"금메, 그렇기도 헌갑서. 잡놈에 것덜이 호랭이 피해 사니라고 눈치싸고 발이 더 재서 그런가 어찐가 덫얼 서너 개나 놨는디도 깜깜무소식이랑게. 사람 체면 깎이는지 몰르고."

필녀는 정말 면목이 없는 것처럼 투덜거렸다.

"토끼고기를 먹으면 다리가 금세 낫겠는데 어쩌지요."

김건오는 입맛까지 다시며 능청을 떨고 있었다.

"기둘려. 봄기운에 취해 사지 녹작지근혀진 놈이 곧 잽힐 것잉게."

필녀는 또 큰소리를 쳤다. 김건오가 오른쪽 허벅지에 총상을 입고 입원한 것을 알게 되었을 때 필녀는 토끼를 잡아 보신시켜 주겠다고 큰소리를 쳤던 것이다. 먼 옛날 송수익에게 그렇게 했던 말이 이성에 대한 정감의 표시였다면, 이제 김건오에게 한 장담은 자식 같기만 한 아랫사람에 대한 외로운 모성의 발로였다.

"저어, 대근이 아저씨는 아직 소식 없으신가요?"

김건오는 허벅지를 긁으려다 말고 수국이에게 물었다.

"글씨, 하매 올 때가 넘었는디……."

수국이의 낮은 대꾸에는 걱정이 서려 있었다.

"대근이 아저씨야 양세봉 장군님하고 같으신 분이니까 곧 무사하게 돌아오실 겁니다."

숙연한 얼굴로 김건오가 말했다.

"하면, 니가 말 한분 지대로 잘헌다. 우리 대근이야 별호가 백두산 호랭인디, 또 공 많이 세우고 금세 올 것이여."

필녀가 반색을 하며 말을 받았다.

아! 우리 대근이가 양세봉 장군님하고…….

수국이는 가슴 울렁이는 감격을 느끼고 있었다. 동생이 양세봉 장군 같은 분하고 똑같이 여겨지고 있다는 것은 처음 듣는 말이었다. 동생이 장하고 자랑스럽기는 했지만 아랫사람에게 그렇게 높이 받들어지고 있는 줄은 몰랐던 것이다. 수국이는 불현듯 어머니를 생각했다. 어머니가 이런 말을 들었으면 얼마나 기뻐하고 보람스러워하셨으랴 싶었다.

"자아, 기왕 나온 김에 치료를 좀 합시다."

송가원이 몸을 일으켰다.

"다친 디 보면 징헌게 우리넌 인자 가야 쓰겄다."

필녀도 옷을 터는 손짓을 하며 일어났다. 그들은 모두 군복 차림이었다. 송가원과 옥녀는 군복 위에 흰 가운을 걸치고 있었다.

조선혁명당군에 속해 있었던 김건오가 지금의 동북항일연군이 된 것은 작년 봄이었다. 양세봉 장군이 그렇게 횡사한 다음에 조선혁명당군은 곧 새 사령관을 정하고 조국의 독립과 양 장군의 원수를 갚기 위해 더욱 용맹스럽게 투쟁할 것을 다짐했다. 그러나 양세봉 장군을 잃어버린 조선혁명당군들의 사기는 전만 같지 못했다. 그런 데다 이탈자들이 생겨나기 시작했다. 병사들의 사기는 더욱 저하되어 갔다. 반면에 일본군과 만주군들의 공격은 갈수록 심해지고 있었다. 그러다 보니 승리하는 전투가 없어지면서 자꾸 궁지로 몰리게 되었다. 그런데 엎친 데 덮친 격으로 총사령 김호석이 만주군에 체포되고 말았다. 조선혁명당군이 분산될 위기에 봉착한 것이었다. 그 위기 앞에서 손을 뻗친 것이 동북항일연군이었다. 조선사람들과 중국사람들의 연합군대인 동북항일연군으로 들어와 함께 싸우자는 것이었다. 조선혁명당군들은 만주에 새롭게 등장한 항일세력인 동북항일연군에 편입되는 것을 주저하지 않았다. 그래서 조선혁명당군들은 동북항일연군 대원들로 모습을 바꾸게 되었다. 그런데 그건 단순히 힘이 약한 군대가 힘이 강한 군대에 흡수된 것이 아니었다. 조선사람들의 경우에 있어서 그건 조국해방을 위해 민족주의 세력과 공산주의 세력이 서로 연합하고 협동한 것이었다.

그런 통일전선의 형성에 앞서 중국공산당의 만주지역 항일군에 일대 변화가 일어났다. 그건 코민테른 제7차대회의 결정에 따른 것이었다. 모스크바에서 열린 그 대회에서는 '제국주의자들에 의한 새로운 세계전쟁 준비에 관련한 공산주의 인터내셔널의 임무'라는 긴 제목의 결의안이 채택되었다. 그 결의안에서는 세계적으로 확산되는 파시즘에 대항해 싸울 수 있는 인민전선을 구축하기 위해서는 먼저 식민지나 반식민지 상태에 있는 민족들이 제국주의에 맞서 해방을 이룩할 수 있는 인민전선이 결성되어야 한다는 점을 지적함으로써 민족해방투쟁에 대한 지지를 명확히 나타냈다.

그뿐만 아니라 그 결의안에서는 더욱 구체적으로 중국공산당에 대해서도 민족해방투쟁을 위해 전선을 확대하는 데 전력을 기울여줄 것을 당부했다. 그에 호응해서 코민테른에 파견되어 있는 중국대표 왕명은 중국 내에 있는 소수민족인 조선족 몽고족 회족 티베트족 묘족 등과의 항일통일전선 결성의 시급함을 촉구하는 연설문을 발표했다.

코민테른의 그런 취지를 반영하여 중국공산당은 '항일구국을 위해 싸우는 전 동포에게 알리는 글'이라는 8·1선언을 발표했다. 그 선언문에서는 '반일투쟁을 위해서 중국 내에 있는 모든 억압된 민족의 형제들이 항일연군을 결성할 것'을 호소하고 있었다. 그것은 중국공산당 중앙이 각 민족간의 항일통일전선을 보다 적극적으로 구축할 필요를 강조한 점이 중요한 것이 아니었다. 그건 1국1당주의에 의해 필연적으로 무시되었던 소수민족의 복권인 동시에 조선사람들로서는 중국혁명의 우선 달성이란 목표 아래 그동안 묵살되다시피 했던 조선독립의 기치를 자유롭게 내세울 수 있는 결정적 계기가 된 것이었다.

그런데 4개월 뒤인 1935년 12월 1일자의 코민테른 기관지《공산주의 인터내셔널》에는 그보다 훨씬 구체적이고 적극적인 글이 실려 있었다. 「만주에 있어서 반제통일전선에 관하여」라는 논문의 13번째 항인 '항일단일인민전선과 재만 약소민족'에서 조선민족의 문제가 중심을 이루고 있었다.

일제는 약소민족을 사주하여 중국인 반대투쟁을 행하게 하고 있다.

간도에서와 같이 일본군은 파렴치하게도 그들이 바로 재만 조선인의 보호자이며, 만주사변의 목적은 군벌 장학량의 탄압으로부터 조선인들을 해방시키는 데 있었던 것처럼 선전하여 '간도에 조선민족 자치구 창설' 등의 구호를 제기하고 있다.

그렇다면 재만 약소민족에 대한 우리의 정책은 어떠한가?

이미 2년 전 중국공산당 중앙의 서신 속에 '공동의 적―일본제국주의에 대한 공동 저항을 위한 재만 중·선(조선)·만·몽고 각 피억압민족의 단일전선 수립'이란 구호가 제기되어 있는데…….

이런 일반적인 구호에만 제약되어 있어서는 안 되며, 현재 우리의 정책이 더한층 구체화될 것이 요구되고 있다.

우리의 재만 당단체는 간도에 조선민족 자치구 창설을 위해 진출해야 한다. 그러므로 우리 공산주의자는 '재만 일본군의 지배 타도를 위해 중국·조선인의 단결 및 간도에 조선민족 자치구의 설립'이라는 구호를 제출하고 있는 것이다.

물론 이러한 정치적 구호에만 제약되어서는 안 된다. 따라서 공산주의 단체는 중·선 국민의 단일전선 실현에 따라 현재의 인민혁명군 제2군 및 기타의 반일유격대를 조선의 독립 획득을 임무로 하는 중선합동 항일군으로 개조하려고 여러 방책을 강구하고 있는 것이다.

간도에서의 현재의 국면은 현행 중국공산당 조직을 확충할 뿐만 아니라 또한 혁명적 중·선인의 노동자 농민을 당내에 유입시켜서 조선항일혁명당을 수립할 것을 요구하고 있다. 이 새로운 당의 가장 중요한 임무야말로 일본제국주의에 반대, 조선의 민족적 독립을 획득하기 위한 투쟁이다…….

이 논문은 왕명과 함께 코민테른에 주재하고 있는 중국인 양송이 쓴 것이었다. 이 논문에서 구체적이고 적극적으로 제기하고 있는 문제는 세 가지였다. 첫째 일본을 타도하기 위한 중조항일연군

창설, 둘째 간도지역에 조선민족 자치구의 설립, 셋째 조선의 민족적 독립을 위해 새로운 조선항일혁명당을 수립하는 것이었다. 그런 것들이야말로 바로 조선공산주의자들이 그동안 절실하게 바라면서도 겉으로 표출시키지 못한 문제였다.

그러나 무엇보다도 중요한 것은 어째서 그런 결정이 내려졌느냐 하는 것이었다. 그건 다름이 아니라 만주에서 일본군과 투쟁하는 데는 조선사람들의 힘이 그만큼 컸기 때문이었다.

만주성위의 대표로 그 회의에 참석했던 위증민이 1936년 2월에 그런 방침들을 가지고 만주로 돌아왔다. 그때부터 '동북항일연군' 결성을 비롯한 여러 가지 문제들이 구체적으로 실현되기 시작했다. 그에 앞서 맨 처음 해결된 것이 민생단 문제였다. 그때까지도 미진하게 남아 있던 민생단 사건은 혐의자 100여 명을 모두 석방함으로써 완전히 매듭짓게 되었다. 마침내 조선사람들은 터무니없는 누명과 억울한 죽음의 공포에서 벗어날 수 있게 된 것이었다. 조선사람들은 투쟁의 보람과 활력을 되찾게 되었다.

동북항일연군이 결성되면서 간도지역에서 활동했던 그전의 동북인민혁명군 제2군은 항일연군 제1로군 제2군으로 개편되었다. 그리고 제2군은 통화성 장백현으로 이동하기 시작했다. 왜냐하면 간도지역은 그동안 일본군들의 대대적인 토벌작전과 집요한 민간인 차단작전으로 모든 유격근거지들이 파괴되어 다시 회복시키려면 장기적인 공작이 필요한 반면 장백현은 산악지역으로 일본군들의 공세를 막아내기 용이한 데다가 조선사람들이 절반 가깝게 살고 있었고, 또한 국경에 인접해 있어서 조선 국내로 침투공작을 벌이기에 효과적이었던 것이다.

그전에 그랬던 것처럼 제2군은 여전히 조선사람들이 주축을 이루고 있었다. 그런 제2군이 국경지대인 장백현으로 이동해 유격근거지를 마련하는 데는 그럴 만한 까닭이 있었다. 그건 다름 아니라 코민테른의 새 방침인 '동북인민혁명군 제2군의 조선독립을 위한 부대로의 전환'을 실행에 옮기기 위해서였다. 제2군은 4·5·6, 3개사로 편성되어 있었다. 그중에서 제6사가 그 임무를 띠고 있었다. 그리고 제4사도 부분적으로 그런 임무를 맡고 있었다. 그런데 제6사의 사장은 왕청유격대를 이끌고 동북인민혁명군 제2군에 가담해서 활동해 왔던 김일성이었다.

제1로군에서 제11로군까지 편성된 동북항일연군은 그전의 항일유격대들의 활동지역을 기반으로 하여 만주 중부 이남지역 전체에 걸쳐 투쟁을 전개하고 있었다. 서쪽으로는 압록강끝 안동에서부터 동쪽으로는 우수리강변의 요하에 이르고, 동북쪽으로는 하얼빈보다 위쪽인 해론 근방까지 뻗쳐 있었다. 그런데 서북쪽으로는 그다지 세력확장을 못해 봉천에서부터 길림까지 그 아래쪽으로 한계선을 긋고 있었다. 왜냐하면 장춘에 사령부를 둔 관동군은 철도를 따라 그런 대도시 근방에 집중 배치되어 있었던 것이다. 그리고 그 지역은 망망한 대평원이라서 유격전에는 적합하지 않기도 했다.

만주를 조선처럼 지배하고 싶은 일본의 입장에서나, 나라를 되찾고자 하는 조선의 독립투사들 입장에서나, 일본군을 자기네 땅에서 몰아내고자 하는 중국의 입장에서나 만주에서 가장 핵심적인 지역은 중국과 조선의 국경을 낀 중부일 수밖에 없었다. 그 핵심부를 담당하고 있는 것이 제1로군과 제2로군이었다. 제1로군은 압록강을 끼고 백두산 서쪽 지역을 활동무대로 삼고 있었고, 제2로군은 두만강을 끼고 백두산 동쪽 지역을 활동무대로 삼고 있었다.

제1로군의 각 부대들은 일본군과 전투를 계속하면서 작년(1936년) 중반기 이후 산악지대인 무송현과 장백현 일대로 이동하여 여러 곳에 유격근거지와 밀영들을 구축했던 것이다. 송가원 일행도 그 시기에 방대근을 따라 장백현으로 들어오게 된 것이었다. 조선사람들은 각 부대마다 그 수가 조금씩 다를 뿐 항일연군 1로군에서 11로군까지 없는 부대가 없었다.

방대근은 항일연군 사령부 직속으로 특수임무를 맡고 있었다. 만주에는 밀정이나 친일분자들만 있는 것이 아니었다. 항일유격전이 계속되면서 변절자나 투항자들이 늘어나고 있었다. 그들은 변절이나 투항으로 배신을 끝내는 게 아니었다. 부대의 기밀을 적에게 넘겨주었고, 적의 길잡이 노릇까지 하면서 2차의 배신을 저질렀다. 일본군은 그들에게 특별대우를 해주면서 최대한 이용해 먹고 있었던 것이다. 그런 그들은 정작 일본군보다 더 무서운 적이었다. 한 사람의 배신으로 수십 명, 수백 명이 죽는 피해를 입을 수 있었다. 그러니까 어느 부대에서나 변절자나 투항자가 생겼다 하면 신속하게 부대를 이동시켜야 했다.

항일연군에서는 밀정과 악질 친일배들을 포함하여 그런 자들을 색출하고 제거하는 별동대로 특무공작대를 가동시키고 있었다. 방대근은 그 별동대 대장이었다. 항일연군에서는 신흥무관학교를 거친 의열단 출신이라는 그의 경력을 중히 여겼던 것이다. 특무공작대의 활동영역은 어디에 한정되어 있는 것이 아니라 항일연군 부대들이 활동하고 있는 전역에 걸쳐져 있었다. 그 임무는 고달프면서도 위험하기 이를 데 없는 일이었다.

방대근의 휘하에는 다섯 명을 단위로 하는 네 개의 소부대가 결성되어 있었다. 그 행동대는 활동영역을 네 개로 분할하고 있었다. 그리고 각 소부대마다 부대장을 두었다. 이광민은 남만주 일대를 맡은 제1대의 부대장이었다. 그 대원들은 모두 젊고 건강하며 담이 큰 사람들이었다. 그런 데다 특수훈련을 받아서 모두가 민첩하고 용감했다. 방대근은 그들 모두가 정신적으로나 전술적으로나 의열단원들의 수준을 갖추게 하려고 최선을 다했다.

방대근은 제2대를 이끌고 용정의 공동묘지 뒷산에서 밤이 되기를 기다리고 있었다. 간도협조회 회장 김동한을 처치하기 위해서였다. 간도협조회의 공식명칭은 '공산주의 조직 파괴공작단체 간도협조회'였다. 그건 민생단 사건으로 공산당 빨치산부대들과 당조직이 흔들리고 있는 것을 확인한 일본헌병대가 그 내분을 더욱 격화시키기 위해 1934년 9월에 발족시킨 것이었다. 그런데 회장을 맡은 김동한은 소련계 조선사람이었다. 그는 소련군 장교로 근무하다가 스탈린 숙청정책의 하나인 트로츠키주의자로 몰려 블라디보스토크 감옥에서 몇 년 징역살이를 하고 석방되어 소련을 탈출했다. 만주땅 간도에 자리잡은 그는 철저한 반공주의자로 변신하게 되었다. 간도협조회에서는 헌병대가 지원하는 자금으로 공작원들에게 한 달에 25원에서 30원의 고정급을 지급하고 또 공작금은 따로 대주면서 항일유격대의 파괴공작을 감행했다. 그 공작에 휘말려 항일유격대 내의 민생단 처형이 더욱 가열된 것은 더 말할 것도 없었다.

방대근 일행은 용정에 잠복해 있는 제2로군의 고정책이 나타나기를 기다리고 있었다. 용정과 국자가의 경비는 더욱 강화되어 밤에도 스며들기가 위험했던 것이다. 방대근의 별동대는 언제나 현지의 유격대와 긴밀하게 협조하며 작전을 수행하고 있었다. 각 군에서는 제거해야 될 자들을 색출하거나 지목하는 동시에 그에 대한 자세한 정보를 방대근의 특무공작대에 넘겨주었다. 각 군에서는 예하부대마다 신속하고 치밀한 연락망을 짜놓고 있듯이 아무리 경계가 심한 곳이라고 해도 고정첩보원들은 꼭 심어놓고 있었다. 제1로군에서부터 제11로군까지 종횡무진하고 있는 방대근은 일본군에게 신분이 노출되는 것을 막기 위해 각 군에 따라서 이름을 바꾸고 있었다. 그러다 보니 열 개가 넘는 가명을 사용했는데, 절반은 조선식 이름이었고 절반은 중국식 이름이었다. 그 작명도 쉬운 일은 아니었지만 방대근은 '백호'라는 이름은 쓰지 않았다. 그건 송수익 선생이 내리신 별호라 가슴에 깊이 담아 아끼고 싶었던 것이다.

방대근은 송수익 선생만 생각하면 가슴이 메었다. 그건 존경하고 정이 깊이 든 분의 죽음을 슬퍼해서만이 아니었다. 그분을 구해

내지 못하고 혼자 도망친 죄스러움이 가슴 깊이 사무쳐 있었던 것이다.

송수익 선생이 장춘에서 변을 당한 그날 밤, 자신은 숙소에서 선생님을 기다리기가 지루하여 밖에서 어정거리고 있었다. 그런데 어떤 사내가 총을 든 경찰 두 명과 함께 다급하게 이쪽으로 오는 것이 보였다. 긴장하고 있던 참이라 반사적으로 몸을 숨겼다. 그리고 가까워지고 있는 사내를 자세히 보니 그는 아까 숙소를 안내해 주었던 식당의 종업원이었다. 직감적으로 자신을 덮치러 왔다는 생각이 스쳤다. 아니나 다를까. 종업원은 거침없이 자신의 숙소로 들어갔고, 뒤따르는 두 경찰은 총을 겨누었다. 저놈이 끄나풀이었구나! 그럼 선생님은 어찌 되셨나! 바위로 머리를 치는 것 같은 충격이었다. 식당 쪽으로 정신없이 뛰었다. 그러나 불이 환히 켜진 식당에서는 여자들의 울음소리만 퍼져나오고 있었다. 그 울음소리로 식당 주인도 붙들려갔다는 것을 알 수 있었다. 그러나 식당 안으로 들어가 확인해 볼 수는 없었다. 아직 경찰들이 남아 있을지 몰랐고, 아까 그 종업원과 경찰들이 자신을 찾아 들이닥칠지도 몰랐던 것이다. 또한 굳이 사실을 확인해 볼 필요도 없었다. 경험으로 보아 자신의 사태 판단은 거의 틀림이 없을 거였다.

선생님을 구해낸다는 것은 망상이었다. 어서 빨리 장춘을 벗어나야 했다. 날이 새면 수색이 벌어질 것이 틀림없었다. 숙소에는 짐이 있었지만, 들러서는 안 되었다. 그곳은 이미 불구덩이였다. 길림 쪽을 향해 어둠을 헤치기 시작했다.

그 뒤로 선생님을 뵙지 못한 채 뼛가루를 만주벌판에 뿌렸다는 말을 들었다. 터지는 울음을 억제할 수가 없었다. 선생님의 뼛가루를 그 어디에서도 찾을 수가 없어 땅을 치며 통곡을 했다. 어머니의 무덤 앞에서도 그렇게 통곡이 터지지는 않았었다.

어둠 속에서 인기척이 들렸다. 그리고 돌로 돌을 치는 소리가 똑·똑 네 번 울렸다. 방대근은 얼른 돌을 세 번 쳤다. 그리고 두 번째 암호를 던졌다.

"백두산."

"천년 산삼."

어둠 속에서 응답한 암호였다.

"안 동지, 이쪽이오, 이쪽."

방대근은 앞으로 나서며 말했다.

"오래 기다리셨지요. 헌데 저어……, 오늘 밤엔 안 되겠는데요."

어둠 속에서 나타난 사람이 말했다.

"무신 일이 생겼소?"

"예, 긴급회의가 소집돼 잔치가 취소됐습니다."

헌병대장의 생일잔치에서 술취해 돌아오는 김동한을 처치하기로 했던 것이다.

"이 일을 어떻게 하지요?"

"얼매간 더 살게 둡시다."

"며칠 머무시면서 기회를 다시 보는 것이 어떻겠습니까?"

"그럴 여유가 없소. 딴 임무가 또 있응게. 담에 또 봅시다."

방대근의 말은 칼날이었다.

"예, 알겠습니다. 무사히 가십시오."

그들은 헤어졌다.

방대근은 용정 시가지의 먼 불빛들을 보며 대원들을 이끌었다.

용정, 북간도에서 가장 번화한 도시. 친일모리배들이 우글거리는 소굴.

방대근은 고개를 돌렸다.

김동한을 집으로 치고 들어가 처치할 수 없는 것이 문제였다. 그는 간도협조회 회장을 하는 덕으로 정원이 700평이나 되는 저택에서 호화롭게 산다고 했다. 그러나 지은 죄가 무서웠던지 집 안팎의 경비가 삼엄하다는 것이었다. 사나운 개들을 여러 마리 키울 뿐만 아니라 밤에는 무장한 협조회 회원들이 보초를 선다는 것이었다.

방대근 일행 여섯은 해란강을 건너 평강벌을 가로질렀다. 방대근은 해란강을 뒤로하면서 또 그 생각을 하고 있었다. 말로만 듣던 해란강이 무척 큰 강인 줄 알았었다. 그런데 막상 대하고 보니 실망스러울 만큼 작은 강이었다. 강폭도 좁고 수량도 많지 않았다.

"왜 그리 실망하십니까?"

길안내를 하던 사람이 민망한 듯 웃었다.

"사시장철 뗏목이 뜬다고 허든디……."

"아니, 압록강 두만강도 아닌데요. 누가 허풍을 쳤거나, 보지도 않고 거짓말을 한 모양이군요. 허나 조선사람들한테는 한 맺힌 강이라서 조선사람들은 아무도 이 강물을 마시지 않습니다."

"그것이 무신 말인가요?"

"조선사람들이 이 강에서 많이 죽고 있습니다. 총 맞고 칼에 찔린 사람들인데, 왜놈들이 끌어다 살해해서 물에 띄워버리는 거지요."

그렇게 죽어가는 사람들이 누구냐고 물을 것도 없었다.

방대근 일행은 이틀 동안 산을 타고 안도현에 이르렀다.

"노장업이라고, 수색대장인데 아주 악질입니다. 인민혁명군 시절에 자기 부하들까지 데리고 왜놈 쪽에 투항한 놈인데, 어찌나 악착같이 수색을 해대고 추적을 하는지 우리 쪽 피해가 많습니다. 그동안 우리 유격대에서 그놈을 없애려고 몇 번 유인작전을 폈지만 실패했습니다. 좀 뭣한 말이지만, 아주 영리하고 작전술도 뛰어난 놈입니다."

방대근을 기다리고 있던 조직원의 설명이었다.

"유인작전이 그리 실패라면……, 남은 것이야 한 가지뿐인디……, 그놈 거처에 대해서넌 파악허고 있는 것이 있으시오?"

방대근은 말 한마디 한마디를 꼭꼭 씹듯 신중하게 말했다.

"예, 그건 다 알고 있습니다. 부대에서 한 마장쯤 떨어진 벽돌집에서 일본여자하고 삽니다."

"늘 권총은 차고 댕길 것이고, 집 안 경비넌 어떻소? 개는 몇 마린지, 야간엔넌 따로 보초럴 스는지……."

"예, 개는 없고 야간보초도 안 서는데, 부엌일 하는 여자가 하나 있습니다."

"주변은 어떻소? 다른 집들이 옆으로 많으요?"

"아닙니다. 옆으로는 그 집하고 비슷한 집이 두 채 있고, 동네는 꽤 떨어져 있습니다."

"그 두 채도 군관덜 집이겠지요?"

"예, 그렇습니다."

"그 두 놈은 일본놈덜이오?"

"예, 일본놈들입니다."

"그 옆에 있는 동네넌 집단부락이오?"

"아닙니다. 거기가 유격대 활동구역과는 떨어져 있고, 농민보다는 상인들이 많아서 집단부락을 꾸미지 않았습니다."

"글면 아무나 통행은 자유시럽겠고……." 방대근은 혼자 중얼거리며 입맛을 다시고는, "평소에넌 그놈이 언제 집으로 돌아오요?" 담배를 빼들며 물었다.

"대개 저녁밥때쯤입니다."

"옆에 있는 군관덜 집언 어떻소? 개나 보초 겉은 것이……."

"예, 거기도 그런 건 없습니다."

"알겠소. 글면 내일 나허고 현장 구경얼 허도록 헙시다."

"예, 그러시지요."

다음날 중국인 보따리장수로 변장한 방대근은 먼발치에서 모든 위치와 지형구조를 눈에 넣고 있었다. 부대와 집과의 거리는 1킬로미터 정도에 불과했다. 왜 개도 키우지 않고 보초도 세우지 않는지 알 만했다. 방대근은 긴장감을 느꼈다. 일을 무사하게 치러내기에는 꽤나 위험한 조건이었던 것이다.

"그만 갑시다."

방대근이 먼저 발걸음을 돌렸다.

"어떠십니까, 일을 처리하기에 좀 고약하시겠지요?"

그 지역을 완전히 벗어나자 조직원이 물었다.

"그렇게 우리가 필요헌 것 아니겠소. 최 동지넌 지금보톰 그놈이 오늘 무신 다른 변동이 없는지나 지키도록 허시요."

"그럼 오늘 밤 일을 처리하시게요?"

조직원이 좀 놀라는 기색을 보였다.

"고름이 살 되는 법 없소."

방대근의 대꾸는 무뚝뚝하면서도 어떤 무게가 실려 있었다.

"예, 알겠습니다."

방대근은 초저녁 밥때 어름에 일을 해치우기로 작정했다. 절대로 총소리를 내서는 안 되는 조건에서 가장 마땅한 시간이 그때였다. 그 시간대에는 누구나 저녁밥을 먹거나, 먹고 나서 마음이 풀어져 있을 때였다. 아무리 머리맡에 총을 두고 자는 사람이라 하더라도 그 시간대에는 총이 멀찍해질 수밖에 없었다. 그 방심의 허를 찌르자는 것이었다. 그리고 날이 어두워지기 시작할 무렵이라 만약 무슨 일이 생긴다 해도 피신하기가 용이했던 것이다.

방대근은 대원들의 기본 무장을 점검했다. 모두 권총과 칼을 옷속에 차고 있었다.

"돌발사태가 터지기 전에넌 총언 절대로 손대지 말도록!"

방대근은 다시 한 번 다짐했다.

그들은 산속에서 그 마을을 멀리 내려다보고 있었다. 그들은 하나같이 허름하고 때 전 중국옷 차림이었다. 조선옷은 일본헌병에게나 만주헌병에게나 의심을 받았던 것이다.

해가 지면서 만주의 넓은 하늘에 노을이 붉게 타고 있었다.

아아, 저렇게 고울 수가 있나!

방대근은 망연히 노을을 바라보며 까닭 모를 슬픔을 느꼈다. 불현듯 고향 생각이 스치고, 잇따라 어머니 모습이 떠올랐던 것이다. 새들이 노을 속을 날아가고 있었다.

현란한 황금빛이던 노을이 보라색으로 그리고 흑회색으로 변해가고 있었다. 그 변색을 따라 어스름이 퍼지고 있었다. 그들은 움직이기 시작했다.

산을 벗어난 그들 여섯은 셋·둘·하나로 분산되어 서로 다른 방향으로 목적지를 향해 가고 있었다. 그런 그들의 모습은 누가 보거나 그저 길 가는 사람들일 뿐이었다.

그들이 세 채의 벽돌집 가까이 이르렀을 때는 부대며 마을이 잘 보이지 않을 만큼 어둠살이 짙어져 있었다.

방대근의 손짓에 따라 세 사람이 두 채의 벽돌집 담에 붙어섰다. 그들은 미리 도표를 그려놓고 작전지시를 했던 그대로 민첩하게 움직이고 있었다.

방대근은 나머지 두 대원과 함께 왼쪽에 있는 집의 옆담을 타넘었다. 담을 타넘는 그들의 동작은 날렵하면서도 기민했다. 몸을 바짝 낮춘 그들은 집을 타고 돌았다. 방에서는 웃음소리가 나고 있었고, 부엌에서는 그릇 달그락거리는 소리가 나고 있었다. 방대근은 두 대원에게 손짓했다. 두 대원이 고개를 끄덕이며 몸을 일으켰다. 그들의 손에는 어느새 칼과 포승이 들려 있었다. 그러기는 방대근도 마찬가지였다.

방대근이 다시 한 번 손짓했다. 그것을 신호로 두 사람은 방을 향해 내달았고, 한 사람은 부엌을 향해 내달았다. 두 사람은 방문을 박차고 들어갔다.

"꼼짝 말엇! 소리치면 죽인다!"

칼을 겨눈 방대근이 싸늘하게 내쏘았다.

두 남녀가 질겁을 해서 방구석으로 몰렸다. 칼을 겨눈 대원이 순식간에 여자를 낚아챘다. 그리고 수건을 입에 틀어박았다. 그때였다.

"어! 자네 대근이……."

"아니, 자네 병갑이……."

그 돌발상황에 여자를 묶고 있던 대원이 멀뚱하게 방대근을 올려다보았다.

"얼렁 묶어!"

방대근이 날카롭게 내질렀다. 그의 눈에서는 살기가 번뜩했다. 그는 노병갑을 알아보는 순간 소스라치게 놀랐고, 그리고 마음이 와르르 무너지는 것을 느꼈던 것이다. 그런데 부하의 눈길을 보는 순간 제정신이 돌아오며, 상상할 수 없는 노병갑의 배신에 마음이 싸늘하게 식었다.

"아, 아니야, 내, 내 뜻이 아니야. 미, 민생단투쟁으로 주, 중국놈들이……, 중국놈들이……, 자, 자네도 알지?"

노병갑은 부들부들 떨며 손을 맞비비고 있었다.

"……."

"이보게, 저, 정말이야, 정말이라구……."

"……."

여자를 묶어 방바닥에 엎어놓은 대원이 몸을 일으켰다.

"이보게, 날, 날 믿어줘. 한 번만 용서해 주면……."

"……."

그때까지 노병갑을 노려보고 있던 방대근이 몸을 돌렸다. 그 순간 그의 눈은 부하에게 빠른 눈짓을 하고 있었다.

"으악! 으으윽……."

방대근은 방문을 나가고 있었고, 그의 부하는 두 번, 세 번 칼질을 하고 있었다.

사방은 어둠이 짙어져 있었다. 어둠 속에서 여섯 개의 그림자가 빠르게 이동하고 있었다. 그런데 맨 마지막에 선 그림자의 팔놀림은 다른 그림자들하고는 달랐다. 두 손이 번갈아가며 자꾸 얼굴을 훔치는 동작을 하고 있었다.

12

보천보 진공

"송형, 이것 좀 보시오. 호외요, 호외!"

한 사람이 잡지사 문을 열어젖히고 들어서며 팔을 흔들어댔다. 열기 묻어나는 목소리만큼 그의 손에 들린 종이가 요란스럽게 팔랑거리고 있었다.

"어서 오시오, 황형. 무슨 호외요?"

송중원이 만년필을 놓으며 몸을 일으켰다.

편집실에 있는 서너 사람의 눈길이 모두 그 사람에게로 쏠려 있었다.

"아 글쎄, 이렇게 통쾌할 일이 있소. 우리 독립군들이 함경남도 보천보를 기습공격했단 말이오."

소설가 황일랑은 더 흥분된 목소리로 손에 든 종이를 깃발처럼 흔들어댔다.

"아니 독립군이? 어디 좀 봅시다."

송중원이 놀라며 급히 책상에서 벗어났다.

"자아, 보시오. 독립군이 더는 맥을 못 쓰는 줄 알았는데 그게 아니란 말이오."

황일랑이 의자에 털썩 주저앉으며 호외를 송중원에게 내밀었다. 송중원이 황일랑 옆에 앉으며 호외로 눈길을 보냈다.

"보시오, 함남 보천보를 습격. 우편소 면소에 충화(衝火)……."

황일랑이 호외 제목을 큰소리로 읽었다. 직원들이 더는 못 견디겠다는 듯 송중원의 등뒤로 모여들었다.

"작야 200여 명이 돌연 내습, 보교(보통학교) 소방서에도 방화라……."

송중원이 낮은 소리로 읽어나갔다.

　함남 경찰부에서 출동
　김일성 일파로 판명

그건 1937년 6월 5일 《동아일보》 호외였다. 《동아일보》는 손기정 선수의 우승한 사진에서 일장기를 삭제해 버린 사건으로 정간당했다가 6월 1일 복간되었던 것이다.

"선생님, 거기 김일성이란 사람이 누굽니까?"

젊은 직원이 조심스럽게 말을 꺼냈다.

"글쎄에, 잘 모르겠는데. 처음 듣는 이름이야."

황일랑이 고개를 저으며 송중원을 쳐다보았다.

"나도 잘 모르겠는데. 아마 새로 등장한 인물 같소. 독립군도 계속 세대가 바뀌고 있으니 말이오."

송중원은 끝내 돌아오지 않은 동생을 생각하며 말하고 있었다.

"기둘리지 말소, 올 사람이 아닝게. 그 일로 나슬 맘이 앞서서 대학도 안 댕길라고 헌 사람이시."

공허 스님의 말이었다.

어느 날 김일성이 아닌 송가원이란 이름으로 호외가 뿌려질지도 모른다고 송중원은 생각하고 있었다.

"200여 명이 무장을 했으면 적은 수가 아니지 않습니까?"

다른 직원이 황일랑을 쳐다보았다.

"물론이지. 그냥 흩어져 있는 일반인 200여 명이 아니니까. 무장경찰 열 명만 줄서서 종로에 나서봐. 종로거리가 그만 꽉 차는 형국 아니던가. 헌데 무장병력 200여 명이면 굉장한 거지."

황일랑은 아직도 상기된 얼굴로 말했다.

"아직도 독립군들이 그리 많다니, 참 놀랍습니다."

"아니, 그것 보고 놀라면 안 되지. 그 부댄 일부고 만주에는 더 많은 부대들이 또 있을 것 아닌가."

"예, 그렇겠는데요 정말."

"만주에는 독립군들이 얼마나 더 있을까요?"

다른 직원이 물었다.

"그야 알 도리가 있나. 이리 죽치고 앉았으니."

황일랑의 얼굴이 침통해지며 쓴 입맛을 다셨다.

"왜놈들, 만주 다 평정했다고 큰소리 뻥뻥 쳐대더니 이번에 아주 낮짝에 똥칠을 했군요."

"그러게 통쾌하다는 것 아닌가."

황일랑이 담배를 뽑아들었다.

"관동군 사령관하고 조선총독이 독립군들을 합동으로 토벌하자고 뜻을 맞췄는데, 그럼 이번 사건은 누구 잘못일까요?"

직원의 말은 사뭇 야유조였다.

"응, 그것 참 재미있는 문제로군. 그거 집안싸움 나지 않겠어?"

"집안싸움이오?"

다른 직원이 의아해했다.

"아, 생각해 보게나. 독립군이 만주땅에서 압록강을 건넜으니까 총독부에서는 관동군에게 책임을 따질 것이고, 이쪽에서는 그 잘난 국경수비댄가 뭔가가 독립군을 막아내지 못하고 한 면이 불바다가 됐으니 관동군에서는 총독부로 책임을 떠넘기지 않겠나 말이야."

"아 예, 그럴 수도 있겠는데요."

"흐흐흐…… 망할 놈들, 그런 싸움으로 자중지란이나 일어났으면 좋겠다." 황일랑은 담배연기를 내뿜다 말고, "자넨 뭘 그리 생각하고 있나?" 그때까지 호외만 내려다보고 있는 송중원의 무릎을 툭 쳤다.

"음, 그저 뭐……."

송중원이 호외를 밀치며 직원들을 둘러보았다.

그 눈길에 담긴 뜻을 알아차린 직원들이 어물어물 자기네들 자리로 돌아갔다.

"이봐 송형, 이 보천보 공격을 다음 달 잡지에 자세하게 다루면 어떻겠나?"

황일랑이 나직하게 말했다.

"글쎄, 그것도 괜찮은 생각이군."

송중원이 고개를 끄덕였다.

"괜찮은 정도가 아닐세. 잘만 다루면 인기 절정일 거야. 만주사변은 터지고, 사회주의 세는 잠적하고, 모두가 의기소침해 있는 판에 이런 통쾌한 쾌거가 어디 또 있겠나. 신문에서 호외를 발행할 정도면 이게 얼마나 충격적인 사건인지 알 만하지 않나. 친일 반역자들 빼고, 조선사람치고 이번 일에 통쾌해하지 않을 사람 없고, 박수갈채 보내지 않을 사람 없단 말일세."

"일리 있는 말이네. 발행인하고 의논해 보지. 헌데, 자네 소설은 어찌 돼가나?"

"이런……, 갑자기 소설은 또……."

황일랑은 어물거리며 슬그머니 고개를 돌렸다.

"이런 일에 열정을 나타내는 것도 좋지만 그런 열정으로 소설을 쓰란 말일세. 독립군이 총을 들었으면 소설가는 펜을 들어야 할 것 아닌가. 소설가가 독립에 참여하는 것이 그것밖에 또 있겠나."

"내 참, 누운 개 앉은 개 나무라는군. 그러는 자넨 뭘 하고 있나?"

황일랑이 눈을 흘기며 성냥을 칙 그어댔다.

"난 문청(문학청년)이지 소설가가 아니고, 그저 잡지쟁이 소임이나마 충실히 하자고 이렇게 소설가한테 글 좀 써주시라고 애걸하는 거 아닌가."

"허, 이사람 참 은근히 사람 잡는다니까. 그게 훈계고 협박이지 어디 애걸인가."

"어쨌든 쓰게. 『발가락이 닮았다』 같은 것만 빼고 뭐든 써. 써야 읽고, 읽어야 깨달을 것 아닌가. 자네 밥벌이도 해결해야 하고 말이야."

"알겠어, 쓰긴 써야지. 힘을 내야지."

황일랑은 괴로운 듯 눈을 질끈 감았다.

"안녕들 하세요?"

여자의 목소리가 거침없이 들렸다. 문을 열고 들어서고 있는 것은 박정애였다.

"어서 오시오."

송중원이 희미하게 웃음지었고

"아, 여장부께서 납시는구만."

황일랑이 손을 들어 보였다.

직원들은 박정애를 한차례씩 힐끗거리고는 눈길을 돌렸다. 그런데 그 눈길들이 곱지가 않았다.

"말씀 삼가세요. 숙녀보고 여장부가 뭐예요, 여장부. 내가 뭐 칼이라도 차고 다니나요?"

박정애는 황일랑에게 째지라고 눈을 흘기며 의자에 앉았다.

"오해 마시오, 여장부는 경칭인데. 아무나 그런 존경 받는 줄 아시오?"

마르고 선한 인상이면서도 눈이 날카로운 황일랑이 묘한 웃음을 피워냈다.

"흥, 비꼬고 야유하지 말아요. 정 경칭을 쓰고 싶으면 박 선생이라고 하세요."

박정애가 정색을 하며 내쏘았다.

"아, 그거 나쁠 것 없소. 극단 창조좌의 실질적 대표이시며, 신여성의 선구요 모범이시며, 성악가이시니 직함으로나 경력으로나 나이로나 선생이 아주 그럴듯하외다."

황일랑은 야유의 기색을 더 심하게 드러내고 있었다.

"이보세요 황 선생, 맥하곤 용건 없으니까 그만 함구하시는 게 어때요. 요새 통 글 안 쓰시니 수입도 없으실 테고, 배고플 때 기운을 덜 빼는 건 말을 적게 하는 건 줄 몰라요?"

박정애의 거침없는 독설이었다.

"이거 농담하다 쌈 나겠소, 손아랫사람들 앞에서."

송중원이 나직하게 말하며 황일랑에게 눈짓을 했다.

"예에, 박 선생이 내 사정 잘 알아줘서 고맙소. 그렇잖아도 땡전한 닢 없어서 점심도 굶었소이다. 어디, 물배나 좀 채워볼까."

황일랑이 흐흐거리며 몸을 일으켰다.

"어머, 정말 점심을 굶었을까요?"

당황해서 손으로 입을 가리며 박정애는 울상을 지었다.

"신경쓰지 마세요. 그리 속 좁은 사람이 아니니까."

송중원이 핏기 없는 얼굴에 또 흐린 웃음을 지어냈다.

"이번에 새 연극을 올리기로 했어요. 잡지에 멋지게 좀 소개해 주셔야 해요."

박정애는 손가방에서 팸플릿을 꺼내 송중원에게 내밀었다.

"작품이 뭐지요?"

송중원은 팸플릿을 내려다보았다.

"제기랄, 로미오와 줄리엣! 이름이 싸다, 창조좌. 차라리 모작좌, 아니 번역좌로 바꾸지그래."

어느새 제목을 읽었는지 황일랑은 이렇게 내뱉으며 의자에 주저 앉았다. 저쪽에서 직원들의 킥킥거리는 웃음소리가 들렸다.

"아니 황일랑 씨! 꼭 이럴 거예요, 정말?"

박정애가 바락 소리질렀다. 금방 와드득 쥐어뜯고 덤빌 것처럼 박정애의 얼굴에는 독이 올라 있었다.

"아니, 내가 못할 말 했소? 이름이 창조좌면 당당하게 창작극을 하라 그거요. 독립군들은 압록강을 건너 진공하고, 굶주린 사람들은 만주로 집단이민을 떠나가고 하는 이 절박한 형편에 서양놈들 사랑타령이나 읊어대서 뭘 어쩌자는 거요? 아까운 돈 없애가면서."

황일랑은 박정애를 향해 칼을 휘두르고 있었다. 눈에 잔뜩 힘이 실린 그의 태도는 장난기 섞였던 아까의 태도가 아니었다.

"누군 창작극 할 줄 몰라서 안 하는 줄 아세요? 창작극을 할래 도 작품이 있어야 하지요. 잘난 척하지 말고 황일랑 씨가 당장 희곡을 써봐요. 얼마든지 창작극을 해낼 테니까요."

박정애도 마주 칼을 휘두르며 대들었다. 화가 난 박정애의 입에서는 '황 선생'이 '황일랑 씨'로 바뀌어 있었다.

　"소설가보고 희곡을 쓰라? 그것 참 전대미문의 유식이오. 니나 내나 검열의 작두날 아래 목 잘린 목숨들이긴 마찬가지니까 독립적이고 애국적인 작품은 아예 포기했다 하더라도, 정 창작극이 할 게 없으면 춘향전을 하고, 홍길동전을 하고, 콩쥐팥쥐를 하라 그거요. 우리 것들을 잘 요리하면 은유와 비유로 현실을 반영시킬 수도 있고, 황당한 서양놈들 사랑타령보다야 백번 낫단 말이오."

　"흥, 소설보다는 말이 더 미끈하군요. 이봐요, 희곡만 창작이 흉년인지 알아요? 남의 일에 콩이야 팥이야 간섭 말고 소설가면 소설이나 부지런히 써요. 그리고 서양 명작을 무대에 올려 많은 사람들에게 작품을 소개하고, 식견을 넓혀주고 하는 게 뭐가 잘못됐죠? 우물 안 개구리로만 사는 게 애국애족인 줄 알아요? 유치하고 촌스럽게."

　박정애의 독설에 불이 붙고 있었다.

　"됐소, 됐소. 그만들 하시오. 그만하면 문화토론으로 충분하니까."

　황일랑의 입심이나 박정애의 독설을 잘 아는 터라 송중원은 그들의 입씨름을 가로막고 나섰다.

　"그래, 세상살이 다 제멋에 겨워 흥!이니까."

　황일랑은 코웃음을 흘리며 기지개를 켰다. 그런 그의 행위는 박정애에 대한 경멸을 노골적으로 드러내고 있었다.

　"그렇지, 때 절은 소설가 명패만 달고 잡지사에서 빈둥거리는 것도 제멋에 겨워 흥!이지."

박정애는 흥!에다가 유독 힘을 넣어 콧방귀를 튕기고는 고개를 홱 돌려버렸다.

"점잖찮게 왜들 이러시나. 나갑시다, 차나 한잔씩 하게."

송중원이 일어나자 기다렸다는 듯 박정애가 발딱 일어섰다. 여전히 양장으로 멋을 부린 박정애의 화장은 마치 일본기생들처럼 짙었다. 얼굴에 드러나는 나이를 감추려는 것일 터였다.

그런데 황일랑은 일어날 기미 없이 딴전을 피우고 있었다.

"황형, 안 갈래나?"

"술이라면 모를까 나 같은 촌놈은 차가 안 맞네. 우리 모범적인 신여성 모시고 다녀오시게나."

속마음 같아서는 '학생첩'이라고 해버리고 싶었지만 무슨 덤터기를 쓸지 몰라 황일랑은 '모범적인 신여성'이라고 말을 바꾸고 있었다.

"흥, 오죽하겠어. 자아, 가세요."

황일랑을 향해 톡 쏘아붙인 박정애가 앞서 나갔다.

"원, 사람 참……."

송중원은 난처해하다가 황일랑에게 기다리라는 손짓을 하고는 밖으로 나갔다.

"빌어먹을, 부끄러운 줄도 모르고 뻔뻔스럽게 설치고 다니기는."

황일랑은 마치 가래라도 내뱉듯 하고는 잡지를 집어들었다. 제호가 《朝鮮界》인 잡지는 송중원이 편집하고 있는 것이었다.

"부끄럽기는 뭐가 부끄럽습니까? 학생첩 신세 면하고 정처가 된 승리감으로 오히려 더 기세등등한걸요."

기다렸다는 듯 한 직원이 말을 받았다.

"세상 고루고루 망쪼지. 신식공부했다는 년들이 한 놈한테 줄줄이 붙어 정조를 걸레짝처럼 내던지질 않나, 첩 노릇으로 시작해 본처들을 내쫓질 않나. 나라 망하니까 계집년들이 발광이야."

황일랑은 타령조로 말하며 한숨을 내쉬었다.

"그래도 저 박정애 씨 뻔뻔한 건 약과 아닙니까. 모 아무개 여류시인은 세상이 다 아는 불륜관계를 버젓이 시집으로 내지 않았어요."

"유곽 갈보한테는 눈물겨운 사연이라도 있다만 설배운 신여성님네들은 못된 풍조만 퍼트리고 있으니 원."

"그건 선생님이 너무 도덕적이고 일방적으로 생각하시는 겁니다. 그 여류문화인들에게 물어보십시오. 재미도 보고 출세도 하고, 꿩먹고 알 먹고 하는 것 아닙니까."

"그래? 그게 그리되나? 그럼 더 할 말 없군."

황일랑은 쓴 입맛을 다시며 고개를 돌렸다.

박정애가 그렇게 비난의 대상이 되는 건 이미 사회적으로 말썽거리가 되어온 '학생첩'의 전철을 그대로 밟은 때문이었다. '학생첩'이라는 말이 생겨나기 이전에 '기생첩'이라는 말이 있었다. 그런데 기생첩은 정부인에 대해 마님이나 아씨라고 호칭하면서 예의범절을 깍듯이 지켰다. 그리고 기생첩은 남자가 돈이 떨어지면 물러나게 마련이었다. 그런데 신식교육을 받은 학생첩은 꼭 부부를 이혼시켜 본처를 몰아내고는 정처로 들어앉는 것이었다. 중매로 조혼을 한 남자들이 학교를 다니면서 새로 여학생을 사귀어 일어나는 불상사였다.

일찍이 허탁에게 마음을 두었다가 사랑을 이루지 못한 박정애는 새로 연극하는 남자와 눈이 맞았고, 끝내는 부부를 이혼시키고 남자를 차지했던 것이다. 그런데 박정애는 거기서 끝나지 않고 아버지의 재력으로 남편에게 연극단체를 만들어주었고, 자기도 홍보부장 자리를 차고앉아 신문사 잡지사를 드나들며 명사 행세를 하고 다녔던 것이다. 그러니 이런 저런 구설수에 휘감기지 않을 수가 없었다.

"허탁 씨는 아직도 아무 소식이 없나요?"

박정애가 커피잔을 들며 물었다.

송중원은 그저 고개를 끄덕였다. 사무실을 찾아올 때마다 빠뜨리지 않는 물음이었다. 허탁에 대한 염려 때문인지, 아니면 허탁을 끌어들여 자기 입지를 강화하려는 것인지 알 수가 없었다. 어쩌면 그 둘 다가 합해진 것인지도 몰랐다.

"너무 소식이 없는데, 혹시 어디서 무슨 일 당한 건 아닐까요?"

"글쎄요, 단단한 사람이니까……."

가끔 소식이 닿고 있는 것을 전혀 내색하지 않은 채 송중원은 커피잔을 입으로 가져갔다.

"이제 다 가망 없이 됐는데 좀 만나서 헛고생 그만하고 살라고 해줬으면 좋겠어요. 미련하고 답답한 사람이에요."

"글쎄요, 이런 세상에서 영리하고 시원하게 살자면 친일파밖에 더 되겠소. 허탁처럼 사는 것도 한평생이오."

"어머 무서워라. 송중원 씨도 속은 하나도 안 변했군요?"

박정애는 과장되게 떠는 시늉을 해 보였다.

"나야 폐병쟁이에 심약자, 무서워할 거 없소. 지금 하는 일도 힘겨우니까."

송중원이 스산하게 웃었다.

"제랑한테서는 역시 소식이 없구요?"

송중원은 또 고개를 끄덕였다.

이것도 박정애가 빼놓지 않는 물음이었다. 이것이야말로 박정애를 괄시할 수도 없고 박대할 수도 없는 인간적 올가미였다. 자신과 박정애는 엄연한 사돈간이었던 것이다. 이혼이나 마찬가지이면서도 호적이 정리되지 않았으니 인간의 형식적 고리는 그대로 연결되어 있었다.

"거 김일성이 대체 누구야?"

"낸들 아나. 독립군 대장이겠지."

"어쨌거나 우리 조선사람들 체면 단단히 세워주었네."

"암, 그렇구말구. 우리 같은 것들이야 어디 언감생심 꿈이나 꿀 수 있는 일이겠나."

건너편 자리에서 호외에 관한 이야기를 나누고 있었다.

"정신 나간 사람들 저기 또 있네. 그런다고 달라지는 게 뭐가 있다고."

박정애가 짜증스럽게 말했다.

"빈말이라도 그렇게 하지 마시오. 단 한 명이 총을 들고 싸우더라도 그건 위대한 것이오. 뒤에 물러나 앉은 자들은 그 누구나 왈가왈부할 자격이 없소."

정색을 한 송중원의 목소리는 낮고 싸늘했다. 그의 뇌리에는 만주벌판 멀리멀리 날아가던 아버지의 뼛가루가 선히 떠올라 있었다.

"어머, 저어……, 그런 것이 아니고……."

무색해진 박정애가 어물거렸다.

"됐소. 커피 다 마셨으면 갑시다. 난 또 일이 밀려 있으니까."

송중원이 먼저 몸을 일으켰다.

다음날 《동아일보》 호외가 또 뿌려졌다. 〈보천보 습격 속보〉라는 제목 아래 독립군과 추격 경관이 충돌해서 양쪽의 사상자가 70여 명이 생겼고, 압록강 건너 23도구에서 교전이 벌어졌다고 알리고 있었다. 그리고 혜산 신가파의 중국인들과 세 경찰서의 경관들이 총출동하고 있다는 것이었다.

다른 신문들도 그 사건을 대서특필하고 있었다. 그 사건은 서울 장안을 흔들었고, 그 파장은 신문을 따라 전국으로 퍼져나갔다.

송중원은 여러 신문들의 기사를 비교하고 종합하며 사장 민동환이 나오기를 기다리고 있었다. 기사들은 비슷비슷한 게 통제된 냄새가 역연하게 풍겼다. 그런 냄새가 진할수록 보천보 진공을 구체적이고 실감나게 다루어보고 싶었다.

사장은 11시가 다 되어 나왔다. 이상하게도 근자에 들어 출근이 자꾸 늦어지고 퇴근은 빨라지고 있었다.

송중원은 신문들과 잡기장을 가지고 사장실로 들어갔다.

"편집에 대해 좀 상의할 게 있어서요."

"아 예, 앉으십시오."

민동환이 책상에서 안락의자로 옮겨왔다.

"이 보천보 사건 읽어보셨습니까?"

송중원은 민동환 앞으로 신문들을 밀어놓았다.

"예, 어제부터 읽었습니다."

민동환이 담배에 불을 붙였다.

"신문을 보아서는 가려지고 감춰진 게 많은데 이번 호에 우리가 구체적이고 자세하게 그 진상을 다뤄보면 어떨까 합니다."

"글쎄요, 그게 그럴 만한 가치가 있겠습니까? 그거 일시적인 불장난 아니겠어요?"

"예, 신문에서 호외를 찍어내듯이 크게 다룰 만한 의미가 있습니다. 만주사변으로 지식인들은 물론이요 사회 전체가 위축되고 침체된 상황에서 독립군이 압록강을 건너 진공했다는 것은 조선사람 전부에게 큰 자극이고 활력을 되살릴 수 있는……."

"그럼 말입니다, 그 반대도 생각해 봐야 되지 않겠습니까?"

민동환은 담배연기를 흘리며 웃었다.

"그 반대요……?"

송중원은 말뜻을 못 알아들어 반문하는 것이 아니었다. 말을 중단당한 불쾌감이 바늘끝으로 솟기면서 순간적으로 의식이 정지하는 것 같은 느낌에 부딪혔던 것이다.

"총독부 말입니다. 그건 민감한 정치적인 문젠데 괜히 취재하느라고 고생만 하고 결국 싣지도 못하게 될 것 아닙니까."

"……그럴 염려도 없지는 않지요."

"염려가 아니라 틀림없이 실을 수 없을 겁니다. 조선사람들한테 그리 좋으면 총독부한테는 그만큼 나쁜 것인데 용납할 리가 있습니까. 안 될 일 가지고 고생하고 자꾸 미운털 박히고 할 것 없지 않습니까?"

"예에……."

송중원은 바늘끝이 계속 솟아올라 머리까지 콕콕 쑤시는 것을 느끼고 있었다.

"그보다는 말입니다, 진작 말씀드리려고 했던 것인데, 재미있는 연애소설을 좀 연재해 보는 것이 어떻겠습니까. 우리 잡지가 너무 딱딱하고 재미가 없다는 게 중평인데, 어떻게 좀 바꿀 필요가 있지 않겠습니까? 잡지를 읽는 건 독자들이니까."

"예에……."

눈길을 떨구고 있던 송중원은 자신도 모르게 고개를 떨구었다. 전혀 예상하지 못했던 말이었다. 불쾌감은 간 곳이 없고 충격만 머리를 떵하게 했다.

"그리고 말 나온 김에 말씀드리는 게 좋겠는데, 여러모로 입장이 난처하시기는 하겠지만, 문인들 원고료 선불을 억제했으면 합니다. 외상술 주면 돈 잃고 손님 잃는단 말 있지 않습니까."

"예에……."

"그렇다고 너무 신경쓰진 마십시오."

"예에……."

사장이 일어났고, 송중원도 일어났다.

송중원은 자리에 돌아와 두 손으로 머리를 받쳤다. 머리가 어질어질했다. 무시당한 것 같기도 하고, 추궁을 당한 것 같기도 했다. 연애소설 운운은 편집권의 간섭으로 분명 무시였고, 원고료 선불은 그러잖아도 적자가 나고 있는 잡지의 경영을 더 어렵게 만들었다는 책임추궁이었다. 사장의 말마따나 사장은 그런 말들을 그동안 오래 참아왔는지도 몰랐다. 또 돈을 대는 경영자로서 그 정도는 할 수 있는 말인지도 몰랐다. 그러나 역시 그런 말은 충격이었다. 왜냐하면 처음 일을 시작할 때 편집권은 완전 위임한다고 약속했고, 잡지의 적자는 자기 평생 걱정할 것 없다고 장담했던 것이다. 그 두 가지 조건이 불변이라는 것을 믿었기 때문에 동생의 친구라는 거북스러운 입장도 감내하기로 했던 것이 아닌가. 물론 그동안 사장이라고 해서 이쪽의 감정을 다치는 언행을 한 일은 없었다. 조금 전에도 흠을 잡을 수 없이 예의는 깍듯하게 갖추었다. 그러나 말의 내용은 돌덩이로 머리를 치는 것이었다.

송중원은 담배를 피워물었다. 폐 때문에 될 수 있는 대로 멀리하고 있는 담배였다. 연애소설이라……, 사장은 변해가는 세상풍조에 따라 검열에 걸리고 어쩌고 하는 것을 피하고 싶은 것일까? 아니면 연애소설이나 실어 적자를 면해보려는 것일까? 그것이 그 어느 쪽이든 사장의 마음이 변한 것은 분명했다. 그런 식으로 편집을 간섭하기 시작하면 잡지는 사공 많은 배가 될 수밖에 없었다. 원고료 선불을 말라……, 어쩌다 원고를 못 받고 돈을 떼일 수도 있었다. 그러나 그런 경우는 극소수일 뿐이고, 돈을 미리 준다고 해도 전체적으로 적자가 불어나는 것은 아니었다. 그런데 왜 사장은 그런 말을 했을까? 그 돈을 다 떼일까 봐 겁이 나는 것일까? 외상술 주면 돈 잃고 손님 잃는다고? 이 얼마나 상스러운 장사치 말인가. 잡지를 시작하면서 자기는 문인들을 무조건 존경한다고 하지 않던가? 그런데 이젠 술값 떼먹는 자들과 똑같이 취급해? 어쨌거나 사장의 마음이 변한 것은 틀림이 없었다. 잡지를 하고 싶은 마음이 식어가고 있는 건 아닌가? 아니면 내가 싫어진 것인가? 송중원의 생각은 이리저리 비약하고 있었다.

송중원은 며칠 동안 일손을 잡지 못하고 건성으로 보내고 있었다. 그 일이 정리되지 않은 채 머리를 어지럽히고 있었다. 그동안 원고료 선불을 원하는 소설가 한 사람을 빈손으로 돌려보내 감정이 더 복잡했던 것이다. 선불을 할 수 없는 이유를 댄 것은 다 꾸며낸 거짓말이었고, 그 곤혹스러움과 미안함은 체한 것처럼 가슴에 얹혀 있었던 것이다.

그러던 어느 날 송중원은 쪽지 하나를 받았다.

좋은 안주가 장만됐습니다. 술 드시러 오세요. 설죽.

그건 허탁의 연락이었다. 송중원은 지루하게 퇴근을 기다려 부랴부랴 자하문 밖으로 갔다.

허름하고 조그마한 기와집에서 허탁은 천연덕스럽게 설죽의 허벅지를 베고 누웠다가 송중원을 맞았다.

"이런, 팔자 늘어졌군. 이러다가 다 늙은 나이에 애 배면 어쩔라고 그래요?"

송중원은 허탁과 악수를 하며 설죽에게 눈인사를 보냈다.

"허 선생 애라면 열이라도 낳지요."

젊음은 사위었으나 모란꽃 자태를 지닌 설죽이 스스럼없이 웃었다.

"자네 들었지? 조심하게."

자리잡고 앉는 송중원의 얼굴에 모처럼 밝은 웃음이 피어났다.

"걱정 없네. 어차피 저 사람이 맡아 키울 거니까."

얼굴이 검게 탄 허탁이 빙그레 웃었다.

"아이고, 저 유들유들한 배짱."

설죽이 유과그릇을 옮겨놓으며 곱게 눈을 흘겼다.

"그 배짱에 반한 거 아니오?"

송중원이 유과를 집어들었다.

"그런가 봐요. 실은 술값 밥값 다 떼먹는 날도둑인데."

설죽은 곱게 눈을 흘겼고, 허탁은 흐흐거리고 웃었다.

설죽은 술값 밥값만 떼이는 것이 아니었다. 술장사해서 버는 돈으로 허탁의 활동비까지 대고 있었다. 이 집을 장만한 것도 허탁을 돕기 위해서였다. 송중원은 고맙고 대견한 마음으로 다시금 설죽을 바라보았다.

사회주의자들마저 변심하고 전향하기에 바쁜 세상이었다. 카프 (조선프롤레타리아 예술가동맹)에 속해 있던 문인들마저 카프가 재작년에 해체당한 뒤로 버젓이 친일잡지에 자리잡는 형편이었다. 그런데 퇴기 설죽은 변함없이 외로운 사회주의자의 뒷바라지를 해오고 있었다. 독립기생이란 3·1운동 열기를 타고 번졌던 일시적 유행 풍조려니 했었다. 그런데 산전수전 다 겪은 설죽은 갸륵하게도 세상의 흐름을 역류하고 있었다. 오만 사람을 다 대하는 설죽이 세상 달라지는 것은 그 누구보다 먼저 알 것이고, 사회주의자를 돕다가 들통나는 날에는 쇠고랑을 면치 못한다는 것을 모를 리 없었던 것이다.

"무슨 일 있나? 안색이 안 좋은데."

허탁의 눈길이 송중원을 스쳐갔다.

"아니, 별일 없네."

송중원은 그저 고개를 저었다. 그러나 가슴이 뜨끔한 것을 느꼈다. 허탁의 빠른 눈치는 여전했던 것이다. 회사의 일을 굳이 허탁에게 말하고 싶지 않았다. 그건 허탁이 하고 있는 일에 비하면 너무 사소한 것이었고, 그런 문제로 허탁이 신경쓰게 하고 싶지 않았던 것이다.

"요샌 어디 있나?"

꼬리를 잡히지 않으려고 송중원은 먼저 입을 열었다.

"응, 왕십리 밖 기와공장에."

"기와공장?"

"노동자들이 많고 안전하니까."

"거기서 운동을 해?"

"기와도 만들지. 왜놈들이 그런 곳의 노동자들한테까지는 눈을 못 돌리고 있단 말씀이야."

허탁은 통쾌하다는 듯 어깨를 들썩이며 웃었다.

설죽이 밥상 겸 술상을 가지고 들어왔다.

"기와는 잘 만드나?"

대하 출신인 허탁이 기와를 만들고 있는 모습이 상상으로도 전혀 연결되지 않았던 것이다. 그리고 왜 그런 고생을 해야 하나 하는 비감에 송중원은 가슴이 아렸다.

"아이, 기와는 아무나 만드나요? 소리에 된 장단 맞추재도 북채 들고 10년 세월인데. 흙이나 죽어라고 져나르는 거지요. 저 검게 탄 얼굴 좀 보세요. 천상 막노동꾼이지."

설죽이 밥상 옆에 앉으며 놀리듯이 말했다.

"흙짐 지는 건 기와 만드는 거 아닌가. 자아, 오랜만에 한잔하세."

허탁이 넉살 좋게 말하며 상으로 다가앉았다.

"그런 줄도 모르고 난 걱정했지."

"걱정?"

"지난달에 10여 명이 검거되지 않았나."

"음, 재건운동하던 이재유계(系) 말이로군. 그 몽상가들……."

"무슨 소린가?"

"문자 그대로 아닌가. 지금이 어느 때라고 당재건을 꿈꾼단 말인가? 이 탄압과 핍박 속에서 필요한 건 당조직이 아니라 단 한 사람이라도 더 의식무장을 시키고 동조자로 확보해 나가는 것이네. 주춧돌 없이 집 지어지겠나."

"그래, 당을 재건해 봤자 개아가리 앞에 고깃덩이 놓기지."

"요새 장안이 떠들썩하더군."

허탁이 송중원에게 술잔을 권하며 말했다.

"보천보 진공 말인가?"

"음, 진공, 그 말이 기습보다는 낫군그래. 그거 왜놈들의 뒤통수를 친 아주 장쾌한 일이야."

"술자리에서도 온통 그 얘기들뿐이에요. 글쎄 검사들도 좀 놀란 기색이고, 기분 나빠하더라니까요."

설죽이 굴비뼈를 발라내면서 거들었다.

"검사놈들? 불알이라도 차인 기분이라 놀랄 만도 하지."

"아이 차암……."

설죽이 허탁에게 눈을 흘겼다.

"국내 세력이 고무되는 게 기분 나쁘기도 할 게고." 허탁은 단숨에 술잔을 비우고는, "동생은 여태 아무 소식도 없나?" 하며 또 술잔을 송중원에게 넘겼다.

"폐병쟁이한테 자꾸 술잔 주면 자네 신세가 어떻게 되는지 모르나?" 송중원은 손을 젓고는, "그거 소식 전할 녀석이 아니지. 아버님을 많이 닮았으니까." 그의 얼굴을 스치고 지나가는 웃음이 쓸쓸

했다.

"폐병균이 아무리 무서워도 우정을 꺾을 순 없고, 왜놈들이 아무리 독해도 조선사람들 의지를 다 꺾을 순 없지. 안 그런가?"

허탁은 껄껄대고 웃으며 술잔을 송중원의 코앞에다 디밀었다.

"그사람 참, 무식한 소리 유식한 것처럼 하네."

송중원은 할 수 없이 술잔을 받았다.

"자네 동생도 아마 그런 부대들 어디에 속해 있겠지?"

"그러겠지."

"소식 기다리지 말게. 아버님 유골을 뿌렸으니 누군들 그 땅을 떠나올 수 있겠나."

"그래…… 헌데, 자넨 전망이 어떻겠나?"

"전망? 갈수록 가시밭길 아니겠나."

"가시밭길……." 송중원은 무겁게 고개를 끄덕이다가, "갈수록 위험도 커지는데 자네도 만주로 뜨는 게 어떻겠나?" 그의 말은 조심스러웠다.

"아니야, 여기는 어쩌고. 만주에서 싸우는 사람은 만주에서 싸우고, 이 땅을 지킬 사람은 이 땅을 지켜야 하네. 퇴로 갖춘 만주가 이 땅보다 덜 위험할 줄 모르지만, 이 땅 없는 만주는 아무 의미가 없네."

허탁의 말은 단호하기 이를 데 없었다.

"맞아요. 송 선생님은 무슨 원망을 들으려고 그런 말씀을 하세요? 이 퇴기 외톨이 만들어놓을려구."

"아, 그게 그리되나요? 뭐 원망하고 말고 할 거 뭐 있나요. 따라가면 되지요."

송중원이 낮은 소리로 웃었다.

"따라가기야 쉽지만 따라오게 두겠어요? 여기서야 이리라도 쓸모가 있지만 거기 가면 짐만 되는데요."

"아이고, 내 맘을 어찌 그리 잘 아나그래."

허탁이 설죽의 엉덩이를 철퍽 쳤다.

"어머나!"

설죽이 놀라며 얼굴이 붉어졌다.

중년여인의 부끄러워하는 모습이 꽃빛으로 곱다는 것을 송중원은 문득 발견하고 있었다.

"내가 자넬 보자고 한 건 한 가지 부탁이 있어서네."

술기운 불콰해진 허탁은 굳이 앉음새를 고치며 말했다.

"······?"

송중원은 허탁을 건너다보며 자신도 모르게 바르게 앉았다.

"다름이 아니고, 내 큰아들놈이 이번에 혜화동에 있는 보성고보를 졸업했네. 뭐 다른 재주는 없고 그놈이 책읽기는 즐기는데, 자네가 어디 취직 좀 시켜주게나."

다른 말을 할 때와는 달리 허탁의 얼굴은 곤혹스러워 보였다.

"아니 이사람아, 상급학교를 보내야지."

반사적으로 나온 이 말이 끝나기 전에 벌써 송중원은 후회하고 있었다. 대학을 보내고 싶지 않아 안 보내는 것이 아니었던 것이다.

"대학 나와봤자 별수 있는 세상인가. 그만하면 많이 가르친 거네. 어떤가, 책임질 수 있지?"

허탁의 끝부분 목소리가 호탕하게 울렸다. 그러나 그건 호탕을 가장한 것일 뿐이었다.

"그래, 내 알아서 하지."

송중원은 술잔을 들며 고개를 끄덕였다. 허탁이 쫓기는 몸이 된 이후로 그의 집안에 전혀 신경을 쓰지 않은 것이 뒤늦은 죄의식이 되고 있었다.

"일본 처식성에서 조선노동자 10만 명을 만주로 이주시키기로 결정했다면서?"

허탁이 빈 술주전자를 흔들었다.

무슨 생각인가를 골똘하게 하고 있던 설죽이 놀라 주전자를 받아들었다.

"지난달에 그리 결정했지. 제놈들이 저희 국민 이민 끌어들인 만큼 조선사람들을 몰아내자는 수작이지."

송중원이 한숨을 쉬었다.

13

압록강의 밤

"언니, 빨간 꽃만 따, 빨간 꽃."

"멀라고?"

"그래야 빨간 물이 진허니 들제."

"요런 멍청이, 다 똑겉은 것이여."

"아니여, 흰 꽃 노란 꽃은 따덜 말어."

"흰 꽃도 똑겉이 빨간 물이 든당게."

"그려도 싫어. 덜 진헝게."

"니 묘허고 신기허덜 않냐? 꽃언 흰디 손톱에넌 빨간 물이 드는 것이."

"머시가 묘혀. 봉숭아라 그렇제."

"아이고, 멋없는 가시네. 나넌 흰 꽃이 좋드라."

"아니랑게, 흰 꽃 섞지 말어."

금님이와 금예는 봉숭아꽃을 따면서 연상 토닥거리고 있었다.

어스름이 내리고 있는 좁은 마당가에는 여름꽃들이 울긋불긋 화사하게 피어 있었다. 키 껑충한 접시꽃, 작은 장난감 나팔 같은 분꽃, 새초롬한 색시 같은 도라지꽃, 방싯거리는 것 같은 봉숭아꽃. 그러나 담을 타고 있는 나팔꽃과 땅에 다붙은 난쟁이 채송화는 잠꾸러기답게 해가 지면서 꽃들이 오므라들었다.

그런데 접시꽃도 분꽃도 도라지꽃도 한 가지 색만이 아니었다. 흰색과 분홍색, 노란색과 주황색, 보라색과 흰색 등으로 어우러져 있었다. 그중에서도 봉숭아꽃은 제일 다채로워 빨간색 흰색 노란색 분홍색을 이루고 있었다. 그래서 꽃밭은 더욱 화사하고 풍성했다.

"안직 꽃이 덜 여물었는디 발써 물얼 딜일라고 그러냐. 머시가 급허다고."

보름이는 가게 쪽에서 마루로 나오며 무심히 말했다. 그 순간 보름이는 어머니 냄새를 물큰 맡았다. 그건 어머니가 딸들에게 하고는 했던 말이었다.

아아, 엄니이…….

보름이는 신음처럼 어머니를 부르며 눈을 감았다. 어머니의 모습이 선하게 떠올랐다. 금세 가슴이 눈물로 젖어내렸다. 어머니는 언제고 푸르른 그리움이었고, 마를 줄 모르는 눈물이었다.

"금메, 금예가 얼렁 물딜이자고 물이 못 나게 잡진당게라."

금님이가 동생을 방패막이 삼았다.

"음마, 음마, 넘 말 허고 앉었네. 언니도 물딜이고 잡은게 왔제. 서방헌티 이쁘게 뵐라고."

금예가 더 야무지게 언니를 몰아댔다.

"아이고메, 죄깐헌 것이 사람 잡네."

금님이가 동생의 머리를 쥐어질렀다.

"아이고 엄니, 나 죽이네에."

금예가 머리를 싸쥐며 엄살을 떨었다.

보름이는 두 딸을 내려다보며 동생들과 함께 봉숭아물을 들이던 처녀시절을 생각하고 있었다. 봉숭아물을 들이는 것은 여름 한철에 느끼는 기쁨과 설렘이었고, 무더운 여름밤을 더운 줄 모르게 나는 흥겹고 재미있는 놀이였다. 생활이 아무리 가난하고 찌들어도 손가락마다 봉숭아물 들이는 것은 잊지 않았다. 형제들끼리 동무들끼리 아주까리 잎에 싼 꽃범벅을 서로의 손가락에 묶어주는 즐거움은 더할 수 없는 여름밤의 흥취였다.

'안직 꽃이 덜 여물었는디…….' 참 묘한 말이었다. 열매나 곡식이 여무는 것만 아니라 꽃도 여문다고 했다. 7월꽃은 햇빛을 덜 받았으니 햇빛 많이 받고 핀 8월꽃을 써야 물이 진하게 잘 든다는 뜻이었다. 그건 틀림없는 말이었다. 마음들이 바빠 7월꽃을 따서 물을 들이고는 그 색깔이 성에 차지 않아 8월까지 두 번, 세 번 물을 들이다 보면 손톱에는 핏빛보다 더 붉은 흑적색 꽃들이 피어나는 것이었다. 너무 붉고 붉어 검은빛이 도는 그 손톱꽃들은 삼베에 무명옷만 걸쳐야 하는 가난한 처녀들에게 유일한 치장이고 멋부림이었다.

"그려, 끝엣손꾸락 두 개에만 딜여. 더 많이 딜이면 야허고 천헝게."

보름이는 딸들에게 이르고 가게로 돌아섰다. 그 말도 어머니가 했던 말이었고, 딸들이 그 말을 듣지 않으리라는 것을 알고 있었다. 자신이 그랬던 것처럼. 두 손 여덟 손가락에 다 물을 들이는 것이 왜 야하고 천한 것인지를 알게 되기까지는 꽤나 긴 세월이 흘러야 했다.

봉숭아꽃물의 아름다움이 절정을 이루는 것은 물을 들이고 나서 두어 달쯤 지나면서부터였다. 너무 짙어 검은빛이 돌도록 봉숭아물을 몇 번이고 들이면 그 물이 손톱가의 살에까지 배어들었다. 너무 짙은 흑적색은 맑은 기 없이 탁해 보이는 데다 살에 배어든 색깔은 살색과 섞여 누르붉게 칙칙해서 봉숭아물은 그때가 제일 보기 덜 좋았다. 그런데 설거지며 빨래 같은 물일을 보름쯤 하다 보면 살에 물들었던 색깔은 어느새 말끔히 날아가고 없었다. 그리고 한 달이 지나고 두 달이 지나면서 손톱의 봉숭아물도 햇살과 물길에 시나브로 바래고 씻겨 검은빛이 탈색되면서 맑고 깊은 빨간색으로 변해 있었다. 그때쯤이면 하얀 반달이 손톱 끝 살 속에서 솟고 있었다. 하얀 손톱과 맞물린 빨간 봉숭아물. 갓 솟아오른 하얀 반달로 봉숭아물은 더욱 빨갛게 돋아 보이고, 투명하게 짙은 빨간 봉숭아물로 손톱은 더욱 새하얗고, 그 아름다운 조화는 보석이 따로 없었다. 끝엣손가락 두 개에 하얀 반달을 물고 있는 빠알간 봉숭아물, 그 곱고 깔끔하고 귀한 아름다움은 그 어떤 꽃도 당할 수가 없었다.

"백반 넣소, 백반."

"고건 쬐깐 있다가 넣는겨."

"아니여, 첨보톰 넣야 혀."

"니 참말로 말 씹힐겨?"

"언니넌 통고집이여."

"하이고, 넘 말 허고 앉었다 잉."

금님이하고 금예는 또 다툼질을 해가며 길고 동그란 돌로 봉숭아꽃들을 콩콩 찧고 있었다.

꽃향기 그윽한 속에 어스름이 차츰 짙게 내리고, 모기들이 앵앵 날기 시작했다. 손에 잡힐 듯 가까운 여름별들이 다투어 돋아나고 있었다.

"웩! 우웩, 우웩!"

봉숭아꽃을 찧고 있던 금님이가 갑자기 입을 가리며 토악질을 했다.

"체했는갑네. 날 주고 쉬소."

금예는 재빨리 돌을 집어들었다.

"우웩, 웩! 웩, 웩!"

금님이는 한 손으로 입을 가리고 다른 손으로 가슴을 누른 채 더 심하게 토악질을 해댔다.

"치이, 나 몰르게 혼자만 찰떡 묵다가 얹힌 것이제."

금예는 입을 삐죽거리며 콩당콩당 돌방아질을 시작했다.

"웩, 우웨엑……! 엄니, 엄니, 나 죽어……."

금님이는 땅바닥에 주저앉으며 비실비실 쓰러지고 있었다.

"언니, 어찌 이려, 언니!"

금예는 그때서야 언니를 붙들었다.

"나 죽겠다, 엄니럴……, 우웨엑, 웩!"

금님이는 동생을 붙들고 토악질을 하며 부들부들 떨었다. 그러나 넘어오는 것은 아무것도 없었다.

"엄니, 엄니! 언니 죽네, 언니 죽어!"

금예는 마구 소리치며 마루로 뛰어오르고 있었다.

"무, 무신 소리여!"

보름이가 허둥지둥 마루로 나왔다.

"우웩, 웩! 우웨엑……."

맨발인 채로 마당으로 뛰어내린 보름이는 땅에 주저앉은 큰딸을 붙들었다.

"어찌 이러냐. 무신 괴기 묵었냐?"

금님이는 고개를 내둘렀다.

"글먼 쉰 반찬 묵었냐?"

"우웩, 웩, 웩……."

금님이는 토악질로 대답을 대신했다.

"금님아, 니 요새 꽃 비치냐?"

보름이는 딸의 등을 쓸어내리며 낮고 빠르게 물었다.

금님이는 고개를 저었다.

"글먼 안 비친단 것이여?"

숨을 몰아쉬며 금님이는 고개를 끄덕였다.

"고것이 얼매나 되았냐?"

"잘 몰러, 두 달인지 석 달인지……."

"아이고 이 멍청아, 애섰다, 애!"

보름이의 목소리가 활짝 밝아지며 딸을 끌어안았다.

"머시라고라? 엄니, 나 몰라라."

금님이가 깜짝 놀라는 듯하다가 어머니 어깨에 머리를 부리며 흑 울음을 터쳤다.

"아서라, 얼렁 일나그라. 여름땅이라도 땅 냉기 안 좋다."

보름이는 딸을 부축해 일으키며 가슴 먹먹한 울음이 복받치는 것을 느끼고 있었다. 그건 기쁨이면서도 서러움이었다. 기구하게 태어나 애비를 모르고 큰 것이 아이까지 갖게 된 것이었다. 그 범벅된 감정은 혼례를 치를 때 느꼈던 감정과 또다른 것이었다.

"엄니, 언니 어디가 아픈겨?"

금예가 따라오며 물었다.

"이, 다 나샀다."

보름이는 작은딸을 보며 잔잔하게 웃었다.

"요상허시, 곧 숨이 넘어가등마. 엄니 손이 약손은 약손인갑서."

금예는 씨익 웃고는 꽃을 찔으려고 돌아섰다.

"오늘 밤에 강 서방헌티 알리고, 일이고 묵는 것이고 개래감서 몸 간수 잘히야 혀. 여자 헐 일 중에 대 잇는 것이 질로 중헌 일잉게."

보름이는 딸을 마루에 누이며 차분한 소리로 말했다.

"엄니, 나 겁나네."

금님이는 어머니의 손을 더듬어 잡았다.

"애기간디. 다 지절로 풀리는 것잉게 겁묵덜 말그라. 차차로 맴이 든든해지니라."

보름이는 딸의 손을 꼬옥 잡았다. 또 어찌할 수 없이 세키야의 얼굴이 떠올랐다. 정이나 그리움이라고는 한 오라기도 없이 섬뜩한 징그러움과 서늘한 무서움만 남겨놓은 사람이었다. 세월은 속일 수 없어 그도 늙어서 언제인가 모르게 일본으로 떠나고 없었다. 행여 바란 것은 아니었지만 그는 떠나면서도 얼굴 한번 비치지 않았다. 모질고 야박한 사람이었다. 아니, 그것이 더 보시한 것인지도 몰랐다. 금님이나 금예는 아버지가 일찍 세상을 뜬 것으로 알고 있었던 것이다.

애비 없는 자식을 키운 죄는 금님이의 혼기가 차가면서 더 가슴 아리게 사무쳤다. 중매발이 섰다가도 과부 자식이라는 것이 알려지면 그만 이야기가 끊어지고는 했다. 애비가 없다는 것은 그저 흠이 아니고 또다른 죄였다. 지난날 어머니가 당했을 서러움과 외로움이 새삼스러워지기도 했다. 어차피 갖춘 집을 혼처로 구할 마음을 접어야 했다. 이쪽 흠만큼 저쪽에도 흠이 있는 집이라야 말길이 쉽게 트일 거였다. 그래서 홀어머니를 모시고 사는 철공소 직공과 인연을 맺게 되었다. 그나마 밥벌이 되는 기술이 있고 사람이 신실해 금님이가 복 받았다 싶었다. 그리고 가까이 살게 된 것도 또한 다행이었다. 비록 기구하게 태어났으나 제 한평생은 복되게 살라고 무리를 해가면서 혼수를 장만해 시집을 보냈다. 시어머니도 남편도 흡족해했고 금님이도 시집살이를 정거워했다. 그런데 고맙게도 반년 만에 태기까지 보인 것이었다.

그러나 보름이의 가슴에는 말 못할 걱정거리가 차 있었다. 정작 아들 삼봉이가 여지껏 장가를 안 간 것이었다.

"요새 시상에 장개 일찍 가는 것언 웃음거리구만이라. 조혼은 법으로도 금허는 판인디요. 돈 더 벌어갖고 갈랑게 아무 걱정 마시게라우."

혼인 말만 비치면 삼봉이는 이런 말로 얼렁뚱땅 넘기고는 했다. 그러나 삼봉이는 돈을 더 벌려고 장가를 미루는 것이 아니었다. 무언가 남모르는 일에 마음을 쏟느라고 장가갈 생각 같은 것은 하지도 않는 것이 분명했다. 그 일이 무엇인지 어림잡고 있기는 했지만 묻지는 않았다. 묻는다고 사실대로 대답할 것 같지가 않았고, 또 아는 것이 두렵기도 했다. 옛날에 남편도 의병들의 길안내를 하면서 자신에게는 낌새도 눈치채지 못하게 했던 것이다. 삼봉이는 벌써 남편의 그때 나이를 넘기고 있는 장부였다. 아들이 장하면서도 늘 걱정스러워 마음을 놓을 수가 없었다.

보름이는 보약을 지어다가 큰딸에게 달여 먹이기 시작했다. 약을 달이기에는 너무 더운 날이었지만 보름이는 그저 흥겹고 딸이 대견해 더운 줄을 몰랐다.

그런데 뒤숭숭한 소문이 퍼지고 있었다. 중국과 일본 사이에 싸움이 붙었다고 했다. 중일전쟁이라는 것이었다. 일본이 중국 전부를 조선처럼 집어먹게 될 거라고 하는가 하면, 초장에는 일본이 이

길지 몰라도 종당에는 일본이 당할 거라고 하기도 했다.

"고것이 어찌 되는 판이다냐?"

보름이는 종잡을 수가 없어서 아들에게 물었다.

"고것이 긍게 일본이 먼첨 쌈얼 시작히서 전쟁이 터진 것인디, 일본이 만주럴 집어묵음서보톰 일 저질를라고 맘묵고 있었든 일이구만요. 3월에 모집혀 간 이민도 다 그런 일 꾸밀라고 미리미리 채비헌 것이구만이라."

"왜놈덜언 어찌 그리 일마동 쑹허고 징허다냐. 근디 일본이 중국얼 다 집어묵는다는 것이 참말일그나?"

"금메 말이오, 더 두고 봐야겄는디요."

"요 일이 우리 조선사람헌티넌 더 궂어지겄지야?"

"그러겄제라."

"참말로 갈수록 태산이다 이."

소문은 날마다 달라지고 있었다. 일본군이 승승장구하고 있다는 것이었다. 중국의 옛날 서울인 북경을 빼앗았다고 하는가 하면, 다음날에는 천진을 빼앗았다는 것이었다. 그런 소문에 덩달아 뛰듯 순사들이 표나게 설치고 다녔다. 그리고 길을 걷는 일본사람들의 기세도 더 펄펄해졌다.

그러던 어느 날 밤늦게 오삼봉이 집으로 뛰어들었다.

"난리 났소, 엄니. 우리 피해야 허요!"

"무, 무신 일이다냐?"

"잽히면 다 죽웅게 얼렁 돈만 챙기씨요."

"무신 일인디 우리가 다 죽어야?"

"아, 말헐 새 없당게라."

"이, 이 점방언 어찌고?"

"금님이헌티 맽게야제라."

"금님이라고 안 당허겄냐?"

"금님이넌 출가외인 아니오."

"가면 워디로 간다냐?"

"우선 포교당으로 가야제라. 공허 시님얼 만내야 헝게."

"알겄다, 알겄다……."

보름이는 어질어질한 가운데 금예를 깨우고, 허둥지둥 돈을 챙겼다.

세 식구는 밤길을 줄기차게 걸어 새벽녘에 포교당에 당도했다.

"아니, 요것이 어쩐 일덜이여?"

그들을 맞이한 것은 마당을 쓸고 있던 손판석이었다. 그의 얼굴에는 반가움이 아니라 놀라움이 드러나 있었다.

"공허 시님 기신게라?"

오삼봉은 인사차례도 못하고 이렇게 불쑥 물었다.

"그분이야 안 기시제. 무신 일 났능가?"

"야아, 생사가 걸린 일이구만요."

"글면 이러고 있을 때가 아니제. 얼렁 따라오소."

손판석이 다리를 절룩거리며 후적후적 걷기 시작했다.

법당에서는 목탁소리와 함께 독경소리가 청아하게 울려나오고 있었다. 아침 예불을 올리는 것이었다.

"시님, 시님, 큰일이 났구만이라우."

손판석은 법당 앞에서 목청을 돋우었다. 예불을 올리는 데 있을 수 없는 불경이었다. 그러나 자비로우신 부처님께서는 세 중생의 생사가 걸린 일이니 용서하시리라 싶었다.

목탁소리와 독경소리가 그치더니 법당문이 열렸다. 법당에서 조용히 모습을 드러낸 것은 붉은 가사를 드리운 운봉이었다.

"시님, 군산서 보름 보살이……."

손판석이 합장하며 말했고, 운봉이 요사채로 가자고 손짓했다.

운봉이 나서자마자 보름이는 몸에 익은 동작으로 합장을 했고, 삼봉이는 고개를 꾸뻑했으며, 금예는 어머니 뒤에 숨듯이 하고 있었다.

"……한 동지가 일얼 실패험서 꼬리가 잽혀 체포되고 말았구만요. 고문이 지독시러 끝꺼정 비밀얼 지키기 에로울 것이고, 그리되면 그간에 헌 일이 있어서……."

오삼봉은 비밀조직을 만들어 그동안 활동해 온 내력과 이번에 일어난 사태를 간략하게 이야기했다.

"예, 당장 피해야 되겄구만요. 세세헌 것이야 공허 시님 기둘렸다가 의논디리기로 허고, 우선에 여그서 뜨십시다. 가차이 눈이 많은 게 여그도 안전치럴 못허구만요."

운봉은 주저하는 것 없이 결단을 내렸다.

그들은 곧 포교당을 나섰다. 먼동이 터오는 들녘길을 그들은 빨리 걸었다. 이슬에 흠뻑 젖은 푸르른 들녘에는 아직 인적이 없었다.

그들은 하루종일 산길을 걷고 걸어 해질녘에 산사에 도착했다. 지난날 송수익이 피신해 있던 절이었다.

"여그야 안전형게 공허 시님 오실 때꺼정 안심허고 푹 쉬시게라. 포교당 오래 비우면 혹시 의심 살지 몰릉게 소승은 이 질로 가야 겄구만요."

운봉은 석간수 한 바가지를 들이켜고는 바람인 듯 빠르게 떠나 갔다.

푸른 산줄기들은 굽이굽이 뻗어나가고 이어져 그 끝이 아스라하게 하늘로 빨려들고 있었다. 첩첩인 산들에 석양빛이 물들고 있었다. 오삼봉은 망연한 마음으로 산줄기들을 바라보고 있었다. 어머니를 따라 산골고향을 찾아갔던 일이 생생하게 떠올랐다. 삼봉산을 바라보며 할아버지와 아버지가 돌아가신 연유를 듣고 결심했던 일. 그 길을 따라 걷다 보니 이곳에 이르러 있었다. 이제 어떻게 해야 하는 것인가. 동지의 실토로 신원이 드러나면 어차피 이 땅에서는 살 수가 없었다. 그렇다고 경찰의 눈초리를 피해 산속을 옮겨다니며 연명해 갈 수는 없었다. 그러기에는 나이가 너무 젊었고, 하던 일도 끝난 것이 아니었다. 그 일을 계속할 수 있는 땅으로 가고 싶었다. 그런 땅은 만주뿐이었다. 그러나…… 어머니는 어찌할 것인가. 외할머니, 외삼촌, 이모도 계시니까 함께 가야 하는 것인가? 그쪽도 왜놈들 밑인데 살기가 얼마나 고달플 것인가. 가게를 정리하게 해서 무주 고향에 가서 사시는 게 어떨까. 아니야, 공허 스님이

오시도록 기다려야지…….

"오빠, 밥 왔는디…….'

금예가 오빠 옆으로 다가서며 기죽은 소리로 말했다.

오삼봉은 복잡한 생각들을 털어내며 돌아섰다. 밥상을 가져온 아기중이 총총걸음으로 돌아가고 있었다.

"엄니, 걱정 말고 많이 드시씨요."

오삼봉은 일부러 숟가락을 집어 어머니 앞으로 내밀었다.

"그려, 니도 걱정 말고 많이 묵어."

아들을 바라보는 보름이의 눈에 눈물이 핑 돌았다. 아들이 자기의 뜻을 그리도 속 깊게, 그러나 그토록 무서운 일을 해낼 줄은 몰랐던 것이다. 몇 년에 걸쳐서 잊어버릴 만하면 일어나고는 했던 그 살인사건들에 아들이 연관되었으리라고는 꿈에도 생각하지 못했던 것이다.

"참말로, 오빠가 그리 승헌 사람인지넌 몰랐구만."

금예가 뚱하니 말했다. 열다섯인 금예는 보름이를 많이 닮아 인물이 꽤나 고왔다. 그런데 전혀 닮지 않은 것이 툭 불거진 큰 눈이었다. 그 눈은 천상 서무룡의 눈이었다.

"승혀서 무섭지야?"

오삼봉이 픽 웃었다.

"아니, 믿기덜 안혀. 오빠넌 그리 인정이 많음스로…….'

금예는 끝말을 밥과 함께 삼켜버렸다. 사람 죽이는 일얼 어찌혔능가 몰라, 하는 말을 입 밖에 내기가 무서웠던 것이다.

"인정이야 니맨치로 착헌 사람덜헌티나 쓰는 것이고, 짐승만도 못허게 사는 놈덜언 다 죽여없애야 된다."

오삼봉은 여동생에게 경우를 따져주기 위해 일부러 강하고 분명하게 말했다.

"음마, 절에서 그리 궂은 말 막 허면 어쩌. 부처님언 미물도 살생허지 말라고 허셨는디."

"얼랴, 쟈가 철 다 든 소리 허네."

보름이가 어리둥절하게 딸을 쳐다보았고

"그려, 니 말이 맞다. 부처님께서넌 미물도 살생허지 말라고 갤치셨제. 근디 그 경우가 달를 때가 있니라. 옛날에 임진왜란이라고 왜놈덜이 우리나라럴 요새맨치로 쳐들어온 적이 있었니라. 그적에도 왜놈덜이 사방천지서 조선사람덜얼 죽여대고, 나라 군사덜 심언 모지래고 헝게 왜놈덜 몰아내고 나라허고 백성덜 구허자고 시님덜이 창칼 들고 나서덜 안혔겄냐. 그것이 승군인디, 시님덜도 싸우고 백성덜도 싸우고 혀서 7년 만에 왜놈덜얼 싹 몰아내고 나라럴 구했다. 그적에 왜놈 손에 시님덜도 많이 죽고, 시님덜도 왜놈덜얼 많이 죽였다. 요것이 머신지 아냐? 우리넌 가만히 있는디 우리럴 죽이고 드는 웬수덜얼 죽여 물리치는 것언 살생도 아니고 죄도 아니다 그런 말인 것이여. 시방 우리 조선사람덜 웬수넌 왜놈덜인디, 왜놈덜보담 더 나쁜 잡것덜이 누군지 아냐? 왜놈덜 앞잽이놀이허고 왜놈덜 편들어감서 배불르고 편케 잘사는 조선놈덜이여. 고것덜언 웬수에 웬수다. 왜놈덜얼 죽여야 허는 판에 그놈덜언 으째야 쓰겄냐?"

"……."

"아, 쳐다보고만 있지 말고 얼렁 대답히 봐."

"죽여야제,"

"그려, 죽여야 허는 것이여. 그려서 오빠가 헌 일이 그것인 거이다."

오삼봉은 마침내 속이 후련해지는 걸 느끼며 밥을 한입 가득 떠 넣었다.

"근디…… 우리넌 인자 어쩐당가?"

금예의 근심스러운 말이었다.

"걱정되냐?"

오삼봉이 씨익 웃었다.

"……."

금예는 툭 불거진 큰 눈으로 오빠를 빤히 쳐다보고만 있었다.

"아무 걱정 말어. 공허 시님이 오시먼 일이 다 풀릴 것잉게."

공허는 닷새가 지나도 나타나지 않았다. 오삼봉은 초조한 기색 이 심해져 갔다. 보름이는 아들과 또 다르게 옹색해서 견딜 수가 없었다. 아무것도 하는 일 없이 세 식구가 절 양식을 축낸다는 것 이 너무 짐스럽고 면목 없었던 것이다. 그래서 딸을 데리고 밥 짓 는 일에 나섰다. 그런 마음을 헤아린 주지승이 말했다.

"보살님, 그리 맘쓰시덜 말고 편안허니 쉬시게라. 절 양식은 본시 중생덜 것이제 임자가 따로 있는 것이 아니고, 아드님언 부처님에 극락정토럴 맨글라고 장헌 일 허신 것인디 그 공만으로도 평상 절 밥 잡수시기에 족허구만요. 요런 무한지옥 시상에서 질로 장헌 것이 아드님 곁은 일 허는 것이제 머시가 또 있겠능게라. 공허 시님이야 정처가 없으신게 그저 백일기도 올린다 셈 치시고 편안허니 쉬시씨요."

"아이고메 시님, 과만허고 황감허신 말씸이구만이라우."

보름이는 그 말이 너무 고맙고 눈물겨워 합장과 함께 그저 머리를 조아렸다.

오삼봉은 지루함을 면하고 밥값도 하려고 나무도 해나르고 장작도 팼다. 그러나 열흘이 넘어도 공허 스님의 얼굴은 볼 수가 없었다.

오삼봉은 산을 내려가고 싶은 충동을 순간순간 느꼈다. 다른 동지들이 어찌 되었는지 걱정이 되어 견디기가 어려웠다. 무슨 일이 생기면 각자 피신하기로 되어 있었다. 체포된 동지는 어찌 되고 있는지, 다른 동지들은 무사한 것인지, 마음의 요동을 가라앉힐 수가 없었다. 그리고 만주로 뜨게 된다면 다른 동지들도 함께 가는 것이 어떨까 싶었다. 체포된 동지가 끝까지 입을 열지 않는다면 모르지만 만약 고문을 견디지 못하고 조직을 실토해 버리면 다른 동지들은 우선 피신했다 하더라도 더 이상 이 땅에서 활동하기란 어려운 일이었던 것이다. 사태변화를 알아봐 달라고 했는데 어찌 된 일인지 운봉 스님한테서도 아무 연락이 없었다.

그런데 열이틀 만에 운봉 스님한테서 연락이 왔다. 조직 전모가 드러나서 경찰이 본격적인 수사에 나섰다는 것이었다.

오삼봉은 곧 운봉 스님에게 연락을 보냈다. 나머지 동지들의 주소를 적고, 그들의 가족을 접촉해서 그들의 피신처가 안전하지 못하다고 생각하면 절로 안내해 달라는 부탁이었다.

공허 스님은 보름에서 사흘이 더 지나 마침내 모습을 드러냈다.

"운봉헌티 이야기 다 들었다. 세월이 유상허다, 니가 그리 붕알값 톡톡허니 다 해내고."

공허는 껄껄껄 웃더니 오삼봉을 와락 끌어안았다.

"장혀, 장혀, 이 땅으 남아덜이 갈 질이 바로 그것인 것이여."

공허는 목소리만큼 뜨겁게 오삼봉의 등을 두들겼다. 그런 공허의 얼굴은 나이를 짐작할 수 없도록 혈색 좋고 활기차 보였다. 그러나 그도 어느덧 지천명의 나이였다.

"그려, 인자 어찌헐 작정이냐?"

자리를 잡고 앉은 공허가 침착하게 물었다.

"저어, 조직이 탄로 나서 경찰이 본격적으로 수사에 나섰당게 인자 여그서넌 더 활동 못허덜 안컸능게라. 그렇게 만주로 갔으먼 허는디요. 외삼춘도 기시고 헝게……."

"식구덜도 다 함께 말이냐?"

공허의 눈길이 보름이 모녀를 빠르게 훑었다.

"그것언 어찌야 좋을란지 안직……."

"그려……." 눈길을 떨군 공허는 한참을 앉아 있다가, "만주넌 시방 쌈터제 사람이 살 만허덜 안타. 독립군덜허고 일반사람덜허고 연관을 끊을라고 왜놈덜이 집단부락이니 안전농촌얼 맨글어서 사람덜얼 몰아넣는디, 고것이 감옥이나 진배없응게 사람 살기가 여그보담 영 못허다. 그렇게 엄니허고 동상은 여그 남고, 갈라면 니 혼자 가야 헐 거이다. 으쩔라냐?"

공허는 오삼봉과 보름이를 동시에 쳐다보았다.

오삼봉은 어머니에게 눈길을 돌렸다. 보름이는 축축한 눈길로 아들을 바라보며 고개를 끄덕였다.

"예, 시님 말씸대로 허겠구만요."

오삼봉이 고개를 숙여 보이며 대답했다.

"그려, 잘 생각힜다. 엄니허고 동상이야 걱정 말그라. 허고, 운봉 헌티 느그 동지덜 부탁혔는갑제?"

"예에⋯⋯."

"일얼 추실리고 있응게 기둘려라. 떠날 채비허로 나가 메칠 댕게 올 디가 있응게 니넌 그간에 밥 많이 묵고 기운이나 모타놔라."

공허는 장삼자락을 내치며 일어났다.

보름이는 밤마다 잠을 설치며 뒤척였다. 아들과의 이별이 슬퍼서 만이 아니었다. 애초에 아들에게 할아버지와 아버지의 내력을 알려준 것이 잘한 것인지 잘못한 것인지 마음이 어지럽고 괴로웠던 것이다. 둘도 아닌 핏줄을 만리타국 싸움터로 보내게 된 것은 순전히 그 이야기를 해준 때문이었다. 시아버지가 책망하는 것 같았고, 남편이 원망하는 것도 같았다. 또 어느 순간에는 시아버지와 남편이 함께 그 이야기는 잘 알려준 것이고, 아들을 실하고 든든하게 잘 키웠다고 칭찬하는 것 같기도 했다. 그때처럼 꿈을 꾸고 싶었다. 시아버지가 삼봉이를 데리고 산골을 떠나라고 일러주었던 것처럼 다시 시아버지를 뵙고 싶었다. 그러나 시아버지는 나타나지 않았다.

또 하나의 후회가 있었다. 일이 이렇게 될 줄 알았더라면 우격다짐으로라도 혼인을 시켜야 했던 것이다. 핏줄을 하나라도 받았더라면 시아버지와 남편에게 죄스럽지 않고, 자신도 그나마 의지할데가 생겨 마음 다잡고 살 수 있었을 거였다. 한번 가면 어찌 될 줄모르는 길, 가지 못하게 하고 싶었다. 그간에 한 일로 할아버지와아버지의 원수갚음은 웬만큼 한 것이니 이대로 어느 산골에 자리잡고 화전이라도 일구며 살고 싶었다. 아들이 없는 나날을 살아갈수 있을 것 같지 않았다. 그 서러운 꼴, 험한 고생 다 이기고 살아온 것은 자신의 힘이 아니었다. 그건 아들의 힘이었고, 아들이 없었더라면 생기지 않았을 힘이었다. 아들을 따라가고 싶었다. 거기가아무리 살기 어렵다 해도 아들만 있으면 얼마든지 참고 이겨낼 수있었다.

이런 오만 가지 생각들이 하룻밤에도 수십 번씩 얽히고설켰다. 그러다 날이 새면 부처님 앞에 간곡하게 합장을 했다. 마음을 붙들어달라고. 마음이 흔들리지 않게 해달라고. 딴마음 생기지 않게해달라고.

공허는 엿새 만에 한 청년과 함께 돌아왔다. 그 청년은 오삼봉의동지 배영범이었다.

"우리가 한발 늦은 것이여."

공허의 이 한마디에서 오삼봉은 모든 형편을 알아차렸다. 다른두 동지는 체포되었다는 뜻이었다. 다섯 중에서 세 사람은 체포되었고, 혈청단은 사라진 것이었다.

"그 사람이 실토헐지넌 몰랐는디."

단둘이 되자 코 큰 배영범이 얼굴을 찌푸리며 혀를 찼다.

"잊어부러, 왜놈덜 고문이 그리 맨들었을 것잉게." 오삼봉은 배영범의 등을 어루만지고는, "시님헌티 만주로 뜬다는 말언 들었겄제?" 나직하게 말했다.

"가야제, 딴 질이 없는디."

배영범의 어조에 힘이 실려 있었다.

"그려, 가드라고."

두 사람은 손을 맞잡았다.

저녁을 먹고 나자 공허는 두 사람을 불러앉혔다.

"요것언 인삼이여. 포목장시가 되면 당장 돈이야 작게 들어도 짐이 커서 기동허기가 심이 들제. 허고, 인삼언 당장 돈이 잠 많이 들어도 짐 작아 기동허기 좋겄다, 뇌물로 왜놈덜 눈 피허기 좋겄다, 노자로 써묵기 좋겄다, 아조 금상첨화여. 무신 말인고 허니 말이여, 조선인삼이다 허면 약효 좋다고 중국놈덜이 환장얼 허는디, 만주에 있는 왜병놈덜도 그 소리 귀동냥히서 조선인삼에 사족을 못쓴다 그것이구만. 정력 좋아질라고 눈에 불 쓴 왜놈덜헌티 한두 뿌리 살짝 내밀먼 어디서고 무사통과여. 인자보톰 자네덜언 인삼장시시 잉."

바랑에 가득 담긴 인삼을 꺼내가며 공허가 한 말이었다.

다음날 아침 일찍 그들은 길을 나섰다.

"소승이 댕게올 때꺼정 폭 쉬심서 염불이나 허시게라."

공허가 보름이에게 말했다.

"야아……, 원로에 너무 애쓰시겠구만요."

보름이가 합장하며 고개를 깊이 숙였다.

"무신 말씸이신게라. 나이 묵어 벨로 쓸모없이 된 이 땡초가 생광으로 알고 허는 일인디요."

공허가 합장하며 흔쾌하게 웃었다.

"엄니, 건강허셔야 허요 이."

오삼봉은 어머니의 손을 잡았다. 그 눈자위에 붉은 경련이 일고 있었다.

"그려, 에미 걱정 말고 니나……, 니나……."

울음으로 보름이의 목이 막혔다. 보름이는 눈물을 보이지 않으려고 속입술을 깨물었다.

"금예야, 엄니 잘 모시고……."

오삼봉은 여동생의 어깨를 다둑거렸다.

"오빠……!"

금예는 고개를 떨구며 옷고름끝을 눈으로 가져갔다.

"엄니, 글면……."

오삼봉은 허리를 깊이 구부렸다.

"그려, 그려……."

보름이는 왼손으로 입을 가리며 오른손으로는 어서 가라는 손짓을 했다. 그런데 '그려, 그려' 하는 소리는 말이라기보다는 차라리 뭉텅이진 울음이었다.

공허가 돌아서고, 배영범이 돌아서고, 오삼봉이 돌아섰다. 그들의 걸음은 차츰 빨라지기 시작했다.

멀어지는 아들을 지켜보고 있는 보름이의 왼손은 점점 더 세게 입을 누르고 있었다. 아들의 모습이 멀어질수록 보름이의 눈앞은 눈물로 흐려지고 있었다.

여보…….

보름이는 자신도 모르게 남편을 불렀다. 속으로나마 남편을 불러본 것은 너무나 오랜만이었다. 눈물 속에서 흐려지며 멀어져 가고 있는 아들의 뒷모습은 남편의 모습 그대로였던 것이다.

세 사람의 모습은 나무숲 사이 비탈길 그 어딘가로 깜빡 사라지고 말았다.

공허는 사흘 동안 산길을 타고 대전까지 걸었다. 전주 이리는 물론이고 논산까지 기차역은 위험했던 것이다. 경찰에서는 그 역들마다 오삼봉과 배영범의 얼굴을 아는 사람들을 끌어다가 배치시켜 놓고 잠복해 있는지도 모를 일이었다.

걸어가는 동안 오삼봉과 배영범은 궁금하고 모르는 것들을 이것저것 물었다.

"중국허고 전쟁이 터졌는디 조선사람덜 살기넌 어찌 될게라?"

"그야 더 에롭고 고상시러와지겠제. 왜놈덜이 발써 각 도에다가 관민총후활동이라고 허는 전시체제령을 내랬고, 또 그 빌어묵을 놈에 산미증식 5개년계획을 되살리기로 혔당게. 전시체제령으로 조선사람덜얼 더 꼼지락달싹 못허게 묶어놓고 볶아칠라는 것이고,

중국서 싸우는 군인딜 군량미럴 조선서 긁어가자는 심뽀란 말이
시. 인자 조선땅언 생지옥서 불지옥으로 변해가게 생겼네."

"만주에넌 독립군이 많은게라?"

"이, 많제. 인자 조선독립군만 있는 것이 아니여. 중국사람딜도
왜놈덜얼 몰아낼라고 나섰응게 그 수가 굉장허제. 근디 왜놈 몰아
내자는 뜻이 같어서 두 나라 사람딜이 함께 어울려 싸우는디, 압
록강 두만강 건너 산중으로넌 그 부대딜 천지로구만."

대전에서 기차를 탔다.

"인자보톰 입조심히야 써."

공허가 기차에 오르기 전에 눈빛 매섭게 주의를 시켰다.

서울에 도착해서도 공허는 잠자리를 역 주변 여관에 잡지 않았다.

"왜놈덜헌티 무신 조사럴 당헐 적에넌 눈얼 쳐다보지 말고 그저
굽실기리기만 혀. 눈얼 뵈면 이짝 맘얼 들키기 쉬운게."

기차를 다시 타기 전에 공허는 이런 말도 일렀다.

세 사람은 신의주에서 내렸다.

"여그서 돌아가는 행편얼 잠 알아보드라고. 요새 사정이 시끌시
끌히졌응게."

공허의 말이었다. 중국과 전쟁이 벌어져 국경 조사가 더 심해졌
을 것이 뻔했고, 변장을 했다고 했지만 귀신같이 냄새를 맡는 철도
경호대의 눈을 속일 수 있을지 불안했던 것이다. 두 사람 다 젊다
는 것이 의심받기 딱 좋았다. 의심받고 일단 끌려 내리면 불구덩이
속으로 들어가는 것이나 마찬가지였다. 의심스러운 사람을 잡으면

조선 어디에서나 늦어도 이틀이면 신원이 확인되는 것이 경찰의 전화조직망이었다.

공허의 예상은 틀림이 없었다. 철도경호대의 조사가 말도 못하게 심해졌고, 국경의 수비도 더욱 강화되었다는 것이었다.

"기차로넌 안 되겄구만. 배럴 타야제."

공허가 내린 결정이었다.

세 사람은 용암포로 갔다. 압록강을 오르내리는 배들이 모이는 용암포에는 월강을 시켜주는 나룻배가 섞여 있었던 것이다.

공허는 이틀 만에 배를 구했다. 배에는 세 사람만 타기로 했다. 다른 사람들이 탈 경우 그들 속에 누가 섞여 있을지 몰랐던 것이다. 독선을 부리는 대신 뱃삯이 비쌌다.

"저짝언 으쩌요?"

공허는 돈을 지불하기 전에 따지듯 물었다.

"안심허시오."

"수비가 심해졌다는디?"

"그래도 빈 구멍은 다 있지요."

자정이 가까워 배에 올랐다. 배는 어둠 속을 헤집기 시작했다.

깊은 밤의 적막 속에 보이는 것이라고는 아무것도 없었다. 뱃전에 부딪는 물결소리만 가녀리게 들리고 있었다. 배가 움직여 나아갈수록 땅에서와는 다른 서늘한 물기운이 느껴졌다.

오삼봉은 그 서늘함에서 눈에 보이지 않는 압록강을 느끼고 있었다. 그는 몇 번이고 숨을 깊게 들이쉬었다. 줄곧 두근거리고 있는 뜨거운 가슴을 그 서늘한 기운으로 식히고 싶었던 것이다.

아아, 마침내 압록강을 건너고 있구나……!

오삼봉은 형용할 수 없는 감회에 휘감기고 있었다. 그 멀리멀리 느껴졌던 압록강. 고보를 다닐 때까지만 해도 압록강을 건너 만주에서 독립투쟁을 하는 사람들은 특별난 사람들이라고 생각했었다. 그런데 이제 자신이 압록강을 건너 만주로 가고 있는 것이었다. 꼭 꿈만 같은 일이었다.

긴 숨을 내쉬느라고 고개를 젖히던 오삼봉의 눈길은 문득 하늘에 박혔다.

아아…….

하늘에는 별사태가 일어나 있었다. 어둠이 짙은 만큼 명멸하고 있는 무수한 별들이 곧 쏟아져 내릴 것처럼 치렁치렁했다. 그 하늘에 두고 온 고향과 어머니의 모습이 있었다. 오삼봉은 목이 메었다.

어머니…….

평생 기구하게 살아온 그분의 말년을 생각하면 가슴이 쓰리고 아팠다. 앞으로 또 얼마나 고생을 할 것인지 생각할수록 죄스럽기만 했다. 어려서부터 여동생들을 다독거리고 단 한 번도 싫은 기색을 하지 않았던 것은 어머니의 마음을 아프게 하지 않기 위해서였다. 세키야에게 구박받고 살아온 기억은 지금까지도 너무나 뚜렷했다. 그 어린 나이에 세키야를 죽일 생각을 얼마나 많이 했는지 몰랐다. 왜놈들에 대한 증오는 그 시절부터 자라나기 시작했다. 그러나 어머니가 고향에 데려가지 않았더라면 학생운동 때 앞장서지도 않았을지 모르고, 지금쯤은 어느 직장에서 월급 받으며 아이나 둘쯤 낳고 살지도 몰랐다. 어머니는 그런 편안함을 원치 않았기 때문에 굳이 고향에 데려간 것일 거였다. 그러기에 어머니는 자신을 떠나보내면서도 끝내 눈물을 흘리지 않았고 소리내 울지도 않은 것이었다. 어머니는 무섭도록 강한 분이었다.

배가 강가에 가까워지고 있었다.

"다들 내릴 채비하시오."

사공의 속삭임이었다.

그들은 배의 흔들림에 조심하며 엉거주춤 몸을 일으켰다.

배가 뭍에 걸리며 사공이 물로 첨벙 뛰어내렸다.

"어서어서 내리시오."

배를 붙든 사공이 재촉했다.

그들은 빠르게 배에서 뛰어내렸다. 그때였다. 갑자기 불빛이 번쩍하며 외침이 터졌다.

"꼼짝 말고 손들엇!"

"아이고, 배를 잘못 댔나."

사공이 다급하게 쏟아낸 말이었다.

그러나 그때는 이미 총을 겨눈 일본군 두 명이 버티고 서 있었다.

"나무아미타불 관세음보살……."

공허가 태연하게 합장하며 두 군인 앞으로 다가섰다. 다음 순간 공허는 한 군인이 들고 있는 손전등을 걷어차며 외쳤다.

"내빼! 산으로 내빼!"

오삼봉과 배영범은 후닥닥 튀기 시작했다.

탕! 탕, 탕!

"으윽, 윽!"

공허는 총 맞은 가슴을 싸잡고 비틀거렸다. 그는 비틀거리며 일본군을 향해 덤벼들고 있었다. 그의 의식 속에는 일본군들을 가능하면 오래 붙들고 있어야 한다는 생각뿐이었다.

탕! 탕!

공허는 넘어질 듯하다가 다시 군인들을 향해 덤비고 있었다.

탕! 탕!

마침내 공허는 땅바닥에 철퍽 엎어지고 말았다.

14

20만 명을 실은 유형열차

"신부가 어찌 저리 생겼나?"

"그래, 신랑만 못하지?"

"그거 말이라고 허는가?"

"왜?"

"댈 걸 대야지."

"신랑이 너무 잘생겨서 그렇지."

"그리 말하지 말어. 시집가는 날 예쁘단 소리 못 듣는 신부 없다는 말도 몰라."

"그렇지. 신부 혼자 있어도 그 소리는 못 들을 인물이다."

여자들 서넛이 가만가만 수군거리고 있었다. 그들만이 아니라 다른 여자들도 수군거렸다.

"신랑이 눈이 멀었나?"

"늦장가라 맘이 급했던 모양이지."

"그렇다고 저리 밑지는 장사를 해?"

"아니, 사람이 어디 인물만 갖고 사는가? 여자가 아주 똑똑하다던데. 학식도 높고."

"모르지, 맘이 고와 반했는지도."

"누가 아는가, 배꼽 밑이 기막힌지도."

"아이고, 징그러운 소리 다 하네."

"징그럽기는. 절세미인이 왜 소박맞는데."

"자네는 배꼽 밑이 기막혀 소박 안 당했구나."

"흐흐흐……."

"아니, 그 말 한번 묘하네? 그럼 내 얼굴이 저 신부처럼 못났단 말 아니야?"

"크크크크……."

"아니, 아니, 그런 말은 아니네."

"어디 이따가 보세."

여자들이 끼리끼리 수군거리고 킥킥대는 동안에 결혼식은 끝났다.

윤철훈은 신랑 같지 않게 그저 덤덤한 얼굴이었다. 그러나 못생겼다고 입질에 오른 신부는 발그레하게 달아오른 얼굴로 부끄럼을 타고 있었다. 신부는 예쁘지는 않았지만 여자들이 입방아를 찧어댄 것처럼 그렇게 못난 인물도 아니었다. 그저 보통으로 생긴 인물에 흠이라면 이마가 불거진 편이었고, 입술이 두꺼운 것이었다. 거기다가 나이가 들어 앳된 티가 없었던 것이다. 그런데 여자가 풍기고 있는 인상은 어딘가 색다른 데가 있었다. 어느 여자가 말한 것처럼 학식이 높아서 그런지 도도한 것도 같았고 냉담한 느낌이기도 했다. 그런 인상은 눈매 때문인지도 몰랐다. 눈꼬리가 치올라간 듯한 그 여자의 눈은 예사롭지 않게 예리하면서도 총기가 느껴졌다.

"오빠, 축하드려요."

윤선숙이 웃으며 윤철훈 앞으로 다가섰다.

"축하는 무슨, 쑥스럽게."

윤철훈이 정말 쑥스럽게 웃었다.

"늦장가 축하하네."

옆에 섰던 조강섭이 손을 내밀었다.

"모르겠네. 축하받아야 되는 건지."

조강섭과 악수를 나누며 윤철훈은 쓴 것도 아니고 떫은 것도 아닌 묘한 웃음을 피워냈다.

"본전 찾으려면 애나 부지런히 낳게. 그래도 내 이익에는 못 당하니까."

"난 포기하겠네. 술로나 실속 차려야겠으니 이따가 보세."

윤철훈은 다른 사람들에게 인사를 받으며 신부와 함께 식장 밖으로 나가고 있었다.

"아무리 생각해도 이상하네요."

윤선숙이 마땅찮은 얼굴로 고개를 갸웃거렸다.

"뭐가 말이오?"

"그렇게 둔감해요?"

윤선숙이 짜증스레 톡 쏘았다.

"글쎄, 뭘 예민하게 느껴야 하는데?"

조강섭은 이미 짐작을 하면서도 짐짓 모른 체하고 있었다.

"둔감이 아니라 아예 무관심이로군요. 신부 생김이 그게 뭐예요.
오빠한테 너무 실망했어요."

"그 생김이 어째서. 매력 있잖소."

"네에? 매력이라구요?"

윤선숙의 큰 눈이 더 커졌다.

"얼마나 개성적이오."

조강섭은 빙글빙글 웃었다.

"아니, 농담이에요 진담이에요?"

"어디 맞혀보시오."

"장난하지 말아요. 난 화가 나 죽겠는데."

"당신이 왜 화가 나?"

"그런 여자가 올케니까 그렇죠. 아까 사람들이 수군대는 소리 듣
지도 못했어요? 정말 창피해서 죽겠어요. 오빤 미쳤나 봐요."

윤선숙의 눌러왔던 감정의 매듭이 풀리고 있었다.

"여보, 그렇게 말하는 게 아니오. 오빠가 미쳤으면 당신도 미쳤소."

"네에?"

윤선숙이 걸음을 멈추었다.

"날 보시오. 이 절름발이를 선택했을 때 사람들이 당신보고 뭐라

고 했겠소. 당신 식으로 말하자면 미쳤다고 했을 것 아니오?"

조강섭은 불편한 다리를 약간 들어 보이며 웃었다.

"어머, 당신은 달라요. 그건 투사의 훈장이에요."

"이런, 속 모르는 남들이 보기엔 마찬가지요. 이 다리에 혁명투쟁에서 다친 것이란 표시가 없어도 당신이 당당해하듯 오빠가 그 여자를 선택한 데도 다 이유가 있을 것 아니겠소."

"체, 당신 논리에 내가 언제 이긴 적 있나요."

윤선숙이 토라지듯 하며 걸음을 떼어놓았다.

"그 여자가 무슨 일을 하는진 모르겠지만 내가 보기엔 만만한 여자가 아니오. 얼핏 보기엔 인물이 그렇고 해서 허술하게 볼 수도 있는데, 좀 유심히 보면 거만기도 있고 냉정해 보이기도 한 게 예사 여자는 아닐 거요."

"시거든 떫지나 말지, 못생긴 게 시건방져 보이기까지 하니까 더 가관이지요."

"허, 허, 사촌시누이도 시누이라고 당신이 아주 시누이 노릇 톡톡하게 하려 드는군. 조선피 참으로 무섭다."

조강섭은 웃음으로 이야기를 마무리지었다. 그러면서 아내의 트집 잡는 심정을 이해하고 있었다. 그 트집은 상실감에서 움터나는 것이었다. 오빠를 빼앗겨버리는 것 같은 심정, 아내는 윤철훈과 사촌형제간 같지 않은 깊은 우애로 살아왔던 것이다.

"세상은 달라졌다는데 블라디보스토크는 달라진 게 아무것도 없군."

비탈을 올라가는 전차를 보며 조강섭은 중얼거렸다.

"숙청해 대느라고 세월 다 보내고 있으니 무슨 건물 하나 새로 지을 수가 있겠어요. 그까짓 권력이 뭐라고."

조강섭에 비해 윤선숙의 말은 직설적이었고 목소리도 컸다.

"여보, 무슨 말을!"

조강섭이 놀라며 윤선숙을 쏘아보았다.

"체, 못할 소리 했나요 뭐."

윤선숙이 불만에 찬 얼굴로 코웃음을 쳤다.

조강섭은 아내를 더 탓하지 않고 입을 다물었다. 그런 위험스러운 말을 부쩍 자주 하는 아내의 심정을 알면서 더 할 말이 없었던 것이다. 또한 자신도 그런 말을 하고 싶기는 마찬가지 심정이었다.

"아, 바다는 여전히 좋군."

언덕바지에 오르자마자 조강섭은 두 팔을 뻗쳐올리며 감탄을 토했다.

신한촌 앞바다가 시원하게 펼쳐져 있었다. 낙엽이 지고 있는 가을의 정취 속에서 바다는 슬프도록 맑고 푸르렀다.

윤선숙도 걸음을 멈추며 바다를 바라보았다. 그 바다 위에 선연하게 떠오르는 얼굴이 있었다. 이광민이었다. 조개와 해삼을 잡던 일이 너무 생생했다. 소년처럼 신기해하던 그의 모습이 콧날을 시큰하게 울렸다. 그의 기억이 이다지도 선명하게 남아 있을 줄은 몰랐던 것이다.

그는 지금 어디 있는 것일까. 아직도 중국땅 어딘가에서 싸우고 있는 것일까. 그도 가끔은 나를 생각할까. 아니, 편지 받고 나서 잊었는지도 모르지.

"신한촌이 어쩨 쓸쓸해 뵈는군."

조강섭이 침울한 어조로 말했다. 신한촌은 오른쪽으로 맞바라보였다.

"왜 안 그렇겠어요. 독립투사들 발길이 끊긴 지가 언젠데."

윤선숙은 이 말과 함께 황급히 이광민을 지웠다. 짧은 시간이나마 남편을 옆에 두고 옛 남자의 생각에 빠진 것이 너무 죄스러웠다. 윤선숙은 신한촌 쪽으로 앞서 걷기 시작했다.

윤철훈과 조강섭 내외가 마주 앉은 것은 이튿날 오전이었다. 전날 밤에는 많은 사람들과 술잔치가 벌어져 신랑은 곤죽이 되어버렸던 것이다.

"속은 괜찮은가?"

과음으로 아직도 얼굴이 부슥부슥한 윤철훈을 보고 웃으며 조강섭이 물었다.

"말 말게. 나도 이젠 늙었나 봐."

윤철훈이 고개를 저으며 두 손으로 얼굴을 훔쳤다.

"이런, 신랑한테 어울리는 말이로군."

조강섭이 헛웃음을 흘렸다.

"자넨 지내기가 어떤가?"

윤철훈이 물그릇을 들었다.

"뭐, 코흘리개들하고 마냥 그렇지."

"그런 생활이 부러울 때도 있고……." 윤철훈은 담배를 빼들고는, "나 곧 딴 데로 옮겨갈 것 같네." 성냥을 그으며 말했다.

"딴 데?"

"어디로요?"

조강섭과 윤선숙의 말이 겹쳐졌다.

"뭐, 그리들 놀랄 건 없고. 어딘지는 아직 잘 모르겠네."

"그럼, 나쁜 쪽은 아닌 거예요?"

윤선숙이 다그쳐 물었다. 조강섭과 윤선숙은 직감적으로 숙청을 떠올렸던 것이다. 그동안 숙청의 회오리에 말려 종적을 감춘 조선 사람 당원들이 적잖았던 것이다.

"그렇지, 나쁜 쪽이면 미리 알 리가 있나."

윤철훈은 가볍게 웃어 보였다.

"휴우, 간떨어지겠어요."

윤선숙이 손으로 가슴을 눌렀다.

"저런, 너무 긴장들 하고 사는구나. 그럴 거 없어. 정치행위를 하고 사는 것도 아닌데."

윤철훈은 손윗사람답게 말했다. 그러나 속마음은 착잡하기만 했다. 스탈린정권의 강화를 위한 내부 정치숙청도 어지러운 데다 일본의 만주 점령으로 연해주 일대의 불안과 긴장은 고조되었다. 그런데 일본이 결국 중국과 전쟁을 일으키자 그 위협은 곧바로 연해주에 미쳤고, 연해주의 조선사람들이 느끼는 불안과 긴장은 더욱 커질 수밖에 없었다. 자신에게 내려진 이동명령도 중일전쟁의 발발과 직결되어 있었다. 물론 일본의 만주 장악에 따라 예비된 것이기는 했지만 뜻밖에 장춘 침투가 결정된 것은 중일전쟁 때문이었다. 결혼을 서둘러 한 것도 그 위장을 위해서였다. 그러나 그런 사실들을 여동생과 조강섭한테까지도 감추지 않을 수 없었다. 국가적 기밀이기 때문만이 아니었다. 그런 것이야말로 알면 병이고 모르면 약이었던 것이다.

"오빠……, 혹시 저어……."

윤선숙이 머리칼을 넘기며 무슨 말인가를 머뭇거렸다. 활달한 그녀답지 않은 태도였다.

"응, 무슨 말인데?"

어서 말하라고 윤철훈이 눈짓했다.

"혹시 조선사람들에 대한 소문 내용을 알고 계세요?"

윤선숙의 말이 조심스러웠고, 아내의 말에 따라 조강섭의 얼굴이 어두워졌다.

"소문 내용?"

반문하는 윤철훈의 표정은 소문이 어떤 것인지를 모르고 있는 것 같았다.

"그 소문을 못 들으신 모양이지요? 조선사람들을 중앙아시아로 이주시킬 거라는데……."

윤선숙의 얼굴에 실망의 빛이 드러났다.

뭐라고? 중앙아시아!

윤철훈은 순간적으로 충격을 받았다.

"이거 미안하구나. 새로 시작하게 될 일 준비하느라고 내가 몇 달 동안 갇혀 지내다시피 해서 무슨 일인지 잘 모르겠다. 어디 자세히 좀 얘기해 봐라."

담배를 빼드는 윤철훈의 얼굴이 긴장되고 진지했다.

"여긴 어떤지 모르지만 우리가 사는 데는 연해주의 조선사람들을 전부 중앙아시아로 이주시킬 거라는 소문이 파다해요. 그러니까……, 우리 마을 근방에 원동사범대학을 다니던 학생이 있었는데 넉 달 전인가, 지난 5월에 집으로 돌아왔어요. 왜 그런고 하니, 조선학생들을 해권회관에 집합시켜 놓고 어떤 러시아사람 셋이 '모두 집으로 돌아가라. 가서 같이 중앙아시아로 가'고 했다는 거예요."

"중앙아시아……."

윤철훈은 침통하게 중얼거리며 담배연기를 짙게 내뿜었다. 그는 막연한 채로 그런 일이 벌어질 수도 있다는 불길한 예감에 휩싸이고 있었다.

"그게 사실일 가능성이 많은데, 그렇다면 그거 큰일 아닌가?"

마침내 조강섭이 입을 열었다. 그의 눈에 적의가 서려 있었다.

"글쎄, 조선사람들을 전부 이주시킨다면 그건 집단 강제이주가 되는 건데, 그거야 보통 문제가 아니지."

윤철훈의 태도에도 거부감이 드러나고 있었다.

"만약 그렇다면 우리 조선사람들도 무슨 대책을 강구해야 되지 않겠나?"

조강섭의 목소리가 열기를 띠고 있었다.

"아니야, 내가 사실 여부를 먼저 알아보겠네. 이건 섣불리 행동해선 안 될 문제 같네. 만약 그게 사실이라면 지방당이 아니라 당중앙의 결정일 테니까 말야."

윤철훈이 괴로운 눈길로 조강섭을 쳐다보았다.

"알겠네만, 당중앙의 결정이라 하더라도 그건 말이 안 되는 처사 아닌가."

"당연하지. 조선사람들 전부를 강제로 이주시킨다는 건 한 민족의 생존권을 침해하는 중대한 문제고, 사회주의 이념에도 위배되는 처사지. 낭설일 가능성도 있으니 일단 알아보도록 하세."

"사회주의 이념이고 뭐고 우리 조선사람들이 쏘련혁명을 위해 연해주에서 일본놈들을 몰아내려고 얼마나 피를 많이 흘렸는가. 그 보상을 따로 못할망정 만약 강제이주를 시킨다면 절대 용납할 수 없는 일이네."

조강섭의 태도는 결연했다.

"그야 더 말할 것 없지. 어쨌거나 내가 빨리 알아보고 연락할 테니까 그리 알고 있게."

윤철훈은 조강섭의 자존심 강하고 꼿꼿한 성질이 신경쓰여 우선 다독거리기부터 했다. 그러나 자신의 심정도 조강섭의 태도와 다를 것이 없었다.

여동생 내외가 육성촌으로 돌아가고 윤철훈은 그 일을 알아보고 어쩌고 할 틈이 없어지고 말았다. 이삼 일 동안 짐을 챙겨 국경 지역으로 떠나야 했던 것이다.

"요새 뭘 그리 생각하세요?"

기차 안에서 윤철훈의 아내 차은심은 남편을 빤히 쳐다보았다.

"뭐, 별거 아니오."

윤철훈은 그 눈길을 피해버렸다.

"별거 아니긴요. 요새 계속 속상한 기분인데, 우리 일에 뭐가 잘 못되고 있나요?"

차은심은 더 의심스러운 눈초리였다.

"그건 아니고······, 혹시 우리 조선사람들을 전부 중앙아시아로 이주시킨다는 소문 못 들어봤소?"

쓸데없는 오해를 살까 봐 윤철훈은 사실 그대로 털어놓기로 했다.

"아니 못 들었어요. 그런 소문이 있대요?"

차은심은 놀라는 기색이었다. 윤철훈은 아내의 그런 반응은 당연하다고 생각했다. 아내도 자신과 마찬가지로 무전훈련을 받느라고 몇 달 간 고립상태에 있었던 것이다.

"그래서 사실 여부를 알아보려고 했는데 너무 시간에 쫓기고 말았소."

"아닐 거예요, 아니에요. 스탈린 동지께서 우리 조선족을 그렇게 함부로 취급할 리가 없어요. 스탈린 동지께서도 우리 조선족이 쏘련혁명을 위해 세운 공적을 너무나 잘 알고 있어요. 절대 그럴 리가 없어요."

차은심은 '스탈린 동지께서'를 연발하며 고개를 저어댔다. 그 완강한 부정은 첩보원으로 뽑힐 만큼 당성이 좋은 열성당원의 모습 그대로였다.

윤철훈은 더 할 말이 없어서 그저 고개만 끄덕였다.

"철훈 씨는 그걸 믿으세요?"

차은심은 약간 불안한 기색을 드러냈다.

"절대 믿고 싶지 않소."

"헌데 왜 믿는 것 같은 표정이세요?"

"믿는 게 아니라 그렇게 될까 봐 걱정하고 있소."

"걱정 마세요. 헛소문일 거예요."

이건 윤철훈에게 하는 말만이 아니었다. 차은심은 부모형제들을 걱정하며 스스로에게 하는 말이기도 했다.

"제발 헛소문이면 좋겠소."

윤철훈은 등받이에 몸을 기대며 눈을 감아버렸다.

윤철훈은 기차바퀴 굴러가는 소리를 들으며 또 그날 밤을 생각하고 있었다. 러시아식 작별인사를 하며 끈적한 느낌으로 떨어지지 않았던 여자. 최현옥은 지금까지도 무사하게 활동을 하고 있는지 어쩌는지…… . 부부로 침투해야 된다는 것이 결정되었을 때 더욱 데려오고 싶었던 여자. 그러나 방법이 없었다.

조강섭은 윤철훈을 만나고 돌아온 지 보름이 다 못 되어 중앙아시아 이주 명령을 받았다. 출발일까지는 단 이틀의 여유밖에 없었다. 이주 명령과 함께 받은 것은 이주비 150루블이었다. 그건 집단농장에 속해 있지 않은 도시근로자나 봉급생활자들에게 지급한 이주비였다.

"이 일을 어쩌면 좋아요? 왜 오빠한테서는 여태 연락이 없지요?"

윤선숙은 허둥거렸다.

"정신 차려요. 연락이 온들 무슨 소용이 있소. 조선사람은 단 한 명도 안 빼놓고 모조리 보낸다는데."

조강섭의 말은 시베리아의 혹한처럼 차가웠다.

"아유, 이게 정말 무슨 미친 짓이에요."

윤선숙이 발을 구르며 울먹거렸다.

"별수 없소, 짐을 챙겨야지. 이틀밖에 안 남았으니 항의단이든 뭐든 조직해 볼 틈도 없소."

"짐은 뭘 챙기죠?"

"당신하고 나하고 들 수 있는 정도밖에 더 되겠소. 쌀하고 옷하고 이부자리……"

조강섭은 더 말을 잇지 못하고 절망적인 한숨을 토해냈다.

이틀 동안 육성촌은 분주하고 어수선했다. 집집마다 짐들을 싸느라고 정신이 없었고, 무엇을 챙겨야 좋을지 몰라 이웃끼리 바삐 오가기도 했다. 그러나 길거리의 분위기는 살벌했다. 집총을 한 군인들이 배치되어 있었고, 둘씩 짝지은 군인들이 동네마다 순찰을 돌고 있었던 것이다. 그게 집단항의나 공동반발을 막기 위해서라는 건 누구나 알 수 있는 일이었다.

크고 작은 짐들을 이고 진 육성촌 사람들은 군인들에게 인솔되어 우수리스크로 향했다. 그들은 영락없이 피난민 행렬이었다. 그러나 총 든 군인들에게 끌려가는 모습이라서 마치 무슨 큰 죄라도 지은 무리들 같기도 했다.

그들은 동네가 까마득하게 멀어질 때까지 돌아보고 또 돌아보고 했다. 그들의 눈은 모두 눈물로 젖어 있었다. 집과 살림살이들을 고스란히 둔 채로 떠나는 것이었다. 그들이 가고 있는 길 양쪽으로는 질펀한 들녘이었다. 그 들녘을 보고도 사람들은 눈물을 떨구고 한숨을 토했다. 그들 대부분은 농민이었고, 그 들녘의 논들은 모두가 자기들의 손으로 일구고 다독거려 왔던 것이다. 황무지를 논으로 일구기가 힘겨웠던 만큼 그들이 떨구는 눈물은 뜨거웠고, 토해내는 한숨은 잿빛이었다.

조강섭의 일가족도 그 행렬의 중간쯤에 끼여 있었다. 다리 불편한 조강섭이 지고 있는 짐은 다른 남자들에 비해 절반 정도로 작았다. 그는 일곱 살짜리 큰아들 주환이의 손을 잡고 있었다. 그런데 주환이가 메고 있는 가방도 무엇이 들었는지 빵빵했다. 머리에 이는 것이 서투른 윤선숙도 등에 짐을 지고 있었다. 그리고 그녀의 손에는 다섯 살 먹은 딸 명혜가 잡혀 있었다. 두 살배기 작은아들 경환이는 할머니가 업고 있었다.

우수리스크역에는 기차가 그들을 기다리고 있었다. 그들은 역에 대기하고 있던 군인들에게 넘겨졌다. 플랫폼 한쪽으로는 다른 지역에서 온 사람들이 집결해 있었다.

"빨리빨리 줄을 맞춰라!"

"한 줄에 열 명씩이다, 열 명!"

"거기 뭘 꾸물거리고 있는 거야!"

군인들이 총을 휘젓고 개머리판으로 떠밀고 하며 살벌하게 소리치고 있었다. 꼭 죄인들 다루듯 하는 군인들의 거친 기세는 곧 총이라도 쏠 것 같았다. 짐들을 이고 진 채 옆으로 열 명씩 줄을 맞추고 있는 사람들은 자기네 가족과 떨어지지 않으려고 소란을 피웠다.

"다들 똑똑히 들어라. 한 칸에 40명씩 탄다. 가족 단위로 한 칸에 40명씩 탄다. 군인들이 지시하는 대로 질서를 잘 지켜라. 질서를 문란케 하는 자는 즉각 처벌한다."

군 지휘관의 말이었다.

"빨리빨리 올라가!"

"거기, 똑바로 서 있지 못해!"

군인들이 눈을 부라리고 총을 겨누어가며 사람들을 태우기 시작했다. 그런데 그들을 몰아넣고 있는 건 객차가 아니라 시커멓고 육중한 화물차였다.

"아니, 이놈들이 이럴 수가 있나!"

여지껏 입을 열지 않던 조강섭이 터뜨린 말이었다.

"여보, 참아요."

윤선숙이 놀라 조강섭을 붙들었다.

"이놈들이 사람을 물건 취급하다니……!"

조강섭이 입을 앙다물었다.

"누가 듣겠어요."

윤선숙이 몸달아 남편의 팔을 흔들었다.

"이거 정말 안 되겠는데……."

조강섭이 중얼거리며 이를 뿌드득 갈았다.

사람들은 군인들의 명령에 따라 화물차를 한 칸씩 채워나가고 있었다. 화물차는 어찌나 많이 연결되어 있는지 그 끝이 까마득해 보일 정도였다. 화물차는 40량 정도 연결되어 있었다. 그런데 그 중간쯤에 객차가 딱 하나 끼여 있었다. 그것이 인솔군인들이 탈 거라는 것쯤 누구나 쉽게 짐작할 수 있었다.

화물차에 오른 조강섭은 다시 신음을 씹었다. 화물차의 사방 벽은 널빤지들을 가로질러 막은 것이었고, 바닥에도 역시 널빤지가 깔려 있었다. 그런데 서로 이가 맞물리게 손질되어 있지 않은 널빤지 사이사이는 틈이 벌어져 있었다. 그 벽 양쪽으로 급조된 시설물이 있었다. 두 개의 출입문은 화물차의 양쪽 가운데 부분에서 맞바라보고 있었고, 그 문 좌우 벽면을 따라 2층 나무선반이 설치되어 있었던 것이다. 그것이 다름 아닌 침상이었다. 침상을 만든 나무들은 전혀 대패질이 되지 않고 제재소에서 나온 그대로라서 거칠기 짝이 없었다. 그리고 침상에는 잠자리가 될 수 있는 기본적인 것이라고는 아무것도 깔려 있지 않은 채 널빤지들이 거친 맨살을 그대로 드러내고 있었다. 그 침상의 한 층에 열 명씩이 배정되었다.

양쪽 침상 사이로는 좁은 통로가 나 있었고, 그나마 남아 있는 공간은 서로 맞바라보고 있는 출입문 부분이었다. 그 공간의 가운데에 드럼통으로 급조한 난로가 덩그러니 놓여 있었다.

짐들과 함께 40명이 들어찬 화물차 안은 비좁고 어수선하기 이를 데 없었다. 그러나 시끄럽거나 소란스럽지는 않았다. 어린아이들까지도 겁에 질려 잔뜩 기죽어 있었던 것이다. 어른들은 자기네 짐들을 배당받은 침상에다 옮겨놓기 시작했다.

조강섭은 짐을 아래층 침상으로 옮기며 자신이 다리병신인 것을 그 어느 때 없이 참담하게 느끼고 있었다. 그건 침상 때문이었다. 남들처럼 짐을 많이 질 수 없어 이불을 적게 쌌던 것이다. 그러면서도 객차인데 이 정도면 되겠지 생각했었다. 그런데 뜻밖에도 화물차였고, 침상 꼴 또한 가관이었다. 나이드신 어머니와 세 아이들이 그 이불로 밤추위를 견뎌낼 수 있을지 큰 걱정이었다. 밤추위는 벌써 겨울이나 마찬가지였다.

군인들이 밖에서 양쪽 출입문을 닫았다. 그리고 문을 잠그는 쇳소리가 철그럭 울렸다. 사람들의 눈길이 일시에 문 쪽으로 쏠렸다. 조강섭은 불끈 솟는 분노를 느꼈다. 밖에서 문까지 잠가버렸으니 영락없는 감금이었던 것이다. 조강섭은 주먹을 부르쥐며 뜨거운 한숨을 내쉬었다.

덜커덩, 덜컹…….

쇳소리의 둔중한 울림과 함께 기차가 움직이기 시작했다.

"엄마아, 우리 어디 가는 거야?"

어느 사내아이의 겁먹은 목소리였다.

"……."

화물차 안은 조용하기만 했다.

조금 있다가 다른 목소리가 침묵을 깼다.

"엄마, 왜 우리 집에서 쫓겨났어?"

어느 계집아이의 또랑한 목소리였다,

"몰라……."

계집아이의 목소리에 비해 너무 가늘고 힘없는 대꾸였다.

조강섭은 고개를 떨군 채 눈을 꼭 감고 있었다.

왜 떠나야 하는 것인가?

어디로 가는 것인가?

그 두 가지 물음은 군인들이 짐을 싸라고 했을 때 누구나 가졌던 것이다. 군인들은 짐을 싸라고 명령하기 전에 당연히 왜 떠나야 하는지 이유를 밝혀야 했고, 어디로 가는지 목적지를 알려주었어야 했다. 그런데 군인들은 공포 분위기를 만들고 윽박질러 가며 그런 것을 아예 물을 수 없도록 몰아댔다. 결국 그 두 가지 물음은 의문으로 바뀐 채 기차는 떠나고 있었다.

조강섭은 이틀 동안 왜 강제이주를 당해야 하는지 다각도로 생각해 보았다. 어머니와 아들의 물음에 대답해야 했기 때문이다. 그러나 끝내 그 이유를 짚어낼 수가 없었다.

막연하게 생각이 미치는 데가 없지는 않았다. 그동안 가끔 말썽이 되어왔던 조선사람의 일본스파이 문제였다. 그러나 조강섭은 곧 고개를 저었다. 그건 전혀 납득할 수 없는 일이기 때문이었다. 설령 그동안 일본스파이 노릇을 한 조선사람이 몇 명인가 있었다 하더라도 그것만으로 20여만 명의 조선사람들을 전부 강제이주시킨다는 것은 너무 지나치고 터무니없는 일이 아닐 수 없었던 것이다. 자신의 추리가 너무 비약하는 것 같아 조강섭은 그 생각을 지우고 말았다.

그리고 중앙아시아로 간다는 것도 막연하기 짝이 없는 것이었다. 중앙아시아의 어느 곳이라고 구체적으로 지명이 밝혀지지 않는 한 중앙아시아는 목적지일 수가 없었다.

찰그닥 찰칵, 찰그닥 찰칵…….

기차는 점점 빨라지고 있었다.

"저어 선생님, 좀 드릴 말씀이 있어서……."

한 남자가 조강섭의 옆에 가까이 다가서 있었다.

"예, 무슨 말씀이신지……."

조강섭은 고개를 들었다.

"예, 저희들이 인사를 좀 드리고 여쭤볼 말씀도 있고 해서……."

그 남자는 조심스럽게 말하며 난로 쪽을 가리켰다. 난롯가에는 세 남자가 서 있었다. 그들은 한눈에 보아 모두 농부였다. 조강섭은 그때서야 이 화물차에 다섯 가구가 탔다는 것을 알았다.

"예, 가십시다."

조강섭은 선생으로서 민망함을 느꼈다. 한식구나 다름없이 된 처지에서 예의를 그들이 먼저 갖추고 나선 것이었다.

"저희들이야 선생님을 다 알고 있지만 선생님께서 저희들을 모르시니 인사부터 올리도록 하지요. 저는 김두만이라 합니다."

마흔댓 나 보이는 그 남자가 먼저 인사했다.

"예, 조강섭입니다."

"저는 도갑수라고 합니다."

그 옆의 주먹코 남자가 고개를 꾸뻑했다.

"예, 조강섭입니다."

"선생님 존함은 말씀 안 하셔도 됩니다."

김두만이 씨익 웃으면서 말했다.

"저는 이기철입니다."

러시아식 콧수염을 기른 남자가 빙긋 웃으며 인사했다.

"예, 반갑습니다."

"저는 김두태로, 저 두만이 형님하고는 사촌지간입니다."

양쪽 턱뼈가 기운 세게 불거진 남자가 김두만을 가리키며 인사했다.

"아 예, 그렇습니까."

"저희들은 같은 콜호즈에서 농사를 지은 농사꾼들입니다. 그러니 무식해서 세상 돌아가는 걸 뭘 알아야지요. 이번 일만 해도 우리가 왜 느닷없이 이 꼴을 당해야 하는지, 이리 끌려서 어디로 가는 것인지 통 알 수가 있어야지요. 선생님께서는 다 아실 테니까 속시원하게 좀 가르쳐주십사 하는 겁니다."

김두만의 말이었다.

대강 예상했던 물음이 나온 것이었다. 조강섭은 곤혹스럽기 그지없었다.

"이거 참 면목 없습니다. 솔직히 말씀드려서 저도 아는 것이 아무것도 없습니다. 저는 그저 하급학교 선생일 뿐이고, 이 일이 갑자기 시행된 걸로 봐서 그동안 비밀에 부쳐졌던 것이 틀림없습니다. 허나 이 열차에는 관공서 같은 데서 근무한 조선사람들도 더러 타고 있을 겁니다. 앞으로 며칠 사이에 그런 사람들을 찾아내서 그 내막을 알아보는 게 어떨까 합니다."

조강섭의 말에 그들은 모두 고개를 끄덕였다.

기차는 줄기차게 달리고, 널빤지들 사이사이로 새들던 햇살이 자취를 감추어가면서 화물차 안이 어둠침침해지기 시작했다.

"엄마, 나 오줌 마려."

어떤 사내아이의 말이었고

"응, 그래 이리 오너라."

여자는 아들을 데리고 여기저기를 살피고 다녔다. 그러나 객차가 아닌 화물차 그 어디에도 변소로 쓸 수 있는 임시변통의 칸막이는 보이지 않았다.

"아니, 이걸 어쩌면 좋으냐."

여자가 울상이 되었다.

"엄마, 나 오줌 싸겠어!"

두 손으로 사타구니를 거머잡은 아이가 소리쳤다.

"여보, 이리 나와서 저 문 좀 열어봐요. 애가 오줌 싸겠다는데."

여자가 빽 소리질렀다.

콧수염 이기철이 침상에서 나와 출입문을 열려고 했다. 그러나 문은 꼼짝도 하지 않았다. 그는 반대쪽 문으로 옮겨갔다. 그는 끙 끙거리며 힘을 써댔지만 역시 문은 열리지 않았다.

"엄마아⋯⋯, 나 오줌⋯⋯."

사내아이가 삐이익 울음을 터뜨렸다. 오줌을 옷에 싸게 된 것이었다.

"아이고, 오줌을 옷에 싸면 어떡해."

여자가 아이의 머리를 쥐어박았다. 아이는 진짜 울음을 터뜨렸다.

"애는 왜 때리고 그래!" 이기철은 버럭 소리지르고는, "이런 떡칠 놈에 새끼들, 문은 왜 잠가, 문은!" 그는 출입문을 마구 걷어찼다.

조금 있다가 다른 아이가 또 급하게 말했다.

"엄마, 나 오줌 마려, 오줌."

"이걸 어쩌면 좋지요?"

아이의 엄마가 당황스럽게 말하며 사람들을 둘러보았다.

"별수 없소. 문가에다 대고 싸게 하시오. 아이들 오줌이니 지린 내가 나봐야 얼마나 나겠소. 괜찮겠지요, 선생님?"

김두만이 어둠침침한 저쪽에서 물었다.

"예, 그럼요. 그리해야지요."

조강섭은 얼떨결에 대답했다.

"참 큰일이네요."

윤선숙이 한숨을 쉬었다.

"그러게 말이오."

조강섭은 담배를 빼들었다.

"이거 어두워서 어디 살겠나. 등이 어디 있지?"

어느 남자가 어둠침침한 속에서 말했다.

그 남자는 한동안 왔다갔다하다가 여러 사람들을 향해 목청을 높였다.

"다들 등이 어디 걸렸는지 좀 찾아봅시다."

여기저기서 성냥불을 켜가며 등을 찾았지만 그건 어느 곳에도 걸려 있지 않았다.

"이런 빌어먹을 놈들이 있나!"

화물차 안은 점점 어두워지고 있었다.

"엄마, 나 배고파."

어떤 계집아이의 칭얼거림이었다.

그 소리는 금방 다른 아이들에게로 전염되었다.

"엄마, 나도 배고파."

"엄마, 나 밥 줘."

"엄마, 빨랑 밥해 먹어."

그러나 기차는 멈출 기미라고는 전혀 없이 줄기차게 달리기만 했다.

"이 일을 어째야 좋아. 물이 있어야 밥을 하지."

"기차가 왜 이렇게 쉴 줄을 모르고 내닫기만 하나."

"큰일났네. 좀 세우라고 할 수도 없고."

여자들은 우왕좌왕하며 애타는 소리만 하고 있었다.

배고파 칭얼거리는 아이들의 소리는 갈수록 심해졌고, 속수무책인 남자들은 애꿎은 담배만 빨아대며 욕지거리를 해대고 있었다.

그런데 아이들의 배고픔만이 문제가 아니었다. 밤이 되어가면서 화물차 안이 시시각각 추워지고 있었다. 낮과 밤의 기온차이가 심해지는 계절이 이미 시작되어 밤기온이 급히 떨어지고 있었다. 그런데 벽과 바닥의 널빤지마다 벌어진 틈으로 찬바람이 거침없이 몰려드는 것이었다.

"안 되겠어, 난로에 불을 피워야지."

어느 남자의 말이었다.

"나무가 있을까?"

"난로를 설치했으니 나무야 당연히 있겠지. 찾아보더라고."

남자들이 나서서 침상 밑마다 샅샅이 뒤졌지만 나무라고는 없었다.

"이런 죽일 놈들이 있나."

"이런 개자식들이 해도 너무하네."

남자들이 어둠 속에서 분노를 터뜨렸다.

사람들은 모두 이불을 꺼내 아이들부터 감쌌다. 그러나 어느 집이고 이불이 넉넉하지 못했다. 오로지 몸에 의지했기 때문에 기운에 한계가 있었고, 챙겨야 할 짐이 이불만이 아니었던 것이다.

배고픔에 지친 아이들은 그나마 이불을 뒤집어쓰고 잠이 들었다. 그러나 어른들은 밤이 깊어갈수록 심해지는 추위에 벌벌 떨며 잠을 이루지 못했다. 밤이 깊어질 뿐만 아니라 기차는 자꾸 북쪽으로 올라가고 있었던 것이다.

이상하게도 기차는 멈출 줄을 몰랐다. 이제 어른들도 소변으로 고통을 당하고 있었다.

윤선숙은 아랫배가 뻑적지근하다 못해 터질 것만 같은 통증을 견뎌내느라고 이를 사리물고 있었다.

제발, 제발 기차를 좀 세워라…….

아무리 이를 악물어도 갈수록 통증은 심해지며 오줌이 곧 쏟아질 것만 같았다. 전신이 비비꼬이며 숨까지 막히는 것 같았다. 소변으로 이런 고통을 당하기는 난생처음이었다.

윤선숙은 도저히 더는 참을 수가 없어서 남편을 흔들었다.

"여보, 여보, 자요?"

윤선숙의 목소리는 다급했지만 가늘었다.

"아니, 왜 그래?"

웅크리고 누웠던 조강섭이 얼른 돌아누웠다.

"나 더 못 참겠어요. 죽을 것 같아요."

사정이 아무리 다급해도 윤선숙은 차마 소변이니 오줌이니 하고 말할 수는 없었다.

"소변 말이오? 나도 미칠 것 같소."

조강섭은 얼른 알아들으며 아내의 손을 더듬어 잡았다. 윤선숙은 그걸 참으라는 말로 알아들었다.

"왜 이리 기차를 안 세우는 거지요?"

"글쎄……, 날이 샐 때가 얼마 안 남은 것 같소."

"세상에 이런 잔인한 고문은 없어요."

"못된 놈들이오. 날이 새면 강력히 항의해야겠소."

"짐승도 이렇게는 취급 안 하겠어요."

"이건 보통 문제가 아니오. 뭐가 잘못돼도 크게 잘못되고 있소."

남편과 이야기를 나누자 분함도 통증도 다소 나아지는 것을 윤선숙은 느끼고 있었다.

"아으 아으 아으……."

어둠 속에서 들리는 가느다란 여자의 신음소리였다.

"이런 때려죽일 놈들이 사람들 오줌보를 터쳐 죽이기로 작정을 했나. 왜 기차는 안 세우고 이래!"

어느 남자가 목소리 거칠게 분통을 터뜨렸다.

"정말 이거 미치고 환장할 일이라니까."

기다렸다는 듯 다른 남자가 말을 받았다.

"이놈의 새끼들이 조선사람들을 개만도 못하게 생각하고 하는 짓이지 뭐야."

또다른 남자가 소리쳤다.

그들의 열기는 점점 뜨거워지고 있었다. 조강섭은 그 많은 문제들을 어떻게 해결해야 될 것인지를 심각하게 생각하고 있었다.

얼마인가 더 달리던 기차가 마침내 멈추었다. 남자들이 우르르 양쪽 문으로 몰려갔다.

"빨리 문 열어, 문!"

"다 죽는다. 문 빨리 열어!"

그들은 소리소리 질러대며 문을 쾅쾅 치고 마구 걷어차며 야단법석이었다. 그들의 아들인 젊은이 대여섯도 합세하고 있었다.

한참이 지나 밖에서 외침이 들렸다.

"떠들지 말엇! 소란 피우면 문 안 열어준다."

사람들은 일시에 조용해졌다.

밖에서 문 따는 쇳소리가 났다. 그와 동시에 사람들이 문을 열어 젖혔다. 문은 한쪽밖에 열리지 않았다.

사람들은 와아! 소리치며 미친 것처럼 밖으로 뛰어내리기 시작했다. 밖은 어슴푸레한 새벽이었다. 밖으로 뛰어내린 사람들은 모두 제정신이 아니었다. 남녀 가릴 것 없이 이리저리 뛰었다. 그러나 그들은 멀리 가지 못했다. 아무데서나 소변을 보기 시작했다. 여자들의 그 부끄러운 모습을 새벽의 어스름이 겨우 가려주고 있었다. 40여 칸의 화물차에서 쏟아져 나온 사람들은 엄청났다.

"이게 뭣들 하는 짓이야!"

"이 야만인들아, 변소로 가, 변소!"

군인들이 고함을 질러대며 이리 뛰고 저리 뛰었다. 그러나 그 러시아말은 아무런 효과도 나타내지 못하고 있었다.

"물, 물을 떠야 해."

"나무, 나무도 구해야지."

소변을 끝낸 사람들이 허둥거리며 하는 말이었다.

여자들은 크고 작은 그릇들을 들고 허둥지둥 뛰기 시작했다. 물을 구하려는 것이었다. 남자들은 나무를 구하려고 앞을 다투어 이리저리 뛰고 있었다. 역 구내는 삽시간에 전쟁터처럼 변하고 말았다.

석탄을 채우고 물을 넣고 하느라고 기차는 두어 시간 정도 머물러 있었다. 그동안에 사람들은 난로에 불을 피워 밥을 해먹었다.

밥을 한술 뜬 조강섭은 옆칸의 화물차들을 뒤지기 시작했다.

"여기 혹시 당원 안 계십니까?"

조강섭이 화물차 안에다 대고 외치는 말이었다. 혼자 항의에 나서는 것보다 다른 당원들도 찾아서 힘을 키우자는 것이었다.

네 번째 칸에서 두 사람을 찾아냈다.

"이런 처사를 당하고만 있을 수는 없지 않습니까. 우리 당원들을 다 찾아내서 정식으로 항의하고 시정시키도록 합시다."

조강섭은 그들의 의견을 묻지 않고 이렇게 몰아붙였다.

"예, 그것 좋습니다. 우리도 그런 생각을 안 한 게 아닙니다."

두 사람은 반색을 하며 동의했다.

"그럼 셋이 나눠 당원들을 찾아내도록 합시다."

조강섭은 마치 작전지시를 하듯 말했다. 그는 어느덧 주동자가 되고 있었다.

"예, 그게 효과적이겠군요."

세 사람은 화물차를 분담해서 흩어졌다. 그러나 그들은 화물차 점검을 다 끝내지 못하고 중단했다. 기차가 출발하려고 뛔엑, 뛱! 기적을 울려댔던 것이다. 그 시점까지 확인된 당원은 그들 자신까지 합해서 모두 아홉 명이었다.

"됐습니다. 나머지는 다음 정차 시에 확인하도록 하지요. 저는 16호 칸입니다."

조강섭은 두 사람과 급히 헤어졌다.

기차는 또 달리기 시작했다. 조강섭은 침상 기둥에 몸을 부리며 눈을 감았다.

하루가 갔구나. 오늘이 9월 17일……, 앞으로 얼마나 걸릴 것인가. 중앙아시아……, 지도상으로 보면 거기가 얼마나 멀던가. 그 까마득한 곳까지 20일? 한 달? 그나저나 하루 넘기기가 이리 힘들었는데 앞으로 어떻게 될 것인가. 날은 자꾸 추워질 것이고…… 그런데 이게 도대체 어떻게 된 일인가. 어떻게 이따위로 비인간적인 처사를 자행할 수 있는 것인가. 죄수들도 이렇게 취급할 수는 없는 일이다. 조선사람들이 잘못한 것이 뭐가 있는가. 이런 명령은 도대체 누가 내린 것인가. 스탈린이? 스탈린이 그랬을까? 스탈린이 조선사람들을 특별히 미워해야 할 무슨 악감정이 있을까? 글쎄……, 아니야, 모스크바와 시베리아는 거리가 너무 멀어. 중간에서……, 그래 중간에서 뭐가 잘못되고 있는 거야. 어쨌거나 이대로 당할 수는 없는 일이지…….

"선생님, 의논드릴 게 좀 있는데요."

조강섭은 더디게 눈을 떴다. 김두만이 손을 모아잡고 서 있었다.

"예, 이쪽으로 앉으세요."

조강섭은 침상 기둥에서 등을 떼고 앉으며 자리를 권했다.

"예, 다른 게 아니고 임시변통으로 변소를 만들면 어떨까 해서 말입니다."

"변소요……?"

"예, 보아하니 이놈들이 석탄이고 물 채울 때만 기차를 세우는 것 같은데 그래 가지고서야 용변을 못 봐 사람이 어디 살겠어요.

용변을 오래 참으면 병 된다는데."

조강섭은 김두만을 새삼스럽게 쳐다보았다. 기차가 멈추는 것에 대한 판단이 아주 정확했던 것이다.

"헌데, 변소를 어떻게 만든다는 거지요?"

"예, 어느 쪽이든 한쪽 문 앞의 널빤지를 한 두어 자쯤 뜯어내면 됩니다. 거기다 이불보라도 쳐서 급한 작은 용변은 보게 해야지요." 김두만은 재빨리 주위를 훑으며 조강섭의 옆으로 다가앉더니, "여자들은 남자들보다 더 못 참지 않습니까. 어젯밤에도 옷 젖은 사람이 한둘이 아닌 눈친데요." 그는 빠르게 귓속말을 했다.

"글쎄요, 그 생각은 참 좋은데, 기차역에 따라 열리는 문이 다른데 널빤지를 뜯어내 버리면 어쩌지요? 아이들 발이 빠지고……, 위험한 일이 많이 생길 텐데요."

"그거 그렇기도 하겠는데요. 가만있거라 보자……, 그것을 그러니까……, 예, 방도가 있습니다. 널빤지 밑에 각목들이 받쳐져 있거든요, 그러니 널빤지를 아주 뜯어내 버리지 말고 그 각목에 양쪽이 걸쳐지게 잘 잘라내서 쓸 때만 들어냈다가 도로 맞춰놓았다가 하게 만드는 겁니다."

"예, 그거 좋은 생각입니다. 헌데, 무슨 연장이 있어야 일을 할 거 아닙니까?"

"이 없으면 잇몸으로 살더라고 주머니칼 하나만 있으면 됩니다."

김두만의 자신 있는 말이었다.

"주머니칼? 그걸로 언제 널빤지를……."

"쇳덩어리 갈아 바늘 만든다는 말도 있잖던가요. 목마른 놈이 샘 파더라고 다급한 사람들이 많으니까 일은 오래 안 걸릴 겁니다. 그 일은 다 제가 알아서 하겠습니다."

김두만은 밝은 기색으로 씨익 웃었다.

"예, 그럼 같이 일합시다."

조강섭도 밝은 웃음을 지었다.

"아, 아닙니다. 선생님은 몸도 불편하신데요. 다른 일이나 책임 맡아주십시오."

김두만은 손을 저으며 고개까지 내둘렀다.

그 일은 곧 시작되었다. 각목은 한 자 반 정도의 간격으로 받쳐져 있었다. 그건 널빤지에 박힌 못자리로 금방 표가 났다. 널빤지는 각목과 각목 사이의 한 매듭만 잘라내기로 했다. 그리고 양쪽 못대가리에 바짝 붙여 칼끝으로 금을 그었다. 널빤지가 양쪽 각목에 걸쳐지게 하려면 못대가리에서 멀어져서는 안 되는 거였다.

그러나 정작 칼질은 쉽지 않았다. 그냥 나무를 깎는 것이 아니었고 그렇다고 나뭇가지를 자르는 것도 아니었던 것이다. 널빤지가 양쪽 각목에 걸쳐지게 하기 위해선 톱질을 하듯 잘라내야 했다. 그러니 칼끝을 세워 줄을 반듯하게 긋듯 하는 동작을 반복할 수밖에 없었다.

그 반복동작은 사람을 바꿔가며 쉴새없이 계속되었다. 기운을 쓸 수 있는 사람은 젊은이들까지 다 동원되었다.

"옳지, 잘한다. 다급하게 하지 말고 천천히 기운 써. 나무가 제아무리 단단해도 쇠를 못 당하는 법이고, 쇳덩어리 갈아 바늘 만드는 사람도 있다."

김두만은 칼질하는 젊은이들 옆에서 함께 힘을 끙끙 써가며 이렇게 힘을 돋우어주고는 했다.

"칼끝이 무뎌졌어? 샘가에서 숫돌 찾을 수는 없고, 숫돌 대신 어디 쇠토막 불거진 것 있는가 찾아보자."

"바로 옆에 있네요, 난로!"

"그래, 하늘이 무너져도 솟아날 구멍 있더라고 사람 사는 세상에 사람 죽으란 법 없느니라. 이리 가져오너라, 낫이고 칼 가는 것은 나이가 말하는 법이다."

김두만은 계속 여유 넘치게 말해 가며 칼을 받아들었다.

조강섭은 그런 김두만의 언행에서 조선농부의 어엿함과 삶의 연륜을 느끼고 있었다.

대여섯 시간의 줄기찬 칼질 끝에 한 치가 넘게 두꺼운 널빤지는 결국 잘라졌다. 아이 어른 할 것 없이 모두가 환성을 터뜨렸다.

"자아, 이제 마지막으로 양쪽 가운데다 손가락이 잘 들어가게 홈을 파야지."

널빤지를 들고 선 김두만의 이 말을 얼른 알아듣지 못한 건 아이들뿐이었다. 용변을 볼 때 널빤지를 들어내기 쉽게 하려는 것이었다.

아이들까지도 점심을 다 굶었다. 얼마가 걸릴지도 모르는 길, 곡식을 아껴야 했던 것이다. 아이들은 칭얼거렸지만 입에 들어가는 것이라고는 냉수 한 모금씩뿐이었다.

예상했던 대로 기차는 멈출 줄 모르고 하루종일 달리기만 했다. 양쪽 침상의 기둥에다 끈을 묶어 이불보를 친 변소는 유감없이 효과를 발휘하기 시작했다

기차가 멈춘 것은 어둑발이 퍼지고 있을 무렵이었다.

"여자들은 그릇마다 물을 떠오고, 남자들은 나무고 석탄이고 땔 것은 뭐든지 가져와!"

문이 열리기 직전에 김두만이 외쳤다.

밖으로 쏟아져 나온 수많은 사람들의 허둥거리는 모습은 아침에나 똑같았다. 남녀노소 가릴 것 없이 아무데서나 용변을 보기에 바빴다.

물과 땔감을 구하려는 소동이 한바탕 벌어진 다음 조강섭은 두 사람과 다시 그 일을 나섰다. 40칸의 화물차를 다 확인한 결과 당원은 모두 12명이었다.

"됐습니다. 오늘은 너무 늦었고, 회의에 대해선 내일 다시 의논하도록 합시다. 비밀경찰이 미리 알면 곤란하니까 서로 비밀을 지킵시다."

조강섭은 일이 되어가는 만족감을 느끼며 그들과 헤어졌다.

반찬이라고는 소금밖에 없는 밥을 얻어먹고 아이들은 밥을 해낸 온기 속에서 잠이 들었다. 무슨 반찬거리를 사려 해도 살 수가 없었다. 기차가 멈추는 시각이 물건 사기에 촉박한 데다, 군인들이 역 구내를 벗어나지 못하게 통제했던 것이다.

밥은 하나뿐인 난로에다가 가구별로 따로 해냈다. 솥 크기가 서

로 식구들 수에 맞추어져 있었던 것이다. 그런데 아이들의 불만을 없애기 위해서 그 순서를 하루씩 바꾸기로 했다.

"쌀을 미리 구해야 되겠는데 걱정이네요. 농부들은 콜호즈에서 배급을 많이 받아왔다는데 우리는⋯⋯."

이미 웃음을 잊어버린 윤선숙의 근심 어린 말이었다.

"아직 며칠분은 있으니까 너무 걱정 마시오. 곧 시정이 될 거요."

조강섭은 아내의 어깨를 지그시 잡았다.

밤새도록 달린 기차는 또 새벽녘에 어느 역엔가 정거했다. 그러나 다급한 일들부터 해결해야 하는 사람들은 그 역 이름이 무엇인지 관심조차 두지 않았다.

조강섭은 나머지 당원들을 다 만나보았다. 그리고 내일 아침에 자신의 화물차인 16호에 모여 회의를 하기로 했다. 밤에는 등불도 없었고, 그들이 회의에 대해 생각할 시간여유도 필요했던 것이다.

이튿날 아침 기차가 출발하기 전에 당원 11명은 약속대로 화물차 16호로 모여들었다. 기차가 출발하자 그들은 회의를 시작했다.

"지금 이 열차에는 우리 조선사람들 1,600명이 타고 있습니다. 그런데 우리는 우리가 왜 연해주를 떠나야 하는지, 어디로 실려가고 있는지도 모를 뿐만 아니라 현재 화물차에 실려 죄인들보다 못한 취급을 당하고 있습니다. 여러분, 우리 조선사람들이 쏘련에 대해서 무슨 잘못을 저질렀으며, 어떤 죄지을 짓을 했습니까. 절대 그런 일은 없습니다. 저 두만강변 핫산에서부터 블라디보스토크를 거쳐 저 북쪽 하바로프스크에 이르기까지 연해주의 황무지를 논

과 밭으로 일구어 식량을 생산해 낸 것이 누구입니까. 바로 20여
만 조선사람들 아닙니까. 어디 그뿐입니까. 우리는 우리 조국의 독
립과 소비에트사회주의공화국연방을 건설하기 위하여 적군과 함
께 백군과 일본군에 대항해서 피흘려 싸웠습니다. 여러분들 중에
도 분명 그런 전사가 계실 것입니다. 저도 그때 부상을 당해 다리
가 이렇게 되었습니다. 그런데 우리는 그런 공헌에 대해 보상을 받
기는커녕 지금 이 꼴이 되어 있습니다. 이건 분명 부당한 처사이
며, 이 부당함을 누가 시정시켜야 되겠습니까. 그건 더 말할 것 없
이 우리 당원 된 자들의 소임이며 사명입니다. 우리는 그것을 알기
에 이 자리에 모였습니다. 그 대책을 강구하기 위한 의견들을 지금
부터 기탄없이 말씀해 주시기 바랍니다.”

　조강섭의 말에 모두들 숙연해져 있었다.

　“예, 백번 옳은 말씀입니다. 지금 우리가 당하고 있는 이 말도 안
되는 처우는 당장 시정을 요구하고 나서야 합니다. 그런데 그보다
더욱 중대한 문제는 우리가 이렇게 강제이주당하고 있는 것 자체
를 막고, 원점으로 되돌려야 합니다. 저는 이 결정이 어디서 내려진
것인가 하는 것부터 의문입니다. 아무리 생각해 보아도 스탈린 대
원수 동지께서 이런 가혹한 결정을 내리신 것 같지가 않습니다. 스
탈린 동지께서는 우리 조선사람들이 혁명을 위해 세운 공을 잘 알
고 계시기 때문입니다.”

　“예, 그 말씀 일리 있습니다. 저도 많이 생각해 보았는데 스탈린
대원수 동지께서는 이 문제를 모르고 계실지도 모른다는 생각이

들었습니다. 왜냐하면 쏘련은 지방정부가 결정하는 사항들이 많기 때문입니다. 그러니까 이건 연해주 지방정부와 중앙아시아 쪽 지방정부 사이에서 결정된 문제일 수 있습니다. 그런 경우 스탈린 동지께서는 모르시는 겁니다."

"예, 맞습니다. 전 인민의 단결을 주창하시는 스탈린 대원수 동지께서 우리 조선사람들에게 이런 가혹한 결정을 내렸을 리 만무합니다. 이 문제를 해결할 수 있는 것은 스탈린 동지뿐이십니다. 우리는 스탈린 동지께 긴급 시정요청서를 보내야 합니다."

나머지 당원들도 같은 생각이었다. 그래서 스탈린 앞으로 보내는 시정요청서를 작성하여 내일 아침에 정식으로 인솔장교를 만나기로 결정했다.

바로 시정요청서 작성을 시작했다. 다시 기차가 멈추기까지는 발이 묶인 상태이니까 앉은자리에서 요청서 내용까지 합의하자는 것이었다. 자연히 요청서 작성은 조강섭의 차지가 되었다.

조강섭은 침상에 따로 쪼그리고 앉아 서너 시간을 끙끙대서 요청서 초안을 써냈다. 그것을 당원들이 돌려 읽었다. 별다른 이의 없이 모두 찬성했다.

이튿날 아침 당원 12명은 16호 화물차 앞에서 만났다. 그리고 열차의 중간에 끼여 있는 객차를 향해 떠났다.

다시 밖에서 화물차들 문이 닫히고, 기차가 움직이기 시작했다.

"아니, 아니, 조 선생 안 오셨잖아요, 조 선생!"

당황한 윤선숙이 소리치며 문을 마구 두들겼다.

"어, 어, 이거 이상하네. 어떻게 된 거야?"

김두만도 당황해서 동료들을 둘러보았다.

"무슨 일 생긴 거 아니오?"

이기철이 손등으로 한쪽 수염을 신경질적으로 문댔다.

"일은 무슨 일, 이야기가 길어지는 거겠지."

도갑수가 미심쩍은 얼굴로 말했다.

"그래, 그게 한두 마디로 끝날 얘기들이 아니거든. 그 덕에 객차에서 편히 가시고 잘됐지."

김두태의 말이었다.

"응, 자네 말이 맞는 것 같은데." 김두만은 고개를 끄덕이고는, "윤 선생님, 조 선생님이 별일 없으실 것 같으니 맘놓으시지요." 그는 윤선숙에게 깍듯이 예의를 차렸다.

"예, 알겠습니다."

윤선숙은 더 감정을 드러낼 수가 없었다. '선생님'이란 호칭이 발휘한 묘한 힘이었다. 그리고 그들의 말이 맞는 것도 같았던 것이다.

"다 들었다. 별일 없을 게야. 걱정 말고 기다리자."

윤선숙과 눈이 마주치자 시어머니가 한 말이었다. 얼굴에 불안한 기색이 서린 채로.

"예, 어머님……."

그러나 윤선숙은 하루종일 불안을 떼칠 수가 없었다. 예사로 저질러지고 있는 숙청과 비밀경찰의 서슬이 자꾸 마음을 감고 드는 것이었다.

어스름 속에 기차가 정거하자마자 윤선숙은 밥이고 뭐고 뒷전치고 객차로 내달았다.

객차로 뛰어 들어가려는 윤선숙을 보초가 총으로 가로막았다.

"뭐요!"

"여기 있는 당원들 만나러 왔어요."

"당원? 그런 사람들 없소."

"있어요. 아침에 12명이 인솔장교를 만나러 왔잖아요."

"아 그 사람들, 진작 그 지역 비밀경찰에 넘겨졌소."

"뭐, 뭐라구요? 왜요?"

윤선숙은 현기증을 느끼며 부르짖었다.

"난 모르겠소, 졸병이라."

"비켜요, 인솔장교를 만나야겠어요."

윤선숙은 진저리치듯 외치며 보초를 떠밀었다.

"이거 왜 이래!"

그러나 오히려 떠밀린 건 윤선숙이었다.

"비켜! 비켜! 비켜!"

윤선숙은 미친 것처럼 외쳐대며 군복을 움켜잡은 채 보초를 떠밀고 있었다.

"뭐가 이리 시끄러워!"

"옛, 대장님. 아침에 왔던 그 사람들 찾으러 왔다가 없다니까 대장님을 만나겠다고 이럽니다."

윤선숙은 앞을 쳐다보았다. 승강대 계단에 뚱뚱한 장교가 버티고 서 있었다.

"대장님, 그 사람들이 왜 비밀경찰에 넘겨졌습니까?"

윤선숙이 다가서며 다급하게 물었다.

"아, 아무 걱정 마시오. 비밀경찰에 넘겨진 게 아니라 친절하게
안내한 거요. 그 사람들은 자기들이 원하는 대로 지금 모스크바로
가고 있을 것이오. 돌아가서 기다리시오."

장교는 돌아섰다.

윤선숙은 땅이 흔들리는 어지러움 속에서 부들부들 떨며 걸었
다. 그 장교의 말을 믿을 수가 없었던 것이다. 그 차바람 돌던 묘한
웃음이 그의 말을 믿을 수 없게 했다. 그리고 더 중요한 것이 있었
다. 정말 모스크바로 떠나게 되었다면 그 사람들이 가족에게 알리
지도 않고 그냥 떠났을 리가 없었다.

16호 화물차가 가까워지면서 윤선숙은 걸음을 멈추었다. 시어머
니를 만나기 전에 감정을 수습해야 했다. 윤선숙은 고개를 젖히며
몇 번이고 숨을 몰아쉬었다.

"모스크바에 가?"

"네에……."

윤선숙은 의심 가득한 시어머니의 눈길을 피하지 않으려고 애
썼다.

"우리도 안 보고 그 먼 길을 가? 뭐가 급해서……."

"일이 그렇게 됐대요."

"……."

시어머니는 더 말없이 눈길을 떨구었다.

그런 고부간의 말을 듣고 김두만과 다른 남자들은 모두 얼굴이 굳어졌다. 그리고 그들은 윤선숙에게 아무것도 묻지 않았다.

다음날부터 기차에서 내려 물이며 땔감을 구하느라고 분주한 사람들 사이에 이상한 소문이 퍼져나가고 있었다. '왜냐'고 묻지 말고, '어디로'라고 묻지도 말라는 것이었다. 그 두 마디를 입에 올리는 날에는 비밀경찰의 밥이 된다는 것이었다. 그 소문 속에는 그들 12명의 행적이 어떻게 되었는지를 알리는 말이 감추어져 있었다.

윤선숙은 시어머니가 그 소문을 들을까 봐 조마조마했다. 그런데 시어머니는 그 소문을 들었는지 어쩌는지 말을 잃었고, 식욕도 잃어버렸다. 윤선숙은 하늘이 무너져내린 절망에다 시어머니에 대한 걱정까지 짊어지고 비틀거려야 했다. 그러나 윤선숙은 이를 앙다물었다. 자신만을 쳐다보고 깜빡거리는 세 아이들의 눈동자가 있었던 것이다.

그런데 그들의 형편은 나아지기는커녕 오히려 나빠졌다. 기차가 역에 서지 않고 역을 앞두고 10리나 20리 전에 섰고 또는 역을 지나서 섰다. 그건 역을 더럽히지 않고 땔감을 도둑맞지 않기 위해서였다. 그동안 기차가 섰던 역마다 항의를 하는 바람에 취해진 조처였다.

기차가 역에 멈출 때마다 쏟아져 나온 1,600명은 아무데서나 소변만 본 것이 아니었다. 참고 참았던 대변도 볼 수밖에 없었다. 그 대소변으로 역이 더럽혀지고 악취가 진동할 것은 더 말할 것이 없었다. 그리고 땔감을 구하려고 눈에 불을 켠 남자들은 땔감이 될 수 있는 것이면 무엇이든 가리지 않고 닥치는 대로 가져갔다. 철도용 목재들이 순식간에 없어지는가 하면 석탄창고가 습격을 당하는 꼴이 되기도 했다. 그런데 군인들이 공포를 쏘아가며 석탄창고를 지키게 되자 다른 창고의 나무벽이 다 뜯겨지는가 하면 판자울타리가 자취를 감추어버리기도 했다. 궁지에 몰린 사람의 힘이 얼마나 무서운 것인가를 보여주는 현장이었다. 어쨌거나 역마다 그런 피해를 입었으니 역에서는 가만히 있을 리가 없었다.

그런데 이주책임을 맡은 기관에서는 그런 문제들을 근본적으로 해결할 대책은 세우지 않고 역을 피해가며 기차를 세우는 교활한 방법을 쓰기 시작했던 것이다. 기차가 서는 곳에서 해결할 수 있는 것은 대소변뿐이었다. 여자들은 개울물이라도 찾아 허둥거렸고, 남자들은 나무를 찾아 앞다투어 뛰었다. 그러나 기차가 멈추는 시간은 역에서 머물 때처럼 길지가 않았다. 물이나 나무를 구하지 못한 채 그냥 기차에 오르기도 했다.

그렇다고 기차가 역에 안 서는 것이 아니었다. 석탄과 물을 보충하려고 기차는 역에 멈추었다. 그러나 화물차의 문들은 꼭꼭 잠겨 있었다.

윤선숙은 김두만 앞에 있는 돈을 다 털어 내놓았다.

"양식이 다 떨어져서……."

"아, 아닙니다. 이 돈 도로 넣으십시오. 당연히 하루 한 끼를 먹어도 같이 먹고 굶어도 같이 굶어야지요. 조 선생님이 다……."

김두만은 아차 싶어 재빨리 입을 다물었다. '조 선생님이 다 누굴 위해 그런 일을 당하셨는데요' 하는 말이 밀려나오고 있었던 것이다. 그건 절대 입 밖에 내서는 안 될 말이었다. 조강섭은 이미 이 세상 사람이 아니라는 뜻이었던 것이다.

"받아두세요. 어떻게 그냥……."

"아니, 아니라니까요. 두 선생님께서 우리 자식들 가르쳐준 은혜를 이런 때나 갚지 언제 갚겠습니까."

김두만은 돈 받기를 완강하게 거절했다. 윤선숙은 그냥 물러설 수밖에 없었다.

10월 초순이 지나면서 날씨는 급격히 추워지기 시작했다. 밤에는 화물차 안이 얼음덩이처럼 얼어붙었고, 낮에도 추워서 아이들은 이불을 뒤집어쓰고도 부들부들 떨었다. 먹는 것이 부실해서 더 추위를 타는 것이었다.

윤선숙은 날마다 애가 타고 있었다. 시름시름 기운을 못 차리던 시어머니가 완전히 앓아눕고 말았던 것이다. 그리고 세 아이가 감기가 들어 콜록거리고 있었다. 감기에 걸린 것은 윤선숙의 아이들만이 아니었다. 날씨가 심하게 추워지면서 감기가 퍼지기 시작해 거의 모든 아이들이 감기를 앓고 있었다.

기차에서 내리던 윤선숙은 가슴이 철렁해졌다. 왼쪽에서 곡성이 울리며 시신이 옮겨지고 있었다.

"무슨 병이래요?"

"병은 무슨 병. 노인네라 고생 못 이기고 눈감은 거지."

"에그, 잘 돌아가셨소. 더 험한 고생 당하기 전에."

"그래도 더 오래 살았어야지. 여기다 묘를 쓰고 떠나면 언제 또 찾아오겠소. 여기가 어딘지 알아야지."

여자들이 혀를 차며 하는 말이었다.

눈을 감은 윤선숙은 손바닥으로 가슴을 꼭 누르고 있었다. 그 일이 마치 자신에게 닥친 일만 같았던 것이다. 윤선숙은 시어머니가 목적지에 도착할 때까지 무사하게 해달라고 빌고 있었다.

다음날도 곡성이 울렸다. 윤선숙은 또 가슴이 철렁했다. 이번에는 어린아이가 앓다 죽었다는 것이었다. 몸 약한 노인과 아이가 고생을 이겨내지 못하고 세상을 떠난 거였다. 윤선숙은 또 눈을 감으며 아이들을 무사히 지켜달라고 빌었다. 특별히 믿고 있는 종교가 있는 것이 아니었다. 자신도 모르게 그리되는 것이었다.

다음날 사람들이 기차에서 내리며 환호성을 질렀다. 밤사이에 눈이 내려 수북하게 쌓여 있었던 것이다. 사람들은 눈경치에 환호한 것이 아니었다. 눈은 바로 물이었다. 사람들은 정신없이 눈을 뭉치기 시작했다. 아이들은 눈을 입에 퍼넣기에 바빴다. 새하얀 눈과 대비된 그들의 몰골은 천상 거지떼나 다름없었다. 비쩍 마른 얼굴들은 때가 끼고 검댕이 칠해져 있었고, 옷들은 낡고 더럽혀져 남루하기 그지없었다.

눈은 거의 매일 내렸다. 물은 자연스럽게 해결되었지만 널빤지들 틈새로 파고드는 설한풍은 혹독하게 매웠다. 그 추위와 싸우느라고 남자들은 눈에 띄는 나무는 뭐든지 모아들였다. 생나무도 남자들의 거친 손길에 남아나지 않았다. 작은 나무들은 통째로 꺾여졌고, 큰 나무들은 가지가 갈가리 찢겨져 나갔다. 생나무도 난로 속에서 한동안 연기를 뿜어내고 나면 툭툭 튀면서 잘 탔다. 감기 든 아이들은 연기를 마셔 더 심하게 기침을 해대면서도 한사코 난롯가로 모여들었다. 기침하는 고통보다 추위를 피하는 것이 더 급했던 것이다.

"어머님, 어머님, 어머님!"

어느 날 새벽녘에 터진 윤선숙의 울부짖음이었다.

사람들이 놀라 모여들었다.

윤선숙의 시어머니는 이미 싸늘하게 굳어져 있었다. 밤사이에 아무도 모르게 숨을 거둔 거였다.

"어머님, 저는 어떡하라고……, 저는 어떡하라고……."

윤선숙이 시어머니를 부둥켜안고 목놓아 울고 있었다. 뒤늦게 잠이 깬 세 아이는 이불 속에 웅크린 채 제 어머니를 쳐다보며 울먹울먹하고 있었다.

"그만 고정하시지요. 이제 곧 기차가 설 건데 장례 채비를 해야지요."

김두만이 조심스럽게 말했고, 여자들이 윤선숙을 부축해 일으켰다.

장례준비라는 것은 따로 하고 말고 할 것이 없었다. 입고 있던 옷을 다시 단정히 했고, 망자의 옷을 꺼내 얼굴을 감싸는 정도였다.

"어머님이 덮으셨던 이불로 싸드렸으면 좋겠어요."

윤선숙이 눈물을 뚝뚝 흘리며 말했다.

"애들을 생각하셔야지요. 셋 다 감기를 앓는 판에 날은 갈수록 추워지는데요."

김두만이 완강하게 고개를 저었다.

기차가 멈추자 남자들이 시신을 내렸다. 그 뒤를 윤선숙은 큰아들 주환이의 손을 잡고 걸었다.

남자들이 눈을 헤쳐 나뭇가지로 땅을 팠다. 그러나 나뭇가지는 땅에 먹혀들지 않고 튕겨졌다. 땅이 꽁꽁 얼어붙어 있었다. 그렇다고 다른 연장이란 아무것도 없었다.

"이거 야단났네."

김두만이 난감한 얼굴로 두리번거렸다.

초상을 당한 것은 윤선숙만이 아니었다. 좌우로 세 집이 더 있었다.

"어이, 자네들 저쪽에 좀 가보고 와. 어찌하는지 알아야지."

김두만이 손짓으로 도갑수 김두태를 좌우에 배치했다.

"별수 없이 그냥 눈으로 봉분을 만든다는데요."

먼저 돌아온 도갑수의 말이었다.

"그냥 눈장례를 치른다네요."

김두태가 상을 찡그리며 말했다.

"선생님, 어쩔 수 없는데요."

김두만이 윤선숙을 쳐다보았다.

윤선숙은 흑 울음을 터뜨리며 고개를 끄덕였다.

시신이 언 땅 위에 놓여졌다.

"선생님하고 아드님이 먼저 눈을 한 줌씩 놓으세요."

김두만이 말했다.

윤선숙은 아들과 함께 눈 위에 무릎을 꿇고 앉았다.

"주환아, 할머니 저세상으로 가시게 엄마 따라서 해."

윤선숙은 눈물을 뚝뚝 흘리며 두 손으로 눈을 폈다. 어린 주환이도 눈물 글썽한 눈으로 어머니를 따라서 했다. 윤선숙은 눈을 시신 위에 올려놓았다. 주환이도 그 옆에 눈을 놓았다. 시신 위에 놓인 크고 작은 두 개의 눈덩이는 마치 흰 꽃송이 같았다.

"됐습니다, 일어나세요."

김두만의 말에 따라 윤선숙은 아들의 손을 잡고 일어섰다.

남자들은 어기차게 눈을 모아다가 시신을 덮기 시작했다.

어머님, 어머님, 어머님…….

시신이 눈 속에 묻혀가는 것을 보며 윤선숙은 숨가쁘게 울부짖고 있었다.

눈을 단단히 다져가며 둥그런 봉분이 만들어졌다.

"아드님한테 두 번 절 시키세요."

김두만이 손을 옷에 털며 말했다. 그의 손은 벌겋게 얼어 있었다.

"주환아, 아빠하고 제사지낼 때처럼 큰절 두 번 해. 알지?"

허리를 굽힌 윤선숙이 아들을 들여다보며 말했다. 주환이가 고개를 끄덕였다.

사람들이 지켜보는 가운데 주환이가 눈 위에 엎드리며 큰절을 엉성하게 두 번 했다. 그것으로 장례는 끝냈다.

먼발치에서 총을 멘 군인들이 키들거리며 그 장례를 구경하고 있었다.

10월 중순에 이르면서 추위는 혹독해졌다. 영하 30도가 예사인 북쪽의 겨울추위가 본격적으로 몰아닥치고 있었다. 앓아 눕는 사람들이 점점 불어나고 있었다. 그런데 곡식까지 동나가고 있었다. 열 살 아래의 아이들과 예순 넘은 노인들에게만 두 끼로 하고 나머지 사람들은 하루 한 끼로 김두만이 결정을 내렸다.

그런데 어느 날 뜻밖의 사건이 터졌다. 기차가 정거해 있는 동안 두 사람이 먹을 것을 훔치려다가 붙잡힌 것이었다. 기관차 뒤에 석탄차가 붙어 있었고, 그 뒤에 규모가 좀 작은 화물차가 붙어 있었다. 그건 다름 아닌 군인들의 식량창고였다. 기차가 멈출 때면 그 창고가 열린다는 것을 알아낸 두 사람은 그곳으로 숨어들었다가 그만 들키고 말았던 것이다.

"전원 집합하라!"

"한 사람도 빠지지 말고 전원 집합하라!"

군인들은 기세 사납게 외쳐대며 총을 휘둘렀다.

아픈 사람들까지 부축해 가며 사람들은 한곳으로 모였다. 눈 위의 바람이 세차서 아이들은 와들와들 떨었다.

뒤로 팔을 묶인 두 사람이 객차에서 끌려나왔다. 그런데 그들은 얼마나 두들겨맞았는지 얼굴이 피투성이였다. 그들이 사람들 앞에 세워지고 조금 있다가 뚱뚱한 장교가 나왔다. 군인 하나가 큼직한 상자를 들고 뒤따랐다. 사람들은 그것이 두 사람이 훔치려던 것인가 보다 하고 생각했다. 군인이 장교 앞에 상자를 놓았다. 장교는 그것을 밟고 올라섰다. 그건 발판이었던 것이다.

"모두 똑똑히 들어라. 저놈들은 감히 인민의 군대의 식량을 도둑질하려다가 체포되었다. 군대의 식량은 무기와 똑같고, 군대의 그 어떤 물품이든 도둑질하는 것은 극악한 반동행위로 국법은 정하고 있다. 국법을 어긴 반동에겐 처형이 있을 뿐이다. 저놈들을 국법에 따라 총살형에 처한다! 이상."

"잘못했습니다, 잘못했습니다."

"한 번만 용서해 주십시오."

두 사람은 발판을 내려서는 장교에게로 내달았다. 울음 섞인 그들의 애원은 서투른 러시아말이었다.

그러나 두 사람은 재빨리 달려든 군인들의 개머리판에 맞고 나뒹굴어졌다.

두 사람은 군인들에게 질질 끌려가 아름드리 나무에 묶여졌다. 그리고 군인 여섯 명이 도열했다.

"사겨억 준비!"

뚱뚱한 장교가 지휘봉을 번쩍 치켜들며 외쳤다.

군인들이 일제히 총을 겨누었다.

"사격!"

장교가 지휘봉을 내리쳤다.

탕탕탕…….

총소리들이 눈 덮인 적막한 광야를 뒤흔들었다.

윤선숙은 밤새도록 악몽에 시달렸다. 낮에 총 맞아 죽은 두 사람이 번갈아가며 남편으로 변하고는 했다. 윤선숙은 감기를 심하게 앓고 있는 작은아들을 품고 식은땀을 흘리며 남편이 살아 돌아올지도 모른다는 한 가닥 기대를 버렸다. 저희들 때문에 배곯은 사람이 먹을 것 좀 훔치려 했다고 그처럼 서슴없이 죽여버리는데 남편 일행을 살려두었을 리 만무했던 것이다. 먹을 것 좀 훔치려 한 것에 비하면 남편 일행이 도모한 일은 그야말로 용서받을 수 없는 반동행위였던 것이다.

여보, 여보, 우리 경환이를 지켜줘요. 경환이가 너무 아파요. 우리 경환이가 아무 탈 없도록 제발 지켜줘요. 경환이한테 무슨 일 있으면 난 미치고 말 거예요. 여보, 날 도와줘요……

윤선숙은 작은아들을 더 꼭꼭 끌어안으며 눈물을 떨구었다.

윤선숙은 세 아이들을 위해 다시 마음을 다잡으며 이를 맞물었다. 불시에 남편을 잃고 시어머니를 잃고……, 가슴이 찢어지고 터질 것처럼 분하고 억울했다. 그러나 그 분하고 억울함을 고하고 하소연할 데가 하늘 아래 그 어디에도 없었다. 모두 나라 없어 당하는 서러움이고 원통함이었다. 어쩌다 나라를 빼앗겼는가……. 그건 누구의 잘못인가……. 지난 세월 동안 수천 번도 더 했던 생각을 더욱 절실한 애통함으로 또 하고 있었다. 무슨 짓을 해서라도 세 아이는 지켜내야 한다고 마음 다지며 윤선숙은 눈물을 훔치고 또 훔쳤다.

하루도 거르지 않고 이 화물차 저 화물차에서 눈장례를 치렀다. 아파서 죽은 것이 아니라 굶어죽었다는 사람들이 늘어나고 있었다. 그리고 얼어죽었다는 사람도 생겨났다.

윤선숙은 그 장례들을 지켜보면서 얼마나 많은 조선사람들이 또다른 열차에서도 죽어가고 있을까를 생각하며 치를 떨었다. 이 열차에 탄 사람들이 1,600여 명이고, 연해주의 조선사람들은 모두 20여만 명이었다. 그 사람들은 150여 개의 열차에 실려 이렇듯 죽어가고 있을 거였다. 그 수가 얼마일 것인지 생각만으로도 끔찍스러웠다.

김두만의 아버지가 앓다가 끝내 눈을 감았다.

"자식들……, 자식들 자알 길러……, 자식들이……, 보, 보배……, 나, 나라 찾으면……, 나, 나를…… 고, 고향에……."

김두만의 손을 움켜잡고 노인이 남긴 유언이었다.

김두만은 눈장례를 치르며 남자답지 않게 통곡을 했다.

부친의 유언을 들어드리지 못하게 되어 그러는 거라고 윤선숙은 생각했다. 그러나 뒤늦게 알고 보니 김두만의 서러움은 더 속 깊은 데가 있었다. 그 노인은 일찍이 의병투쟁에 나섰다가 쫓겨 만주를 거쳐 연해주에서 살게 된 것이라고 했다. 늘 나라 찾지 못하는 것을 한스러워했고, 이번에도 차라리 혼자 조선으로 가겠다며 밥을 굶기도 했다는 것이었다.

이기철의 어린 딸도 감기를 이기지 못하고 저세상으로 떠나갔다. 이기철의 아내는 어린 딸을 끌어안고 내놓지 않아 사람들의 가슴을 더 아프게 했다. 결국 딸을 눈에 묻고 나서 이기철의 아내는 앓아눕고 말았다.

윤선숙은 이기철의 딸이 떠난 것을 보고 더욱 겁이 났다. 작은아들 경환이도 그 아이처럼 기침이 심해 한번 기침을 시작했다 하면 하얗게 숨이 넘어갈 지경이었던 것이다. 윤선숙은 애가 타서 아들을 한시도 몸에서 떼지 못했다.

그러던 어느 날 기차가 멈추고 문이 열렸다. 그런데 뜻밖에도 눈앞에는 어느 역이 보였다. 사람들은 어리둥절했다.

"모두 내려라! 다 왔다."

군인이 손짓하며 외쳤다.

"뭐, 뭐라구요? 여기가 어디요?"

누군가가 더듬거리며 물었다.

"타슈켄트!"

사람들은 어리벙벙한 채 서로서로 쳐다보았다. 그러다가 외쳐댔다.

"와아, 다 왔다아!"

"와아, 살았다아 ―."

그들은 두 팔을 치올리며 환호했고, 서로서로 얼싸안았다.

윤선숙은 삐쩍 마르고 지친 작은아들을 내려다보며 눈물이 핑 돌았다.

여보, 고마워요. 경환이가 이렇게 무사해요.

윤선숙은 작은아들의 볼에 얼굴을 비비대며 남편을 부르고 또 불렀다.

윤선숙은 작은아들을 큰아들에게 업히고 자신은 기를 써서 짐을 남김없이 다 짊어졌다. 그 짐들은 아이들의 생명을 지킬 무기였다.

윤선숙은 줄을 서면서 며칠이나 걸렸는지를 생각해 내려고 애썼다. 그러나 막연하게 한 달이 넘은 것 같을 뿐 정확하게 날들을 셈할 수가 없었다.

그런데 윤선숙의 가슴에서는 새로운 두려움이 고개를 들고 있었다. 그 낯선 곳의 바람이며 냄새가 연해주하고는 달랐던 것이다. 저 멀리 눈 덮인 웅장한 산줄기가 뻗쳐져 있었다. 윤선숙은 그 산줄기가 육박해 오는 두려움을 느꼈다. 그것은 천산산맥 줄기였다.

20만 조선사람들의 강제이주는 1937년 8월 21일 소련 인민위원회 및 공산당 중앙위원회에서 결정된 것이었다. 강제이주 결정사항 제1428-326cc호에 기록된 공식적 이유는 두 가지였다.

첫째는 조선사람들의 첩자행위 방지, 둘째는 중앙아시아와 카자흐스탄의 농업인력 공급이었다.

그리고 강제이주를 직접 명령한 것은 스탈린이었다.

하바로프스크, 당지구위. 조선인들 이주 문제─시기적으로 성숙했음.

이주 시기에 조금도 차질이 없도록 철저한 조치를 조속한 시일 내에 강구하기 바람.

당중앙위원회 서기 스탈린

1937년 9월 11일 17시 40분

이것은 스탈린이 보낸 암호전보였다.

그 명령에 따라 연해주 일대의 조선사람 20여만 명은 9월 중순에서부터 11월 말까지 중앙아시아 여러 지역으로 끌려갔다.

15

국경 산악에 삭풍은 불고

만주벌판에 삭풍이 휘몰아치면서 일본 관동군과 만주군의 토벌작전은 본격화되었다. '만주 3개년 치안숙정계획'에 따른 것이었다. 중국과 전면전쟁을 일으킨 일본은 후방의 치안이 안정되지 않고서는 효과적인 전쟁수행이 곤란하다고 판단했다. 따라서 만주의 치안을 안정시키기 위해서는 동북항일연군을 완전 소탕하지 않으면 안 되었다.

일본군이 그런 계획을 세운 데는 분명한 이유가 있었다. 처음에 공산주의 세력이 산발적으로 무기를 탈취하는 사건이 발생할 때만 해도 그것이 무장세력이 되리라고는 생각하지 않았었다. 그런데 도처에서 무기탈취 사고가 빈발하더니만 유격대라는 무장조직이 돌출하기 시작했고, 거기다가 마적떼들까지 합세하면서 항일무장부대로 둔갑했던 것이다. 그들의 토벌에 본격적으로 나선 것이 1934년부터 3년. 그들을 괴멸상태로 몰아넣었다고 생각했다. 그러나 그들은 괴멸된 것이 아니라 넓은 만주땅을 이용하여 장소를 이동해 가며 오히려 세력을 확장했던 것이다. 그 둔갑술이 바로 동북항일연군이었다.

그들을 섬멸해 버리지 않으면 그들의 세력은 갈수록 커져 만주가 불안해질 뿐만 아니라 일본군은 적들의 가운데 놓여 협공을 당하게 되어 있었다. 그리고 더 문제는 동북항일연군 내에서 발휘되는 조선사람들의 영향력이 무시할 수 없도록 크다는 점이었다. 만주의 치안이 불안해지면 그 조선사람들에 의해서 조선의 치안까지 불안해지게 되어 있었다. 그러므로 급선무는 동북항일연군을 박멸하는 것이었다.

그런데 동북항일연군 간부들은 그 반대로 생각하고 있었다. 중일전쟁으로 전선이 확대되고, 그에 따라 만주의 일본군들이 자연히 감소하고, 토벌전에 투입되는 병력도 줄어들 것이므로 상황은 항일연군에게 유리하게 전개되어 나갈 것이라고 판단했던 것이다. 그러나 그 예상은 빗나가고 말았다. 일본군은 막대한 병력을 토벌에 투입했다.

일본군이 겨울에 토벌을 시작하는 데도 명백한 이유가 있었다. 그동안 일본군이 구사해 온 토벌작전은 두 가지였다. 첫째는 차단작전이었고, 둘째는 초토작전이었다. 차단작전이란 민간인들과 항일연군이 접촉을 못하도록 가로막는 것이었다. 그 방법이 바로 집단부락 조성이었다. 그리고 초토작전이란 항일연군의 유격근거지는 물론이고 그들의 활동에 도움이 되는 산간부락이나 무엇이든 불태워 없애버리는 것이었다. 이 두 가지 작전을 병행하면 항일연군은 식량 같은 것을 지원받을 수 없이 고립되는 동시에 고전을 할 수밖에 없었다. 그런 데다 계절까지 겨울이 되면 산에 나뭇잎들은 다 떨어져 노출은 심해지고, 혹한 속에서 먹을 것도 없고 은신처도 없고, 더구나 눈 위에 발자국까지 찍혀 추적당하기 쉽고, 이중·삼중고에 몰리게 되는 것이었다.

그런데 일본군은 항일연군 제1로군의 활동지역에 우선적으로 병력을 집중투입시켰다. 그 이유 또한 확실했다. 제1로군의 주축이 바로 초기 유격대인 동북인민혁명군이었고, 그래서 조선사람들이 제일 많은 부대였으며, 조선과 중국의 국경지대를 활동무대로 삼고 있었던 것이다.

11월의 산간지역은 영하 30도가 예사였다. 그 혹독한 추위 속에 항일연군 제1로군 전체에 비상령이 내려졌다. 제1로군의 편제는 제1군과 제2군으로 나뉘고, 그 아래 각각 3개사(師)가 제1사에서부터 제6사까지 편성되어 있었다. 그리고 각 사 아래는 3개단이나 4개단이 배치되었다. 제1로군 군장은 중국인 양정우였다.

방대근은 제1군 제3사 사장을 맡고 있었다. 제3사 사장이 전사하면서 그 자리에 임명되었던 것이다. 일본군의 공세가 날로 심해져 가는 상황에서 특무공작대의 임무보다는 일본군과 맞서 싸우는 것이 더 급선무라고 상부에서 판단했던 것이다. 그래서 특무공작대 활동은 6개월 전에 중단되었다. 특무공작대가 해산되면서 이광민은 제3사 2단장 직책을 맡았다. 보천보전투로 항일연군의 사기를 높인 김일성은 제2군 제6사의 사장이었다.

방대근은 휘하부대의 비상태세 점검을 마치고 후방대를 찾아갔다. 그냥 전투에 나서기는 후방대에 마음쓰이는 사람들이 너무 많았던 것이다.

후방대도 평소와 달리 긴장되어 있었다.

"아이고, 우리 대장님 오시었소?"

화들짝 반가워한 것은 필녀였다. 필녀는 꼭 '우리 대장님'이라 호칭했고, 반농담 삼아 존대를 쓰는 것이었다.

"무고허신게라?"

방대근은 웃으며 손을 내밀었다.

"하면, 요리 씽씽허구만요, 대장님."

필녀는 스스럼없이 방대근의 손을 잡고 악수를 하며 환하게 웃었다. 그 악수는 필녀가 원해서 하게 된 것이었다. 자기도 어엿한 항일연군 대원인데 여자라고 차별해서 악수를 하지 않는 거냐고 따졌던 것이다. 그건 농담이 아니었고, 필녀는 다른 지휘관들에게도 거침없이 그런 말을 했다. 필녀는 항일연군 대원이라는 것을 무척 자랑스러워했고, 자신도 남자대원들과 똑같이 대해주기를 원했던 것이다. 글을 몰라 사상학습은 영 싫어하면서도 남녀평등만큼은 용케도 잘 터득했다고 해서 필녀는 사람들의 웃음을 자아내게 했고, 또 유명해지기도 했다.

"누나도 별일 없소?"

방대근은 누나에게 눈길을 돌렸다.

"하먼. 어찌 틈이 있었는갑네?"

수국이는 동생을 바라보며 잔잔하게 웃었다.

"삼봉이넌 어쩌요?"

방대근은 통나무를 잘라 그대로 쓰는 걸상에 앉으며 담배를 빼들었다.

"이, 잘허고 있구마."

"잠 불러오먼 좋겄소."

"그러제."

수국이는 동생에게 고마움을 느끼며 돌아섰다. 비상령이 내려 짬을 내기가 어려울 텐데도 조카를 보려고 일삼아 와준 것이었다.

수국이를 뒤따라 들어온 오삼봉은 방대근에게 거수경례를 붙였다. 그 절도 있는 동작은 외삼촌을 대하는 것이 아니라 상관을 대하는 군인의 태도였다. 그런 오삼봉의 얼굴이며 코끝은 추위로 벌겋게 얼어 있었다. 왼쪽 손에는 개털벙거지가 들려 있었다.

"근무허고 있었드냐?"

방대근이 경례를 받고 나서 물었다.

"예."

"으쩌냐, 첨 당허는 삼동이."

"전딜 만허구만요."

오삼봉은 여전히 군인식 대답이었다.

"그려, 일로 편허니 앉그라."

방대근이 엷게 웃으며 통나무걸상을 가리켰다. 오삼봉은 어려워하며 통나무걸상에 엉덩이를 걸쳤다.

"첨이라 고상이 될 거이다. 군산이야 어디 얼음이나 지대로 얼드냐. 동상 안 걸리게 조심히야 혀. 여그서넌 동상이 큰 병잉게."

방대근이 정답게 말했다.

"예에……."

"집 생각 안 나냐?"

"예, 괜찮허구만요."

"그려, 장허다. 여그서넌 잡생각 없애는 것이 질이다. 총은 인자 잘 쏘냐?"

"예, 안직 그냥……."

오삼봉은 어색하게 웃으며 이모 수국이를 쳐다보았다.

"이, 배운 사람이라 긍가, 다 늦게 압록강 넘어온 독헌 맘이라 긍가 총얼 아조 잘 쏘드랑게. 쏘았다 허먼 직방이다요."

필녀가 거들고 나섰다.

"하먼, 그래야제. 총 잘못 쏘는 군인이야 군인이 아닝게."

방대근은 담배연기를 내뿜으며 조카의 등을 두들겨주었다.

"근디, 요분에 나스는 왜놈덜 수가 굉장허다고 허든디, 참말이다요?"

필녀가 물었다.

"으째, 겁나요?"

방대근이 빙긋 웃었다.

"이, 간이 콩알만히져 부렀소."

필녀는 과장되게 몸을 떨었다.

"얼맨지넌 당해봐야 알 일인디, 이 산중서 또 포위작전얼 쓸 것잉게 그 수가 많기넌 많을 것이오."

"왜놈덜 수가 많으면 그만치 싸우기가 에로울 것인디 우리넌 으째서 뒷전으로 밀쳐놓는다요. 여자라고 깔보는갑는디, 우리도 새로 다 사격훈련 받았겄다, 백짓장도 맞들면 낫다는 말 안 있습디여? 우리도 써도라고 우에 말 잠 안 히줄라요?"

필녀는 또 그 말을 했다. 필녀는 후방대에서 피복이나 만들고 있는 것이 영 마땅찮았던 것이다. 송수익 선생의 유언대로 자신도 싸우고 싶었던 것이다.

"여자라고 깔보는 것이 아니고 후방대 일도 총 들고 싸우는 것이나 똑같이 중허구만요. 후방대가 없으면 이 삼동에 우리 대원덜언 싸우기 전에 다 얼어죽어불 것 아니겄소."

"아이고메, 또 그 소리. 학습헐 때 귀가 닳게 들어서 인자 씬물이 나요."

"그러고 말이요 이, 사태가 다급해지면 마다고 혀도 총 들고 나스라고 헐 것잉게 그간에 사격연습이나 잘혀두시게라."

방대근은 지휘관답게 의연하고 진중하게 말하고 있었다.

"글면, 그런 때가 오면 나럴 첫찌로 뽑아줘야 허요 잉!"

필녀는 '잉'에다가 된 힘을 썼다.

"예, 그때 가서 꽁지나 빼지 마씨요."

방대근이 씨익 웃으면서 몸을 일으켰다.

"하이고, 나가 여장군 되는 것이 무서와 발써보톰 저런 소리 허네."

필녀가 제까닥 받아넘겼다.

옆에 있던 다른 여자들까지 와아 웃음을 터뜨렸다.

"자아, 다덜 몸조심허시고……."

방대근은 둘러선 사람들에게 눈인사를 보내고 밖으로 나갔다.

오삼봉은 이모 옆에 서서 눈 속으로 빨리 사라져가는 외삼촌을 지켜보고 있었다.

"니넌 넘도 아닌 외삼춘얼 어찌 그리 에로와허고 그러냐. 역부러 니럴 볼라고 오신 것인디."

필녀가 오삼봉의 등을 철퍽 쳤다.

"맘언 안 그런디 뵙기만 허면 하도 엄허시고 높아서……."

얼굴이 붉어지며 오삼봉이 어물거렸다.

"그렇제, 하도 오래 못 만내고 살아논게……."

수국이가 조카의 등을 어루만지며 안쓰러운 웃음을 지었다. 수국이는 조카의 얼굴 그 어딘가에서 아련하게 언니를 느끼고 있었다.

오삼봉은 이모와 헤어져 막사로 돌아가며 또 어머니를 생각하고 있었다. 공허 스님은 돌아가신 게 분명했다. 바로 얼굴을 마주 대한 거리에서 총소리가 그리 요란했으니 아무리 신출귀몰하는 공허 스님이라 해도 어쩔 도리가 없었을 거였다. 공허 스님이 되돌아가시지 못했으니 어머니가 어떻게 살고 계시는지 걱정이 떠나지 않았다. 아직까지도 절에서 공허 스님이 돌아오시기만 기다리고 계신지, 어디 딴 데로 옮기셨는지……. 돌아오시지 않는 공허 스님을 기다리며 어머니는 얼마나 애가 타실 것인가……. 공허 스님이 변을 당하신 일이며, 자신은 무사하다는 자초지종을 전하고 싶은 마음 간절했지만 그럴 방도가 없었다. 외삼촌이나 이모에게 그 일을 의논해 보고도 싶었지만 차마 입을 뗄 수가 없었다. 날마다 총상 입은 대원들이 실려오는 이 유격근거지 밀영에서 그런 걱정은 하찮고 사람 우습게 보이기 십상이었던 것이다.

오삼봉은 그때의 기억으로 또 어깨를 부르르 떨었다.

"내빼! 산으로 내빼!"

지금도 공허 스님의 외침이 쟁쟁히 들리고 있었다.

총소리에 쫓겨 무작정 뛰었다. 산속으로 산속으로 내닫다 보니 날이 밝아왔다. 어디가 어디인지 모를 첩첩산중이었다. 더 어디로 가야 할지 알 수가 없었다. 압록강 건너 산중에 독립군들이 진을 치고 있다는 공허 스님의 말 한마디가 생각날 뿐이었다. 산으로 내빼라던 공허 스님의 외침은 당장 위험을 피하라는 뜻만이 아니라는 생각이 들었다. 배영범의 생각도 같았다. 독립군을 찾아 다시 산을 타기 시작했다. 하루종일 쉬지 않고 걸었다. 먹을 것이 없어서 물로 배를 채웠다. 밤이 되어오는데도 깊은 산속 그 어디에서도 독립군의 종적은 찾을 수가 없었다. 일본군에게 잡힐 위험에서는 벗어난 것 같아서 바위 틈에서 잠이 들었다. 짐승들의 울음소리에 놀라 서너 번이나 잠이 깨었다. 그 울음소리들 중에는 호랑이 울음소리도 있었다. 그전에 호랑이 울음소리를 들어본 적이 없지만 첫덩어리가 맞갈리듯 으르렁대는 소리를 듣는 순간 전신에 오싹 소름이 끼치며 저것이 호랑이구나 하는 생각이 퍼뜩 들었던 것이다.

날이 밝아 또 물로 배를 채웠다. 다시 하루종일 산속을 헤맸다. 그러나 독립군은 만날 수가 없었다. 꼬박 이틀을 굶고 산속을 헤맨 탓에 너무 기진맥진해서 곧 잠에 빠져들었다. 짐승들의 울음소리에도 잠에서 깨어날 수가 없었다. 날이 밝아 다시 움직이기 시작했다. 어느 산굽이를 두 번짼가 돌았을 때였다. 총을 들이댄 네댓 명에게 붙잡혔다. 일본군이 아닌 그들은 한눈에 독립군이었다. 너무 반가워 그들을 얼싸안고 싶었다. 그러나 그들은 냉담했다. 아니, 이쪽을 완전히 죄인 취급했다.

어느 산골짜기 밀림 속에 없는 듯 숨어 있는 독립군 밀영으로 끌려가 조사를 받기 시작했다. 그들이 봇짐을 풀어헤쳐 인삼이 나오고서야 몸에 먹을 것을 지니고 있었다는 것을 깨달았다. 그동안 그렇게 배가 고팠으면서도 그저 독립군 찾는 데만 온통 정신이 쏠려 인삼은 까맣게 생각하지도 못했던 것이다.

독립군이 조사하는 것은 밀정이냐 아니냐 하는 것이었다. 그들은 이쪽을 일단 인삼장수로 가장한 밀정으로 취급했다. 그래서 만주땅에 오게 된 내력을 세세하게 이야기했다. 그랬더니 그런 이야기를 꾸며 독립군에 침투하기 위한 첩자로 단정했다. 그 어떤 말도 믿어주지 않고 모두 거짓말이라고 생각했다. 생각다 못해 끄집어낸 것이 외삼촌 방대근이며 지삼출 아저씨였다. 그들이 모두 독립군이니 만나게 해달라는 말에 조사관의 기색은 좀 달라졌다.

열흘 가까이 움막에 갇혀 지냈다. 밥은 하루에 두 끼, 수수밥이나 조밥이었다. 된장국에 반찬은 짠지거나 산나물 한 가지씩뿐이었다. 그건 독립군들이 먹는 것 그대로라고 했다. 그 놀라움은 너무나 컸다. 그렇게 먹으며 독립투쟁을 하다니……, 그건 고향의 가난한 소작인들의 밥상만도 못한 것이었다.

어느 날 움막 앞에 나타난 것은 외삼촌과 이모였다. 그러나 자신은 처음 보는 얼굴들이었다. 그쪽 또한 마찬가지였다. 그러나 금방 서로 알아보았다. 외삼촌과 이모의 얼굴에는 어머니의 모습이 담겨 있었던 것이다.

공허 스님의 이야기를 하자 이모가 흐느껴 울었다. 그 울음이 너무 서러웠다. 외삼촌도 주먹으로 자꾸 눈물을 훔쳤다.

"시님께서 느그덜얼 살리고 돌아가신 것이다. 느그덜이 시님 몫 아치꺼정 다 해내야 쓴다. 알겄냐!"

그 부대를 떠나며 외삼촌이 한 말이었다.

군사훈련과 정신학습을 받고 배치된 곳이 후방대 경비소였다. 전투경험이 없는 신병들이 거치는 곳이라고 했다. 사격실습과 후방대 경계가 주임무였다. 그런데 독립군 부대에서 왜 그렇게 철저하게 조사를 했는지 뒤늦게 알게 되었다. 일본군들이 기기묘묘한 방법으로 첩자나 밀정들을 침투시켜 기밀을 빼내가고 지휘관을 살해한다는 것이었다.

오삼봉은 두 손을 입으로 불어대며 막사로 들어섰다. 불냄새와 함께 후끈하게 밀려드는 훈기가 달았다. 말로만 들어왔던 만주의 추위는 정말 지독스러웠다. 내리는 눈은 쌓이기만 하고, 해는 쨍하니 떴는데도 추위는 바늘끝으로 콕콕 쑤셔대고, 모래로 박박 문질러대는 것처럼 살갗이 아프고 쓰라렸다. 뼛속까지 춥다는 것이 무슨 말인지 비로소 알 것 같았다.

1로군은 각 사(師) 단위로 광대한 산악지대에 배치되어 있었다. 그 사이를 연락병들이 연결시키고 있었고, 대부분의 전투는 사장의 독립지휘로 이루어졌다.

방대근은 부대를 이끌며 밀영을 출발했다. 그는 휘하의 각 단의 간격을 최대한 넓히며 북쪽으로 전진했다. 전선을 넓혀 적들의 포위작전을 교란시키는 동시에 적들을 멀리서 막아 유격근거지와 후방대를 보호하자는 작전이었다. 이것은 1로군 전체의 기본 작전이었다. 일본군의 차단작전에 따른 집단부락들이 날로 늘어나고 있는 상황에서 유격근거지의 확보는 바로 생명선이었던 것이다.

일본군과 만주군들이 1933년 중반부터 추진하기 시작한 집단부락이란 한마디로 민간인들의 집단수용소고 감옥이었다. 집단부락은 마을의 크기와 현장의 형편에 따라 그 규모가 50세대·100세대·150세대로 구분되었다. 그런데 대체로 100세대 단위가 많았다.

집단부락은 그 구조가 일정했다. 다만 세대 수에 따라 그 크기가 다를 뿐이었다. 집단부락은 정사각형의 높은 토담이나 통나무담으로 에워싸여 있었다. 그 담은 안쪽에 있는 집들이 전혀 보이지 않도록 높았다. 토담은 나무가 흔하지 않은 북쪽에서 많이 했고, 통나무담은 나무가 흔한 남쪽에 많았다.

그 담의 사방에는 망루와 함께 포대가 설치되어 있었다. 사방을 경계함과 동시에 언제든지 포사격을 할 수 있도록 한 것이었다. 그리고 사방의 담 중앙에는 문이 하나씩 달려 있었다. 그러나 세 개는 폐쇄시키고 사용하는 것은 하나뿐이었다. 그 정문에는 초소가 설치되어 있었다. 폐쇄되어 있는 세 개의 문은 유사시에 사용할 비상용이었다.

담을 따라서 또 하나의 정사각형을 이루고 있는 것이 호(壕)였다. 그 구덩이의 폭은 어른이 두 팔을 벌려 닿지 않을 만큼 넓었고, 그 깊이는 어른의 키 두 길이 넘었다. 그러니 거기에 한번 빠졌다 하면 그 어떤 장사도 나올 수가 없게 되어 있었다.

그리고 그 구덩이를 따라 또다른 설치물이 있었다. 그건 구덩이만으로는 부족해서 또 덧붙인 가시철조망이었다. 이 모든 것들은 항일유격대의 공격에 대비한 것이었다.

그 담 안쪽의 구조는 아주 삭막하고 살벌했다. 초소가 있는 정문에서 바로 보이는 건물이 사무실이었다. 그런데 정문에서 보이는 것은 길게 자리잡은 건물의 옆면이었다. 그 건물은 사무실을 겸한 상주군인들의 막사였다. 그 건물과 나란히 서 있는 것이 공회당이었다. 사무실과 공회당 사이에는 공동우물이 있었다.

사무실 왼쪽 담 옆으로는 아주 큰 건물이 자리잡고 있었다. 그것은 곡식창고를 겸한 무기창고였다.

그 세 가지 건물을 제외한 땅에 주민들의 집이 지어져 있었다. 그러니까 사무실의 좌우에 자리잡고 있는 집은 흔히 탄광촌이나 공사장에서 볼 수 있는 일직선의 바라크식이었다. 거기에 칸막이를 해서 10세대나 12세대가 들게 되어 있었다. 그곳에 사는 100세대 사람들의 일거일동은 사방의 망루에서 내려다보면 손금보다 더 환하게 볼 수 있었다. 그러니까 망루는 적의 기습을 탐지하는 동시에 부락민들을 감시하는 이중 효과를 발휘하고 있었다.

부락민들은 아침에 일어나면 상주하는 군인이나 경찰의 인솔 아래 단체로 일을 나갔고, 저녁때는 또 단체로 돌아왔다. 들에서 일을 하면서도 하루종일 감시를 받았으므로 그 어떠한 개인행동도 할 수가 없었다. 그리고 부락민들은 식량을 3일분씩 배급을 받았다. 그런데 그것마저 밖으로 빼돌리는지 어쩌는지 감시를 당했다. 그 곡식이 빠져나가 유격대에게 전해지는 것을 막으려는 것이었다.

이런 집단부락은 항일유격대가 활동하기 시작한 지역에서부터 만들어져 유격대들이 이동하는 곳마다 번져갔다. 그렇게 해마다 불어난 집단부락은 1935년 말까지 4천 개가 넘었고, 동북항일연군이 만주 전역에 걸치다시피 결성되자 집단부락도 급증해서 1936년 말에는 1만 개를 넘어섰다. 그리고 금년에 들어서도 계속 불어나고 있는 중이었다.

일본군은 그렇게 많은 집단부락들을 만들어 차단작전과 고사작전의 효과만 보는 것이 아니었다. 곡식을 완전 통제해서 군량미 확보는 물론 재정 안정을 꾀해나갔던 것이다. 집단부락민들은 총부리 아래서 골빠지게 일해 수확이 얼마든 간에 3일분씩 배급을 받는 것으로 끝이 났다. 아무도 그 부당성을 따지거나 항의할 수가 없었다. 잡혀가면 그만 종적을 알 수 없게 되기 때문이었다. 그렇다고 집단행동을 일으킬 수도 없었다. 담 사방에 설치된 포대가 내려다보고 있었던 것이다.

그런데 그 많은 집단부락들은 모두가 그 속에 갇히게 된 부락민들이 만든 것이었다. 그들은 총 들이댄 강압 속에 노임 한푼 없는 강제노동으로 자신들의 감옥을 만들어야 했던 것이다.

제3사 2단장 이광민은 산줄기에 에워싸인 분지에 이르러 부대를 정지시켰다.

"지금부터 분대별로 산개합니다. 대원 여러분들은 첫째 지휘관의 명령에 절대 복종하고, 둘째 학습과 실전을 통해 익혀온 4대유격전법에 충실하여 용맹스럽게 싸워주기 바랍니다. 다시 말하지만 일본군은 우리 조선과 중국의 공적(公敵)입니다. 그러므로 우리 모두는 일심동체로 단결하여 기필코 왜적을 물리치도록 가일층 분발해 주기 바랍니다."

이광민은 짤막하게 훈시를 했다. 짧은 말 속에서 일본이 조선과 중국의 공동의 적임을 또다시 강조했다. 그건 지휘관들이 수시로 환기시키도록 되어 있는 정신교육의 일환이었다. 왜냐하면 항일연군은 중국사람들과 조선사람들이 혼합되어 있는 특수성을 가지고 있었던 것이다. 이광민은 조선대원들에게 따로 상기시키고 싶은 말이 있었다. 그러나 자제하기로 했다. 자칫 중국대원들이 서운하게 생각할지도 몰랐던 것이다. 80명 중에 중국대원은 27명에 불과했다. 그런데 조선지휘관이 조선대원들에게만 따로 격려를 하면 위화

감을 느낄 염려가 없지 않았던 것이다.

대원 여러분, 여러분 한 사람, 한 사람이 조선입니다.

이 말은 너무 자극적일 수 있었다.

이광민은, 그 말을 언제 들어도 감동적이었다. 그 말을 송수익 선생한테서 처음 들었을 때 얼마나 가슴 벅차고 황송했는지 몰랐다. 그 감동은 언제나 새로운 힘을 용솟음치게 했고, 목메게 했으며, 자세를 흐트리지 못하게 했다. 그래서 부하들에게도 늘 들려주고 싶은 말이었다.

눈 덮인 산에는 솔바람소리가 가득했다. 이광민은 분대별로 신속하게 자취를 감추고 있는 부하들을 바라보고 있었다. 그러면서 그는 4대유격전법을 주문 외우듯 하고 있었다.

성동격서(聲東擊西), 피실격허(避實擊虛), 이정화령(以整化零), 이령화정(以零化整)…… 소리는 동쪽에서 내고 정작 치기는 서쪽을 치며, 적세가 강한 곳은 피하고 약한 곳을 노려서 치며, 치고 나면 흩어져 종적을 감추고, 필요할 때 다시 모여 세력을 이룬다.

이 유격전법은 새로운 것이 아니었다. 적은 수로 많은 적과 싸우기 위해서 그전부터 독립군들이 유격전에서 써오던 전법이었다. 수적으로도 열세고 화력도 열세인 입장에서 그 전법은 최선의 것이었고, 효과도 컸다. 그런데 그 전법을 한마디로 줄이면 신출귀몰이었다. 대원들은 잘 먹지도 못하고 잘 입지도 못하는 형편에 신출귀몰하는 기동성을 발휘해야 하는 것이었다. 그러자니 얼마나 힘이 들고 고생스러울지는 더 말할 것이 없었다.

이광민은 눈밭 속으로 사라져가는 부하들을 보며 그런 생각으로 마음이 아프고 있었다.

항일연군 1개사는 200여 명에서 300여 명으로 부대에 따라 그 수가 조금씩 달랐다. 그 수에 따라 1개단은 80여 명에서 100여 명으로 편성되었고, 분대는 열 명 내외로 짜여졌다.

쾅! 콰당! 쾅!

일본군은 박격포 공격을 앞세우며 밀려들고 있었다. 박격포탄은 중구난방으로 여기저기서 터져오르고 있었다. 두껍게 쌓인 눈을 파헤치며 터지기도 했고, 바위에 부딪혀 굉음을 내기도 했고, 나무들을 우지끈 부러뜨리며 작렬하기도 했다.

그런데 적정을 살피고 있던 이광민은 불길한 예감에 부딪혔다. 적들의 수가 이만저만 많은 것이 아니었다. 적들은 골짜기에서 등성이까지 아예 포위망을 구축해서 몰려오고 있었다. 그런데 그 포위망은 등성이에서 등성이로 이어지고 있었다. 그동안 많은 전투를 치러왔지만 그 많은 수가 그런 식으로 포진한 것은 처음 보는 것이었다. 겨울 동안 대대적인 토벌작전이 전개될 것이라는 정보는 이미 입수되어 있었다. 그러나 저런 식으로 엄청난 병력이 투입되어 산 하나를 온통 둘러싸듯 해버릴 줄은 예측하지 못했던 것이다. 그런데 더 문제는 여기 한 군데만이 아니라 큰 봉우리들을 중심으로 여러 지역에서 저런 사태가 벌어지고 있다면 정말 큰일이 아닐 수 없었다.

이광민은 틀림없이 그런 사태가 벌어지고 있으리라고 생각했다.

그는 급히 연락병을 사장인 방대근에게 띄웠다. 이쪽 상황을 알리고 작전지시를 받으려는 것이었다.

이광민의 추측은 틀림이 없었다. 엄청난 병력이 큰 봉우리와 봉우리 사이의 산줄기를 차단함과 동시에 포위작전을 전개하고 있었던 것이다. 박격포 공격을 앞세운 것은 유격대를 쫓아 포위망 구축을 쉽게 하려는 것이었다.

제1로군은 대대적인 토벌작전이 시작될 것이라는 정보를 입수했을 뿐이지 얼마의 병력이 동원될지는 모르고 있었던 것이다. 그런데 거기에 동원된 병력은 자그마치 3만을 헤아렸다.

일본군의 토벌작전이 시작되고 사흘 만에 후방대에 긴급이동명령이 떨어졌다. 그와 동시에 여자대원들에게도 총이 지급되었다. 그들에게 주어진 임무는 병원이 이동하는 데 환자들을 보호하는 것이었다.

"하이고, 좀도 좋다. 인자 소원풀이혔네."

총을 받아든 필녀는 곧 춤이라도 덩실덩실 출 것 같았다.

"……"

입을 꾹 다문 수국이는 두 손으로 총을 받쳐잡은 채 그 어디인지 모를 곳을 응시하고 있었다.

이광민은 열흘 사이에 부하 열아홉을 잃어버렸다. 그리고 2개 분대와는 연락두절이었다. 일본군의 끈질긴 장기전에 어찌할 도리가 없었다.

일본군은 병력만 어마어마하게 동원한 것이 아니었다. 전투도 전에 볼 수 없었던 장기전을 펴고 있었다. 전에는 길어야 이삼 일 정도 작전을 하고는 퇴각했었다. 그런데 이번에는 포위망을 구축한 채 모닥불을 피우고 횃불을 밝혀가며 야영을 했고, 다음날이면 포위망을 좁혔다가 다시 다른 산줄기를 타고 포위를 해오고는 했다. 1로군 부대들은 하나의 포위망을 벗어나면 다른 포위망에 걸려들고, 그것을 뚫고 나가면 또다른 포위망에 둘러싸이는 형국으로 고전하고 있었다. 그런 데다 또 하나의 치명적인 악조건에 처해 있었다. 예상하지 못한 장기전으로 대원들은 전부 식량이 떨어졌던 것이다. 예비식량은 3일치였고, 후방대까지 위협당하고 있어서 보급도 이루어지지 않았다. 대원들은 메마른 산열매를 따먹고 눈을 뭉쳐 먹어가며 사생결단 포위망을 뚫고 또 뚫어야 했다.

물론 이쪽만 피해를 입는 것은 아니었다. 공격할 때에는 수비보다 네 배 이상의 병력이 필요하다는 것은 상식이었다. 더구나 유격대와의 산악전투에서는 그 상식마저 통하지 않았다. 유격대의 특수전법으로 더 많은 병력이 필요했다. 그러나 어느 군대나 병력이 많을수록 기동성이 떨어지게 마련이었다. 포위망을 뚫기 쉽게 하고 포위작전을 교란시키기 위해 소조로 분산된 대원들은 기회만 생기면 일본군에게 타격을 가했다. 그러니 일본군이 죽어가는 수는 이쪽보다 훨씬 더 많았다.

산비탈의 커다란 바위에 은신해 가며 포위망을 뚫은 이광민은 단본부 소속 부하 아홉을 이끌고 다른 골짜기로 빠지고 있었다.

"단장님, 이것 좀 보십시오!"

이광민은 옆으로 고개를 돌렸다.

단원 두 명이 아름드리 나무 앞에 걸음을 멈추고 있었다. 그런데 그 나무에는 무슨 종이가 붙어 있었다.

"그게 뭔가?"

이광민은 급히 다가갔다.

"이거 왜놈들이 붙인 것 같은데요……."

한 대원이 어물거렸다.

투항권고문

너희들은 이 겨울을 넘기지 못하고 전원 몰사할 것이다. 왜냐하면 토벌작전은 계속되기 때문이다. 가망 없는 저항을 포기하고 하루속히 투항하라. 투항하는 자는 일체의 잘못을 묻지 않으며, 처벌하지도 않는다. 오히려 후한 상금을 줄 것이며, 직장도 알선해 편히 살게 해줄 것이다. 혼자도 좋고, 집단투항은 더욱 환영한다. 어서 빨리 결심하라!

투항권고문은 한글과 한문 두 가지로 되어 있었다.

이광민은 그것을 확 잡아뜯었다. 그리고 북북 찢었다. 그는 한두 번만 찢고 마는 것이 아니었다. 부하들을 휘둘러보며 갈기갈기 찢어대고 있었다. 그런 그의 눈에 불길이 이글거리고 있었다.

16

타국의 저승길

구상배의 병은 심상치가 않았다. 시름시름 앓으면서 일어나지 못한 지가 벌써 보름이었다. 구상배는 그저 가슴이 좀 답답할 뿐이라고 했지만 얼굴에 드러나는 병색은 날로 심해지고 있었다.

"보이소 예, 조장님 병세를 우예 생각허시능교?"

방영근은 방문을 열다 말고 아내를 돌아보았다.

"그기 쪼매 이상탄 생각 안 드시능교?"

방영근의 아내는 남편의 눈치를 살피며 조심스럽게 말했다.

"글씨, 성님언 벨 병 아니다, 하도 몸이 곯고 삭아서 몸살이 오래 가는 것이다 허시는디 나도 요상헌 생각이 들기넌 든 지가 오래시."

"시상에 보름 넘는 몸살이 어데 있능교. 그라고 말임더, 그 신색 껌게 변해가는 것 보이소. 그기 예사 병이 아닌 기라요."

"그려, 나도 얼굴 타 들어가는 것 봄서 겁이 나는디……"

"그 연세도 있고, 그리 세월 가라 허고 있을 일이 아닌 기라요."

"글씨, 으째야 쓸꼬?"

"문안만 댕기지 말고 병원에 가시게 하이소. 무신 병인지보톰 알아야 할 거 아닌교."

"그야 나가 진작에 말 안 혔간디."

방영근은 혀를 찼다.

"그래, 머라카는데예?"

"옛날 노인네덜 허는 말 있덜 안트라고. 내 병언 나가 질로 잘 안 나, 이러다가 나슬 거이다. 그럼서 병원 간 꿈언 꾸도 안트란 말이시."

방영근은 또 혀를 찼다.

"그런다꼬 보고만 있으믄 우짜능교. 그 양반 돈 없애는 거 아까바서 그라는 긴데 옆에서들 밀고 끌어야제요."

얼굴을 찡그리며 남편을 올려다보는 방영근의 아내 눈길에 야속해하는 빛이 담겨 있었다.

방영근은 아내의 그런 마음을 이해했다. 아내는 중매를 섰던 구상배에게 늘 고마워하고 마음을 써왔던 것이다.

"그려, 당신 말도 틀린 말언 아니시. 중이 지 머리 못 깎는 법잉게."

방영근은 고개를 끄덕이며 방문을 나섰다.

"오늘 일 못 나가는 일이 있드락캐도 병원 모시고 가이소. 너무 늦었는지도 모르는 일인 기라요."

방영근은 뒤에서 들려오는 아내의 말에 가슴이 서늘해졌다. 그 말은 자신이 애써 덮고 있는 불길한 생각과 일치했던 것이다.

방영근은 하루도 빠짐없이 아침저녁으로 병문안을 했다. 그런데 병세가 아무래도 심상치가 않아 한 닷새 전쯤부터는 병원에 가보자고 권했었다. 그러나 구상배는 전혀 병원에 갈 기미가 없이 손을 내저었다. 아내의 말을 듣고 보니 우격다짐으로라도 진작 병원을 찾아가지 않은 것이 후회가 되었다.

"성님, 일어나셨능게라?"

방영근은 구상배의 집으로 들어서며 인기척을 냈다. 울타리를 이루고 있는 꽃들의 향내가 짙었다.

"아이고, 또 오시능기요. 일어나나마나 엊지녁에 한숨도 못 잤능기라요."

구상배의 아내가 마치 일러바치기라도 하듯 말했다.

"아니, 무신 일인디라? 아파서요?"

방영근은 놀라며 거푸 물었다.

"다른 일 있겠능교. 진작에 존 아부지 말 듣고 병원 갔어야지예. 그리 잠 한숨 못 자놓고도 병원에넌 또 안 가겠다카이 무신 고집이 저리 황소고집이 있는지 모리겠능기라요."

구상배의 아내는 정말 일러바치고 있는 것이었다. 자기로서는 고집을 꺾을 수 없으니 병원에 좀 데려가 달라는 뜻이었다.

존은 방영근의 큰아들 이름이었다. 미국이름을 붙이고 싶어서 붙인 것이 아니었다. 학교에 보내려고 어쩔 수 없이 붙인 것이었다. 성은 몰라도 이름만은 미국식으로 하지 않으면 입학을 허락하지 않았던 것이다. 그래서 제일 흔해빠진 '존'으로 붙이고 말았다.

"성님, 잠 으쩌신게라?"

방영근은 누워 있는 구상배 옆에 앉으며 그 몰골에 놀라고 있었다. 하룻밤 사이에 중병환자처럼 변해 있었던 것이다. 눈은 퀭했고 안색은 더 검푸르게 변해 있었으며, 전신은 기운이 빠져 까부라져 있었다.

"멀라고 또 왔노……."

구상배의 목소리에도 힘이라고는 없었다.

"얼매나 아팠으먼 한숨도 못 지무셨소?"

"아이라, 기얀타."

"성님, 이러지 말고 오늘은 시상없어도 병원에 가십시다."

"또 그 소리가. 치아라."

구상배는 눈을 치뜨며 몸을 벌떡 일으켰다. 그러나 기침이 터져 나오며 몸이 옆으로 허물어져 내렸다.

기침은 한동안 계속되었고, 방영근은 안절부절못하고 있었다. 방으로 뛰어든 구상배의 아내가 울상이 되어 혀를 차고 있었다.

가까스로 기침을 잡은 구상배는 숨을 헐떡거리며 가슴을 붙안고 있었다. 수척하고 검푸른 얼굴에 열이 올라 병색은 더 짙어져 보였다.

"내사 마 환장해 죽겠구마는."

구상배의 아내가 답답해 죽겠다는 듯 방바닥에 주저앉았다.

"성님, 지가 성님이라고 부르는 사람언 이 하와이땅에 성님 한 분뿐인 거 성님도 아시제라?"

방영근이 착잡한 어조로 말을 꺼냈다.

"……."

구상배는 맥풀린 눈으로 방영근을 멀뚱하게 바라보았다.

"성님, 지가 성님헌티 바래는 소원이 딱 한 가지가 있소. 성님언 어쩌는지 몰라도 지넌 성님 없이넌 못산게 두 분도 말고 딱 한 분만 병원에 가주씨요."

방영근의 말은 간곡했다.

"치아라카이. 내 병 내가 다 안다 안카나!"

구상배는 또 눈을 치뜨며 벌컥 화를 냈다.

"그라다가 큰일당하믄 우짤라꼬 그라능교. 다 키워놓지도 몬한 새끼덜 생각해 보고 고집얼 피와도 피우이소."

구상배의 아내가 빠락 소리질렀다.

"저놈으 에펜네가 머시락카노. 내 죽을까 봐서 겁난다 그 말이가? 택도 없다. 내사 해방돼서 고향땅 볿기 전에넌 죽어도 안 죽는다. 안 글나, 자네?"

구상배는 방영근을 쳐다보았다. 그 눈에 언뜻 생기가 내비쳤다.

"하먼이라, 지가 성님 뫼시고 가야제라." 방영근은 콧날이 시큰해지는 걸 느끼며 구상배의 손을 잡고는, "성님, 그렁게 병원에 한 분만 가보시잔 말이어라. 병 맞히는 점쟁이 없고, 병에 장사 없단 말도 안 있등게라." 그는 사정하듯 달래듯 말했다.

"보래 동상, 우예 그리 내 말을 몬 알아듣노. 내사 마 그간에 그리 고상허고 살았어도 약 한 첩 안 묵은 강골인 기라. 이래 메칠 더 앓다가 발딱 일어날 끼니께네 아무 걱정 말그라. 내사 마 사주팔자에 아흔 살 수 타고난 사람 아이가. 인자 그만 일이나 나가그라.”

구상배는 웃음지어 가며 오히려 방영근의 마음을 돌리려고 들었다.

“야아, 잘 알겄구만이라. 성님이 의사 아닝게 삘 병이 아니란 성님 말얼 믿을 것 없고, 돈이 아까와 그러시면 즈그덜이 돈얼 다 댈 것이고, 아픈 양반 옆에 두고 몰른 척허는 것언 사람 도리가 아닝게 우리가 오늘 전부 일얼 못 나가는 한이 있어도 성님얼 억지로 띠미고라도 병원에 갈 것이구만이라. 아칙 묵고 다 몰아올 것잉게 성님언 그리 알고만 기시씨요.”

방영근은 제 할 말을 하고는 일어났다.

“보래, 동상 보래. 내 말 쫌 들어보라카이⋯⋯.”

구상배가 다급하게 불렀지만 방영근은 뒤도 돌아보지 않고 방을 나섰다.

아침을 먹은 사람들이 방영근을 따라 다 구상배의 집으로 몰려들었다.

“일덜 안 나가고 와덜 이라노?”

구상배가 당혹스러운 눈길로 조원들을 둘러보았다.

“병원에 안 가시면 우리도 일 안 나갈랍니다.”

“병원에 모시고 갈라고 왔지요.”

“사람 목심이 중허제 그까진 일이 무신 대수간디요.”

“우리 일 나가게 할라카믄 병원 먼첨 가이소.”

방영근은 입을 다물고 있었고, 사람들은 다투어 한마디씩 내놓왔다.

"이사람덜아, 와 그리 철이 없노. 일 안 나가면 굶어죽는 것 모리나?"

"그것 아시는 양반이 병원 안 가면 아파죽는 것은 왜 모르시오. 자아, 여러 말 하지 말고 어서 병원으로 모셔갑시다."

이 말에 사람들이 모두 일어섰다.

"알겄다, 알겄다. 내 병원에 갈 끼니께네 뻐뜩 일덜 나가그라 그만."

구상배는 마침내 손을 들고 말았다.

구상배는 집으로 돌아오지 못했다. 병원에서 입원을 시키고 말았다.

열흘 가까이 되어서야 조사 결과가 나왔다. 구상배의 아내는 의사 앞에서 까무러치고 말았다. 의사의 입에서 나온 말이 석 달 살기가 어렵다고 한 것이었다. 폐암이라고 했다.

그 결과에 이웃들도 큰 충격을 받았다. 방영근은 그날 밤 몸을 가눌 수 없도록 술을 마시고 꺼이꺼이 울었다.

구상배는 이틀을 더 있다가 퇴원을 했다. 그는 병이 다 낫기라도 한 것처럼 좋아했다. 이웃들도 밝은 얼굴로 그를 맞았다. 그 밝은 얼굴들은 그의 병을 절대 입에 올리지 않기로 약속한 결과였다. 오로지 그 혼자서만 자신의 병에 대해 모르고 있었다.

방영근은 아침저녁으로 더 지성껏 병문안을 갔다. 날로 병이 깊어져 가고 있는 구상배를 속절없이 바라보고만 있어야 하는 것이 생각할수록 기가 막혔다.

이 하와이땅에서 결국 이렇게 죽어가야 하는 것인가…….

그 허망함과 서러움 또한 기가 막힐 따름이었다. 구상배가 바로 자신처럼 느껴지는 것이었다.

"내가 요리 오래 누버 있어서 자네덜헌티 체면이 말이 아니구마는. 이 약이 신통하니께네 쪼매만 기둘리라. 내가 곧 일나갖고 멫곱 더 많이 일해 다 갚을 기구마는."

구상배가 병에 든 알약을 내보이며 말하고는 했다.

그러나 그 알약은 치료제가 아니라 진통제일 뿐이었다. 구상배는 그것을 점점 자주 먹고 있으면서도 통증이 가라앉는 것만으로 병이 나아가고 있다고 믿고 있는 것이었다.

"성님, 깝깝허시제라? 기운이 괜찮허면 저짝 어디로 귀경이나 안 나가실라요? 하와이 풍광도 더러 볼만헝게라."

방영근은 일요일이면 구상배와 함께 집을 나서고는 했다.

택시를 타고 여기저기 경치 좋은 데를 구경시켰다. 집 안에 갇혀 지내는 답답함을 면하게 해주기 위해서만이 아니었다. 어차피 고향 땅에는 못 가는 형편에 뼈를 묻을 하와이나마 두루 눈에 익혀 정붙게 하려는 것이었다. 그간에 일에 시달리고 궁색하게 살아오느라고 하와이인들 마음먹고 구경해 본 적이 없었던 것이다.

"동상, 조선이 어느 짝이고? 여게가 맞능강?"

커다란 바위 구멍으로 시간차를 두고 바닷물이 치솟는 신기한 구경을 하고 있던 구상배가 뚜벅 말했다.

"야아, 여그가 맞구만이라."

방영근은 얼떨결에 대답했다.

"맞지러, 내 맘이 그리 씨이드마는……." 구상배는 한동안 고개를 주억거리다가, "발씨러 멫 년 세월이고. 알고 보믄 이 하와이섬이락카능 기 창살 없는 감옥이었능기라. 여게서 죽을 나이가 다 됐시니 우이하믄 좋노." 그는 착 까라진 소리로 중얼거리고 있었다.

방영근은 그만 가슴이 섬뜩해졌다. 이 양반이 자기 죽을 것을 알고 있나 싶었던 것이다.

"어디 하와이만 감옥이었소. 왜놈덜 발밑에서 사는 조선도 감옥이기넌 매일반이제라. 땅덜 다 뺏기고, 지 땅얼 도로 소작질해서 사는 판이라는디 그런 놈으 시상이 어디 사람 사는 시상이었소. 거그에 비허먼 우리 신세가 훨썩 낫제라. 분허고 원통허지나 않은게라."

방영근은 일부러 이야기를 다른 쪽으로 돌리며 목청까지 높여서 말했다.

"그래, 그리 보믄 그렇기도 허제. 여그서나 거그서나 다 조선백성으로 태인 기 죄라……." 구상배는 한숨을 푹 쉬고는, "보래, 중국캉 전쟁 붙은 거 우찌 돼가고 있능공? 새로 들은 소식 머 없나?" 그는 방영근에게로 눈길을 돌렸다.

"들으나마나 허구만이라. 들으면 자꼬 천불만 일어난게라."

"와? 왜놈덜이 이기는 기가?"

"야아, 뙤국놈덜도 참 빙신 팔푼이덜이랑게라. 조선이야 작은게 당혔다고 혀도 중국이야 큰놈의 나라가 어찌 그 꼬라지 허고 자빠졌는지 모르겄당게요."

방영근은 침을 내뱉었다.

"그러기 말다. 중국이 조선 꼬라지 되믄 우리 조선 신세는 영영 글른 것 아이가?"

구상배는 또 한숨을 내쉬었다.

방영근은 문득 말이 잘못 돌아가고 있다는 것을 느꼈다. 그런 상심이 병을 더 덧나게 할 수도 있었던 것이다.

"아니구만이라. 한인회 양반덜 허는 말이, 왜놈덜이 초장잉게 그리 나대고 까불대는 것이제 그리 쉽게 중국얼 묵지넌 못허고 됩데 당헐 것이라고 허드만이라. 중국이 원체로 땅도 널르고 사람도 많애서 왜놈덜이 조선 집어묵디끼 헐 도리가 없다는 것이제라. 욕심 많은 비암이 지 아가리 큰 것만 믿었제 몸통 작은 것언 몰르고 쪽제비 뒷다리 덜꺽 물었다가 됩데 지가 잡아믹히는 꼴이나 같제라."

언젠가 얼핏 들었던 말에다가 살을 붙이느라고 방영근은 애쓰고 있었다.

"그래, 그리 볼 수도 있겠네. 우째 그리라도 돼야 우리 숨통이 쪼매라도 티이덜 안컸나."

구상배가 어떤 희망을 갖고 싶은 듯 희미하게 웃었다.

"하먼이라, 꼭 그리될 것이구만요. 여그서도 중국사람덜 허는 것 보시게라. 겉보기로 게을르고 느려빠지는 것이 삼복 쇠붕알 늘어처지디끼 험스로도 속으로넌 즈그덜찌리 똘똘 뭉쳐 돌아가는 것이 얼매나 지독시럽고 야무요. 촐싹기리기 잘허는 왜놈덜이 중국사람덜 못 당허는 것이야 자명헌 이치구만이라."

방영근은 아주 자신만만하고 신바람 나게 말했다.

"자네가 틀리게 생각는 일이 삘라 옳는데, 자네가 그리 생각하믄 맞는 생각인 기라."

구상배는 좀더 밝아진 웃음을 지으며 고개를 끄덕이고는 다시 수평선과 하늘이 맞닿아 있는 바다로 고개를 돌렸다.

밀려든 파도가 바위 구멍으로 치솟아오르는 것을 무심히 내려다보며 방영근은 불현듯 끼쳐오는 냄새를 맡고 있었다. 어머니의 냄새였다.

하와이에 중일전쟁 소문이 퍼진 것은 한두 달 전이었다. 농장사람들의 신경은 온통 그쪽으로 쏠려갔다. 그러나 사람들은 이내 더 풀이 죽었다. 그 전쟁에서 일본이 이기면 조선은 점점 더 일본의 발밑에 밟히게 된다는 것을 알았던 것이다.

그런데 그 소문이 퍼진 뒤로 다른 소문들이 꼬리를 이었다. 하와이에서 중국사람들과 일본사람들 사이에서 충돌이 일어난다는 것이었다. 부두에서 중국노동자들이 일본배에 불을 지르려다가 들켜 몰매를 맞았다고 하는가 하면, 어느 공사장에서는 두 나라 노동자들 수십 명이 패싸움을 벌여 많이 다쳤다고 했고, 어느 날 밤에는 일본상점들의 유리창이 돌팔매질로 다 깨졌다고 하기도 했다.

그 뒤로도 더러 들려오는 소식은 조선사람들을 자꾸 우울하게 만들 뿐이었다. 일본이 계속 이기고 있다는 소식이었던 것이다.

"보래 동상, 저 낭구 보믄 생각나는 거 머 없나?"

구상배가 느린 턱짓을 했다.

"야자수낭구 말인게라?"

해변가 좁장한 모래밭에는 키 껑충한 야자수 네댓 그루가 바닷바람에 엉성한 잎들을 날리고 있었다.

"그래, 야자수……."

"있고말고라. 저놈으 것만 보면 첨에 여그 하와이땅에 발 디딜 적 생각이 확 난당게라. 그 겁도 나고 걱정도 되고 허든 요상시런 맘에 저 얄궂게 생긴 것이 눈에 딱 들어오는디, 낭구도 아니고 멋도 아니고……, 그 맘얼 머시라고 히야 헐께라? 그때가 엊그제 겉은디 발써 30년이 넘게 흘러가 부렀구만요. 참 세월무상이라등마 그 말이 똑 우리 놓고 생긴 것 겉으요. 성님언 저 낭구 보면 무신 생각이 나시는디라?"

방영근은 서글프고 축축해진 마음으로 구상배를 물끄러미 쳐다보았다.

"내가 우에 동상 좋아허는지 아나? 언제고 내 맘얼 환히 아능기라. 나도 저 낭구만 보믄 그때 생각이 물큰물큰 난다 아이가. 우리 늙을 만도 하제, 33년이믄……."

퀭한 구상배의 눈에 물기가 번지고 있었다.

"그렇제라, 강산도 시 분썩이나 변헐 세월인디……."

"요새 와 이리 소나무가 보고 접노……."

구상배가 탄식처럼 말했다.

"소나무가요……?"

방영근은 또 가슴이 섬뜩해졌다. 죽음을 짐작하면서 그런 맘이 드는 게 아닌가 싶었던 것이다.

"그래, 거 왜 우리 조선소나무 안 있나, 바우 틈새서 꼬불탕꼬불탕 꾀이고 비비틀리믄서도 장허디장허게 청청헌 소나무 말이다. 조선소나무넌 향내도 좋고, 바람소리도 좋고, 언제 봐도 변함없는 기 그 얼매나 좋드나. 그 소나무가 와 이리 보고 접는지 몰리겄다."

구상배의 눈에는 곧 흘러내릴 것처럼 눈물이 가득했고, 목소리도 메어 있었다.

방영근은 한겨울에 쏴아아, 쏴아아 불어대는 솔바람소리를 듣고 있었다.

"성님, 없는 소나무 그리워 말고 눈앞에 청청헌 자석덜얼 보시게라. 고것이 바로 성님이 하와이땅서 씨 뿌리고 키운 성님 소나문게요."

"머시라? 그 말 한분 기맥히데이."

구상배는 반색을 하며 손등으로 눈을 씩씩 문질렀다.

"자석덜 커난 것 보면 세월이 무상헌 것만도 아니드만이라. 성님이나 지나 늦장개들었는디도 자석덜이 그리 커났응게요."

"맞다, 무상타령이사 영 깨닫기 글른 우리 중생덜 욕심 아니겄나. 우리 젊은 세월 자석덜이 내리 묵고 큰 것인께네." 구상배는 깊은 생각 어린 얼굴로 고개를 끄덕이다가, "어쨌그나 자석덜언 애물인 기라." 그는 혀를 차며 한숨을 쉬었다.

"성님이사 애물인 자석이 어딨소. 다 끌끌허니 잘 컸고 효자 효녀디."

"무신 소리 하노. 토마스 그 자석이 내 속얼 얼매나 태우노 말이다. 장남이라쿠는 기 뽁싱이 머꼬, 뽁싱이. 시상에 해묵고 살 짓이 없어 치고 박고 때리고 맞는 짓으로 나섰단 말가. 내사 마 그놈마가 장남만 아니락캐도 그리 속은 안 상헐 기라."

구상배는 콧구멍을 번갈아 막아가며 코를 풀었다. 조선땅을 떠난 지가 그 얼마인데도 총각 때 몸에 익힌 습관은 그대로 남아 있었다.

"성님, 성님 속상허는 것도 진작보톰 다 알고 있는디, 사람이 지 좋아서 허는 일언 다 지 팔자 타고나는 것 아니겄소. 토마스가 성님이 그리 말기는디도 기연시 뽁싱으로 나슨 것언 갸가 뱃속보톰 심 좋게 타고났고, 그 심으로 에렜을 적보톰 쌈 잘히서 그리된 것 아니겄능게라. 사람언 지가 좋고, 지가 질로 잘헐 수 있는 일 허는 것이 질인디, 토마스넌 고것이 바로 뽁싱이단 말이요. 글고 여그넌 조선이 아니고 미국 아닌게라. 미국서 뽁싱선수럴 얼매나 높게 쳐주요. 토마스도 그런 것꺼정 다 생각혔을 것이요. 조선사람으로 이름 날려 출세도 허고 돈도 버는 질로 빨른 질이 그것인 것얼 토마스가 어찌 몰랐을 것이요. 왜놈덜 뽁싱 혀서 그리되는 것이야 나도 다 아는디. 글고 말이요 성님, 토마스가 왜놈덜 때래눕히먼 얼매나 좋겄소. 그리되먼 토마스가 이승만이 박용만이보담 더 유명해질 것이요. 우리 조선사람덜 분풀이럴 대신 혀주는 것잉게라. 그렇게 나쁘게만 생각덜 마시란 말이요."

방영근은 그냥 귀에 달게 하는 것이 아니라 진정으로 말하고 있었다.

"어느 세월에 그리된단 말이고."

구상배가 퉁명스럽게 쏴질렀다.

"아니 성님, 그 뽁싱장서 새로 시작헌 청년덜 중에 토마스가 질로 잘헌다는 말 듣지도 못허셨소?"

"아이고, 시장시럽네. 나 기운도 파허고 헌깨네 그만 가세."

구상배가 무릎을 짚으며 일어섰다. 그러나 그의 얼굴은 싫지 않은 기색이었다.

"참 바닷물도 징허게넌 푸르고 맑네."

방영근은 구상배를 부축하며 그 기색을 놓치지 않고 있었다. 그리고 문득 한 가지 생각이 떠올랐다.

방영근은 다음날 바로 토마스를 만났다.

"토마스야, 니 효도 한분 혀야 쓰겄다."

방영근이 대뜸 한 말이었다.

"예에……?"

토마스는 방영근을 멀뚱하게 쳐다보았다. 구상배를 빼박은 얼굴이었다.

"무신 말인고 허니 말이여, 아부지가 돌아가시기 전에 니가 뽁싱 시합에서 한판 보기 좋게 이겨불란 말이다."

"아니, 그게 무슨 효도지요? 아버지는 제가 복싱 하는 것을 제일 싫어하시는데요."

토마스는 더욱 알 수 없다는 얼굴이 되었다. 그도 그럴 것이 방영근은 마음이 급해 결론부터 내놓고 있었던 것이다.

"이놈아, 아부지 속맘언 그렇덜 안혀. 기왕지사 시작헌 것잉게 니가 이름나고 장헌 선수가 되기럴 바래신단 말이여."

"에이, 아니에요. 아저씨가 잘못 아셨어요."

토마스는 거침없이 고개를 내저었다.

"이놈아, 나가 허는 말 똑똑허니 들어. 나가 어지께 아부지 모시고 바람 쐬러 나가서 니 이얘기럴 많이 혔다. 뽁싱 허는 것 마땅찮게 생각허덜 말고 기왕 시작헌 것잉게 잘되기럴 바래라고. 뽁싱도 잘허기만 험사 출세도 허고 돈도 버는 일이라고 말이여. 긍게로 잘허기나 허면 좋겄다고 허셨단 말이다."

"아니, 그게 정말이에요?"

토마스는 눈이 휘둥그레졌다.

"이놈아, 이 아자씨가 머 묵겄다고 니헌티 거짓말얼 허겄냐. 긍게로 니년 은제나 시합에 나스게 되겄냐?"

방영근은 토마스 옆으로 다가앉으며 침을 삼켰다.

"시합은 좀더 있다가 하게 될 거예요."

"얼매나?"

"아마……, 한 달쯤 더 있다가요."

"글먼 되았다. 그간에 똥줄 빠지게 연습 많이 혀갖고 꼭 이기도록 혀야 써. 그래야 아부지가 안심허고 눈감으실 것잉게. 알겄냐!"

"예에……."

토마스는 아랫입술을 물며 고개를 떨구었다.

"그리고 말이다, 니허고 싸우는 것이 왜놈이면 참 좋겄는디. 어찌 그리헐 수넌 없겄지야?"

"그건 왜요?"

"아, 생각혀 봐. 니가 왜놈얼 보기 좋게 때래눞혀 불면 아부지 속이 얼매나 씨언해지겄냐. 니가 대신 아부지 원수 갚고, 한 풀어디리는 것인디. 글고 조선사람덜도 전부 얼매나 좋아라 허고. 거 머시냐, 왕얼 영어로 머시라고 허디냐?"

"킹이오."

"그려, 킹! 니가 바로 하와이 조선사람덜 킹이 되는 것이여!"

방영근은 엄지손가락까지 세워 보였다.

"예, 알겠어요. 관장님한테 그렇게 되게 해달라고 부탁해 보겠어요."

"니 그리 알고 맘 단단허니 묵어라 잉."

방영근은 토마스의 어깨를 두들겼다.

"예, 열심히 하겠어요."

토마스는 고개를 깊이 숙였다.

구상배의 병세는 나날이 나빠져 갔다. 기운이 없어서 일요일에 나들이도 못하게 될 형편이었다. 그즈음에사 구상배는 자기의 병이 나을 가망이 없다는 것을 알아차리기 시작했다.

"내가 죽을병이 든 기제?"

구상배는 불쑥 이런 말을 내놓고는 했다.

"무신 소리다요. 고상허고 산 사람덜 목심이 더 찔긴 것 몰르시요? 고상허고 산 사람덜 독기에 그런 병도 무서와 못 뎀비는 법이랑게라."

방영근은 괴로움 속에서 이런 말로 위로하고는 했다.

그러는 한편으로 방영근은 토마스의 시합이 어서 열리기를 초조하게 기다리고 있었다. 그동안 토마스는 맹훈련을 하느라고 해변의 모래밭을 아침저녁으로 뛴다는 것이었다.

마침내 토마스의 시합날짜가 다가왔다.

"아저씨, 왜놈하고는 시합을 못하게 됐어요. 이번 시합에는 출전하는 왜놈이 없거든요."

토마스가 마치 죄라도 지은 것처럼 방영근에게 한 말이었다.

"아니여, 맘쓰덜 말어. 기왕이면 그렇다 그것이제 나슨 놈이 없응게 잘되았어. 그런 맘 쓰지 말고 흰둥이던 껌둥이던 이기기만 혀."

방영근은 돌덩이 같은 토마스의 주먹을 어루만졌다.

"성님, 토마스가 낼 시합얼 헌다는디 어쩌실랑게라?"

방영근은 구상배의 눈치를 살피며 조심스럽게 물었다.

"머시라? 어쩌기년 어쩌노. 나가 안 가믄 누가 갈 끼고."

마치 기다리고 있었다는 듯 구상배가 지체없이 한 말이었다. 방영근은 가슴이 찡 울리는 것을 느꼈다. 어찌할 수 없는 아버지의 마음이었던 것이다.

"성님, 토마스가 맞는 것 보고도 괜찮허시겄소?"

"아무 걱정 말그라. 쌈에 안 맞고 허는 쌈이 어딨드노. 그놈마가 누구 탁했는지 아나? 젊었을 적 날 빼박았는 기라. 인자 허는 말이지만도 나도 젊었을 직에 쌈깨나 안 했드나."

구상배는 소리까지 내며 근자에 볼 수 없었던 웃음을 환하게 웃었다.

"글안해도 성님 주먹 씬 것이야 알 사람 다 아요."

방영근도 오랜만에 홀가분한 웃음을 웃었다.

구상배는 이 사람 저 사람에게 옮겨 업혀가며 권투시합장으로 갔다.

3회전씩 하는 경기의 네 번째가 토마스의 차례였다. 토마스의 상대는 백인이었다. 토마스는 어찌나 발이 빠르게 이쪽으로 뛰고 저쪽으로 뛰고 하는지 백인을 놀리는 형국이었다. 토마스는 한 대 치고 옆으로 뛰고, 두 대 치고 뒤로 뛰고 하며 거의 맞지를 않았다. 그러다가 어느 순간에는 두 주먹이 안 보일 정도로 난타를 해대고는 상대방을 붙들어버렸다.

"저놈마가 나보담 낫구마는."

1회전이 끝나자 구상배가 뚱하니 한 말이었다. 옆에 앉은 사람들이 소리 죽여 웃었다.

토마스는 2회전 중반쯤에 상대방을 쓰러뜨렸다. 그리고 두번째에는 더 일어나지 못하도록 완전히 때려눕히고 말았다.

구상배도 이웃사람들도 만만세를 불렀다. 다른 구경꾼들도 좋아서 야단법석이었다.

구상배는 권투시합이 끝나고 열어드레 만에 세상을 떠났다.

이웃사람들은 정성 들여 꽃상여를 만들었다. 그리고 다른 사람들의 상여가 나갈 때 그러는 것처럼 느리고 무거운 발걸음에 맞추어 서럽고 한스러운 가락으로 아리랑을 불렀다.

구상배를 보내고 돌아온 사람들은 조장으로 방영근을 뽑았다. 방영근은 슬픔 가득한 얼굴로 눈을 감은 채 담배만 피우고 있었다.

17

어디 계시옵니까

첫째, 우리는 황국신민이다. 충성으로써 군국에 보답한다.

둘째, 우리 황국신민은 서로 친애 협력하여 단결을 굳게 한다.

셋째, 우리 황국신민은 인고단련(忍苦鍛鍊), 힘을 길러 황도를 선양한다.

일본말로 외워대는 계집아이의 또랑또랑한 목소리가 밖에까지 울려나오고 있었다.

텃밭가 거름더미에서 바지게에 거름을 옮겨담고 있던 차득보는 느닷없이 울려나오는 일본말에 쇠스랑질을 멈추었다.

첫째, 우리는 황국신민이다. 충성으로써 군국에 보답한다.

둘째, 우리……

계집아이는 더 또렷하고 생기 넘치는 목소리로 다시 되풀이를 시작하고 있었다.

"아니, 저런 못된 년이!"

차득보는 쇠스랑을 거름더미에 힘껏 찔러대며 내뱉었다. 그는 그때서야 딸년이 되풀이해서 외워대는 것이 '황국신민의 서사'라는 것을 알았던 것이다.

"야이 연희야, 이년아!"

차득보는 버럭 고함을 질러대며 텃밭을 가로질러 내달았다. 그 바람에 거름더미 둘레에서 지렁이를 쪼고 있던 어미닭과 병아리들이 놀라 사방으로 흩어져 달아났다. 그리고 마당가에서 조개껍데기로 흙장난을 하고 있던 사내아이가 겁 실린 눈으로 아버지를 올려다보았다.

"아니, 어찌 그러신게라?"

젖먹이를 업은 연희네도 부엌에서 황급히 나오고 있었다.

그런데 정작 연희는 황국신민의 서사를 계속 외워대고 있었다.

"야 이년아 연희야, 당장 주딩이 닫지 못혀!"

차득보는 더 크게 고함을 지르며 토방으로 뛰어오르고 있었다. 곧 방으로 뛰어들어 딸을 요절낼 것 같은 기세였다.

"아이고메, 어째 이러시요. 저것 외는 것이 숙제라든디."

순간적으로 판세를 알아차린 연희네는 다급하게 남편을 붙들었고, 그때서야 방 안의 연희 목소리도 뚝 끊어졌다.

"숙제고 지랄이고, 연희 이년 당장 나오니라."

차득보가 또 버럭 소리쳤다.

연희네는 남편이 무지하게 화가 났다는 것을 알았다. 남편은 첫

딸은 살림밑천이라며 연희를 여간 예뻐한 것이 아니었고, 이렇듯 욕을 한 일이라곤 없었던 것이다. 그러나 남편의 그런 심사를 모를 바도 아니었다. 왜놈들이라면 치를 떠는 남편인데 멋모르는 딸년이 다른 것도 아닌 황국신민의 서사를 소리 높여 외워댔으니 속이 뒤집힌 것은 당연했던 것이다.

옆걸음질을 치며 방에서 나오고 있는 연희의 눈에는 겁이 잔뜩 실려 있었고, 씰룩거리고 있는 입언저리에는 벌써 울음이 가득 물려 있었다.

"지가 미리 그리 못허게 힜어야는디 그만 깜빡혔구만이라. 다 지가 잘못혔구만요."

연희네는 자기가 먼저 뒤집어쓰고 나섰다.

"니 집구석에서 왜놈말 씨불리라고 누가 갤치드냐!"

차득보는 눈을 부라리며 마룻장을 쳤다.

"선상님이 100분썩 외오라고 히서……"

몸을 움츠린 연희가 떨면서 말했다.

"근다고 소리소리 질러대. 그런 놈에 핵교 당장 때래치어라!"

"아이고메, 다시넌 못 그러게 허먼 되제……."

연희네는 남편에게 애원하는 눈으로 말했고, 연희는 제 엄마 옆으로 붙어서며 빼액 울음을 터뜨렸다.

"시끄럿!"

차득보는 소리치며 쌈지를 꺼냈다.

남편이 쌈지를 꺼내는 것을 보고 연희네는 남편의 감정이 한풀

꺾인 것을 느끼며 딸에게 재빨리 말했다.

"얼렁 울음 뚝 끄치고, 다시넌 안 그러겠다고 아부지헌티 빌어라. 그래야 핵교에 댕긴다."

연희는 얼른 울음을 그치며 눈물을 훔쳤다. 학교를 못 다니게 된다는 것은 너무 서럽고 기막힌 일이었던 것이다.

"아부지, 다시넌 안 그러겠구만이라우."

연희는 선생님 앞에서처럼 단정하게 서서 말했다.

"그려, 다시넌 집구석에서 왜놈말 입 뻥끗도 말어." 차득보는 무뚝뚝하게 말하고는, "왜 그런지 자네가 일러주소." 그는 아내에게 눈총을 쏘며 마당으로 내려섰다.

차득보는 가슴에 가득 찬 울화를 담배연기로 푹푹 내뿜으며 다시 거름더미 쪽으로 걸음을 옮겨놓고 있었다. 참 어처구니없는 일이었다. 딸년을 학교에 보내자마자 한 짓이 그것이었다. 그러나 따지고 보면 철없는 딸년의 죄일 것이 없었다. 어린아이들에게 가르쳐야 할 공부는 가르치지 않고 그따위 것이나 100번씩 외워오라고 시킨 선생이란 것들이 못돼먹은 인종들이었다. 그러나 또 선생들만 욕할 일도 아니었다. 선생들은 위에서 명령을 해대니까 그렇게 할 수밖에 없을 것이었다. 왜놈들이 하는 모든 짓이 그렇듯 따지고 거슬러 올라가면 언제나 총독부에 가닿았다.

동네마다 사람들을 모아놓고 그놈의 황국신민의 서사를 외우게 닦달하기 시작한 것이 작년 10월 초순부터였다. 그와 함께 떠들어대기 시작한 말이 내선일체(內鮮一體)였다. 일본과 조선이 한덩어리가 되고, 조선사람이 일본사람과 똑같이 대접받으려면 그것을 반드시 외워야 한다는 것이었다. 그것을 달달 외우지 못하면 일본을 반대하는 생각을 속에 품고 있는 거니까 경찰서로 잡아간다고 으름장이었다. 참으로 갈수록 태산이었다. 여기저기 신사를 지어대느라고 한동안 시끌덤벙하게 돌아치고, 조선학생들이 신사참배를 거부하며 말썽이 일어나고, 여러 지방에서 자진해서 학교 문을 닫았다는 소문이 자자하더니 지난달에는 전주에서 신흥학교와 기전학교가 신사참배를 거부하면서 폐교를 하는 판이었다. 그런데 총독부에서는 한술 더 떠서 이제 민간인들한테까지 황국신민의 서사며 내선일체를 들이대고 있었다.

황국신민의 서사 외우기는 좀처럼 잘되지 않았다. 그 짓이 억지춘향이인 데다가 꼭 일본말로 외워야 했기 때문이었다. 사람들은 마지못해 그저 따라 외우는 척만 할 뿐 돌아서면 욕이고 콧방귀였다. 왜놈들은 농촌사람들의 마음을 전혀 모르고 있었다. 옷에 검정물을 들여 입으라고 그렇게 성화를 댔어도 여전히 흰옷 그대로였고, 양력설을 쇠라고 그리 으름장을 놓아도 끄떡도 하지 않고 음력설을 쉬었고, 상투를 자르라고 그렇게 귀찮게 굴어도 아직도 상투머리가 훨씬 더 많았던 것이다. 그런 사람들에게 황국신민의 서사를 일본말로 외우라니 소귀에 경 읽기일 수밖에 없었다.

그런데 두 달이 지난 12월에 또 해괴한 일이 벌어졌다. 일본천황의 사진을 모든 학교마다 붙여놓고 학생들에게 신사참배하듯 하게 한 것이었다.

해가 바뀌고 봄이 되면서 차득보는 골똘히 많이 생각했다. 딸년 연희를 그런 놈의 학교에 보내야 할 것인가 말 것인가 하는 고민 때문이었다. 입학수속 마감날짜가 임박해지면서 차득보의 그런 속마음을 알게 된 그의 아내는 펄쩍 뛰었다. 한마디로 구더기 무서워 장 못 담그느냐는 것이었다. 자신이 까막눈인 것을 한스러워하는 연희네로서는 딸을 학교에 안 보낸다는 것은 도저히 있을 수 없는 일이었던 것이다. 그 대목은 차득보도 별로 다를 것이 없어서 아내의 말을 들어주는 척 연희를 입학시켰던 것이다. 그런데 며칠이 못 가 한다는 짓이 결국 구더기 장 망치는 짓이었던 것이다.

빌어묵을, 철없는 니가 무신 죄가 있냐. 다 나라 뺏긴 어런덜 죄제.

차득보는 담배꽁초를 내팽개치며 휴우 한숨을 내뿜었다.

샛노란 병아리 한 마리가 쪼르륵 달려와 파르스름한 연기 피워 올리고 있는 담배꽁초를 거침없이 쪼았다. 다음 순간 병아리는 질겁을 해서 뒤로 물러서다가 작은 흙덩이에 걸려 발랑 넘어졌다. 더 놀란 병아리는 허둥지둥 일어서더니 뭐라고 삐약삐약 다급한 소리를 지르며 어미닭에게로 달려가고 있었다. 다른 새끼들을 데리고 거름더미 아래를 헤집고 있던 어미닭이 꾸르륵 꾸룩 목 안에서 굴리는 소리를 내며 얼른 날개를 내려 그 병아리를 감싸안았다.

그 광경을 물끄러미 바라보고 있던 차득보는 짧게 혀를 차며 거름더미에 꽂힌 쇠스랑을 뽑아들었다. 다시 쇠스랑질을 하는데 아까처럼 팔에 힘이 실리지 않았다. 어떻게 돌아가는 세상인지 도무지 가닥을 잡을 수가 없었다. 세월이 갈수록 점점 더 왜놈들의 기세는 사나워지고 숨통이 조여드는 답답함은 심해지고 있었다. 3·1운동 때나 신간회 활동 시절이 꼭 꿈만 같았다. 중국하고 전쟁을 벌이면서 왜놈들은 새 일들을 꾸며내고 닦달도 부쩍 더 심해졌다. 그러면서 떠돌기 시작한 소문이 조선이 해방되기는 영영 틀렸다는 것이었다.

그 믿을 수 없는 소문이 정말인 것처럼 정말 믿을 수 없는 일이 벌어졌다. 유승현 선생이 전향을 한 것이었다. 유승현 선생은 전향만 한 것이 아니었다. 전향한 사람들이 으레 그렇듯이 유승현 선생도 군청에 드나드는 감투를 썼다. 유승현 선생이 전향을 하면서 그러잖아도 시들어가던 조직의 움직임은 정지되고 말았다. 그렇게 믿었던 유승현 선생까지 전향을 하다니, 정말 믿을 수가 없는 일이었다. 정말 나라를 되찾기는 영영 틀려서 전향을 한 것인지, 공산주의 세상이라는 것을 이룰 가망이 없어서 전향을 한 것인지, 다시 감옥살이하게 된 것이 겁나 전향을 한 것인지, 그 마음을 알 수가 없었다. 그렇다고 어디에 물어볼 만한 사람도 없었다. 그런 것을 알아보자면 공허 스님 한 분뿐인데 어쩐 일인지 공허 스님은 소식이 감감했다. 하도 궁금해서 포교당에 한번 찾아가 보았지만 운봉 스님도 모르겠다며 고개를 저었던 것이다. 이래저래 심란스럽고 맥이 풀려 농사지을 기운도 나지 않았다.

차득보는 동생 옥녀를 생각하며 손바닥에 침을 튀겼다. 아무리 속상하고 맥풀리는 일이 있어도 옥녀가 논 장만해 준 것을 생각하면 마음이 다잡히곤 했다. 옥녀는 밑도 끝도 없이 만주로 간다는 편지 한 장을 보낸 뒤로는 깜깜무소식이었다. 편지를 받고 바로 공허 스님한테 물어보았지만 오히려 공허 스님이 어떻게 된 일이냐고 되물었던 것이다. 세상에 공허 스님이 모르는 일도 있다는 것을 그때서야 알았고, 그래서 옥녀가 만주로 떠난 것이 더욱 이상했던 것이다. 그러나 크게 걱정하지는 않았다. 그 어린 나이에 헤어져서도 끝끝내 다시 찾아온 옥녀였는데 장성한 나이에 하는 일이니 어련하랴 하는 믿음이 있었던 것이다.

차득보는 거름지게를 지고 고샅을 벗어났다.

"아리롱 아리롱 아라리요오, 아리롱 고개로오 아롱아롱 잘도나 넘어간다아…….."

"얼씨구나 조옷타아 지화자아 조옷타아, 빌어묵을 인생살이 술타령이 질이다…….."

두 남자가 당산나무 아래서 늘어처지는 가락에 맞추어 춤인지 무엇인지 모르게 팔다리를 흐느적거리고 있었다.

"이사람덜아, 대낮보톰 요것이 무신 짓이여. 어디에 초상난 것도 아니겄고, 농새철 시작된 지가 은제라고."

차득보는 지겟작대기로 앉음돌을 치며 목청을 돋우었다.

"이, 누구라고. 인자 우리헌티넌 농새철이고 지랄이고 없네. 자작농인 자네나 좆빠지게 지게질험서 농새 잘 지묵소."

서막동이가 게슴츠레한 눈으로 헤벌쭉하게 웃었다.

"허, 누가 공자님 말씸 허싱고 혔등마 자네 득보 아니라고. 그려, 자네나 어서 좆빠지고 쎄빠지게 농새질혀. 우리야 좆도 아닌 농새

엎어부렀웅게."

주춘길이가 비틀거리고 팔을 내저으며 끄윽 트림을 했다.

"어허, 누가 듣는디 입 잠 점잖허니 놀리고. 자네덜 무신 일 있제?"

차득보는 그들이 소작을 떼였으리라 생각하며 지게를 받쳤다.

"좆겉은 놈으 시상 좆겉다고 허고, 씹겉은 놈으 시상 씹겉다고 허는디 머시가 점잖코 안 점잖코가 있어. 니미씨펄!"

"그려, 개좆만도 못헌 놈으 시상, 술 묵은 개라고 술취헌 짐에 욕허제 은제 욕허겄냐."

"자네덜 혹시 소작 띠인 것 아니여?"

차득보는 비틀거리는 두 사람을 붙들었다.

"헹, 소오작? 고런 드런 놈에 것얼 띠인 것이 아니라 우리가 걷어차부렀네."

"하면, 야이 악독헌 김가놈아, 니 에미 젯상에나 올려라 허고 우리가 보기 좋게 탁 걷어차부렀다 그것이시."

"이사람덜아, 무신 소리 허능 것이여 시방?"

영 엉뚱한 소리라 차득보는 아무것도 짚이는 게 없어서 두 사람을 흔들었다.

"그려, 눈치 빠른 자네도 영 땅짐얼 못허겄제? 그려, 그럴 것이여. 흐흐흐……."

"이사람아, 우리가 얼매나 장헌 일얼 헌지 알고 잡제? 그려, 그럴 것이여. 우리가 말이여, 만주로 뜨기로 도장 꽉 눌러불고 기분 쪼옷케 한잔썩 걸쳐부렀단 말이시."

"아니, 이민신청얼 혔다 그것이여?"

차득보는 깜짝 놀랐다.

"이사람아, 대낮에 몽달이 귀신얼 본 것도 아니겄고, 멀 그리 놀래고 그려?"

"그려, 자작농이 우리 소작농덜 맘 알간디. 여그보담 더 살기 드러운 디넌 없을 것잉게 만주 가서 한판 보기로 혔구만. 어찐가, 잘 힜제?"

"그려, 술덜 걸칠 만허시."

차득보는 어깨를 늘어뜨리며 고개를 끄덕였다.

"어이, 자네 술 한잔 안 살랑가? 우리허고 이별이 얼매 안 남었는디."

"그려, 술 한잔 사소. 미운 정 고운 정 다 듬서 산 우리덜 아니라고?"

"그러제, 술 사야제. 이따가 보세."

차득보는 스산하게 웃으며 돌아섰다.

지난달 3월부터 시작된 두 번째 만주이민바람은 지금 한창이었다. 그 바람은 작년 3월에 불었던 첫 번째보다 한결 더 거셌다. 이장은 물론이고 면직원들까지 나서서 바람잡이로 설쳐댔다. 그런데 이상한 소문이 나돌기도 했다. 지주들도 표나지 않게 그 일에 가담하고 있다는 것이었다. 사람들을 쉽게 모집하게 하려고 마음에 안 드는 소작인들의 소작을 떼버린다고 했다. 갑자기 소작논을 잃은 소작인들은 살길을 찾아 만주이민을 신청하기 십상이었다.

차득보는 거름지게가 턱없이 무겁게 느껴지고 있었다. 서막동과 주춘길이가 이민신청을 낼 줄은 몰랐던 것이다. 세상은 참으로 어지럽게 돌아가고 있었다. 소작살이가 어렵기는 했지만 금이 나오는 것도 아닌데 그렇게들 만주로 떠나면 어쩌자는 것인지 알 수가 없었다. 선전하는 대로 된다고 한들 왜놈들이 데려가는 것인데 꼼짝없이 왜놈들의 종살이일 것이 틀림없었다. 그런데 선전을 다 믿을 수도 없는 일이었다. 몇 년 부지런히 일하면 자작농이 된다지만 그렇게 안 될 수도 있는 일이었다. 그동안 왜놈들이 속이고 거짓말한 것이 어디 한두 가지던가. 그러나 소작농들로서는 그 말에 귀가 솔깃하지 않을 수 없는 일이기도 했다.

그러나 차득보가 맥이 빠지고 심란스러운 이유는 딴 데 있었다. 소작인들이 그렇게 마음이 흔들리는 것은 전처럼 의지할 데가 없어서 그러는 것이었다. 신간회가 활동할 때만 해도 소작인들은 소작료 인상을 걱정하지 않았다. 대규모로 소작쟁의를 일으키면 조선지주들은 말할 것도 없었고 동척까지도 소작료를 올리지 못했던 것이다. 신간회가 없어지고도 사회주의 운동이 계속될 때까지는 역시 대규모 소작쟁의로 소작료 인상을 막아낼 수 있었다. 그런데 사회주의자들이 무더기로 잡혀 들어가기 시작하고, 사회주의 운동이 숨을 죽이게 되면서 소작쟁의도 대규모로 일으킬 수 없게 되었다. 그때부터 소작인들은 믿을 데가 없어지고 말았다. 지주들이 소작료를 올려도 꼼짝없이 당할 수밖에 없었다. 물론 소작쟁의를 일으키지 않은 것은 아니었지만 한 동네 정도가 소규모로 일으키는 것으로는 지주들은 끄떡도 하지 않았다. 그래서 소작료는 5할을 넘어 6할, 7할로 올라도 소작인들은 당할 수밖에 없게 된 것이 벌써 몇 년이었다. 그런데 유승현 선생 같은 분마저 전향을 해버리니 소작인들은 아무 가망 없이 적막강산이 되어버린 것이었다. 7할씩 소작료를 뜯기고 배곯고 사느니 소작인들은 행여나 해서 만주로 이민을 떠날 수밖에 없는 노릇이었다.

그런 시절은 이제 다시는 안 오는 것인가…….

그나마 신간회 시절을 그리워하는 차득보의 가슴은 허전하고 답답하기만 했다.

이틀 동안 거름을 다 낸 차득보는 아무래도 이상해서 포교당을 다시 찾아가 보기로 했다. 공허 스님 꿈을 꾸었는데 너무 불길했던 것이다. 온몸에 피투성이인 스님이 사립을 들어서다 픽 쓰러졌던 것이다. 전에도 서너 번 꿈을 꾸었는데 그때마다 스님은 피범벅이 되어 있었다. 스님 같으신 분이 무슨 변을 당했을 리가 없다고, 걱정을 하니까 그런 꿈을 꾸게 되는 거라고, 좋은 꿈을 꾸려고 애를 써보았지만 소용이 없었다.

포교당을 가는 길목 어느 기와집 가까이에서 차득보는 걸음을 멈추었다. 예닐곱 명의 농부들이 대문 앞에서 뭐라고 목청을 높이고 있었다. 차득보는 그것이 소작쟁의라는 것을 금방 알아보았다. 소작을 떼인 사람들끼리 그렇게 모인 것이었다. 근년에 들어 흔히 볼 수 있는 광경이었다. 대규모 소작쟁의가 사라지면서 그렇게 변한 것이었다. 몇백 명, 몇천 명이 모였던 것에 비하면 그 소작쟁의는 초라하고 허약하기 그지없었다. 그건 소작쟁의라기보다는 소작을 다시 부치게 해달라고 애걸하러 온 것 같은 모양새였다. 그들 앞에 굳게 닫힌 대문은 열릴 것 같지가 않았다.

차득보는 자신이 그들을 위해 할 수 있는 일이 아무것도 없다는 것을 또 느끼며 가슴에서 찬바람이 일고 있었다. 차득보는 그들을 보기가 민망해 고개를 돌렸다. 그리고 다른 길로 방향을 바꾸었다.

차득보의 그런 관찰과 판단은 정확한 것이었다. 도(道)소작관회의에서는 조선토지령 실시 이후 소작쟁의 양상이 단체쟁의에서 개인쟁의로, 소작료 감면보다는 소작권 확보 목적으로 변했다고 총독부에 보고한 것이 신문에 보도되고 있었다.

"시님, 공허 시님 소식이 궁금히서⋯⋯."

차득보는 운봉 앞에 합장을 했다.

"예, 여적 무소식이구만요."

운봉의 목소리가 착 가라앉아 있었다. 그 얼굴에도 근심이 가득했다.

"너무 오래 소식이 없으신디⋯⋯, 어찌 알아볼 방도넌 없능게라우?"

차득보의 말은 조심스러웠다.

"글씨요⋯⋯ 그것얼 어쩨해야 헐란지⋯⋯."

운봉은 차득보의 말을 책망으로 듣고 있었다. 공허 스님과 차득보의 남다른 인연을 알기 때문이었다. 운봉은 이런 대면을 할 때마다 입장이 얼마나 옹색하고 곤궁한지 몰랐다. 홍씨가 찾아왔을 때도 그랬고, 오삼봉의 어머니를 대할 때는 더 말할 것이 없었다.

"자꼬 꿈이 얄궂어서……."

말이 씨 되더라고 차마 꿈이야기를 다 털어놓지는 못하고 차득
보는 이렇게 어물거렸다.

"만주서 자리잡기로 허신 것인지 어쩐지……, 소승도 맘이 안 좋
아 어찌 알아볼 방도럴 찾고 있구만요."

운봉은 홍씨와 오삼봉의 어머니에게 한 말을 그대로 했다. 그러
나 몸이 달 뿐 뾰족한 방도가 없었다. 공허 스님은 당신이 하는 일
은 모두 비밀로 해왔듯 오삼봉을 데리고 가면서도 어디로 간다는
것을 한마디도 흘려놓지 않았던 것이다.

"만주서 자리잡으셨으면 하매 무신 소식이 있어도 있지럴 안혔
겄능게라."

"예, 그렇기도 허고……, 시님이 원체로 넘몰르게 허시는 일이 많
으신게 안 알릴 수도 있고……, 그렇구만요."

"야아, 그렇기도 허제라."

차득보는 더 할 말이 없었다. 괜히 운봉 스님을 괴롭히는 것 같
은 면구스러운 생각도 들어 그만 일어섰다.

"여그 기시든 분은 어디 가셨능게라?"

차득보는 아까부터 손판석의 모습이 보이지 않아 마당을 걸어나
오면서 두리번거렸다.

"예, 손 영감님 말인게라? 이리로 떠나셨구만요."

"이리여라? 아조 떠나셨능게라?"

차득보는 문득 서운한 생각이 들어 이렇게 묻지 않을 수 없었다.

"예, 아덜이 양복 재단기술자로 내래와 돈벌이럴 잘히서 모셔갔구만요. 그 양반 말년이 아조 잘 풀리셨제라."

운봉의 얼굴에 밝은 웃음이 번지고 있었다.

"야아, 그런 아덜이 있었구만이라."

차득보는 처음 듣는 그 이야기에 저으기 놀라고 있었다. 공허 스님한테 옛날 의병에 나섰던 분이라는 한마디를 듣고 마음속으로 높게 보았고, 처자가 없는 홀몸이라 포교당에 의탁한 줄 알고 더욱 안쓰러운 정이 갔었던 것이다.

"예, 아덜이 아조 효자드만이라."

"참 잘되셨구만요. 장허신 어런 말년이 편케 되야서."

차득보는 진정을 표하며 운봉에게 합장을 했다.

"또 걸음허시게라."

운봉은 대문 밖까지 배웅했다.

담 너머까지 풍성한 가지들을 걸쳐 수많은 꽃망울을 달고 있는 수국 아래서 운봉은 차득보의 뒷모습을 지켜보고 있었다. 차득보의 걸음은 느렸고, 어깨에는 힘이 빠져 있었다. 그 모습이 너무 외롭고 쓸쓸해 보였다. 전에는 전혀 볼 수 없었던 모습이었다.

운봉은 차득보가 그리 변한 것을 비밀리에 이어져 오던 사회주의 운동이 그나마 끊겨버린 데다 공허 스님마저 소식을 알 수 없게 된 것으로 짐작했다. 특히 차득보는 공허 스님을 부모처럼 생각하고 있었던 것이다.

운봉은 멀어져 가는 차득보의 모습을 바라보면서 또 한 사람 홍 씨를 생각하고 있었다. 홍씨는 공허 스님 소식 때문에 그동안 벌써 세 번이나 다녀갔던 것이다. 홍씨는 엊그제 왔을 때는 눈물까지 보였었다.

"저어……, 그간에 말씸얼 못 디린 것인디……, 어찌 그리 자꼬 꿈자리가 사나운지……."

홍씨는 몹시도 주저하고 조심하며 이 말을 꺼내놓았었다.

운봉은 그 순간 이상하게 짚이는 것이 있었다. 자꾸 꿈을 꿀 정도라면 예사 사이가 아니로구나 하는 생각이 퍼뜩 떠올랐던 것이다. 그리고 그 생각은 세 번씩이나 찾아온 것으로 연결되었다. 공허 스님이 한가롭게 앉아 대중설법을 하는 승려도 아닌데 신도가 그리 열성으로 안부를 걱정할 만큼 인연이 깊어지기는 어려운 일이었다.

그런데 홍씨는 또 뜻밖의 말을 했다.

"시님 기둘리다가 우리 동걸이 상급핵교 가는 절기도 지내불고……."

홍씨가 애달아하며 이런저런 말을 하다가 이렇게 혼자 중얼거리는 말을 듣는 순간 운봉의 머리를 스치는 또다른 생각이 있었다.

그럼 동걸이가 공허 스님 자식이란 말인가!

그러나 운봉은 놀라지 않았다. 그건 다만 깨달음일 뿐이었다. 다른 승려라면 몰라도 공허 스님의 경우 충분히 그럴 수 있는 일이었고, 또 흠일 것도 없었던 것이다.

그러나 운봉은 아무 내색도 하지 않았다. 그건 물어볼 수도 없는 일이었고, 물어보아서도 안 되는 일이었다. 짐작이 그러면 짐작으로 족했고, 만일 사실이 그렇더라도 덮어야 할 일이었다.

"어디로 찾아나설 수도 없고, 시님께서 무사허셔야 헐 것인디……."

홍씨는 끝내 눈물까지 보였다.

운봉은 홍씨와 공허 스님과의 관계를 알아차렸다. 여자의 눈물이 흔한 것이라고는 하지만 또한 아무 관계에서나 내비칠 수 없는 것이 여자의 눈물이었던 것이다.

"보살님, 아무 걱정 마시고 쬐깨 더 기둘리시게라우. 소승이 백방으로 알아보겠구만요."

운봉은 이 말밖에 할 말이 없었다.

"야아……, 시님이 평상 고상만 허셨는디……."

홍씨는 눈물을 보인 것이 실수라는 것을 뒤늦게 깨닫기라도 한 듯 고개를 돌리고 서둘러 눈물을 훔쳤다. 그 모습이 운봉의 눈에는 옛날 혼자서 탑돌이를 하던 때보다 더 외롭게 보였다. 그때의 걸음은 다 사위어지고 없었지만 조신한 몸가짐은 그대로 남아 있었다. 그런 홍씨의 모습이 더없이 측은하기만 했다.

운봉은 홍씨가 돌아가고 나서 혼자 법당 가운데 앉아 오래도록 부처님만 올려다보고 있었다. 그러나 마음만 무거울 뿐 묘안이 떠오르지 않았다. 홍씨 못지않은 무게로 가슴에 얹히는 돌이 오삼봉의 어머니였다.

"부처님, 이 미련헌 놈이 한 분만 현몽허게 히주십소사……."

운봉은 자신도 모르게 이렇게 빌고 있었다.

오삼봉의 어머니는 공허 스님 소식만 기다리고 있는 것이 아니었다. 거처문제 해결이 또 하나의 짐이 되어 있었다. 오삼봉의 어머니는 벌써 몇 달 전부터 거처를 옮기기를 바라고 있었다. 혼자도 아니면서 더는 절밥을 축낼 수 없다는 것이었다. 모녀가 온갖 궂은 일을 도맡아 해내 공밥을 먹는 것이 아니면서도 눈칫밥이기는 어쩔 수 없는 모양이었다. 눈칫밥에 살 오르는 일 없더라고 그 옹색한 입장을 충분히 이해할 수 있었다. 오삼봉의 어머니는 군산에 두고 온 가게를 처분해 어딘가 안전한 곳에 가서 살기를 원했다. 그건 손쉽게 해결될 수 있는 좋은 방법이었다.

운봉은 그 일을 해결하려고 나섰다. 그러나 뜻밖에도 그 일은 꼬이기 시작했다. 그 가게를 지키고 있던 딸과 사위가 주인을 자처하고 나섰던 것이다.

"나가 경찰서에 끌려가 얼매나 매타작당헌지 알기나 허요? 그 고상헌 것에 비허면 이까진 가게넌 너무 싸요."

핏대를 올린 사위의 말이었다.

"음마, 엄니도 참 뻔뻔허시요 이. 가게 내뿔고 도망갈 적은 언제고 인자 와서 처분해 가겠다는 것언 무신 염치다요. 나가 경찰서 당헌 것언 치지 않드라도 애 아범이 그리 당혔는디 요것 홀랑 팔아갖고 가불면 나넌 무신 낯짝 들고 살아지겠소. 사우넌 백년손이드라고, 사우 그리 못헐 일 시켰응게 요런 가게 한나 넘게주는 것이야 당연지사제라."

남편의 말에 맞장구를 치고 나선 딸의 말이었다.

운봉은 말문이 막히고 말았다. 탐욕이 만고(萬苦)의 근원이라는 부처님의 말씀만 생생해질 뿐이었다.

운봉은 보태지도 빼지도 않고 사위와 딸이 했던 말을 오삼봉의 어머니에게 그대로 전했다.

"그것덜 순 도적놈 도적년 아니여."

옆에 앉아 있던 작은딸이 부르르 성질을 내며 소리쳤다.

"아서! 시님 앞에서 그 무신 쌍소리여."

오삼봉의 어머니는 찬바람 끼치게 딸을 엄하게 꾸짖었다. 그리고 고개를 떨구더니 오래도록 말이 없었다. 작은딸은 분을 못 삭여 숨을 씩씩거리고 있었다.

오삼봉의 어머니는 고개를 떨군 채 말을 시작했다.

"지가 생각이 짧았구만요. 갸덜이 그런 숭헌 일 당헐지럴 못 생각혔으니. 갸덜 말이 백분 맞구만이라. 갸덜이 그리 말허기 전에 미리 줬어야 에미 도리였을구만이라. 지 맘언 똑 그리허고 잡은디, 지가 인자 나이들고 자석이 또 하나 딸렸응게, 이 자석 없이 혼자 몸 임사 무신 짓이고 험서 살 수가 있는디, 이 자석이 딸렸응게 그 가게럴 갸덜허고 반반썩 허는 것이 어쩔랑가 모르겠구만요. 시님께서 새중간서 옹색시러우시드라도 어찌 한 분 더 걸음해 주시면……."

오삼봉의 어머니가 아주 힘겨웁게 한 말이었다.

"예, 그리허겄구만이라."

운봉은 오삼봉의 어머니가 작은딸만 없었다면 정말 그 가게를 큰딸이 원하는 대로 해버리고 싶어한다는 것을 느낄 수 있었다.

"하이고, 코딱지만헌 점방 몇 푼이나 나간다고 반타작허고 머허고 혀라."

큰딸은 지난번보다 더 기세를 올렸다. 그동안에 탐욕이 더 커졌음을 운봉은 느끼고 있었다.

"어무님이 그리 말씸허시는디 우리가 어찌 거역허겠능게라. 글먼 그리허기로 허고, 점방이 엿 한 가락도 아니고 눈깔 사탕 한 개도 아닝게 처분허자먼 하로이틀로 안 될 것이구만이라. 말이 오가고 처분될 기미가 있으면 시님헌티 기별디리겠구만요."

사위가 선선하게 말했다.

운봉은 참 다행이라고 생각했다. 지난번 느낌으로는 가게를 먼저 탐낸 건 사위 같았는데 이번에는 오히려 태도가 바뀌어 일이 쉽게 풀린다 싶었던 것이다.

운봉은 큰딸의 말은 빼고 사위의 말만 오삼봉의 어머니에게 전했다.

"야아, 그 사람 맘이 고맙구만요, 고맙구만요……."

오삼봉의 어머니가 낮은 소리로 한 말이었다.

"헹, 고맙기넌 머시가 고마와. 순 도적놈 심뽀제. 언니 그것이 더 도적년이여."

작은딸은 분을 못 참고 또 욕을 해댔다.

"니 참말로!"

오삼봉의 어머니가 칼날처럼 꾸짖었다.

운봉은 차득보가 사라지고 없는 들길에서 눈을 거두며 그 소식이 오기를 기다린 것이 벌써 한 달이 넘었음을 느끼고 있었다.

한 달이라니……?

마당으로 들어서며 운봉은 좀 이상한 낌새를 느꼈다. 그 조그만 가게를 처분하는 데 너무 오래 걸리는 것이 아닌가 싶었던 것이다. 운봉은 내일이라도 한번 가봐야 되겠다고 생각했다.

운봉은 이튿날 일찍 군산 걸음을 나섰다. 김제에서 군산으로 뻗은 넓은 신작로에는 여전히 쌀가마니를 가득가득 실은 달구지들이 느리게 굴러가고 있었다. 가난한 사람들은 소나무 껍질을 벗기다가 법을 어겼다고 잡혀가는 춘궁기인데도 배에 실려나갈 쌀은 따로 있었던 것이다. 운봉은 그 쌀가마니들을 보며 더욱 배불러지는 지주들을 생각하고 있었다. 중국과 전쟁이 벌어지면서 살판난 사람들은 지주들이었다. 쌀값이 마구 치솟고 있었던 것이다.

가게로 들어서려던 운봉은 주춤했다. 가게에는 낯모르는 남자가 앉아 있었다.

"쥔 안 기신게라?"

"나가 쥔인디, 으째 그요?"

시주를 하라고 할까 봐 그러는지 그 남자는 아주 불퉁스러웠다.

운봉은 아차 싶었다. 사위의 얼굴과 함께 그 선선하던 말이 번쩍 떠올랐다. 자신이 속았다는 것을 깨달았다.

"저어 머시냐……, 그전 쥔허고 아는 사인디, 요것얼 은제……."

"보름 넘었소."

"혹시 어디로 갔는……."

"몰르겄소. 군산얼 뜬다고만 혔응게."

주인은 귀찮다는 듯 운봉의 말이 끝나기도 전에 말을 내쏘고는 했다.

운봉은 가게 거래액을 물어볼까 하다가 그만두기로 했다. 그 남자의 태도로 보아 엇나가는 소리나 들을 것 같았고, 그 액수를 안다고 해도 사람이 없어져 버린 마당에 아무 소용이 없는 일이었다.

"잘 알었구만요. 장사 잘허시게라."

운봉은 합장을 하고 돌아섰다.

주인은 그때서야 좀 미안한 기색을 보이며 어물어물했다.

운봉은 길가에 망연히 서 있었다. 어이없다고 할 수도 없고 기막히다고 할 수도 없었다. 인간사 고해라는 부처님의 말씀이 그저 가슴 절절해지고 있었다. 부모 자식 간에도 이런 짓을 하다니, 탐욕이란 이다지도 무서운 것인가 하는 생각이 새삼스러워지고, 인간이란 대체 무엇인가 하는 회의와 함께 절망이 앞을 가로막았다.

운봉은 오삼봉의 어머니를 만나기가 겁났다. 도저히 그 사실을 전할 자신이 생기지 않았다. 아들의 생사 걱정으로 애가 타고, 거기다가 눈칫밥 먹는 나날이 바늘방석인 사람에게 그런 말을 하면 어찌 될 것인가.

운봉은 모녀의 거취문제는 이제 자신에게 맡겨진 짐이라고 느꼈다. 공허 스님의 뒤를 따르기로 한 이상 그 짐은 당연히 자신이 져야 하는 것이었다. 그러나 난처한 것이 있었다. 포교당으로 옮길 수 없다는 점이었다. 경찰에서 오삼봉 체포를 포기했을 리가 없고, 군산과 김제는 너무 가까웠던 것이다.

일단 그 문제를 자신이 해결하기로 작정하자 운봉은 마음이 다소 가벼워지는 것을 느꼈다. 사람이 무엇인지 알 수가 없고, 사람의 마음이라는 것이 끝도 없는 미궁인 한 그 사위와 딸을 한시바삐 마음에서 내몰아 잊어버리고 싶었다.

운봉은 봄기운 짙게 밴 들길을 걸어 포교당으로 돌아가며 또 공허 스님 생각에 골몰해 있었다. 늦어야 한 달, 더 늦어야 두 달이면 돌아왔어야 했다. 아니, 중도에서 다른 어떤 일을 보고 온다고 해도 석 달이면 돌아왔어야 했다. 그런데 벌써 반년을 넘어 열 달이 다 되어가고 있었다. 만주에서 일을 하기로 한 것일까? 그럴 리가 없다. 만약 그랬다면 무슨 수를 써서든 진작 연락이 왔을 것이다. 당신이 돌아오기를 목 빠지게 기다리고 있는 오삼봉의 어머니를 잊을 리가 없었던 것이다. 어떻게 된 일일까? 무슨 변을 당한 것일까? 홍씨도 차득보도 꿈자리가 사납다며 걱정이었다. 꿈자리가 사납다면 무슨 꿈이었을까? 공허 스님이 돌아가신 꿈이었을까? 그건 서로 발설하지도 묻지도 않았지만 그런 꿈일 것이 거의 틀림없었다. 그런데 이상한 일이었다. 어째서 자신은 꿈을 꾸지 않는 것일까. 자신이 그들보다 공허 스님한테 정이 약하고 관심이 적어서인가? 글쎄, 과연 그럴까? 비구끼리의 인연은 인연이 아닌 것인가? 아니, 그들의 마음이 중보다 사삭스러워서 그러는 건 아닐까. 아니지, 그까짓 것은 문제가 아니지. 정말 공허 스님이 변을 당해 돌아가셨다면 어떻게 할 것인가. 그걸 확인해야 하는데 확인할 길이 없는 것이다. 오삼봉의 어머니조차 자기 형제들이 사는 곳을 모르고 있었다. 만주를 가자 해도 찾아가 볼 곳이 없었다. 홍씨에게도 차득보에게도 만날 때마다 백방으로 알아보겠다고는 했지만 그건 자신의 마음일 뿐이었다.

운봉은 또 여기서 생각이 막히고 말았다. 몸이 비비꼬이도록 안타깝기만 했다.

운봉은 돈 마련할 궁리로 며칠을 보내고 있었다. 오삼봉의 어머니를 만나기 전에 그만한 가게를 차릴 수 있는 돈을 장만하기로 한 것이었다.

그런데 차득보가 다시 찾아왔다.

"시님, 지가 만주에 찾어가 볼 디럴 알아냈구만이라."

차득보는 흥분되어 있었다.

"아니, 세세허니 말 잠 히보시오."

운봉이 놀라며 차득보를 붙들어 앉혔다.

"야아, 지가 공허 시님허고 친허신 신세호 선상이란 어런얼 잘 아능구만요. 곰곰 생각허다 봉게 그 어런이 공허 시님이 만주 가시는 디럴 알란지도 모른다 싶드랑게라. 그래 찾어가서 공허 시님 일얼 다 말씸디리고 만주 가시는 디럴 아시냐고 여쭤봤구만요. 그런디 그 어런도 몰르시고, 그 어런 사우가 만주에 댕게온 일이 있는디, 거그가 공허 시님이 찾어가실 만헌 디라등마요. 긍게 그 어런 말씸이 경성으로 사우럴 찾어가서 세세허니 알아보람서 핀지꺼정 써주시드랑게라."

차득보는 조끼주머니에서 편지를 꺼내 운봉에게 불쑥 내밀었다.

"예, 이건 지체헐 일이 아니라 바로 올라가야 헐 일이구만요."

편지를 받아드는 운봉도 흥분기를 감추지 못했다.

"하면이라. 지도 마누래헌티 채비허라고 혔응게 시님도 만주꺼정 가실 채비럴 허시게라우."

"아니, 만주꺼정 가실라고요?"

"하면, 가야제라!"

차득보의 목소리는 단호했다.

"농새철이 되았는디……."

"시방 농새가 문제간디라. 농새야 놉 사서 부치면 되고, 또 일 년 농새 망친다고 대수간디요. 근디, 지허고 함께 가는 것이 싫으신게라?"

"아, 아, 아니구만요. 순전히 농새 걱정 땀시 그렇제 소승도 초행길에 함께 가면 얼매나 심이 되겄소. 당최 그런 말씸 마시게라."

운봉은 펄쩍 뛰었다.

"알겄구만이라. 공허 시님 일인디 농새야 뒷전이제라. 댕게와도 보름이면 뒤집어쓸 것잉게 그간에 망칠 농새도 없구만요."

차득보의 목소리가 축축해지고 있었다.

운봉과 차득보는 이튿날 서울로 올라갔다. 물어물어 송중원의 잡지사를 찾아갔다.

"아니, 그런 일이 있었어요?"

운봉의 말을 듣고 난 송중원은 너무 놀랐다.

"예, 공허 스님은 십중팔구 제가 다녀온 곳으로 가셨을 겁니다. 거기 가면 무슨 소식을 알 수 있겠지요."

송중원이 근심스러운 얼굴로 말했다.

차득보는 제대로 찾아왔다는 반가움을 느꼈다. 그러나 한편으로는 두려움도 느끼고 있었다. 그곳에 찾아가서 좋지 않은 소식을 듣게 될까 봐 겁이 나는 것이었다. 운봉의 마음도 차득보와 다를 것이 없었다.

"만주는 언제 가실 건가요?"

장인의 편지를 옆으로 치우며 송중원이 운봉을 쳐다보았다.

"예에, 이 질로 바로 갈라고 다 채비혀 갖고 왔구만이라."

"예, 그게 좋겠지요. 너무 늦었는데 하루라도 빨리 가봐야지요. 잠시 기다리십시오. 제가 간략하게 편지를 써드릴 테니까."

송중원은 책상으로 옮겨앉았다.

경찰의 조사에 걸리지 않도록 편지 문구를 생각하며 송중원은 공허 스님한테 필경 무슨 탈이 생긴 것이라고 생각하고 있었다. 그렇지 않고서야 그리 오래도록 소식이 없을 리가 없었던 것이다. 무슨 탈을 당했든 어딘가에 살아 계시기만을 바라고 있었다.

"혹시 기차에서 조사를 받으면 여기 적힌 대로 가는 곳을 대고, 만주가 살 만한지 친척집에 찾아가는 길이라고 말하세요. 요새 왜놈들은 조선사람들이 만주로 옮겨가는 것을 아주 좋아하니까요. 그리고 기차 안에는 밀정들도 많고, 왜놈순사들도 조선말을 다 알아들으니까 입조심하구요."

송중원이 편지를 내밀며 말했다. 그리고 그는 기차를 바꿔타는 것이며 마차역 같은 데까지 자세하게 알려주었다.

"제 집으로 모셔야겠지만 집이 누추하고, 내일 일찍 떠나시자면 역에서도 너무 멀고 그렇습니다. 그저 여기서 하룻밤 주무십시오."

두 사람에게 저녁을 대접한 송중원은 여관까지 잡아주었다. 공허 스님의 행적을 찾아가는 그들에게 어떤 도움이든 주고 싶었던 것이다.

송중원의 뇌리에는 공허 스님의 울던 모습이 너무나 선명하게 박혀 있었다. 아버지의 뼛가루를 만주벌판에 뿌렸다는 대목에서 공허 스님은 기어이 눈물을 떨구었다. 번히 뜬 눈에서는 눈물이 뚝뚝 떨어지고 있었고, 울음을 참아내느라고 입에서는 헉헉 하는 소리가 나고 있었다. 송중원으로서는 공허 스님이 우는 것도 충격이었고, 진정한 남자의 울음이 어떤 것인지를 알게 된 것도 충격이었다.

"그려, 그 어런 뜻얼 헛되게 허지 말어야제."

장삼자락으로 눈물을 훔치고 몸가짐을 단정히 한 공허 스님의 한마디였다.

"다녀오는 길로 저한테 꼭 연락해 주시구요."

송중원은 이 당부를 남기고 여관을 떠났다.

"참 너무 과만허니 잘해주시는구만이라 이."

자리를 잡고 앉으며 차득보가 말했다.

"예, 그것이 다 공허 시님이 쌓아둔 음덕 아니겠능가요."

운봉이 길게 한숨을 내쉬었다.

"그렇제라, 시님이야 덕만 베풀고 사시는 어런이싱게."

차득보의 머릿속에서는 공허 스님이 자기를 돌보아준 숱한 일들이 빠르게 스쳐가고 있었다.

차득보는 담배를 말아 불을 붙이며 동생 옥녀를 생각하고 있었다. 무슨 일로 만주를 간 것인지……, 혹시 공허 스님과 연관된 것은 아닌지……, 왜 여지껏 아무 연락도 없는 것인지……, 생각할수록 의문만 커질 뿐이었다. 이번 길에 어쩌면 옥녀 소식도 알게 될지 모른다고 은근히 기대하고 있었다.

운봉과 차득보는 나흘 만에 지삼출네 동네에 당도했다. 길림 주변의 평야지대까지는 동북항일연군의 세력이 미치지 않아 그 동네는 집단부락 신세를 면해 있었다.

동네사람들이 운봉과 차득보를 에워쌌다. 공허 스님을 찾으러 왔다는 말에 모두들 놀란 것이었다.

운봉은 여기까지 찾아오게 된 연유를 차근차근 이야기해 나갔다.

"허, 탈났네! 시님언 안 오셨는디."

지삼출이 탄식처럼 토해낸 말이었다. 둘러앉은 사람들도 모두 근심스럽고 어두운 얼굴들이었다.

운봉과 차득보는 아무 말도 하지 못하고 굳은 듯 앉아 있었다. 방 안은 얼어붙고 있었다.

"그, 글면……, 시님언 어찌 되셨을게라?"

운봉이 말을 더듬었다.

아무도 그 말을 듣지 못한 듯 입을 여는 사람이 없었다. 한참 만에 지삼출이 입을 열었다.

"입에 못 담을 말인디……, 시님언 이 시상 사람이기가 에롭소."

지삼출의 침통한 말이 운봉과 차득보의 가슴을 치고 있었다.

다음날 동네사람들은 차득보가 명창 옥비의 오빠라는 것에 놀랐다. 차득보가 어느 여자에게 그저 지나가는 말로 동생 이야기를 꺼냈던 것이다.

그러나 정작 놀란 것은 차득보였다. 동생이 만주로 온 까닭도 그렇고, 또 그 남자를 따라 싸움터로 뛰어든 것도 너무 놀랍기만 했다. 그리고 그 상대가 신세호 선생의 사돈네 총각이라는 것이 더욱 놀라웠다.

그러나 차득보는 동생이 자기보다 훨씬 낫다고 생각하며 만주를 떠나고 있었다. 연모하는 사람을 찾아 만주까지 와서 뜻을 이룬 것도 그렇고, 목숨 내걸고 싸움터로 뛰어든 것도 그랬다.

〈11권에 계속〉

아리랑 10

제1판 1쇄 / 1995년 5월 13일
제1판 32쇄 / 2001년 7월 25일
제2판 1쇄 / 2001년 10월 10일
제2판 24쇄 / 2006년 9월 10일
제3판 1쇄 / 2007년 1월 30일
제3판 36쇄 / 2019년 8월 15일
제4판 1쇄 / 2020년 10월 15일
제4판 4쇄 / 2023년 12월 31일

저자 / 조정래
발행인 / 송영석

발행처 / (株)해냄출판사
등록번호 / 제10-229호
등록일자 / 1988년 5월 11일(설립일자 | 1983년 6월 24일)

04042 서울시 마포구 잔다리로 30 해냄빌딩 5·6층
대표전화 / 326-1600 팩스 / 326-1624
홈페이지 / www.hainaim.com

ⓒ 조정래, 1995, 2001, 2007, 2020

ISBN 978-89-6574-940-0
ISBN 978-89-6574-943-1(세트)